판본과 해적판의 사회·문화사

저자약력

김 영 애 _ 경남 창원에서 태어나 고려대학교 서어서문학과 및 동대학원 국어국문학과를 졸업했다. 편저로 『추식 소설 선집』(현대문학, 2013), 연구논문으로 「전후 여성작가의 인물 형상화 연구」, 「『난장이가 쏘아올린 작은 공』 연작의 <문학> 교과서 수록 양상에 대한 비판적 고찰」(공저) 등이 있다.

판본과 해적판의 사회 · 문화사

초 판 1쇄 인쇄 2017년 10월 25일
초 판 1쇄 발행 2017년 10월 30일
저 자 김영애
펴낸이 이대현
편 집 박윤정
디자인 홍성권
펴낸곳 도서출판 역락 | 등록 제303-2002-000014호(등록일 1999년 4월 19일)
주 소 서울시 서초구 반포4동 577-25 문창빌딩 2층
전 화 02-3409-2058(영업부), 2060(편집부) | 팩시밀리 02-3409-2059
전자우편 youkrack@hanmail.net
ISBN 979-11-5686-804-0 93810

■ 정가는 표지에 있습니다.
■ 잘못된 책은 교환해 드립니다.

■ 이 도서의 국립중앙도서관 출판예정도서목록(CIP)은 서지정보유통지원시스템 홈페이지(http://seoji.nl.go.kr)와 국가자료공동목록시스템(http://www.nl.go.kr/kolisnet)에서 이용하실 수 있습니다.(CIP제어번호: CIP2017028083)

판본과 해적판의 사회·문화사

김 영 애

역락

● 책 머리에 ●

이 단행본은 2011년부터 최근까지 6년 간 한국 현대소설의 판본과 해적판 소설에 대해 연구한 논문 14편을 모은 것이다. '판본과 해적판의 사회 · 문화사'라는 제목이 개별 연구 모두를 아우르기에 적절한 것인지는 여전히 의문이지만, 식민지시기부터 해방기에 걸친 한국문학사 발전 과정에서 소설 장르가 보인 특수한 확장과 변모의 방식을 달리 표현한 길을 찾지 못했다. 개별 논문들을 모은 책이기에, 중복되는 내용이 적지 않고 부분들 간 일관성이 부족한 점을 미리 고백한다. 논문집 출간을 준비하는 과정에서, 왜 작가들이 그토록 원작을 수정하고자 했는지 깊이 이해되었다. 그럼에도 불구하고 이 책에서 중복된 부분을 삭제하거나 수정하지 않은 것은, 가급적 최초 출판 형태를 지키기 위해서이다.

현대소설의 판본과 해적판에 대한 모든 관심은 송하춘의 『한국현대장편소설사전 1917-1950』과 『한국근대소설사전』이라는 두 권의 책으로부터 비롯되었다. 저자는 이 두 권의 책에 수록된 서지사항, 내용, 참고 등을 토대로 실질적인 연구를 수행했다. 또한 이 논문집의 많은 부분이 오영식의 『해방기 간행도서 총목록』에 소개, 정리된 서지사항 및 출판 관련 목록에 크게 빚지고 있다는 점도 언급하지 않을 수 없다. 이 지면을 통해 두 선생님께 깊이 감사드린다. 몇 마디 감사의 말로는 다 표현할 수 없는 마음을 그분들이 헤아려주시면 좋겠다. 강진호 선생님께도 감사의 말씀을 올린다. 변변찮은 책 출간을 결심한 데는 강 선생님의 조언과 지도가 큰 힘이 되었음을 밝힌다. 책 출간, 교정, 편집에 정성을 다해주신 역락출판사와, 부족한 과제에 연구비를 지원해주신 한국연구재단 각 관계자분들께도 깊이 감사드린다. 가족들, 여러 동료와 선후배들에게 빚지고 있다는 말도 꼭 전하고 싶다.

2017년 10월

김 영 애

● 차례 ●

I 정본과 이본의 계보 / 11

정본과 이본의 계보

근현대소설 판본과 해적판 연구를 위한 시론(試論)

1. 문제제기

문학연구에서 이본(異本)의 존재 양상과 의미를 분석한 논의는 대개 고전 분야에 집중되어 있는 형편이다. 그렇다고 해서 근현대문학에서 이본 연구가 중요하지 않은 것은 아니다. 오히려 지금까지의 근현대문학연구가 정본 확정, 정본과 이본의 관계 문제를 홀대했기 때문에 불필요한 혼란이 가중되었다고 볼 수 있다. 이본들은 매우 다양한 양태로 산재해 있다. 여기서 이본은 주로 개작본(改作本)과 해적판(海賊板)을 지칭한다.

문학 연구의 영역에서 판본이나 서지에 대한 탐구는 다소 지엽적인 분야로 간주되어 온 것이 사실이다. 이러한 경향 탓에 아직까지 서지나 판본에 관한 연구는 충분히 이루어졌다고 보기 어렵다. 근현대문학사에서 본격적인 서지 연구가 시작된 것은 하동호에 의해서라고 볼 수 있다. 그는 『근대서지연구』를 비롯한 일련의 저술에서 판본 및 서지 연구의 중요성을 강조했다. 실제로 많은 연구자들이 하동호의 정리에 기대 새로운 논의를 시작한다고 해도 과언이 아닐 정도로 그의 업적은 이 분야의 국내 연구로는 선구적이라 할 만하다.

최근 연구 성과 가운데 식민지시기부터 1950년까지 근현대장편소설을 체계적으로 정리한 것으로 송하춘의 저술이 눈에 띈다. 『한국현대장편소설사전 1917-1950』은 해당 시기 중장편소설 전체를 목록화하고 서지사항과 경개(梗槪) 및 참고사항까지 제시하여 근현대 장편소설 연구에 새로운 지침을 제시했다. 이 책은 '장편소설사전'이라는 타이틀에 걸맞게 해당 작품이나 작가와 관련된 핵심적인 정보를 간추려놓았으며, 기존 연구에서 언급되지 않았던 작품들이 대량 '발굴'하여 근현대소설의 육체를 풍성하게 만들었다. 이를 통해 근현대소설에 관한 새롭고 생산적인 담론과 논의가 활성화될 것임은 자명하다.

개작과 판본에 관한 논의로는 최유찬과 김철, 정홍섭, 전승주, 이경재 등을 참고할 만하다. 최유찬은 채만식 장편소설 가운데 연재본과 단행본의 차이에 주목한 논의를 편 바 있다. 그는 식민지시기 대부분의 장편소설이 신문이나 잡지에 연재되었다가 이후 단행본으로 출간되는 과정에서 수정이 이루어진 정황을 포착하고 판본 연구의 중요성을 제기하였다. 김철은 『무정』 판본 연구(공저)를 통해 정본 확정 문제의 어려움을 지적하고, 개작을 포함해 텍스트의 변화 과정을 한눈에 인식할 수 있는 판본의 필요성을 역설했다. 정홍섭은 『탁류』 개작과 관련된 논의를 통해 연재본과 단행본 간 주목할 만한 차이를 설명하였다. 전승주는 『천변풍경』의 개작 문제를 통해 판본 연구의 선례를 잘 보여주었다. 이경재는 한설야 소설의 개작 과정에 관한 논의를 통해 월북 이후 그의 행보와 개작의 관련성을 추론하였다.

해적판소설에 관한 논의는 국내에서는 아직 없고 일본 연구자들이 출간한 자료들이 있다. 대표적으로 야마다 쇼지의 『해적판 스캔들-저작권과 해적판의 문화사』를 들 수 있다. 이 책은 최초의 저작권 스캔들이라 할 수 있는 '도널드슨 대 베케트 재판'을 다루고 그 역사적 중요성을 강조하고 있다. 저작권 문제를 중심에 놓고 정식 출판업자와 해적판 출판업자가 출판의 합법성을 다툰 이 논쟁 과정은 저작권과 해적판 출간 사이에 존재하는 미묘한 역학관계를 이해하는 데 도움을 준다. 이러한 역학관계를 우리문학사 내부에 적용하여 해적판소설 출현의 의미를 탐색하고 그 사회 · 문화적 위상을 정립할 필요성이 제기된다.

식민지시기부터 해방기 출판물과 저작권 관련 연구로는 방효순, 김기태, 이봉범, 남석순 등의 논의가 대표적이다. 방효순의 논의는 식민지시기 출판 환경을 점검하고 논점을 정리하는 데 시사하는 바가 크고, 김기태의 논의는 근대적 저작권 개념의 정립과 그 사적 통찰을 보여주었다. 저작권 개념과 출판 상황을 일목요연하게 정리하고 필요한 자료를 소개하고 있다는 점에서 이들의 논의는 많은 참고가 된다. 이봉범은 해방 이후 1950년대 저작권 관련 실태를 연구하였고, 남석순은 주로 식민지 초기 저작권 매매 관행의 원인을 분석하였다.

검열에 관한 논의 가운데 한만수, 이상경, 박헌호, 이혜령, 문한별 등이 참고할 만한 연구 성과를 내놓았다. 한만수의 논의는 '1930년대 검열 기준의 구성원리와 작동기제'를 규명하였고, 이상경, 박헌호, 이혜령, 문한별은 『조선출판경찰월보』에 수록된 검열 결과를 분석하였다. 이들은 『조선출판경찰월보』라는 방대한 자료를 항목별로 분석하고 그 의미를 추출하는 등 검열에 관한 새로운 논의의 가능성을 보여주었다.

지금까지의 판본 연구는 특정 작가, 특정 작품, 특정 주제(저작권, 검열, 개작 등)를 개별적 · 독립적으로 다룬 경우가 대부분이다. 그러나 개별적인 관점으로 접근해서는 판본의 분화 과정과 그 의미를 온전하게 파악하기 어렵다. 또한 해적판 소설의 위상과 의미를 고찰한 논의가 활성화되지 못한 점도 기존 논의의 한계라 할 수 있다. 이글은 한국 현대소설의 판본 분화 과정을 탐구하고, 이 가운데 해적판소설의 사회 · 문화적 위상과 의미를 정립하기 위한 사전 작업 혹은 시론(試論)으로서의 의미를 지닌다.

2. 근현대소설의 판본 및 해적판 연구의 필요성

판본 분화 과정에 관한 연구는 개작, 해적판과의 상관관계를 동시에 고려해야 생산적인 논의를 이끌어낼 수 있다. 이 가운데 해적판 문제는 그간 문학연구에서 정식으로 다루어진 적이 없다. 그 이유는 해적판이 실재하지 않아서가 아니라, 거기에 문학 텍스트로서의 가치가 없다고 여겨져 왔기 때문일 것이다. 해적판은 공식적인 문학 연구의 바깥에 실재하는 텍스트이며, 독자나 연구자가 무시해도 좋거나, 혹은 무시해야 마땅한 유령 같은 존재이다. 그러나 다른 한편으로 해적판은 원전 해석에 의외의 단서를 제공하거나, 그 존재 자체로 텍스트의 중심과 질서를 위협하기도 한다. 그 위협은 대개 저작권을 둘러싼 갈등으로 구현된다. 해적판 출현은 원작의 인기를 방증하는 지표이자 한 사회가 지닌 저작권에 대한 인식 수준을 평가할 수 있는 바로미터이다.[1)]

이에 본 연구는 판본 분화 과정을 재정리하고 규명하는 과정에서 특히 '개작'의 양상과 '해적판' 출현에 주목한다. 아직까지 본격적인 논의가 이루어지지 못한 탓에 '개작'과 '해적판' 출현 양상을 정리할 필요가

1) 김영애, 「『태평천하』의 개제 양상 및 해적판 연구」, 『어문논집』69, 민족어문학회, 2013, 272면.

있으며, 이 과정에서 판본 문제와 관련된 무수한 난맥상들이 드러나고 해결될 것이라 예상된다. 정본 확정 문제에서 판본 비교 외에 반드시 고려해야 할 것은 원본과 이본 사이에 존재하는 '차이'에 관한 부분이다. 대체로 원본은 정본 확정 과정에서 가장 최우선적인 고려 대상이 된다. 즉 최초 발표본(대개 신문이나 잡지 연재본)을 정본으로 여기는 경향이 우세한 것이다. 최초 발표 텍스트이기 때문에 원본을 정본으로 삼아야 한다는 주장에는 상당한 설득력이 있다.

그러나 원본은 출간 이후 많은 변화를 겪기 마련이다. 그것은 작가에 의해 개작되기도 하고, 출판업자에 의해 변개(變改)되기도 하며, 심지어 '해적판' 형태로 무단 도용되기도 한다. 이때 '무엇을 정본으로 간주해야 하는가?' 라는 문제가 제기된다. 특히 개작본의 경우에는 논란의 여지가 많다. 작가는 원본 발표 이후 의식 변화를 겪고 이를 작품에 반영할 경우 개작이라는 방식을 동원한다. 따라서 작가의식의 완전성 차원에서 본다면 개작본이 원본보다 정본에 가깝다고 볼 수 있다. 반면 작가의식의 변모는 원본 발표 이후의 사건이기 때문에 원본과 개작본을 별개로 보아야 한다고 주장하는 경우는 개작본보다 원본에 더 가치를 둔다. 이렇듯 정본을 확정하기 위해서는 이를 둘러싼 다양한 형태의 판본-최초 발표 원본, 개작본, 해적판 등-들을 모두 선 검토해야 한다.

'정본이 무엇인가' 라는 질문에 답하기 위해서, 혹은 '무엇이 정본이 아닌가'의 문제를 해결하기 위해서는 한 작품의 최초 텍스트와 최근 판본까지 모두 검토해야 한다. 이 문제는 물리적 차원에서 아주 단순할 것도 같다. 물론 한 작품에 관련된 모든 단행본을 전수(全數) 검토하는 것이 현실적으로 불가능할 경우도 있다. 어떤 시기에 출간되었다는 기록은 있으나, 실제 그 판본이 망실되어 남아있지 않은 경우가 대표적이다. 그런데 『무정』의 '정본'이 무엇인가를 놓고 벌어진 최근 십여 년의 논의들을 살펴보면, 판본 전수 검토 외에 그보다 더 복잡하고 까다로운 문제가 존재함을 알 수 있다. 최초부터 최후까지의 모든 텍스트와 판본을 비교분석해도 『무정』의 '정본'이 무엇인지에 대한 합의 도출은 쉽지 않아 보이기 때문이다. 즉 물리적 차원에서 각종 판본들을 전수 비교분석하는 작업만으로 해결되지 않는 문제가 있다는 것이다.

이에 대해 김철 등은 "최초 텍스트로부터 최근 텍스트까지의 변화 양상을 확인할 수 있는 종합적인 판본"이 필요하다고 이야기한 바 있다.(「『무정』의 계보-『무정』의 정본 확정을 위한 판본의 비교 연구」, 『민족문학사연구』20, 민족문학사연구소, 2002) 최초 연재본을 정본으로 볼 것인가, 아니면 기 출간된 단행본 가운데 전집에 수록된 텍스트를 정본으로 삼을 것인가, 그것도 아니면 제3의 텍스트를 선택할 것인가 등으로 구체화되는 이 정본 확정 문제는 비단 이광수뿐만 아니라 모든 작가에게서 발견된다. 정본이 확정되지 않은 상태에서 연구자들은 대개 자의적인 기준이나 당시 유행에 따라 연구대상 텍스트를 선택한다. '무엇을 정본으로 삼아야 하는가'에 대한 명확하고 엄정한 기준이 없기 때문에 매 순간 무규칙으로 인한 혼란과 논란이 발생할 수밖에 없다.

한국 근현대문학사를 찬찬히 들여다보면 흥미로운 사실 하나를 발견할 수 있다. 대부분의 장편소설은 신문이나 잡지 지면을 통해 연재된 후 단행본으로 출간될 때 연재 당시의 원형을 유지하지 못하고 변형되었다는 점이 그것이다. 우리가 알고 있는 단행본 형태의 작품들은 대부분 연재 이후 수정된 것으로, 엄밀히 말해 '원본'과 다르다. 작가는 단행본으로 출간하기에 앞서 사소하게는 원본의 오탈자나 문법적인 오류를 수정하기 마련이다. 그런데 이러한 수정이 단순한 '교정'의 차원에 머무는 경우는 오히려 적고, 그보다 많은 작품들은 폭넓은 차원의 수정 과정을 거친다. 이것을 넓은 의미로 보아 '개작'이라 부를 수 있다면, 우리의 근현대소설은 단행본 출간 과정에서 대부분 개작되었다고 볼 수 있을 것이다.

'개작'의 내용에는 통상적으로 제목 변경(개제), 특정 단어나 표현의 수정, 일부 내용의 첨삭 등이 포함된다. 물론 이러한 차원을 넘어 원본과 전혀 다른 작품이라고 여겨질 정도의 수준으로 개작이 이루어지는 작품도 존재한다. 즉 개작의 범위는 작가나 작품에 따라 변화의 진폭이 다양하다. 따라서 작가와 그의 작품 및 시대상황 등을 종합적으로 고려하여 이 문제를 다룰 필요가 있다. 전기적 차원에서 작가의식의 변모를 유추할 수 있는 사건들을 검토해야 할 것이며, 더불어 검열시스템이나 출판 환경 같은 당대 상황적 요인을 함께 고려해야 할 것이다. 이를 통해 '개작'의 양상을 정리하고 판본 및 서지사항의 혼란 문제를 재정비할 수 있다면 한국 근현대소설 연구는 새로운 국면을 맞게 될 것이다.

아래의 표는 식민지시기에 발표된 근현대장편소설 가운데 판본 연구가 필요한 개작본과 해적판 일부를 정리한 것이다.

번호	작가	원제	개작(개제, 해적판)
1	강경애	인간문제	
2	김기진	전도양양	재출발
3	김기진	심야의 태양	청년김옥균
4	김동리	무녀도	
5	김동인	제성대	견훤
6	김동인	젊은 그들	활민숙
7	김동인	정열은 병인가	정열

번호	작가	원제	개작(개제, 해적판)
8	김동인	낙왕성추야담	왕부의 낙조
9	김동인	거인은 음즈기다	대수양 /수양대군
10	김동인	분토의 주인	분토 /을지문덕
11	김래성	백가면	백가면과 황금굴
12	김래성	탐정소설가의 살인	가상범인
13	김송	애정	순정기
14	김일성	꽃파는 처녀	
15	무명생	혈루록	낙화유수
16	박태원	우맹	금은탑
17	박태원	천변풍경	
18	박태원	속천변풍경	
19	박태원	임진왜란	임진조국전쟁
20	방인근	괴시체	
21	방인근	동방춘	동방의 새봄
22	안수길	벼	
23	엄흥섭	고민	세기의 애인
24	염상섭	묘지	만세전
25	윤백남	미수(眉愁)	홍도의 반생(半生)
26	윤승한	석양홍	대원군
27	이광수	천안기	
28	이광수	춘향	일설 춘향전
29	이광수	삼봉이네 집	방랑자
30	이광수	무정	
31	이근영	탐구의 일일	일요일
32	이기영	고향	
33	이기영	생활의 윤리	정열기
34	이기영	신개지	순정
35	이기영	땅	
36	이무영	향가	
37	이무영	폐허의 울음	폐허

번호	작가	원제	개작(개제, 해적판)
38	이무영	의지할곳없는 청춘	의지없는 영혼
39	이석훈	봉도물어(蓬島物語)	
40	이태준	딸삼형제	삼자매(三姉妹)
41	이태준	행복에의 흰손들	三人友達/ 세 동무/ 新婚日記
42	이태준	사상의 월야	
43	이효석	창공	벽공무한
44	장혁주	처녀의 윤리(處女の倫理)	아름다운 결혼(美しき結婚)
45	장혁주	여명기	전원의뇌명(田園の雷鳴)
46	정비석	청춘의 노래	애련기
47	채만식	천하태평춘	태평천하/ 황금광시대/ 애정의 봄/ 꽃다운 청춘
48	채만식	인형의 집을 나와서	
49	채만식	어머니	여자의 일생/여인전기
50	최금동	환무곡	애련송
51	한무숙	삼대(三代)	역사는 흐른다
52	한설야	탑	
53	한설야	마음의 향촌	초향
54	한설야	청춘기	
55	한설야	황혼	
56	한설야	홍수/부역/산촌(탁류 3부작)	하얀 개간지(白い開墾地)
57	한용운	후회	박명
58	현경준	유맹	도라오는 인생/마음의 금선
59	홍명희	임거정전	임거정

이 표에 제시된 작품들은 식민지시기 연재본에서 단행본으로 분화되는 과정에서 개작되었거나 변형이 이루어진 장편소설들의 일부이다. 이 목록은 연재본에서 단행본으로 분화되는 과정에서 주목할 만한 변화가 보이는 작품들을 간추린 것으로, 근현대소설의 판본 분화 과정을 여실히 보여줄 수 있는 작품들이다. 이를 간단하게 유형화하

면, 1)표제는 바뀌지 않고 내용이 수정된 경우, 2)표제와 내용 모두 수정된 경우, 3)원본이 무단 도용된 해적판으로 분류할 수 있다. 추정컨대, 표제가 바뀌지 않은 작품들도 바뀐 작품들과 마찬가지로 판본 분화 과정에서 어느 정도의 내용 수정을 동반하고 있을 것이다. 특히 표제 수정은 작품의 주제나 방향성을 손보는 일이기 때문에 그 자체로도 중요한 변화라 할 수 있다. 표제가 바뀌지 않은 작품들의 경우는 좀 더 심도 있는 분석과 고찰이 요구된다. 연재본과 각 단행본의 세부를 비교분석해야 어느 지점에서 개작이 이루어졌는지를 인식할 수 있기 때문이다. 이 과정에서 다양한 이본들의 실체가 수면 위로 드러날 것이고, 이들과 원본 텍스트의 상호관련성을 다각도로 조명하여 판본 연구의 초석을 다지게 될 것이다. 하나의 텍스트를 에워싸고 있는 수많은 이본들의 존재를 밝히고 그 정체를 규명한다면 근현대소설에 관한 풍성한 논의의 장이 열릴 것이라 기대한다.

3. 김기진, 이광수, 이기영의 경우

검색엔진에서 '김기진 재출발'을 입력하면 흥미로운 기사 하나가 뜬다. 한 경매 사이트에 게재된 광고기사인데 "저작 사실조차 전혀 알려지지 않은 최초 발견 희귀본인 昭和17年(1942) 경성 平文社 발행 八峰 김기진 作 장편소설 <재출발(再出發)> 1책으로 권두 약간의 손상 외 양호하다."라는 설명이 붙어 있다. 이 광고 내용에 따르면, 김기진의 『재출발』은 '저작 사실조차 알려지지 않은 희귀본'이다. 그러나 사실은 광고의 내용과 다르다. 『재출발』은 김기진이 1929년 9월부터 이듬해 1월까지 『중외일보』 지상에 연재했던 '영화소설' 『前途洋洋』의 이본이다. 연재 종료 후 1942년에 조용균이 경영했던 평문사에서 단행본으로 처음 출간했고, 이 당시 표제를 '재출발'로 수정했던 것이다. 이런 저간의 사정을 모르고 위 광고를 볼 때 대부분의 사람들은 김기진의 새로운 소설이 최근에서야 '발굴'되었다며 놀라워할 것이다.[2)]

이런 문제는 김기진에게서만 발견되는 것이 아니다. 식민지시기에 왕성한 창작활동을 했던 작가 중에 이광수, 채만식, 이기영 등의 경우에도 이와 유사한 현상이 발견된다. 이광수의 작품 가운데 『방랑자』라는 것이 있다. 작품의 제목만으로 판단하자면 이 『방랑자』 또한 『재출발』과 마찬가지로 이광수의 '발굴' 소설이 될 것이다. 그러나 실상 이 작품은 그가 '군상' 3부작의 일환으로 1930년 11월부터 1931년 4월까지 『동아일보』에 연재한 『삼봉이네 집』의 내용 일부와 제목을 바꾼 것이다. 이기영의 작품 가운데 『순정』, 『정열기』 같은 이름은 현대소설 연구자들에게조차 생소하다. 이기영 연보와 연구사를 아무리 뒤져봐도 이 작품들의 이름은 거론되지 않는다. 필자가 확인한 바 『순정』은 이기영이 1938년 『동아일보』에 연재했던 장편 『신개지』의 단행본 제목이다. 1941년 신태삼의 세창서관에서 출간할 당시 표제가 수정되었고 연재본 내용 일부가 누락되었다. 연재본 『신개지』은 1938년 동일 표제로 단행본이 출간된 바 있다. 그렇기에 『순정』은 매우 특이한 존재라 할 수 있다. 『정

2) 김기진의 『재출발』은 경상대학교 도서관 및 근대서지학회 오영식 총무가 소장하고 있다. 필자는 오영식 총무의 소장본을 확인하고, 이것을 토대로 「『전도양양』의 개작 연구」(『우리어문연구』, 우리어문학회, 2014. 5)를 게재했다. 자료를 제공해주신 오영식 선생님께 이 지면을 빌어 깊은 감사의 뜻을 전한다. 아울러 『전도양양』이 『재출발』로 개작된 사실을 최초로 확인한 것은 송하춘 편 『한국현대장편소설사전 1917-1950』(고려대학교출판부, 2013)임을 밝힌다.

열기』는 1942년 이기영이 전작장편으로 출간한 『생활의 윤리』를 개제한 판본이며 1948년 성문당서점에서 출간되었다. 『생활의 윤리』 또한 동일 표제의 단행본으로 출간된 바 있다.

두 사례 간에는 약간의 차이가 존재한다. 『방랑자』의 경우 이광수가 직접 개작한 정황 증거를 확인할 수 있다. 이금선[3]에 의하면, 이광수는 『삼봉이네 집』 연재 완료 후 1941년 영창서관에서 단행본으로 출간할 당시 '삼봉이네 집'이라는 동일 표제로 하여 내용을 대폭 수정했다. 그후 1948년 성문당서점에서 출간된 『流浪』이라는 표제의 단행본 속에 「유랑」(미완), 『삼봉이네 집』이 함께 수록되었다. 이 판본은 『삼봉이네 집』을 개제(改題)한 것이 아니다. 1949년 중앙출판사에서 『삼봉이네 집』을 『放浪者』로 바꾸어 재출간했고 이것이 『삼봉이네 집』 최초의 개제본이다. 성문당서점본과 중앙출판사본은 동일 판본이며, 1941년 영창서관본과는 차이가 있는데, 주로 결말 부분을 수정한 것이라 한다. 요약하면, 연재본 『삼봉이네 집』은 두 개의 표제로 각각 단행본이 출간되었고, 이 과정에서 이루어진 개작은 작가에 의해 이루어진 것이다.

이에 비해 이기영의 『순정』과 『정열기』의 경우는 사정이 좀 더 복잡하다. 일단, 두 작품의 원작에 해당하는 『신개지』와 『생활의 윤리』는 모두 동일 표제 단행본으로 출간되었으나, 표제가 바뀌고 내용 일부가 누락된 채로 출간되기도 했다는 사실이 주의를 요한다. 표제가 바뀌고 내용 일부가 누락되어 출간된 단행본이 『순정』과 『정열기』이다. 이들을 원저자에 의한 개작이라 보기는 어렵다. 『신개지』는 1938년 삼문사전집간행부에서 동일 표제로 단행본이 출간된 바 있다. 세창서관본 『순

3) 이금선, 「"식민지 검열"이 텍스트 변화양상에 끼친 영향-이광수의 영창서관판 『삼봉이네 집』의 개작을 중심으로」, 『사이間SAI』7, 국제한국문학문화학회, 2009, 293-294면.

정』은 1950년 3판까지 발행되었으며, 저자명이 '雲汀'으로 표기되어 있다. 1938년 삼문사본과 1941년 세창서관본은 동일한 판형이다. 다만 삼문사본에는 『신개지』(584면) 외에 단편 「나무꾼」(12면), 「돈」(22면)이 합철되어 있으나, 세창서관본은 580면 이후가 누락되어 이를 확인할 수 없다. 누락된 부분은 삼문사본 『신개지』 전체 584면 중 마지막 4면이다.

작품 제목과 저자명의 수정 및 작품의 누락 등을 원저자인 이기영이 사전에 인지하고 허가했을까. 세창서관본이 나온 1941년을 전후로 이기영은 활발하게 장편소설을 발표했다. 이 시기는 그가 일제의 감시와 압박을 피해 내금강으로 들어가기 전이며, 흔히 '생산소설'로 불리는 일련의 친일 작품을 발표한 때이기도 하다. 그러니 이기영이 세창서관에서 '신개지'를 '순정'으로, 저자명을 '운정'으로 고치고 내용 일부를 누락하여 출간한 사실을 몰랐을 리가 없다. 그러나 당시는 판권 소유자가 그 작품에 대한 전권을 행사하는 일이 관례적으로 용인되던 때였기에 세창서관은 이기영의 『신개지』 판권 소유를 근거로 작품의 제목과 저자명을 바꾸고 작품 일부를 누락하여 새로운 장편소설인 양 출간했다. 판권을 소유한 출판업자가 무단으로 변개하여 출간한 판본을 해적판이라고 보기는 어렵다. 해적판의 기준은 저작권이나 판권 소유 여부에 있기 때문이다. 상황이 이렇다보니 당시 독자들이 보기에 『순정』은 '운정'이라는 작가가 1941년 세창서관에서 새롭게 출간한 장편소설인 셈이 된다.

『신개지』는 이기영의 대표작 『고향』의 서사구조를 계승한 작품으로 평가된다. 세창서관은 1943년 '이기영 編', '(長篇)新開地'로 표기하여 이 작품을 재출간한다. 1941년 세창서관에서 이기영의 다른 작품 『인간수업』이 단행본으로 출간되기도 했다. 『인간수업』은 『조선중앙일보』에서 1936년 1월 1일부터 7월 28일까지 164회에 걸쳐 연재되었고, 이후 1937

년 태양사에서 단행본으로 출간되었다가 1941년 세창서관에서 재출간되었다. 1941년 세창서관에서 출간된 『인간수업』의 간기에는 저작 겸 발행자가 이기영으로 되어 있다. 이러한 사정을 고려했을 때 이기영이 『신개지』의 제목과 저자명을 바꾸어 출판하는 데 동의했으리라 보기 어렵다. 더욱이 1943년 동일 출판사에서 원제목과 저자명이 복원되어 재출간되었다는 사실을 감안하면 1941년판 『순정』의 정체는 더욱 모호해진다.[4)]

4. 계통 수립의 사례-『태평천하』

판본 분화 과정에 관한 연구는 많은 논자들에 의해 누차 그 중요성이 강조되었음에도 불구하고 최근까지 주목할 만한 진전을 보이지 않고 있다. 아직까지 우리에게 문학연구란 텍스트의 내재적 의미를 분석하는 작업이라는 인식이 강하기 때문이다. 그러나 텍스트의 내재적 의미를 분석하는 작업은 텍스트의 가치와 의미를 지나치게 좁은 범위로만 한정하는 오류를 범하기도 한다. 대표적인 예를 들어 이 문제에 접근해보자. 채만식의 『태평천하』를 분석 대상으로 삼은 연구에서 대상 텍스트인 『태평천하』란 구체적으로 무엇을 지시하는가 하는 문제에 대해 연구자들은 별다른 회의나 고민이 없다. 우리가 흔히 말하는 『태평천하』는 1938년 『조광』에 연재된 『천하태평춘』의 개작본이다. 1940년, 1948년에 두 차례 원작자인 채만식에 의해 수정된 것이 지금 우리가 통상적으

4) 이기영의 『순정』, 『정열기』에 관한 내용은 김영애 「이기영소설의 개제 양상과 그 의미」(『한국문학이론과비평』58, 한국문학이론과비평학회, 2013) 일부를 발췌, 요약, 정리한 것이다.

로 이야기하는 『태평천하』인 것이다. 사실관계 확인을 위해 수십 종의 채만식 연보를 비교대조하다보면 이러한 내용이 정확하게 기재된 것이 별로 없음을 알 수 있다. 연구자나 독자의 편의와 이해를 제고하기 위해 정확한 사실관계에 기초해 작성되어야 마땅한 작가연보조차 제대로 정리되지 못한 채 오히려 불필요한 오해와 논란을 가중시킬 뿐이다. 이는 연구자들조차 텍스트의 판본 문제 및 서지확정 문제에 무관심했음을 증명한다.

비단 개작의 문제만 있는 것은 아니다. 가령 채만식의 『황금광시대』(중앙출판사 1949), 『애정의 봄』(대동사 1958), 『꽃다운 청춘』(중앙출판사 1958) 같은 작품은 관련 기록 자체를 찾기 어렵다. 『황금광시대』와 『애정의 봄』, 『꽃다운 청춘』은 『태평천하』의 해적판이다. 당연히 기존 연구에서 이들의 존재는 고려 대상이 되지 못했다. 판본 변화에 대한 인식이 없다면 『태평천하』라는 텍스트를 감싼 내외적인 의미의 상당 부분을 간과하는 오류를 범할 수밖에 없다. 왜냐하면 개제와 개작의 과정에서 원본과는 다른 작가의식이 작용하기 때문이다. 여기에 작가의식 변모와 무관하게 출판 상황에 따라 출현하는 해적판도 고려 대상이 되어야 한다. 요컨대, 문학연구는 텍스트 선정의 문제, 곧 정본 확정에 대한 심도 있는 고민으로부터 출발해야 마땅하다.

앞서도 언급했듯이 『태평천하』는 『천하태평춘』의 개작본이다. 연재 종료 후 1940년 명성출판사에서 출간된 『삼인장편전집』에 이광수의 「유랑」, 방인근의 「낙조」와 합본되었고 이때 첫 번째 개작이 이루어졌다. 1948년 동지사에서 처음 '태평천하'라는 표제로 수정되어 단행본으로 출간되었고 이때 두 번째 개작이 이루어졌다. 창작과비평사에서 출간된 채만식 전집에 수록된 작품 역시 1948년 동지사 출간본을 저본으로 삼았다. 두 번의 개작은 모두 원작자인 채만식에 의해 이루어졌다. 한편 동지사본이 출간된 지 일 년 후인 1949년에 중앙출판사에서 『황금광시대』라는 표제의 단행본이 출간되었는데 이것은 『태평천하』의 해적판이다. 1958년 대동사에서 출간된 『애정의 봄』과 중앙출판사에서 출간된 『꽃다운 청춘』 또한 『태평천하』의 해적판이다. 같은 해 민중서관에서 '한국문학전집' 9권으로 『태평천하』가 출간되었고 1987년 창작사에서 '채만식전집' 3권으로도 출간되었다. 민중서관본과 창작사본은 모두 1948년 동지사본을 저본으로 삼은 것이다.[5]

『태평천하』의 원작이 『천하태평춘』이라는 사실은 연구자들 사이에 널리 알려져 있다. 문제는 1940년 명성출판사 판본 『삼인장편전집』의 실체를 아는 연구자가 드물다는 점에 있다. 『조광』에 연재 종료된 『천하태평춘』이 처음 단행본으로 묶인 것이 바로 1940년 명성출판사본이다. 그런데 채만식 연보를 비롯한 수많은 연구서에는 이 단행본의 정체가 매우 불분명하게 제시되어 있다. 기존 연구서나 연보만으로는 명성출판사 판본에 수록된 작품의 표제가 '천하태평춘'인지 '태평천하'인지조차 확인하기 어렵다. 그러나 이 판본은 『천하태평춘』이 연재 이후 처음 개작되어 단행본으로 출간된 것이라는 점에서 매우 중요하다. 그리고 표제 '천하태평춘'이 언제 '태평천하'로 변경되었는가를 정확히 인지하는 것은 텍스트에 대한 온전한 이해, 나아가 문학교육에 필수적이다.

또한 『태평천하』의 해적판에 관한 선행 연구가 부족하기에 『황금광시대』, 『애정의 봄』, 『꽃다운 청춘』과 같은 작품의 실체를 아는 연구자

5) 채만식의 『태평천하』 개작과 해적판 관련 내용은 김영애의 「『태평천하』의 개제양상 및 해적판 연구」(『어문논집』69, 민족어문학회, 2013)와 「해적판의 계보와 『태평천하』의 계통」(『현대소설연구』57, 한국현대소설학회, 2014) 등을 참고, 인용했다.

도 매우 드문 형편이다. 흥미롭게도 이들 해적판의 저본은 1948년 동지사본이 아니라 1940년 명성출판사본이다. 이들이 명성출판사본을 저본으로 쓴 일차적인 이유는 저작권 문제 때문이다. 명성출판사본의 저작권은 1941년 무렵 다른 곳으로 양도되었고, 따라서 출판업자가 이것을 저본으로 삼아 출간할 경우 저작권 시비로부터 자유로울 수 있었던 것이다. 이렇듯 『태평천하』의 해적판은 끊임없이 원작과 그 저작권자를 의식하는 과정에서 출간되었다. 정상적인 경로로 단행본을 출간할 경우 출판업자는 응당 그 작품의 저작권자에게 비용을 지불해야 한다. 그러나 비용 문제가 전부는 아니다. 저작권을 소유한 출판업자가 10년 간 『태평천하』의 재판을 출간하지 않았다는 점도 고려 대상이 되어야 한다. 『태평천하』가 세 편의 해적판으로도 출간될 만큼 이 작품에 대한 대중의 수요가 높았음에도 동지사는 1948년 초판 발행 이후 1958년 민중서관 한국문학전집 출간까지 십년 간 『태평천하』를 재출간하지 않았다. 그렇기에, 당시 이 작품에 대한 대중들의 수요와 요구를 충족할 수 있는 방법의 일환으로 해적판이 등장한 것이다. 이와 같은 맥락까지 통합적으로 고려해야 『태평천하』 해적판 출현의 의미를 온전하게 파악할 수 있다. 이렇듯 계통 수립을 통해 『태평천하』를 둘러싼 수많은 판본들의 존재를 확인하고, 그들 간의 관계 양상을 한눈에 파악할 수 있다.

5. 근현대소설의 판본 분화와 해적판 연구의 의의

지금까지 언급한 내용에서 어떤 문제점이 도출될 수 있을까? 자연스럽게 '개작', '해적판', '정본', '원본', '저작권', '검열' 등의 단어가 순차적으로 연상될 것이다. 이광수, 채만식, 김기진, 이기영 등은 식민지시기 대표작가로 평가된다. 이들을 배제하고 근현대소설사를 기술하기 어려울 만큼 이들이 이룬 성취는 문학사에 절대적인 영향력을 행사해왔다. 다양한 차원과 주제 측면에서 이들에 관한 논의는 전기적 고찰에서부터 개별 작품론에 이르기까지 이미 완결되었다 보아도 무방할 정도로 축적되었다. 그런데 상기 작품들의 존재와 의미를 규명하는 데는 별다른 성과가 없었다. 이는 기존의 연구가 텍스트 의미 분석 중심으로 진행되었고, 판본의 형성 및 변(분)화 과정에는 관심이 적었음을 말해준다. 그러나 이 작품들의 존재 자체가 이미 그러한 연구 방법의 한계를 증명하고 있는 셈이다.

기존 연구의 한계는 이들의 존재를 설명할 수 없다는 점에서 분명하다. 이들을 문학사 내부로 포섭해야 우리문학사가 온전하게 완성될 것임은 자명하다. 이를 위해 개별 작가론이나 작품론의 차원에만 머물러서는 곤란하다. 이들을 포섭하기 위해서는 개별 작가와 작품의 차원에서 분석하고 고찰한 결과물을 공시적이고 통시적인 관점에서 통합하고 포괄하는 작업이 반드시 필요하다. 개별 작가나 작품은 그 자체로 완성된 의미체계이기도 하지만, 그것들이 당대 현실과 상호작용한 결과임을 부인할 수 없기 때문이다. 따라서 개별 작가론과 작품론 차원에서 이루어진 분석과 논증은 결국 그러한 개별성을 배태한 보편성 혹은 본질적인 측면에 관한 논구(論究)로 연결되어야 한다.[6)]

6) 판본 문제는 필연적으로 저작권 혹은 판권 개념과 연동될 수밖에 없다. 판본과 저작권 문제가 첨예한 연관성을 지니는 시기는 1917년부터 1950년대까지이다. 저작권 개념은 해적판소설의 출현과도 밀접한 상관관계를 지닌다. '최초의 근대 장편소설'로 평가되는 이광수의 『무정』 이후부터 본격적으로 근현대소설의 판본 문제가 가시화되었다. 주지하듯 『무정』은 『매일신보』 연재 직후 수차례, 여러 출판사에서 단행본으로 출간된 바 있다. 요컨대

판본 연구는 무엇보다 텍스트에 대한 정확한 정보 제공에 기여할 수 있다. 작품의 서지 정보가 확정되면 지금까지 근현대소설 연구가 노정한 여러 가지 논란들은 원만히 해명될 것이다. 또한 판본 연구를 통해 정본이 무엇인가를 결정하여 한 텍스트를 온전히 이해할 실마리를 제공할 것이다. 이는 문학연구의 가장 기본적인 측면이나, 지금까지의 연구는 이 문제를 소홀히 취급해왔다. 따라서 판본 연구는 문학연구에서 가장 기본적이고 시급한 서지 · 정본 확정 문제를 해결하여 새로운 연구기반의 조성에 일조할 것이다. 판본 연구는 텍스트 원형에 대한 추구로 이어질 수밖에 없다. 연재본과 단행본 사이의 차이에 대한 인식 없이 텍스트를 감상하고 분석하는 것이 일상화된 상황 하에서 '텍스트의 원형이 무엇인가'에 대한 탐구는 절실하고 필수적인 작업이라 할 수 있다. 연재본과 단행본의 차이 및 판본 분화 과정을 온전히 이해한다면 텍스트의 원형에 대한 자각 또한 자연스럽게 생성될 것이다. 또한 텍스트 원형을 중심으로 판본 분화 과정에 대한 관심이 확산될 것이다.

근현대소설의 계통 수립은 판본 연구가 궁극적으로 도달해야 할 구체적인 지점이다. 원본이라는 한 뿌리에서 출발하여 각각 다른 형태와 내용의 가지로 분화해 나아간 판본들의 존재를 확인하고 그것들을 재배치하는 작업은 지금까지 시도된 적이 없다. 계통 수립을 통해 근현대소설의 다양한 존재 양상과 의미, 판본들 간의 관계 등이 체계적으로

『무정』은 본격적인 단행본 출간 시대를 연 작품으로도 기념비적인 가치를 지니는 것이라 할 수 있다. 일본에 의해 '신문지법', '출판법' 등의 제 법령이 도입된 것은 1900년대 초반이며, 우리만의 독자적인 저작권법이 제정 · 반포된 것은 1957년 1월이고, 이 법이 실효성을 발휘하기 시작한 것이 1960년 초반이므로 이때까지로 대상 시기를 한정하는 것은 나름의 근거를 갖는다. 저작권법은 식민지시기에도 존재했으나 그 영향력은 거의 유명무실했고, 1960년 6월에 가서야 저작권심사위원회가 발족되었기 때문에 실질적으로 저작권보호가 제대로 이루어지기 시작한 것은 1960년 이후라고 보아야 할 것이다.

정리되면, 이는 개별 텍스트 차원을 넘어 소설사적으로도 매우 가치 있는 결과를 생산할 수 있을 것이다.

몇몇 작가의 작품에만 한정되어 이루어진 개작 연구, 고전문학에 한정되었던 이본 연구는 근현대소설 연구에도 적용되어 새로운 의미 창출에 기여할 수 있다. 우리는 한 텍스트가 고정불변의 것이 아님을 알고 있다. 텍스트는 어느 순간 하나의(유일한) 형태와 의미로 고정되어 존재하는 것이 아니라, 끊임없이 변모하는 것이다. 개작 · 해적판(이본) 연구는 텍스트의 비고정성을 분석 대상으로 삼는다. 판본 연구와 계통 수립을 통해 텍스트의 다양한 존재 양상을 확인할 수 있다면 이는 문학연구에 관한 새로운 담론들의 출현으로 확장될 수 있다. 이렇게 판본에 관한 정확한 정보와 자료가 제시되고 텍스트 계통 수립이 이루어지면 개별 텍스트와 작가에 관한 기존의 논의들은 상당 부분 수정되어야 할 것이다. 이는 다시 개별 작가, 작품에 대한 연구의 확장으로 이어질 근거가 된다.

제2장 김동인 장편소설의 판본과 계보
-표제 수정을 중심으로

1. 문제제기

김동인의 방대한 작품세계를 규정할 수 있는 수많은 키워드 가운데 본고가 주목하는 것은 '개작'이다. 김동인 장편소설 가운데 개작이 이루어지지 않은 작품을 찾기 어려울 만큼 개작은 그의 창작원리의 하나라 보아도 지나치지 않다. 김동인은 게재 혹은 연재 지면을 바꿀 때마다 거의 매번 작품의 표제를 바꾸었고, 이로 인해 독자와 연구자는 원본과 개작본 간의 차이를 명료하게 인식하기 어려워 혼란스러울 수밖에 없었다. 잦은 개작은 창작의식의 변화가 빈번히 일어났음을 증명하는 구체적인 근거이다. 그러나 그간 김동인 소설 연구에서 이 문제는 중요한 논의 대상이 되지 못했다. 김동인 장편소설의 개작에 관한 문제의식은 여기에서 비롯된다. 본고의 목적은 궁극적으로 김동인 장편소설의 원점(原點)을 확인하고, 그 변모 과정을 정리하여 판본 분화의 양상과 의미를 추출하는 데 있다. 이를 위해 개작된 작품 중 표제가 수차례 수정된 텍스트를 대상으로 판본 변화 과정을 추적하고, 그 의미를 고찰하고자 한다.

김동인이 발표한 장편소설은 모두 12편[1]이며, 이 가운데 표제가 수정된 작품은 모두 6편이다. 본고의 분석 대상이 될 작품은 김동인 장편소설 가운데 『견훤』, 『왕부의 낙조』, 『정열』, 『수양대군』, 『을지문덕』, 『젊은 그들』 등 6편으로, 판본 분화 과정에서 표제가 여러 차례 수정된 것들이다.[2] 표제 수정은 개작 양상 중에서도 창작의식의 변화를 구체적으로 드러낸 경우에 해당한다. 김동인은 장편소설을 게재할 지면이 바뀌거나 게재가 중단될 때마다 해당 작품의 표제를 수정해 다시 게재했다. 이들 중 표제가 두 번 바뀐 작품은 『견훤』, 『수양대군』, 『을지문덕』 등 세 편이나 된다. 또한 6편 가운데 『정열』을 제외한 나머지 다섯 편은 모두 역사소설이다. 역사소설이 잦은 표제 수정 등의 개작 양상을 보이는 것은 앞서 언급한 대로 작가의 창작의식 변화와 무관하지 않다. 개작의 여러 양상 중 표제를 수정하는 '개제' 유형은 원작의 분위기나 주제의 변모를 상징적으로 드러내는 데 유효한 방식이라 할 수 있다. 대개 작품의 주제나 전체 분위기는 제목에 압축되어 제시되기 때문에, 작가가 표제를 수정하여 개작본을 출간하는 경우 독자는 원본과 개작본 사이에 내용상의 구체적인 차이보다 작품 전체의 방향성이나 분위기의

1) 김동인이 발표한 장편소설은 『젊은 그들』(<동아일보> 1930), 『운현궁의 봄』(<조선일보> 1933), 『수평선너머로』(<매일신보> 1934), 『낙왕성추야담』(<중앙> 1935), 『연산군』(<만선일보> 1937), 『제성대』(<조광> 1938), 『대수양』(<조광> 1941), 『잔촉』(<신시대> 1941), 『백마강』(<매일신보> 1941), 『정열』(<대조> 1946), 『을지문덕』(<태양신문> 1948), 『서라벌』(1948) 등 12편이다. 김동인 작품 가운데 장편 분량에 미치지 못하는 작품, 초반부 연재 후 중단된 작품 등은 배제했다. 이 중 『서라벌』의 최초 연재 사항이나 초판 출간에 대한 서지사항은 현재 확인 불가능하다. 확인 가능한 판본은 1953년 태극사 출간본뿐이다. 각종 전집에 수록된 텍스트 또한 태극사본을 저본으로 삼았다. 1932년 김동인이 <동아일보>에 연재한 「빛나는 우물」의 서사와 『서라벌』의 내용이 일부 유사함을 토대로 추정하면, 『서라벌』은 1948년이 아니라 그 이전에 발표한 작품을 고치거나 확장한 것 혹은 해적판 등으로 추정된다. 이에 관해서는 추가 확인 및 검토가 필요하다.

2) 김동인 장편소설의 서지사항 및 개작에 관한 논의는 송하춘 편, 『한국현대장편소설사전 1917-1950』(고려대출판부, 2013)에 정리된 서지사항과 내용을 참고로 삼았다.

변화를 감지하기 쉽다. 그렇기 때문에 작가는 원작의 세부 내용을 바꾸기보다 표제를 고치는 방식으로 개작의 효과를 극대화하기도 한다. 김동인 역시 이런 방식으로 자신의 원작을 수정해 재출간했다.

지금까지 축적된 김동인 연구 가운데 장편소설 개작 혹은 판본 분화 양상을 본격적으로 다룬 논의는 찾기 어렵다. 이는 곧 김동인 장편소설 중 개작 문제가 지금까지의 연구에서 그리 중요하게 다루어지지 않았음을 의미하는 한편, 그러한 연구의 필요성을 방증하는 근거가 된다. 김동인 소설 연구는 주로 개별 작품들, 그것도 대부분 단편소설의 문학사적 의미, 미학적 가치를 논하는 방향으로 집중되어 있다. "동인 문학 연구의 대상으로서도 그의 활동기는 20년대에서 30년대 상반에 걸친 작가요, 작품은 주로 단편소설들이라는 것을 주 대상으로 하고 연구와 평가를 내리는 것이 타당"하다는 백철의 직설처럼,[3] 여전히 김동인 문학의 본령은 '1920년대', '단편소설'에 머물러 있다. 김동인 장편소설의 개작에 관한 연구가 본격적으로 수행되지 못한 이유 역시 이러한 연구 성향 때문이라고 해도 지나치지 않을 것이다.

장편소설에 관한 연구에서도 개작이라는 주제는 진지하게 다루어진 바가 거의 없으며, 대부분 역사소설론에 치우쳐 있다. 김동인 장편소설이 역사에서 소재를 취한 경우가 많기 때문에 그의 장편소설을 역사소설론의 시각에서 분석하는 논의가 활발했던 것 또한 자연스러운 결과일 수 있겠으나, 이 과정에서 비평의 기본이라 할 수 있는 판본 문제를 간과한 것은 중대한 과실이다. 즉 김동인 장편소설에서 적지 않은 수의 작품이 개작되었음에도 불구하고, 작가의 창작의식 변화 혹은 창작 환

3) 백철 외, 『김동인연구』, 새문사, 1982, 4면.

경 변화와 깊은 관련을 맺는 개작, 판본 분화 양상을 상대적으로 소홀히 다루었다는 사실은 중요한 문제점이 아닐 수 없다. 판본 분화 양상과 개작의 문제를 다루는 일은 궁극적으로 정본(定本) 확정 문제와 직결되며, 이는 문학 연구의 가장 기본이자 필수 불가결한 영역임에는 재론의 여지가 없을 것이다.

그런데 그간 김동인 장편소설 연구는 그 대상 텍스트인 장편소설의 정본 확정 문제에 대해 중요하게 다루지 않았으며, 그로 인해 무엇을 연구 대상으로 삼을 것인가에 관해 연구자들 사이에 혼란이 반복, 재생산되어 온 것이 사실이다. 일례로 『거목이 넘어질 때』, 『제성대』, 『견훤』 등 작품의 표제만으로 동일 작품임을 알아차리기는 어렵다. 『낙왕성추야담』, 『왕부의 낙조』와 『분토의 주인』, 『을지문덕』 등도 마찬가지다. 『젊은 그들』과 『활민숙』의 경우 후자가 전자의 해적판이라는 정황이 포착되기도 한다. 동일 작품이 다른 표제로 재발표되는 경우 원작 혹은 원본이 무엇인지를 명료하게 인지하지 못한다면 각각은 다른 작품으로 오인될 가능성이 매우 높다. 최근 이른바 '원본비평'의 일환으로 진행된 김동인 소설 정본화 작업의 결과를 살펴보면, 「광화사」, 「광염소나타」 등 그 대상 텍스트가 단편소설 일부로 한정되어 있음을 확인할 수 있다.

본고는 이러한 문제의식을 바탕으로 하여 김동인 장편소설의 판본 분화 양상 혹은 개작 양상을 확인, 정리하고 그 의미를 고찰하고자 한다. 분석 대상 텍스트는 개제가 이루어진 장편소설 6편이다. 본고의 구체적인 목표는 김동인 장편소설의 개작 배경을 고찰하고, 각 판본들 간 차이와 변화를 확인하는 것이다. 또한 각종 전집에 수록된 텍스트가 무엇을 저본으로 삼았는지 비교 분석하여 정본 확정과 관련된 여러 가지 혼란상을 진단하고자 한다. 특히 각 전집에 수록된 텍스트들이 제각각

이어서 독자들은 텍스트의 정체를 정확히 인식하기 어려울 수밖에 없다. 이와 같은 문제는 전집 출판업자들이 해당 작품의 개작이나 판본 변화를 반영하지 않아 발생한 것으로, 향후 반드시 개선될 필요가 있다.

2. 판본 분화 양상 검토

오영식의 『해방기 간행도서 총목록 1945-1950』에는 해방기 출간된 김동인 저작들이 망라되어 있다. 『태형』(대조사, 1946), 『김연실전』(금룡도서, 1946), 『광화사』(백민문화사, 1947), 『발가락이 닮았다』(수선사, 1948), 『수평선 너머로』(영창서관, 1949), 『약혼자에게』(박문출판사, 1949), 『배회』(박문출판사, 1949), 『수양대군』상(숭문사, 1948), 『수양대군』하(숭문사, 1948), 『화랑도』상(한성도서, 1949), 『화랑도』하(한성도서, 1949)[4], 『운현궁의 봄』(한성도서, 1949), 『젊은 그들』상(영창서관, 1948), 『젊은 그들』하(영창서관, 1948), 『활민숙』(수문사, 1950), 『조선사온고』(상호출판사, 1947), 『진역오천년사초집』(조선출판사, 1947), 『토끼의 간』(태극서관, 1948), 『동자삼』(금룡도서, 1948), 『깨여진 물동이』(삼중당, 1949) 등이다.[5] 이 중 장편소설 단행본은 『수평선 너머로』, 『수양대군』, 『운현궁의 봄』, 『젊은 그들』, 『활민숙』 정도이다.

김동인 장편소설 중 본고가 분석할 대상 작품은 다음과 같다.

---

4) 『화랑도』는 『아기네』를 개제한 작품으로 소개되어 있다. 이 단행본은 장편소설이 아니라 단편 동화 혹은 단편 아동소설 모음집이다. 1932년 3월 1일부터 10월 31일까지 동아일보에 연재된 후 1949년 '화랑도'로 개제하여 단행본으로 출간되었다. 송하춘 편, 앞의 책, 289-290면.

5) 오영식, 앞의 책, 294면.

[표 1] 김동인 장편소설의 원본과 개작본

작가	원본	개작본
김동인	거목이 넘어질 때	제성대 / 견훤
김동인	젊은 그들	활민숙
김동인	정열은 병인가	정열
김동인	낙왕성추야담	왕부의 낙조
김동인	거인은 음즈기다	대수양 / 수양대군
김동인	분토의 주인	분토 / 을지문덕

1) 『젊은 그들』과 『活民宿』

『젊은 그들』로부터 본격적인 논의를 시작하는 일차적인 이유는 이 작품이 김동인의 첫 장편소설이기 때문이다. 더불어 이 작품이 원본 발표 이후 몇 차례 단행본으로 출간되는 과정에서, 여러 가지 흥미로운 점들이 발견된다는 사실도 『젊은 그들』을 김동인 장편소설의 판본 분화 및 개작 문제를 다루는 첫 번째 텍스트로 삼는 한 이유가 될 수 있다. 『젊은 그들』은 김동인이 1930년 9월 2일부터 1931년 11월 10일까지 동아일보에 327회로 연재 완료한 작품이다. 연재 후 1936년 삼문사에서 '장편소설 젊은 그들'이라는 표제로 첫 단행본이 출간되었다. 또한 1948년 영창서관에서 상하권으로 분책되어 재출간되기도 했다. 1930년 동아일보 연재본, 1936년 삼문사본 그리고 1948년 영창서관본에 이르기까지 원제 '젊은 그들'은 단 한 차례도 수정된 적이 없었다. 『젊은 그들』은 1920년 전후 일본에서 유행한 통속적 역사소설을 시험하려는 의도에서 집필되었다. 이에 대해 김동인은 "일본에 있어서의 시대물과 같은 것으로서 조선에서의 첫 시험이었다. 배경은 역사에 두고 가상의 인물을 중요한 줄거리에 집어넣었다. 그러나 역사소설은 아니요, 거기 나오는 인

물은 대원군 그 밖 1, 2인을 제외하고는 죄 가공인물이었다”라고 술회한 바 있다.[6)]

그런데 『활민숙』이라는 생소한 작품이 1950년 2월 13일 수문사에서 정가 100원의 단행본으로 출간되었다. 현재 소장처가 없어 그 실체를 명확히 알 수 없으나, 오영식의 저서에 따르면, 이 작품은 김동인이 1930년부터 『동아일보』에 연재한 『젊은 그들』의 개제작 혹은 해적판으로 추정된다.[7)] 오영식의 저술에 『활민숙–젊은 그들』로 소개된 점과, ‘활민숙’이 『젊은 그들』의 주인공 이활민이 만든 학당의 명칭이라는 점을 근거로 이러한 사실을 추정할 수 있다. 『젊은 그들』은 1936년 첫 단행본 출간 당시 단권 형태로 제작되었다가 1948년 영창서관에서 상하권으로 분책된 형태로 바뀌었다. 그런데 1950년 『활민숙』은 단권 형태라는 점에서 그 저본이 영창서관본이 아닌 1936년 삼문사본임을 짐작할 수 있다.[8)]

1948년 5월 5일자 한성일보 기사에 다음과 같은 내용이 실렸다.

> 文化消息–金東仁 作 「젊은 그들」 著作權 侵害로 摘發”, “문인(文人)들의 생명이라고 할 저작권(著作權)은 해방 이래 연출각색(演出脚色) 등 각 방면에 걸쳐 공공연히 침해당하고 있었는데 지난 삼월 하순 경 시내 국도극장(國都劇場)에서 리광래(李光來) 씨의 연출과 각색으로 상연된 「젊은 그들」은 소설가 김동인씨의 원작이었으나 하등의 사전 양해도 없었다

6) 송하춘 편, 앞의 책, 422면.

7) 오영식, 앞의 책, 294면.

8) 수문사는 수문관(수문관서점)과는 다른 곳이며, 해방기에는 『문학입문』(아놀드 벤넷트, 金耕普, 1947)과 『활민숙』 두 편만을 출간한 것으로 기록되어 있다. 1948년 숭문사에서 『수양대군』이 상하권으로 나뉘어 출간되기도 했다. 『수양대군』은 김동인이 1941년 2월부터 12월까지 <조광>에 11회 연재 완료한 『대수양』의 개제본이다. 1948년에는 『젊은 그들』과 『수양대군』이 각각 다른 출판사에서 단행본으로 출간된 셈이다. 오영식, 앞의 책, 163면.

> 하여 전기 원작자 김씨로부터 저작권 무단 침해(著作權無斷侵害)로 관계 당국에 고소를 하여서 동 사건이 적발되었는데 저작권에 관해 적발은 해방 후 이번이 처음이라고 하여 공보부에서는 예술인의 권리를 옹호하기 위하여 각종 흥행 허가에는 원작자 또는 劇場者의 승락서를 첨부하도록 각 도에 지시하였다고 한다.

이 기사에 따르면 1948년 3월 하순 경 이광래 감독이 김동인의 『젊은 그들』을 각색하여 공연했다. 이 공연은 일간지에도 수차례 광고된 바 있다(한성일보 1948년 3월 24, 26, 28, 31일자 등). 1948년 10월에는 영창서관에서 『젊은 그들』의 단행본이 출간되기도 했다. 김동인은 염상섭과 더불어 해방 이후 누구보다 저작권 문제에 민감한 반응을 보인 작가이다. 김동인은 1948년 숙환으로 투병생활을 하다 1951년 1월 5일 한국전쟁 중 사망했다. 이광래 감독의 연극 「젊은 그들」이나 수문사의 『활민숙』은 『젊은 그들』의 저작권을 무단 도용한 것이 분명하나, 당시 김동인이 이에 적극적으로 대응할 수 있는 상황이 아니었다. 수문사 판 『활민숙』은 이러한 상황에서 출간된 해적판이라 짐작된다.

해방 이후 출간된 김동인의 전집은 1953년 정양사 『동인전집』 2권, 1964년 홍우출판사 『동인전집』 10권, 1976년 삼중당 『김동인전집』 7권, 1988년 조선일보사 『김동인전집』 17권 등이 대표적이다. 『젊은 그들』은 1953년 정양사 『동인전집』 2권, 홍우출판사 『동인전집』 4권에 '젊은 그들'이라는 표제로 수록되었고, 삼중당 『김동인전집』 2권에도 동일 표제로 수록되었다. 조선일보사 『김동인전집』 5,6권으로 수록된 작품은 1948년 영창서관에서 상하권으로 분책된 텍스트를 저본으로 삼았다. 각 전집에 수록된 작품의 표제는 모두 '젊은 그들'이다.

[표 2] 『젊은 그들』의 판본 변화 양상

유형	제목	출판사	출판년도
연재	젊은 그들	동아일보	1930
단행본	젊은 그들	삼문사	1936
단행본	젊은 그들 상,하	영창서관	1948
단행본	활민숙	수문사	1950
전집	동인전집2-젊은 그들	정양사	1953
전집	동인전집4-젊은 그들	홍우출판사	1964
전집	김동인전집2-젊은 그들	삼중당	1976
전집	김동인전집5,6-젊은 그들	조선일보사	1988

2) 『巨木이넘어질때』, 『帝星臺』, 『甄萱』

「巨木이넘어질때」는 <매일신보>에 1936년 1월 1일부터 2월 7일까지 22회 연재 후 미완으로 남은 작품이다. 이 작품은 이후 표제를 '帝星臺'로 수정하여 1938년 5월부터 1939년 4월까지 9회 <조광>에 연재 완료되었다. 1936년 <매일신보>에 연재를 중단한 「巨木이넘어질때」와 「帝星臺」의 도입부 내용이 연결된다는 점에서 두 작품의 연속성 및 계통관계를 알 수 있다. 이어 1940년 박문서관에서 '新撰歷史小說全集' 제4권으로 출간하는 과정에서 표제를 다시 '甄萱'으로 수정하였다. 「거목이 넘어질 때」와 『제성대』의 서사에서부터 김동인은 주인공 견훤을 영웅적 인물로 묘사하고 후백제 건국을 정당화하는 논리를 마련하였다.[9] 이후에는 표제를 아예 '견훤'으로 수정하여 이러한 주제의식을 명시적으로 내세웠다. 이를테면 '거목이 넘어질 때', '제성대' 그리고 '견훤'으로 표제가

9) 이 작품에 대해, "역사를 기존의 시각과 다르게 해석하려는 작가의 의식이 드러난 소설로, 이광수의 『마의태자』와 대척점에 서 있는 작품으로 평가된다"는 지적이 있다. 송하춘 편, 『한국현대장편소설사전1917-1950』, 고려대출판부, 2013, 19-20, 22, 437-438면.

수정되는 방향은 곧 작품의 주제를 명료하게 드러내는 방식으로의 변모인 셈이다.

1940년 박문서관본 『견훤』은 430쪽 분량의 단권으로 출간되었다가, 1956년 339쪽 분량으로 편집되어 재출간되어 1960년까지 재출간되었다. 『견훤』은 이후 여러 전집에 수록되었는데 1953년 정양사에서 출간된 『동인전집』 1권에 『운현궁의 봄』과 함께 묶였다. 1964년 홍우출판사 『동인전집』 1권에 수록된 작품은 『견훤』이며, 1976년 삼중당 『김동인전집』 3권에 수록된 작품 역시 『견훤』이다. 그러나 1988년 조선일보사 『김동인전집』 11권에 수록된 작품은 『제성대』이다.[10] 전집 수록 작품 표제가 다른 경우 독자들은 두 작품을 다른 것으로 오인하기 쉽다. 이는 김동인의 경우에만 해당되는 것이 아니라 거의 모든 작가들의 단행본 및 전집 출간 과정에서 확인되는 사실이다. 『거목이 넘어질 때』와 『제성대』, 그리고 『견훤』의 연관성 및 계통 관계를 따지지 않았기에 작가 사후 출간된 단행본 및 전집 수록 작품의 표제가 상이한 것이다.

조선일보사의 『김동인 전집』 수록 텍스트가 『제성대』인 이유는 이것이 1958년 정양사 출간 『김동인 전집』 수록 텍스트를 저본으로 삼았기 때문인 것으로 판단된다. 실제로 김동인은 '제성대'라는 표제로 단행본을 출간한 적이 없었다. 저자가 직접 표제를 수정해 개작본을 출간했기 때문에 최종본이 『견훤』이라는 사실에는 이견이 있을 수 없다. 그렇다면 1958년 정양사에서 출간된 『제성대』의 정체는 무엇인가? 이미 1953년 같은 출판사에서 『동인전집』 2권으로 출간된 바 있고 이때 수록된

10) 한편 조선일보사 『김동인전집』 3권에는 「거목이 넘어질 때」가 따로 수록되어 있다. 「거목이 넘어질 때」와 『제성대』의 계통관계를 확인하지 않아 한 전집에 같은 계통의 작품이 각각 수록되는 결과를 낳았다.

텍스트는 『제성대』가 아니라 『견훤』이었다. 그러나 1958년 정양사에서 새로운 전집이 출간되면서 수록 텍스트도 바뀌었다. 즉 1953년 『동인전집』에는 『견훤』이, 1958년 『김동인전집』에는 『제성대』가 수록된 것이다. 1953년 정양사본에는 『운현궁의 봄』과 『견훤』이, 1958년 정양사본에는 『제성대』와 『잔촉』이 합철되어 있다. 조선일보사본 전집 11권에는 1958년 정양사본에 수록된 두 작품이 모여 있다. 1958년 정양사본과 1988년 조선일보사본은 모두 360면으로 동일하다. 조선일보사본 전집 11권의 저본이 정양사본임을 알 수 있는 근거이다.

[표 3] 『견훤』의 판본 변화 양상

유형	제목	출판사	출판년도
연재	巨木이넘어질째	매일신보	1936
연재	帝星臺	조광	1938
단행본	甄萱	박문서관	1940, 1956
전집	동인전집1-甄萱	정양사	1953
전집	동인전집1-甄萱	홍우출판사	1964
전집	김동인전집3-甄萱	삼중당	1976
전집	김동인전집11-帝星臺	조선일보사	1988

3) 『情熱은 병인가』, 『情熱』

『정열』은 김동인 개제작 중 유일하게 역사소설이 아닌 작품이다. 이 작품은 서구라는 작가를 중심으로 벌어지는 연애이야기를 다루고 있다. 『정열』의 전신(前身)은 1939년 3월 14일부터 4월 18일까지 27회 <조선일보>에 연재된 『정열은 병인가』이다. 연재가 중단된 직후인 1939년 4월 19일 <조선일보>에는 『정열은 병인가』 휴재 공고가 실렸고 이후 5월 2

일자 신문에 "만천하독자의 절찬 속에 계속 되어오던 이전의 연재소설 金東仁 作『情熱은 病인가』는 그동안 씨가 황군위문차로 북지로 건너가는 등 여러 가지 작자의 사정으로 부득이 當分間 休載 할수박게 없는 형편에 이르럿다."라는 기사가 실렸다. 이 시기 '작자의 사정'이란 개인적인 창작 환경을 넘어 그 이상을 의미하기도 한다. 김동인이 황군 위문을 위해 작품 연재를 중단했다는 사실로부터 이미 그 이유가 '작자의 사정'을 넘어선 지점에 존재함을 알려준다. 김동인은 해방 직후인 1946년 1월 <대조> 연재를 시작하며 표제를 '정열'로 수정하고『정열은 병인가』의 뒷이야기를 더해 7회까지 연재했다.[11]

<대조>는 1946년 1월에 창간된 시사 문예 종합지로, 이홍기(李弘基)가 편집과 발행을 맡았다. <대조>는 창간호를 낸 후 1946년 7월에 제1권 제2호, 1947년 8월 제2권 제2호, 1948년 8월 제3권 제3호, 1948년 12월 제3권 제4호를 내는 등 부정기적으로 발행되다 종간된 것으로 알려졌다. 김동인은 이 잡지 창간호에『정열』을 새롭게 연재하기 시작했으나, 잡지 발행의 불안정성으로 인해『정열』연재 또한 불안정할 수밖에 없었다. 실제『정열』은 <대조> 1호, 2호에 연재된 이후 중단된 것으로 보인다. 따라서『정열』이 <대조>에 7회까지 연재되었다는『한국현대장편소설사전』속 서지사항에 관해서는 실증적인 확인이 필요하다.

개작본『정열』이 처음 단행본으로 출간된 것은 1976년 삼중당『김동인전집』4권이 나왔을 때이다. 그보다 앞선 1964년 출간된 홍우출판사의『동인전집』에는 이 작품이 수록되지 않았다. <대조> 연재가 7회로 종료되었다고 가정해도『정열』은 장편소설 분량에 미치지 못할 가

11) 송하춘 편, 앞의 책, 429-431면.

능성이 높다. 따라서 다른 작품과 달리 『정열』이 각 전집에 누락된 이유는 분량 상의 문제 때문이라 추측된다. 1988년 조선일보사 출간 『김동인전집』 4권 수록 텍스트 또한 『정열은 병인가』이다. 최근 전자책 형태로 출간된 작품의 표제는 '정열'이 아니라 '정열은 병인가'이다. 이는 최종 개작본이 무엇인지 인지하지 못한 결과라 할 수 있다.

[표 4] 『정열』의 판본 변화 양상

유형	제목	출판사	출판년도
연재	정열은 병인가	조선일보	1939
연재	정열	대조	1946
전집	김동인전집4 - 정열	삼중당	1976
전집	김동인전집4 - 정열은 병인가	조선일보사	1988

4) 『낙왕성추야담』, 『왕부의 낙조』

『落王城秋夜譚』은 1935년 1월 <중앙>에 1회 게재한 '三百枚 長篇 歷史小說'이다. 김동인이 하룻밤 사이에 써냈다고 알려진 작품으로, 왕비를 잃은 공민왕의 고뇌와 충격을 소재로 한 작품이다. 1941년 '王府의 落照'로 개제하여 매일신보사에서 단행본으로 출간하였다.[12] '장편'으로 표기했으나 실제로는 중편 분량이기 때문에 이후 단행본으로 출간되지 못하다 1964년 홍우출판사 『동인전집』 6권에 수록되었고 이때 표제는 '왕부의 낙조'였다. 이후 삼중당 『김동인전집』 3권, 조선일보사 『김동인전집』 8권 등에도 같은 표제로 수록되었다. 1941년에 이미 개작이 완료되었기 때문에 이후 출간된 전집 역시 이 단행본을 저본으로 삼았으며 표

12) 송하춘 편, 앞의 책, 350-351면.

제의 혼란도 없다.

[표 5] 『왕부의 낙조』의 판본 변화 양상

유형	제목	출판사	출판년도
연재	落王城秋夜譚	중앙	1935
단행본	王府의 落照	매일신보사	1941
전집	동인전집6 - 王府의 落照	홍우출판사	1964
전집	김동인전집3 - 王府의 落照	삼중당	1976
전집	김동인전집8 - 王府의 落照	조선일보사	1988

5) 『거인은 움즈기다』, 『대수양』, 『수양대군』

1935년 1월부터 3월까지 <개벽>에 '巨人은움즈기다'로 2회 연재 후 중단했다가 1941년 2월부터 12월까지 11회 <조광>에 '大首陽'으로 개제하여 처음부터 다시 연재했다. 2회 연재분 제목이 목차에 '巨人은움즉인다'로, 본문에 '巨人'으로 각각 다르게 표기되어 있으며 제목 앞에 '中篇'이라 표기되어 있다. 2회까지의 내용은 「대수양」의 전반부 중 병약한 문종의 건강이 악화되고 수양이 어린 세자를 보살피는 부분까지이다.[13] 이후 1943년, 1944년 남창서관에서 580면 단행본으로 출간되었다. 이때 표제는 '대수양'이었다. 그러다 1948년 숭문사에서 표제를 '수양대군'으로 바꾸고 상하권으로 분책하여 재출간하였다. 이 판본 역시 580면(상권 272면, 하권 308면)으로, 1943년 남창서관본 『대수양』의 표제를 바꾸고 두 권으로 나누어 재출간한 것이다.

1959년 민중서관에서 출간된 『한국문학전집』 2권에는 최종 개작본인

---

13) 같은 책, 20면.

『수양대군』이 수록되었다. 그러나 이후 출간된 전집에는 『수양대군』이 아니라 『대수양』이 수록되었다. 1964년 홍우출판사 『동인전집』 3권 수록 작품은 『대수양』이며, 1976년 삼중당 『김동인전집』 3권, 1988년 조선일보사 『김동인전집』 12권 수록 작품 역시 『대수양』이다. 이는 최종 개작본인 1948년 숭문사 『수양대군』을 전혀 고려하지 않은 것으로, 전집 수록 작품의 표제 및 텍스트 선정 기준이 모호했던 당시 상황을 보여준다. 최종 개작본 『수양대군』이 전집 수록 과정에서 빠지고 『대수양』이 수록됨으로써 이 작품의 판본에 관한 혼란이 재생산된 것이다.

[표 6] 『수양대군』의 판본 변화 양상

유형	제목	출판사	출판년도
연재	巨人은움즈기다	개벽	1935
연재	大首陽	조광	1941
단행본	大首陽	남창서관	1943, 1944
단행본	수양대군	숭문사	1948
전집	한국문학전집2-수양대군	민중서관	1959
전집	동인전집3-대수양	홍우출판사	1964
전집	김동인전집3-대수양	삼중당	1976
전집	김동인전집12-대수양	조선일보사	1988

6) 『분토의 주인』, 『분토』, 『을지문덕』

「糞土의 主人」은 1944년 7월 <조광>에 발표된 후 총독부 검열로 중단된다. 이후 '糞土'로 개제되어 <신천지>에 1946년 5월부터 9월까지 4회 연재 후 중단되었다. 1948년 10월 1일부터 '乙支文德'으로 개제하여 <태양신문>에 연재하였으나 작가의 신병인 뇌막염으로 인해 중단된 미완의 장편소설로 김동인의 마지막 작품이다. 현재 신문 자료의 부재로 인해 정확한 연재 정보를 파악하기 어렵다. 소제목을 붙여가는 방식으로 을지문덕의 일대기를 토막 형식으로 전하고 있다. 김동인 장편소설의 일관된 흐름이기도 한 '신라 중심 사관 극복'이라는 역사관을 담고 있으며, 이는 '고구려 정통론'으로 구체화된다. 고구려의 웅장한 스케일과 거인의 풍모를 과시하여, 일제 강점하의 침체된 민족혼을 고취시키기 위한 작가적 의도를 엿볼 수 있다.[14)]

『을지문덕』은 단행본으로 출간되지 못한 작품 중 하나로 꼽힌다. 이 작품은 애초에 장편소설로 기획되었으나 일제의 검열, 작가의 신병 등의 이유로 마무리되지 못한 탓에 단행본 출간이 이루어지지 못했다. 김동인은 <조광>, <신천지>, <태양신문> 등 세 지면에 걸쳐 작품을 연재하며 완성을 시도했으나 결국 미완으로 남았다. 이후 1964년 홍우출판사 출간 『동인전집』 6권에 '을지문덕'이라는 표제로 수록되었고, 1976년 삼중당 『김동인전집』 2권, 1988년 조선일보사 『김동인전집』 13권에도 동일 표제로 수록되었다.

[표 7] 『을지문덕』의 판본 변화 양상

유형	제목	출판사	출판년도
연재	분토의 주인	조광	1944
연재	분토	신천지	1946
연재	을지문덕	태양신문	1948
전집	동인전집6-을지문덕	홍우출판사	1964
전집	김동인전집2-을지문덕	삼중당	1976
전집	김동인전집13-을지문덕	조선일보사	1988

14) 같은 책, 372면.

3. 판본 분화의 의미

본고는 김동인 장편소설이 개작되는 과정에서 특히 표제 수정이 두드러졌음을 확인하고, 각 판본마다 수정된 표제가 어떻게 반영되었는가를 면밀히 고찰하여 제시하였다. 또한 전집 수록 텍스트의 표제가 일관되지 않음을 확인하고 이러한 현상이 독자들에게 김동인 장편소설 텍스트에 대한 혼선과 오인을 야기해왔음을 지적했다. 첫 장편『젊은 그들』은 1930년 <동아일보> 연재 후 1936년 삼문사에서 첫 단행본으로 출간되었고, 이후 1948년 영창서관에서 상하권 분책되어 재출간되었다. 1950년 수문사에서『활민숙』으로 개제된 해적판이 나오기도 했다. 이후 출간된 전집에는 모두 '젊은 그들'이라는 표제로 수록되었다.『거목이 넘어질 때』는 1936년 <매일신보>에 연재된 후 표제가 '제성대'로 수정되어 1938년 <조광>에 연재 완료되었다. 1940년 박문서관에서 단행본으로 출간하는 과정에서 표제가 '견훤'으로 수정되었다. 이후 각 전집에 수록될 때 표제가 통일되지 않아 텍스트 이해에 혼란을 야기했다.

『정열은 병인가』는 1939년 <조선일보>에 연재 중단된 후 1946년 <대조>에 표제가 '정열'로 수정되어 다시 연재되었으나 이 역시 중단되었다. 이후 출간된 전집에는 최종 개작본『정열』이 수록되었으나, 1988년 조선일보사 출간『김동인전집』4권 수록 텍스트는『정열은 병인가』이며, 최근 출간된 전자책 중 일부 역시 표제를 '정열은 병인가'로 쓰고 있어 혼선을 빚고 있다. 1935년 <중앙>에 게재한『낙왕성추야담』은 1941년 '왕부의 낙조'로 개제하여 매일신보사에서 단행본으로 출간되었다. 이후 출간된 전집에는 '왕부의 낙조'라는 표제로 수록되었다.『거인은 움즈기다』는 1935년 <개벽>에 연재 중단된 뒤 1941년 <조광>에 다시 연재를 시작했고 이때 표제가 '대수양'으로 수정되었다. 1943년 남창서관에서 단행본으로 출간될 당시 표제도 '대수양'이었다. 1948년 숭문사에서 '수양대군'으로 개제되었다. 이후 출간된 전집에는 '대수양'이라는 표제와 '수양대군'이라는 표제가 공존하는 양상을 보인다. 『분토의 주인』은 1944년 <조광> 발표 후 검열로 중단되었다가 1946년 <신천지>에 '분토'로 개제되어 재연재되었다. 1948년 <태양신문>에 연재를 재개하면서 '을지문덕'으로 표제를 수정했으나 신병으로 연재가 중단되었다. 이후 단행본으로 출간되지 못하고 전집에 수록되었는데, 이때 표제는 모두 '을지문덕'이다.

본고는 김동인 장편소설의 개작 배경을 고찰하고, 각 판본들 간 차이와 변화를 확인하고자 했다. 김동인 장편소설 가운데 본고가 분석 및 논의 대상으로 삼은 것은 표제 수정과 개작 등 텍스트의 표면적인 변화가 두드러지는 6편이다. 이들 중 연재 과정에서부터 표제 수정이나 내용 변화를 보인 작품도 있고, 단행본 출간 시 대대적인 수정이 가해진 경우도 있다. 또한 본고는 각종 전집에 수록된 텍스트가 무엇을 저본으로 삼았는지 비교 분석하여 정본 확정과 관련된 여러 가지 혼란상을 진단했다. 특히 각 전집에 수록된 텍스트들이 제각각이어서 독자들은 텍스트의 정체를 정확히 인식하기 어려울 수밖에 없다. 표제가 수정된 텍스트가 원본과의 계통 비교 및 판본 분화 과정 자체에 대한 이해 없이 재출간되면 여러 가지 문제가 발생할 수 있다.

이러한 문제는 비단 김동인에게만 해당되는 것이 아니라 다른 작가들의 경우에도 해당된다. 일례로, 이태준의 장편소설 『행복에의 흰손들』은 1942년 <조광> 연재 이후 수차례 단행본으로 출간되었다. 이 과정에서 표제 및 본문 일부가 수정되었다. 이 작품은 이후 전집에 수록되면서 『행복에의 흰손들』(서음출판사, 1988)과 『신혼일기』(깊은샘, 1988) 등 각각 다른 텍스트처럼 출간되었다.[15] 원본 텍스트가 무엇이며, 이것이 어떤 경로를 거쳐 수정되었는지를 확인하지 않고 출간된 결과 독자들로 하여금 각각의 텍스트를 상이한 것으로 오인하게 만들 수도 있다. 이와 같은 문제는 전집 출판업자들이 해당 작품의 개작이나 판본 변화를 반영하지 않아 발생한 것으로, 향후 반드시 개선될 필요가 있다.

15) 김영애, 「『행복에의 흰손들』의 판본 분화 양상과 의미」, 『국어문학』62, 국어문학회, 2016, 237-260면.

『전도양양』의 개작 연구

1. 선행 연구 검토 및 문제제기

본고의 관심은 그간 별로 연구되지 않은 김기진 장편소설의 개작(改作)[1] 문제에 있다. 그 가운데 1929년 연재소설 『前途洋洋』과 1942년 출간된 단행본 『再出發』의 관계를 개작의 관점에서 비교 고찰하여 그 의미를 탐색하는 것이 본고의 구체적인 목적이다. 『재출발』은 김기진 장편소설 중 거의 유일한 개작본이다. 물론 『深夜의 太陽』 또한 연재 종료 후 단행본 출간 시 『青年 金玉均』으로 개제된 바 있다. 그러나 『심야의 태양』은 그가 최초 연재 당시 밝힌 바와 같이 '청년 김옥균 전편(前篇)'으로 기획된 작품이므로, 엄밀하게 말해 제목의 의미와 주제의식이 바뀐 것이라 보기 어렵다.[2] 반면 『재출발』의 경우는 '전도양양'이라는 표제와 주제가 상당 부분 수정된 판본이기 때문에 그의 장편소설 가운데

1) 본고에서는 표제의 수정인 개제(改題)를 포함하여 작품 내용을 첨삭 · 교체하는 행위로 '개작(改作)'의 개념을 사용하였다.

2) <동아일보> 1934년 9월 19일 『심야의 태양』 연재 종료 시 "青年金玉均 前篇 終 深夜의 太陽을 끝내면서"라 표기된 것으로 보아 작가가 후편을 기획한 것으로 보이나 후편은 발표되지 않았다. 한성도서에서 1936년 『청년김옥균』으로, 1952년 『심야의태양』으로, 1954년 다시 『청년김옥균』으로 바뀌어 출간되었다. 송하춘 편, 『한국현대장편소설사전1917-1950』, 고려대출판부, 2013, 282-283면.

유일한 개작본이라 할 수 있다. 따라서 『전도양양』과 『재출발』의 개작 양상을 고찰하는 데 필요한 선행 연구를 주된 검토의 대상으로 삼았다.

지금까지의 김기진 연구는 '작품'보다는 '비평'에 그 중심이 놓였다. 이는 근대비평사에서 그의 탁월한 성취를 말해준다. 또한 그는 '새로운 통속소설론'이라 불리는 소설창작론을 주창하기도 했다. 그 주된 방향성은 "대중의 기호로 우리들의 作品을 가지고 降下"하는 데 있다.[3] 그가 제시한 '새로운 통속소설론'의 두 축이라 할 「문예시대관 단편-通俗小說小考」(<조선일보> 1928.11.9-11.20)와 「大衆小說論」(<동아일보> 1929.4.14-20)은 임화[4], 안막[5] 등 카프 문사들에게 거센 비판을 받았으나, 그만큼 당시 창작계에 큰 반향을 불러일으켰다. 이 '새로운 통속소설론'의 핵심 내용을 단순화하면 '경향성과 통속성의 조화'라 표현할 수 있다. 그리고 김기진은 자신이 펼쳐 보인 새로운 창작방법론을 실제 작품 창작에 적용하였다. 한편, 그가 다양한 창작활동을 통해 자신의 비평이론을 실험적으로 검증하고자 노력해왔다는 사실을 상기하면 창작자로서 그의 위치 또한 무시할 수 없을 것이다. 김기진은 1923년부터 본격적인 창작활동을 펼쳤는데, 1920년 <동아일보> 창간 시 동초(東初)라는 필명으로 발표한 시 「可憐兒」를 그 출발로 본다. 그는 1924년 『개벽』에 단편 「붉은 쥐」를 상재하고 이듬해 단편 「젊은 이상주의자의 死」를 발표하여 소설 창작을 시작했다.

서광제는 『전도양양』이 '통속적 연애소설'이라는 세간의 평가를 비판하면서 "『전도양양』은 부르주아 계급과 프롤레타리아 계급의 콘트라스

3) 김기진, 「문예시대관 단편-통속소설소고」, 『김기진문학전집』1, 문학과지성사, 1988, 122면.
4) 林仁植, 「濁流에 抗하야」, 『조선지광』, 1929.8. 94면.
5) 安漠, 「푸로藝術의 形式問題」, 『조선지광』, 1930.3. 95면.

트를 잘 보여준" "조선서 처음 보는 프롤레타리아 리얼리즘의 영화소설"이라고 상찬한 바 있다.[6] 서광제의 감상문은 『전도양양』에 관한 당대 비평으로는 거의 유일한 것이다. 1980년대 이주형은 김기진이 통속소설론을 통해 "소설에 있어서 독자의 확보, 현실 반영 및 비판, 검열의 통과 등 제 문제를 동시에 해결할 수 있는 구체적이고 현실적인 방안"을 제시했고, 그것이 특히 장편소설 창작에서 효과적으로 실천될 수 있다고 보았다.[7] 1990년대 유덕제는 서광제의 평가를 "다소 과장된 것"이라 폄하하고 그 근거로 작가의 의도와는 달리 '작품적인 형상화'가 미흡하며, 특히 주인공의 의식 각성이 결말에서 매우 적은 분량으로 제시되어 작가의 의도나 주제를 드러내기에 부족하다고 평가했다.[8]

『전도양양』은 1929년에 연재를 시작했다는 점에서 그의 창작 기간 중 전반기에 속하는 작품이다. 김기진은 '영화소설'이라는 장르를 통해 새로운 통속소설론을 실험적으로 적용해보고자 하였다. 본고의 논의는 『전도양양』이 김기진의 새로운 통속소설론에 완벽히 부합하는 미학적 성취를 이루었는가의 문제를 따지는 것이 아니라, 『전도양양』과 『재출발』의 관계를 묻는 데서 출발한다. 『재출발』은 지금까지의 논의에서 별로 언급된 적이 없고 심지어 연구자들에게도 낯선 작품이다. 『전도양양』을 본격적으로 분석한 논문의 수가 적고, 그 결과 이 작품이 어떤 과정을 거쳐 『재출발』로 개제되었는가를 인지하기는 어려운 일이다. 일반

6) 서광제, 「김팔봉 작 영화소설 『전도양양』 독후감」, <중외일보> 1930.5.24.

7) 이주형, 「김기진의 통속소설론」, 『국어교육연구』15권1호, 국어교육학회, 1983. 38-39면. 이 논문에서 "30년대 전반에 김기진의 통속소설론과 부합되는 장편소설"로 언급한 작품은 김기진의 『해조음』, 한인택의 『선풍시대』, 심훈의 『동방의 애인』, 『불사조』, 『직녀성』, 현진건의 『적도』 등이다.

8) 류덕제, 「카프의 대중소설론과 대중소설」, 『국어교육연구』23권1호, 국어교육학회, 1991. 191-192면.

독자뿐만 아니라 당대 평론가들, 이후의 김기진 연구자들도 이 작품에 별다른 관심을 보이지 않았다. 이러한 판단의 근거로는 첫째 이 작품을 언급한 비평이나 논의가 거의 없고, 둘째, 연재 이후 동일한 표제로는 단행본으로 출간된 적이 없으며, 셋째, 김기진 문학전집(1988-1989)에도 이 작품이 수록되지 않은 점 등을 들 수 있다.[9)]

본고의 문제의식은 다음과 같은 몇 가지 의문으로부터 비롯되었다. '전도양양'에서 '재출발'로의 개작은 김기진에 의한 것인가, 작가에 의한 것이라면 그 이유는 무엇인가? 유추 가능한 선에서 가장 개연성 높은 이유는 일제 말 검열시스템 및 그의 사상 전향과 관련된 것인가? 만약 그렇다면 개작을 통한 텍스트 수정이 그의 친일 행보와 어떤 인과관계를 맺고 있는가? 본고는 이러한 의문을 해결하는 방식으로 논의를 진행해나갈 것이다. 그 과정에서 『전도양양』과 『재출발』의 관계 양상이 구체적으로 드러나리라 기대한다. 이러한 목적을 달성하기 위해 본고는 원작 『전도양양』과 개작본 『재출발』 두 텍스트의 세부를 비교 분석하고, 이를 토대로 『전도양양』에서 『재출발』로의 개작이 지니는 의미를 고찰해보고자 한다. 두 텍스트 간의 특징적인 차이를 분석적으로 고찰하여 개제 및 개작 행위에 내포된 작가의식의 변모를 추출하고자 한다.

9) 비단 김기진 소설뿐만 아니라 식민지시기 신문잡지 연재소설을 단행본으로 출간하는 과정에서 개작이나 일부 수정이 이루어진 경우는 매우 흔하다. 따라서 개작 자체를 문제시하는 것은 본고의 관심이 아니며, 그보다는 김기진의 『전도양양』의 개작 시점과 그의 사상 전향의 인과관계를 따지는 것이 본고의 관심이라 할 수 있다.

2. 개작의 배경

『전도양양』과 『재출발』의 좌표를 설정하기 위해 김기진에 관한 기존 논의와 더불어 그가 해방 이전에 발표한 장편소설들의 면면을 간략히 살펴볼 필요가 있다. 김기진의 첫 장편소설은 『約婚』(<시대일보> 1926.1.2.-6.21, 144회 연재완료)이며[10], 두 번째는 『黃原行』(<동아일보> 1929.6.8-10.21. 131회 연재완료)으로 최독견, 김팔봉, 염상섭, 현진건, 이익상의 연작소설이다.[11] 다음으로 『前途洋洋』은 김기진이 <중외일보> 기자로 재직할 당시 동지에 1929년 9월 27일부터 1930년 1월 23일까지 97회 연재 완료한 '영화소설'이다. 『海潮音』(<조선일보> 1930.1.25-7.25. 114회 연재완료)은 『전도양양』의 연재가 끝나자마자 새로 연재된 작품으로, 1937년 박문서관 장편전집2차 7권으로도 출간되었다. 마지막으로 『深夜의 太陽』(<동아일보> 1934.5.3-9.19. 112회)은 연재 후 1936년 한성도서에서 『靑年金玉均』으로 개제하여 단행본으로 출간되었다.

『전도양양』은 장편소설로는 세 번째이며, 김기진이 시도한 '새로운 통속소설론'에 시기적으로 매우 근접한 작품이다. 그는 『전도양양』의 '연재 예고'(<중외일보> 1929.9.24)에서, "나는 어느 때인가 이것을 실디로 영화화하려고 구성하엿든 것임이다. 종래의 조선영화의 「스토리」로써의 결함을 보충하고 새로운 경향을 지여보려고 하는 것이 나의 목뎍임

10) 송하춘 편, 앞의 책, 316면.

11) 1회부터 25회 최독견, 26회부터 50회 김기진, 51회부터 75회 염상섭, 76회부터 100회까지 현진건, 그 이후부터 이익상이 맡았다고 김기진에 의해 술회되었다. 당시 <동아일보> 학예부장이었던 이익상이 이 기획을 주도한 것으로 보이며, 이야기를 마무리할 수 있는 마지막 부분의 저술을 그가 맡은 것도 이와 무관하지 않은 것으로 보인다. 원래 125회로 기획되었으나, 이익상이 6회분을 초과하여 131회로 끝을 맺었다. 송하춘 편, 앞의 책, 575-576면.

니다.”라는 창작 의도를 밝힌 바 있다. 여기서 언급한 “새로운 경향”이란 그가 ‘새로운 통속소설론’에서 주창한 바인 경향성과 통속성의 조화를 의미한다. 따라서 『전도양양』은 김기진이 이론으로써 주창한 새로운 창작노선을 실제 창작에 적용한 사례 가운데 초기의 것에 해당한다.

『재출발』은 『전도양양』이 단행본 형태로 출간된 유일한 판본이다. 1942년 평문사에서 출간된 『재출발』의 속표지에는 ‘八峯 金基鎭 著 長篇小說 再出發 平文社 發行’이라고 표기되어 있다. 간기에는 ‘소화17년 4월 15일 발행, 조용균 저작 겸 발행자’라 표기되어 있고, 본문 358면 말미에 ‘끝’이라 명기되어 있다. ‘판권소유’란은 날인되지 않은 채 비어 있으며, ‘정가 일원 팔십전’이라고 표기되어 있다. <중외일보> 연재 당시 김기진은 『전도양양』을 통해 ‘영화소설’이라는 장르적 실험과 ‘새로운 경향’이라는 주제적 혁신을 달성하겠다는 목표를 제시했다. 그러나 『전도양양』의 미학적 성취 여부와는 별도로, 『재출발』은 원작의 방향성을 상당부분 상실했거나 포기한 채 평범한 ‘장편소설’의 수준으로 회귀하고 말았다.

『재출발』은 원작자 김기진에 의해 제목이 바뀌었고 내용 일부가 수정 혹은 삭제된 상태로 출간되었기에 해적판이 아니라 개작본이다. 이와 유사한 현상이 『해조음』에서도 발견된다. 『해조음』은 1930년 1월부터 7월까지 연재되었고 1938년 박문서관에서 단행본으로 출간되었다. 이 단행본의 ‘自序’에 “이것을 다시 활자로 만들어 내놓기 위해서 신문에 게재되었던 여러 군데를 깎아버리었다는 것이다. 그래도 이 소설에 미치는 영향은 극히 적다.”고 기술되어 있다.[12] 이렇듯 김기진은 연재소

12) 김기진, 「자서」, 『김기진문학전집』3, 1989, 11-12면. 덧붙여 그는 “고쳐서 써볼까도 생각했었으나 그렇게 할 필요까지는 느끼지 아니했다. 될 수 있는 데까지 이것은 써놓았던

설을 약간씩 손보아 단행본으로 출간했음을 알 수 있다. 『전도양양』은 동일 표제의 단행본으로 출간된 적이 없고, 『재출발』에는 자서나 저자 후기가 없어서 표면적으로 드러난 개작의 정황이나 계기는 알 수 없다. 다만 그가 『재출발』 출간 과정에서 원작 『전도양양』에 사용한 특정 단어를 일일이 교체했고, 중간 중간 삽입된 내용 일부를 삭제한 사실을 토대로 판단할 때 이는 작가에 의한 개작임이 분명하다.

그렇다면 그는 왜 연재 종료 후 오랜 시간이 흐른 뒤에 개작본을 출간했을까. 이에 대한 해답을 찾기 위해 개작이 이루어진 1942년 전후 김기진의 정치적 행보 가운데 주목할 만한 점을 살펴볼 필요가 있다.

> 나는 그동안 30여년간 내가 스스로 심중에 작정한 바 있어 스스로 나의 붓대를 꺾고서 나의 글을 발표하지 아니한 때가 두 번 있었다. 그 처음은 1935년 3월부터 1943년 12월까지이니, 이때는 내가 당시의 어용지 매일신보사에 기자생활을 시작하였던 까닭이다. 그러다가 1943년 12월 8일 이후 생각한 바 있어 다시 집필하여 오다가 1945년 6월말에 북경에서 평양에 있는 일본헌병대원에게 체포되어서 귀국한 후 8.15해방을 맞이하고서, 이때부터 나는 또 다시 나의 붓대를 꺽기로 결심하였다. 처음에 3년간 꺾어 두기로 작정하였던 것을, 1948년 8월 15일에 내 스스로 1년을 연장하고, 49년 8월 15일에 다시 1년을 연장하야서 50년 8월 15일 이후부터는 내가 글을 쓸 작정을 하였던 것이다. 그러나 그보다 먼저 이해에 6.25 적침(赤侵)이 일어나고, 나는 이해 7월 2일에 지금의 국회의사당 현관에서 '인민재판'을 당하였다. 나는 타살형을 받고서 죽었던 것이다. 그리하야 2일 오전 11시 반경에 타살당했던 나는 7월 6일 오후에 저절로 소생하여 적치하의 서울에서 은거하고 있다가 9.28을 맞이하였다. 그런 고로 이해 8.15가 지나면 나는 내가 스스로 정한 기한을 채우고서 집필

그때의 그 원형을 그대로 두는 것이 나로서 보든지, 또는 나로부터 떼어놓고서 한 시대적 물건으로 보든지, 그것이 의미 있는 것 같이 생각됨으로써이었다."라고 이야기하는데, 여기서 그가 개작에 대해 품었던 인식을 엿볼 수 있다.

> 활동을 하여도 좋다 그러하였는데 그후 직시(直時) 중공의 참전으로 말미암아 우리는 작전상 후퇴를 하였고, 나는 1951년 1월 3일에 서울을 탈출하여 대구에 가서 피난생활을 해 왔다. 그런 고로 이 책에 수록된 것은 1951년 3월 이후부터 지상에 발표된 것뿐이다.[13)]

1954년 수필집 『심두잡초』 후기에 따르면 그는 창작기간 중 두 번의 절필 경험을 가지고 있다. 그 첫 번째가 1935년부터 1943년까지인데, 그가 『전도양양』을 『재출발』로 개작하여 출간한 시점이 여기에 해당한다. 그는 이 시기에 자신이 '어용지' 매일신보사에서 기자생활을 했기에 '붓대를 꺾고' 글을 발표하지 않았다고 술회한다. 그는 카프 제2차 검거사건으로 붙잡힌 후 형 김복진의 권유로 매일신보사에 입사하여 1938년 사회부장을 역임한 바 있다. 그러나 「후기」의 술회와는 달리 실제로 그는 이 시기에 수많은 친일 성향의 시와 산문을 적극적으로 발표했다.[14)] 물론 이러한 집필활동은 <매일신보> 기자로서의 공식적, 직업적 행위

13) 김기진, 「후기」, 『김기진문학전집』6, 문학과지성사, 1989, 112-113면.

14) 이 시기 그가 발표한 산문 및 문예작품은 대략 다음과 같다.
* 산문 및 좌담: 「제주도 南總督수행기」(<매일신보>, 1938.9.20-9.27), 「소록도를 보고 광주로-南總督수행기」 (<매일신보>, 1938.9.28-9.29), 「조선문학과 조선작가」(『삼천리』, 1939.1), 「역사적 장행」(『삼천리』, 1939.7), 산문 「문예시감」(<매일신보>, 1940.2.27-2.29), 「대아세아주의와 김옥균 선생」(『조광』, 1941.11), 「대동아전쟁에 의해서 무엇을 배우십니까」(『국민문학』, 1942.2), 「국민문학의 출발」(<매일신보>, 1942.1.9-1.14.), 「역사적 명령」(<매일신보>, 1942.1.28), 「'신세계사의 첫 장' 쓰던 날」(『대동아』, 1942.5), 「조선영화の 신출발」(『춘추』, 1942.8) 등.
* 시: 「아세아의 피」(<매일신보>, 1941.12.13, 12.16), 「대동아전송가」(『조광』, 1942.2.), 「신세계사의 첫 장-황군의 싱가폴 점령의 첩보를 듣고」(<매일신보>, 1942.2.20), 「님의 부르심을 받들고서」(<매일신보>, 1943.8.1), 「가라 군기 아래로 어버이들을 대신해서」(<매일신보>, 1943.11.6), 「나도 가겠습니다」(<매일신보>, 1943.11.6) 등. 이 목록은 박용찬의 논문(「한국전쟁기 팔봉 김기진의 문학활동연구」, 『어문학』108, 한국어문학회, 2010, 307면)을 참조하였다. 다만 박용찬의 논문에는 시 「대동아전송가」가 「대동아전쟁송」으로 잘못 표기되었다.

일 수도 있으나, 그렇다고 하더라도 이 활동이 문인으로서의 그의 이력 바깥에 놓이는 것은 아니다. 또한 1943년 이후 집필활동을 재개한 것은 실상 그가 조선문인보국회 상무이사, 평론수필부 회장 등을 역임한 행보와 깊은 관련을 지닌다.[15] 결국 그가 말한 첫 번째 절필이란 해방 직후 반민특위에 소환된 연후에 변모된 자의식 혹은 자기검열의 한 표현으로 판단된다. 실제로 그는 해방 이후부터 한국전쟁까지 한동안 집필활동을 하지 않았는데, 그 표면적인 이유는 애지사(愛智社)라는 출판인쇄소 경영 때문이지만, 실제 이유는 일제 말기 그가 적극적으로 '문인보국' 활동의 전면에 나섰던 이력과 관련된 논란을 잠재우기 위함이었을 것이다. 결국 그의 1954년 「후기」 내용은 자기변명에 불과한 것이며, 이 시기 그는 절필한 것이 아니라 누구보다 선봉에서 문인보국 활동을 분주히 펼쳤음을 확인할 수 있다. 『재출발』로의 개작 또한 이러한 활동의 연장선상에 놓인다.

『전도양양』 개작 배경에 관해 참고할 만한 자료가 부족하여 논의의 대부분이 정황에 의한 추론의 방식을 취할 수밖에 없는 것은 본고가 지닌 한계이다. 이러한 추론에 설득력 있는 근거를 더하기 위해 식민지시기 검열의 문제를 고찰해볼 필요가 있다. 『전도양양』의 개작은 어쩌면 연재 당시인 1929-1930년과 단행본 출간 시기인 1942년 초 사이 달라진 출판물 검열 환경으로 인한 결과일지도 모른다. 『조선출판경찰월보』(1928.4-1938.11)를 분석한 몇 편의 논의를 살펴보면[16], 이 시기 많은 작가

15) 박용찬, 위의 글, 307-308면.

16) 한만수의 「1930년대 검열기준의 구성원리와 작동기제」(『한국어문학연구』47, 한국어문학연구학회, 2006), 문한별의 「『조선출판경찰월보』를 통해서 고찰한 일제강점기 단행본 소설 출판 검열의 양상」(『한국문학이론과비평』58, 한국문학이론과비평학회, 2013), 이상경의 「『조선출판경찰월보』에 나타난 문학작품 검열 양상 연구」(『한국근대문학연구』17, 한

들이 검열시스템의 영향을 받아 작품을 삭제당하거나 심한 경우 게재, 출판 자체가 좌절되었음을 알 수 있다. 『전도양양』의 경우 역시 예외는 아닐 것이다. 단순화의 위험을 무릅쓴다면, 『전도양양』은 연재가 종료된 후 단행본 출간 과정에서 내외적 차원의 검열을 거쳤고, 이것이 표제 수정 및 내용 수정으로 드러났다.

여기서 이야기하는 내외적 차원의 검열이란 작가나 발행자의 내면화된 자기검열과 일제 당국의 표준적인 검열시스템을 의미한다. 결국 『전도양양』의 개작은 이 두 요인이 동시에 작용한 결과로 이해해야 할 것이다. 외부 검열이란 당시 작품을 창작하고 발표했던 모든 작가들에게 공통적으로 해당하는 사항이므로 김기진이라고 해서 특별할 것은 없다. 외부 검열시스템의 작동이 작가의 자기검열에 영향을 미친다는 점 또한 재론의 여지가 없는 사실이다. 다만 내외적 차원의 검열이 동시에 작동할 때, 작가가 그것을 불가피한 것으로 인식하여 소극적이고 방어적인 차원에서 수용했는가, 아니면 적극적인 자기변모의 계기로 삼고 원작의 주제의식을 굴절시켰는가의 차이를 지적하고 인지하는 일은 중요하다. 김기진의 경우는 후자에 해당한다. 다음 장에서 그 근거에 대해 구체적으로 살펴볼 것이다.

3. 개작의 양상 - '새로운 통속소설'의 굴절

이 장에서는 『전도양양』과 『재출발』의 비교 분석을 통해 두 텍스트

국근대문학회, 2008) 참조

의 두드러진 차이를 살펴보고자 한다. 개작된 텍스트 『재출발』을 원작과 비교 분석한 결과 두 가지 특징적인 차이를 발견할 수 있었다. 하나는 작가가 제목을 포함해 원작에서 사용한 특정 단어를 교체한 것이고, 다른 하나는 결말의 내용 가운데 많은 분량을 삭제한 것이다. 이를 항목별로 자세히 살펴보도록 하겠다.

1) 특정 단어 교체-내선일체의 구현

원작 『전도양양』 속 '남산신궁(南山神宮)'은 '조선신궁(朝鮮神宮)' 혹은 '남산공원(南山公園)'으로 변경되었다.[17] 그리고 '일본'은 모두 '내지'로 수정되었다. 이를테면, 원작에서 사용된 '일본려관'은 '내지려관'으로, '일본녀자'는 '내지녀자'로, '일본어'는 '국어' 등으로 모두 바뀌었다.

『전도양양』	『재출발』
식탁우에는 몇가지의 음식접시와 술잔과 목아지가 길고 혹은 짧고 혹은 둥글고 혹은 네모반듯한 각색 술병이 질서없이 놓여있으며 일본여자 조선여자 그리고 한 사람밖에 안되는 서양인 남녀한쌍과 귀족같이 생긴 조선청년 일본청년…… 도합 여덜쌍의 남녀는 지금, 한칸넘어 악대실에서 흘러나오는 「오-게스튜라」에 마치여서 춤을 추기를 다하였다.(3회 1929. 9.29)	식탁우에는 몇가지의 음식접시와 술잔과 목아지가 길고 혹은 짧고 혹은 둥글고 혹은 네모반듯한 각색 술병이 질서없이 놓여있으며 내지여자 조선여자 그리고 한 사람밖에 안되는 서양인 남녀한쌍과 귀족같이 생긴 조선청년 내지청년…… 도합 여덜쌍의 남녀는 지금, 한칸넘어 악대실에서 흘러나오는 「오-게스튜라」에 마치여서 춤을 추기를 다하였다.(10면)

17) 이 가운데 '남산신궁'은 1920년부터 1925년까지 5년 간의 공사 기간을 거쳐 설립된 곳으로, 처음 명칭은 '조선신사'였으나 후에(1925년 6월 27일) 총독부가 이를 '조선신궁'으로 개명하였다. '남산신궁'은 정식 명칭은 아니었으나 당시 조선인들 사이에서 통상적으로 불리던 이름이었으리라 추측된다. 김기진은 『재출발』 간행 시에 이를 공식 명칭인 '조선신궁'으로 전부 고쳤다.

『전도양양』	『재출발』
자동차는 남대문을 나스지 않고서 남산신궁(南山神宮)으로 올라가는 언덕으로 들어섰다. 남산신궁앞 넓은 마당에 나타난 두 남녀의 그림자.(5회 1929.10.2)	자동차는 남대문을 나스지 않고서 조선신궁(南山)으로 올라가는 언덕으로 들어섰다. 남산공원(南山公園)앞 넓은 마당에 나타난 두 남녀의 그림자.(14면)
일본녀자로만 아섰단 말슴이조? 호호. 제 일본말은 상해에서 배운 일본말이랍니다. (28회 1929. 10.30)	일본내지여자로만 아섰단 말슴이조? 호호. '국어를 상해에서 배운 국어랍니다'. (96면)

(밑줄은 모두 인용자의 것임)

본고에서는 원작 내용이나 의미 수정 없이 특정 단어만 교체한 행위를 통해 작가의식의 변모를 인지할 수 있다고 판단한다. 물론 이것은 1930년대 말을 기점으로 한층 강화된 외부 검열시스템을 의식하여 이루어진 수정이라 할 수 있다. 『전도양양』에서는 당국의 검열에 저촉될 법한 표현이나 용어들이 종종 사용되었으나, 특별한 삭제나 복자(伏字) 처리 없이 연재되었다. 그런데 『재출발』로 개작되는 과정에서 일부 단어가 교체되고 특정 내용이 삭제된 것은 연재 시와 단행본 출간 시 달라진 검열 환경 때문일 수도 있다. 즉 연재한 작품을 단행본으로 출간하는 과정에서 이전에는 문제 되지 않았던 단어나 내용이 새삼 문제가 되어 검열에 의해 수정 · 삭제되었을 가능성이 존재하는 것이다. 그러나 검열시스템이 작가의식을 구속했다면, 그러한 정황은 1929년 『전도양양』 연재 당시에도 드러났을 것이고, 그렇기에 검열시스템이 『재출발』의 개제 및 개작에 관여했다고 보는 관점만으로는 개작의 정황을 설명하기에 불충분하다.[18] 더욱이 1942년을 전후로 김기진은 친일 산문이나

18) 이상경에 따르면 "1928년 11월 『어린이』에 수록된 '전람회 출품 각국 소개와 세계 특선 아동 읽을거리'라는 특집 기사 내용 중 일본을 소개하는 부분이 검열 과정에서 삭제되었다는 기록이 등장한다. 삭제된 내용은 "일본은 본국의 면적이 14,371 평방리, 영지 28,429 평방리, 합계 43,000 평방리, 총인구 5,600만으로 우리 조선의 약 2배가 된다고 한다."고

논설, 시 등을 주로 발표했을 뿐 소설 창작에는 전념하지 않았다. 이러한 시기에 그가 원작의 특정 단어나 일부 표현을 교체하거나 수정한 것은 그의 사상 전향이라는 정치적 행보와 무관하지 않을 수 없다. 이는 구체적으로 '황국신민화', '내선일체' 정신의 구현이자 자기검열의 결과이다.

『재출발』로의 개작 과정에서 김기진은 내선일체 정신을 구현하기 위해 원작에서 사용된 특정 단어와 표현을 매우 꼼꼼하게 수정하였다. 『재출발』 출간 당시 김기진이 이 문제에 얼마나 신중했는가를 짐작할 수 있는 부분이다. 특히 원작에서 빈번하게 사용된 '일본'이라는 표현은 단 한 차례의 오류도 없이 전부 '내지'로 변경되었다. 97회 연재분량이 그리 긴 편이 아니라 하더라도 이런 식의 꼼꼼한 수정은 작가의 철저한 자각과 의식 없이는 불가능했을 것이다. 그만큼 김기진이 『재출발』 출간 과정에서 자신의 사상 전향을 온전히 증명하고 황국신민으로 거듭나고자 노력했음을 짐작할 수 있다.

한편 수정된 표제 '재출발'은 그의 「再出發의 基本線」(<매일신보> 1940.2.29)을 연상케 한다. 1940년 2월 말 <매일신보>에 '文藝時感' 3부작으로 기획된 「文藝生活의 指標」(上)(1940.2.27), 「將來할 歷史의 把握」(中)(1940.2.28), 「再出發의 基本線」(하)(1940.2.29)은 그의 본격적인 친일 행보와 맞물려있다. 문제는 이 글이 단순한 기사 차원의 것이 아니라, 조선의 문예 및

설명한 대목이다. 이상경은 이 내용 중 특히 '일본은 본국의'와 '우리 조선'같이 식민지 상태를 드러내는 표현 때문에 삭제된 것으로 추측했다. 검열은 신문, 잡지, 단행본, 공연 등 매체를 가리지 않고 전반적으로 이루어졌으며, 이에 따라 김기진이 『전도양양』을 연재했던 <중외일보> 지면 역시 이러한 검열로부터 자유로울 수 없었을 것이다. 이상경, 「『조선출판경찰월보』에 나타난 문학작품 검열 양상 연구」, 『한국근대문학연구』17, 한국근대문학회, 2008, 395-396면.

역사 전반에 관한 김기진의 인식 변화가 내포된 차원의 것이라는 점에 있다. 물론 둘 사이에 직접적인 영향관계를 확인할 방법은 없다. 다만 먼저 발표한 「재출발의 기본선」의 내용을 통해 '전도양양'에서 '재출발'로의 개제 의도를 대략 유추해볼 수는 있으리라 판단된다.

> 이상과 같은 의미에서 나는 모든 신인과 또는 구인(舊人)에게까지 그대는 일본정신(日本精神)을 체득하고 있는가고 묻고 싶다. 물론 이것은 나 자신에게 때때로 자문하는 질문이기도 하다. 그리고 그때마다 나는 내 자신에게 대답한다. 『물론! 나는 그 정신의 체득자다!』라고. 그런데 여기서 나는 이 질문을 나 이외의 사람에게 이 자리에서 처음으로 발(發)해보는 것이다. 이 자각의 파악의 정도 여하에 따라서 이 앞으로의 현실에 대한 분석이라든가 나아가서는 장래하는 역사의 예견이 스스로 현수(顯殊)히 달라질 줄로 믿는다. 바꾸어 말하면 자기가 황국신민(皇國臣民)이라는 자각의 유무로 말미암아 그가 파악한 신세대의 성격은 비상한 차위(差違)를 시현(示顯)할 것임으로써이다. 이와 같이 보아오면 신인이고 구인이고 모두가 다 새로이 출발할 필요가 있다고 보인다. 왜 그러냐 하면 구인은 구인대로 그리고 신인 또한 이 문제에 관한 분명한 태도는 아직 보이지 아니하고 있어 마치 그것은 『이런 문제는 문학 이외이니까 접촉(接觸)할 필요가 없지 않소?』하는 것 같이 보이고 있는 때문이다. 그러나 거듭 말하거니와 이 문제의 결정 없이 생활의 지표를 확립할 수 없고 생활 지표의 방향이 없는 채로 왕성한 생활 의욕이 용출(湧出)되는 것이 아니며 이 생활 의욕의 끊어지지 않는 줄기찬 활동이 없이 발랄청신한 정신의 왕성한 발산을 희망한다는 것은 진실로 공염불일 뿐이다. 우리는 황국신민으로서 구체적으로 어떠한 사회관을 전취(戰取)할 것인가? 문제는 이곳에 있다. [중략] 이곳에서 나는 새로운 문학정신의 왕성한 발효(醱酵)를 예견하고 있다.[19]

19) 김기진, 「再出發의 基本線-文藝時感 下」, <매일신보> 1940.2.29. 『김기진문학전집』에는 게재 날짜가 2월 28일로 잘못 표기되었다. 또한 인용문 중 '접촉'이 전집에는 '접수'로 잘못 표기되었다.

이 글에서 김기진은 '일본정신의 체득'과 '황국신민이라는 자각'을 '생활 지표의 확립'에 매우 중요한 전제조건이라 보고, 문단의 신인이든 구인이든 모두 이러한 의식의 자각을 바탕으로 '새로이 출발할 필요'가 있다고 역설한다. 이 대목에서 작가가 '전도양양'이라는 표제를 굳이 '재출발'로 수정한 의도를 짐작할 수 있다. 그가 말하는 '새로운 출발'은 달라진 현실과 역사를 똑바로 인식하는 위에서 가능하며, 그것은 곧 '일본정신의 체득'과 '황국신민으로서의 자각'을 통해 '새로운 문학정신을 발효' 시키는 행위이다. 이것이 '전도양양'에서 '재출발'로의 개제 과정에서 드러난 작가 의식이라 할 수 있다. 타자 혹은 외국을 의미하는 '일본'은 내선일체 정신의 구현을 위해 '내지'로 교체되었고, 노동자들의 조직화를 통해 계급혁명의 낙관적인 미래를 전망하는 의미의 '전도양양'은 일본정신으로 무장하여 황국신민으로 다시 출발하는 의미의 '재출발'로 개제되었다.

2) 특정 내용 삭제-경향성의 굴절

『전도양양』의 내용 가운데 특정 부분의 삭제가 이루어진 것 또한 『재출발』로의 개작 과정에서 드러나는 특징이다. 연재 1회에서 춘호의 의기(義氣)를 엿볼 수 있는 내적 독백, 춘호가 여자 유인죄로 경찰에 끌려가 순사에게 린치를 당하는 장면 묘사, 그리고 결말에 해당하는 대목에서 대폭 삭제가 이루어졌다.

> ① 『군색하거나 억울하거나 피곤하거나 슯흐거나 비관하지 마라! 락망하지마라! <u>우선 살어잇는 것을 행복이라 생각하고서 씃까지 인생의 전장에서 용감히 싸워라! 가난과 억울은 비관과 락망으로 물</u>

리칠수엄다.』(『전도양양』 1회, <중외일보> 1929.9.27. 밑줄은 인용자의 것으로 『재출발』에서 누락된 부분.)

② 류치장까지 끄을고 온 순사는 무거운 창살 문을 열고서 어둠컴컴한 방안으로 들어가지 않으려고 발버둥질을 하는 춘호를, 발길로 거더차 넣고서 왼 집체가 울릴 만큼 문을 쾅 하고 닫어 걸었다. 그는 인저는 날르는 재주가 있어도 빠저나가기 어려울 만큼 살인강도나 절도범인과 한가지로 가친 신세가 되엇다. 그러나 그가 가처야 할 만한 리유는 아무데도 업다. 그 만한 리유가 업시 사람을 가두어 놓는 불합리를 누구보다도 뼈아프게 느낀 사람은 물론 당자인 춘호일 것이다.(『전도양양』 38회, 1929.11.10. 『재출발』에서 전체 누락.)

③ 춘호는 그동안 중흥로동조합의 일을 보지 않고 인천해상로동자조합(海上勞動者組合)을 만들어가지고, 이 새로 창립된 바다의 로동자-선원(船員)들의 조합을 키우기에 분망하였다. 그는 전기학교 이년급까지 다닌 학력이 있으므로 석유발동기선의 기관에 관하여서도 무식하지는 아니하얏다. 그리하야 약 한달 전에 인천에서도 상당히 큰 대창해조부(大昌海潮部)의 똑딱선 광명환(光明丸)의 승조원으로 배를 타게 되고, 불과 한달 동안 견습하고서 면허장은 없으나 즉시 기관수 조수가 되었다. 그리하여 지금은 말하자면 근육로동자로부터 승격하야 기술로동자가 된 세음이다. 그러나 그가 로동자인 것만은 변하지 아니하였다. 인천해상로동자조합은 전혀 춘호의 발기로 되었다. 그는 배를 타기 전부터 해원구락부(海員俱樂部)라는 것이 있는 줄은 알았었으나 그것은 단순한 친목기관에서 지나지 못하는 것이었으므로 그는 자기가 선원이 되면서 즉시 동지를 규합하여가지고 그것과 대립하여 진정한 로동자의 단체를 조직하기에 힘썼다. 그리하여 자기가 매여있는 곳 외에 두 곳 회조정의 열 척 똑딱선에서 로동을 하는 기관수의 보통 선부를 합하야 열여덟 사람의 동맹자를 얻었던 것이다. 그러나 한달도 되지 못해서 지금은 조합원이 이십오 명이나 된다. 그리고 하루아침에 일만 나면-비록 이틀 사흘씩 서로 만나지 못하는 수도 있지마는-

> 동맹파업쯤은 할 수 있을 만한 단결을 지어가지고 있다.(『전도양양』 96회, 1930.1.22. 『재출발』에서 전체 누락.)

①은 춘호의 부친이 남긴 말로, 신산한 처지에 놓인 고학생 춘호가 삶의 지침으로 여기는 메시지이다. 그 핵심은 '인생의 전장에서 용감히 싸우라'는 것이다. '락망하지 마라'와 '용감히 싸워라'는 현실인식 태도에서 중요한 차이를 내포한다. '싸우라'는 것은 곧 불합리한 현실을 회피하거나 운명으로 돌리지 말고, 그것과 치열하게 대결하라는 의미이다. 이것은 춘호를 비롯한 인물들이 비관주의에 머무르지 않고 미래에 대한 전도양양한 기대를 품게 하는 중요한 메시지다. 전회에 걸쳐 이 전언은 여러 차례 변주되어 등장한다. 앞길이 캄캄할 때 춘호는 아버지의 교훈을 떠올리면서 새롭게 결의를 다지고 미래를 기약한다. 그런데 단행본 출간 과정에서 이 내용이 삭제됨으로써 작가는 춘호의 현실 대결 의지를 굴절시키고 마는 것이다.

②는 선량하고 의로운 청년 춘호를 괴롭히는 악질 순사의 이미지를 묘사하고, 춘호가 죄 없이 감금된 자신의 상황에 대해 냉정하게 파악하는 대목이다. 순사는 춘호가 운희를 도와 제 집으로 데려가 보호한 일을 두고 '여자 유인죄'를 걸어 그를 감금한다. 이 부분은 부호 윤일영의 지시에 따라 좌우되는 법질서의 부조리함을 단적으로 드러내는 장면이다. 춘호는 법질서의 부조리한 집행을 목도하고 그 불합리함을 인식한다. 이러한 심리 묘사가 이후 춘호의 의식 각성의 한 계기로 작용하는 것이다. 그러나 『재출발』에 이르러 이러한 내용이 삭제됨으로써 춘호의 의식 각성은 다소 모호하고 추상적인 수준으로 제시된다. 주인공의 현실 대결 의지와 현실의 부조리함에 대한 각성을 뒷받침하는 내용을 생

략함으로써 김기진은 춘호라는 인물의 의식 성장 과정에 필요한 인과성을 포기한 셈이다.

③은 『전도양양』의 결말 부분이자 이 작품의 주제의식이 명료하게 드러나는 대목이다. 그런데 『재출발』로 오면 『전도양양』 96회와 마지막회인 97회에서 춘호가 인천해상노동조직을 결성하고 활동하는 내용, 운희가 병원을 나와 정미소 여공이 된 내용, 두 사람이 운희 어머니를 모시고 함께 사는 내용, 단결된 노동자들의 낙관적인 현실인식이 포함된 결말 등이 통째로 삭제된다. 단행본에서 삭제된 분량은 위에 예시한 것보다 훨씬 많다. 거의 1회 연재 분량 정도가 단행본 출간 시 삭제된 셈이며, 그 내용이 『전도양양』의 주제의식을 반영했던 부분이기에 이에 대한 세밀한 분석과 고찰이 요구된다. 『재출발』의 결말은 『전도양양』의 주제의식이 상당 부분 희석된 형태로 제시된다. 이는 김기진이 '새로운 통속소설'의 모델로 제시했던 내용과 방향성을 어느 정도 포기한 것이 아닌가 하는 의구심을 갖게 한다. 김기진이 공들여 서술하고 묘사했던 『전도양양』의 결말 부분은 주인공 박춘호가 몇 번의 위기와 고난을 겪은 후 각성하여 동지들과 더불어 '진정한 로동자의 단체를 조직'하는 과정을 담고 있다. 이것이 춘호와 운희, 윤일영과 운희·고정자의 통속적 연애담과 더불어 『전도양양』의 '새로운 경향'을 담보하는 또 다른 한 축임은 분명하다. 이는 새로운 노동자 조직의 건설과 노동계급의 낙관적 미래를 전망하는 내용으로, 『전도양양』의 주제의식을 표출한 부분이라 할 수 있다. 물론 이러한 결말이 카프문학이 지닌 고질적인 도식성과 비현실적인 낙관론을 드러낸 것이라 하더라도, 김기진은 대중적인 흥미를 끌 수 있는 통속적인 제재와 더불어 각성된 노동자 의식을 보여주는 것이 새로운 통속소설의 요건이라 보았다. 즉

'의식의 감염'이 이루어지지 않은 건강한 노동자들의 조직화를 보여줌으로써 현실의 문제를 해결하도록 교양하는 것이 장편소설의 당면한 역할이라 보았기에 김기진이 『전도양양』에서 묘사한 결말은, 그 도식성이라는 한계에도 불구하고 새로운 통속소설로서의 입지를 부여받을 수 있었다.

그러나 『재출발』에 이르러 이러한 주제가 상당 부분 수정됨으로써 경향성과 통속성의 조화를 지향했던 원작의 창작 의도는 굴절된다. 이 굴절은 외부 검열이라는 타율적 기제에 의한 것일 가능성이 높지만, 동시에 자발적인 것이기도 하다. 문제는 후자에 있다. 개작본의 방향성, 개작이 이루어진 시기를 전후로 드러나는 작가의 태도 변화 등을 근거로 판단할 때 『전도양양』의 개작은 소극적이고 방어적인 차원의 것이라 보기 어렵기 때문이다. 결론적으로, 그가 『전도양양』을 통해 도달하고자 했던 '새로움'이 내용과 형식의 재정비를 통해 '새로운 경향성'을 지어보이는 것이었다면, 『재출발』에 이르러 그것은 신체제 하 일본정신으로 무장하여 황국신민으로 새롭게 출발하는 것을 의미하게 되었다. 곧 『전도양양』과 『재출발』 사이의 거리는 프롤레타리아 문예 미학의 실천자와 내선일체 정신의 실천자 사이의 간극이라 말할 수 있을 것이다.

4. 개작의 의미

개작은 원작을 통해 표출되었던 작가의식이 어느 시기를 기점으로 변모했음을 드러내는 적극적인 행위이다. 따라서 그 변모 과정과 배경, 의미를 추적하는 일은 개별 작품에 대한 이해를 넘어 작가 이해 차원에서도 매우 중요한 작업이라 할 수 있다. 본고는 『전도양양』이 『재출발』로 개작된 사례를 토대로 김기진 소설 개작의 한 양상을 분석적으로 고찰하고자 하였다. 『전도양양』의 개작 과정을 간략하게 재구성하면 다음과 같다. 김기진은 1929년 9월부터 이듬해 1월까지 <중외일보>에 『전도양양』을 연재 완료했다. 그로부터 12년이 지난 1940년에 그는 표제인 '전도양양'을 '재출발'로 수정하고 원작의 내용 일부를 교체하거나 삭제한 뒤 단행본으로 출간했다. 이 과정에서 드러나는 문제의 핵심은 내외적인 검열시스템의 작동과 작가의식의 변모로 요약될 수 있다. 제한된 연구 범위로 인해 본고의 논의는 김기진 소설 개작 양상을 전반적으로 파악하고 분석하는 데에까지는 이르지 못했고, 다만 『재출발』이라는 텍스트의 존재를 규명함으로써 그가 개작이라는 방식으로 작가의식의 변모를 드러내고자 했음을 확인하는 데 그치고 말았다.

김기진은 1920년대 후반과 1930년대 초반에 걸쳐 당대 현실과 긴밀하게 연동하는 소설론을 제시했고, 실제 창작을 통해 그 이론적 효용성을 검증하고자 하였다. 이 시기에 발표된 『전도양양』은 내용과 형식양 측면에서 그가 자신의 새로운 창작 이념을 실험적으로 검증하기 위해 발표한 작품이라 할 수 있다. 이에 비해 『재출발』은 김기진이 원작에서 실험적으로 선보인 창작 노선을 상당히 후퇴시킨 작품이다. 작가의식의 변모 외에 개작 과정에 개입하는 것은 내외적인 검열이다. 전술한 바 있듯 내외적 차원의 검열이 동시에 작동할 때, 작가가 그것을 불가피한 것으로 인식하여 소극적이고 방어적인 차원에서 수용했는가, 아니면 적극적인 자기변모의 계기로 삼고 원작의 주제의식을 굴절시켰는가의 차이를 지적하고 인지하는 일은 연구자에게 부과된 중요한 과제이다. 본고는 『전도양양』과 『재출발』의 텍스트 비교 분석을 토대로 김기진이 개작을 적극적인 자기변모의 수단으로 인식했다는 결론에 도달했다. 그 근거로 제목의 수정 및 특정 단어의 교체, 결말을 중심으로 한 원작 내용의 대폭 삭제 등을 제시했다. 이러한 수정은 단행본 출간 과정에서 흔히 발견되는 단순한 가필이나 교정의 수준을 넘어 작가의식의 변모를 드러내는 차원의 행위이다.

그렇다면 김기진이 이전의 프롤레타리아 문예 미학을 포기하고 사상 전향으로 나아가는 과정, 구체적으로 적극적인 친일로 선회하는 과정에서 이전에 발표한 경향성 강한 작품의 내용을 수정하는 것이 무슨 의미를 지니는가. 이에 관해 본고가 도달한 결론은, 김기진이 사상 전향의 온전함을 증명하기 위한 자기검열의 수단으로 개작의 방식을 취했다는 것이다. 카프 이론가였던 그가 친일로 전향하는 일은 다른 작가들에 비해 상대적으로 변화의 진폭이 크다. 그는 자신이 과거와 결별하고 완벽하게 일제 식민지 정책에 동조하게 되었음을 당국에 증명해야 했을 것이고, 전향을 증명하는 방법에는 과거 발표 작품들을 신체제 이념에 부합하도록 손보는 일이 포함되었을 것이다. 물론 『전도양양』의 개작만으로 이를 판단하기에는 부족하나, 이 과정에서 그가 의식적으로 취한 행위들을 통해 추론해보건대 그의 변모는 신체제 하 황국신민으로 '재출발'하는 것이 역사적 당위임을 인식한 결과로 보인다. 결국 그는 『전도양양』에서 일제 당국의 구미에 거슬리는 표현이나 단어를 수정하고, 사회주의 이념의 낙관성을 피력하는 결말을 삭제함으로써 그것을 증명하고자 하였다.

제4장 강명화 이야기의 소설적 변용 −현진건의 『赤道』론

1. 문제제기

1923년 기생 강명화(康明花)의 자살 직후 나혜석은 "朝鮮에 萬一 女子로서 眞情한 사랑을 할 줄 알고 줄 줄 아는 者는 妓生界를 除하고는 업"고, "씨는 悲運에 견듸다 못함으로 戀愛의 徹底를 求하기 爲하야, 貞操의 純一을 保守하기 爲하야, 自己精神의 潔白을 發表하기 爲하야, 世態를 憤怒하기 爲하야, 自殺을 實行한 것이다."라고 논평하였다.[1] 『동아일보』 1923년 6월 15, 16일자 기사 발표 이후 강명화 사건에 대한 사회적 관심이 집중되었고, 이를 반영하듯 강명화와 장병천의 자살은 소설과 영화, 논설, 대중가요 등 다양한 장르에서 1970년대까지 끊임없이 재생산되었다.

강명화 이야기가 다양한 장르에서 50년 가까운 기간에 걸쳐 반복, 재생산되었다는 사실은 이 한 편의 실화에 내재된 대중적 파급력을 실감케 하기에 충분하다. 그럼에도 불구하고 강명화 이야기의 변용 양상이나 그에 내재한 대중성에 관한 연구는 거의 찾아보기 어렵다.[2] 그나마

1) 羅晶月, 「康明花의 自殺에 대하야」(六月二十一日), <동아일보> 1923.7.8.
2) 강명화 이야기를 직접적으로 언급하고 있는 논의로는 김경연의 「주변부 여성 서사에 관

도 강명화 이야기를 간략하게 언급하는 수준에 그칠 뿐, 지금까지 이러한 현상에 대한 심도 있는 논의는 적극적으로 이루어지지 않았다. 이에 본고는 강명화 사건이 다양한 장르에서 재생산되었다는 역사적 사실을 기본으로 하여 특히 그것이 소설 장르에 반복, 변주되는 양상을 살피고자 한다. 이를 위해 강명화 이야기를 다룬 대표적 신소설인 이해조의 「女의鬼 康明花傳」과 현진건의 「새빩안 웃음」, 『赤道』를 분석 대상으로 삼는다.

현진건의 장편 『赤道』는 그의 전작 「새빩안 웃음」(『개벽』 1925.11)과 「해쓰는 地平線」(『조선문단』 1927.1~3)에서 모티프를 취한 작품이다.[3] 실제로 『赤道』의 초반 '明花'라는 부제로 시작되는 부분은 「새빩안 웃음」의 전문을 그대로 옮긴 것이다. 다만 「새빩안 웃음」의 여성 인물 '경화'가 『赤道』에서 '명화'로 변경되었을 따름이다. 「해쓰는 地平線」은 현진건이 '憑虛'라는 필명으로 『조선문단』에 연재하던 중 잡지 휴간으로 중단하였다가 이후 장편 『赤道』의 일부로 계승하였다. 1회와 2회는 '신문긔사'라는 소제목으로 이루어졌으며, 3회는 『赤道』의 초반부 '출옥'의 내용과 거의 동일하다. 「해쓰는 地平線」의 '김활해', '박병래', '윤애경'이 『赤道』에서 '김여해', '박병일', '홍영애'로 바뀐 점이 다르다.[4] 「새빩안 웃음」은 기생

한 고찰-이해조의 「강명화전」과 조선작의 「영자의 전성시대」를 중심으로」(『여성학연구』 13, 부산대 여성연구소, 2003), 이영미의 『딱지본 대중소설의 발견』(민속원, 2009) 등이 있다. 이 중 김경연의 논의는 강명화 이야기가 아닌, 이해조의 신소설 「여의귀 강명화전」에 국한되어 있으며, 이영미의 논의는 강명화 이야기를 소재로 삼은 딱지본 대중소설의 출판 양상을 중심으로 삼고 있다.

3) 『적도』는 <동아일보>에 1933년 12월 20일부터 1934년 6월 17일까지 135회로 연재 완료되었으며, 단행본은 1937년 박문서관에서 '현대걸작장편소설전집 4'로 출판되었다. 본고에서는 1970년 어문각에서 출간된 『新韓國文學全集-玄鎭健 羅彬 選集』에 수록된 것을 텍스트로 삼는다.

4) 한상무는 「새빩안 웃음」과 「해쓰는 地平線」이 이후 『赤道』의 주된 서사로 편입되면서 이

경화와 병일의 스토리 중심이고, 「해쓰는 地平線」은 김활해, 박병래, 윤애경의 스토리 중심으로 이루어진다. 즉 두 작품의 인물이 통합되어 『赤道』의 스토리로 계승되는 것을 확인할 수 있다. 본고는 『赤道』에 담긴 이야기의 초점을 '김여해'가 아닌 여성 인물의 서사에 두고 그 의미를 분석하고자 한다. 김활해가 출감하여 홍영애와 재회하는 이야기를 다룬 「해쓰는 地平線」이 『赤道』의 초반부 서사를 이루는 한 개의 에피소드로 활용되었다면, 명화와 병일을 중심으로 한 이야기의 갈등을 본격적으로 드러낸 「새빩안 웃음」은 『赤道』 전반에 걸친 서사의 한 축을 담당한다고 볼 수 있다.

「새빩안 웃음」과 「해쓰는 地平線」을 『赤道』의 원형으로 삼고, 그것을 여성 인물의 서사로 읽어내는 논의는 거의 찾아보기 어렵다.[5] 그러나 『赤道』의 이야기 구조는 김여해와 홍영애, 박병일이 만드는 삼각연애의 구도가 아닌, 기생 이명화를 중심으로 주조되는 서사에 의해 지탱된다. 명화는 병일, 여해, 상렬이라는 세 남성과 긴밀한 관계를 맺고 서사의

원적 성격–남녀간의 애정 갈등을 중심으로 하는 통속소설적 성격과 민족혼과 항일정신을 내용으로 하는 저항문학적 성격–을 을 나타낸다고 보았다. 그의 논의는 『赤道』론을 이루는 두 개의 큰 흐름을 지적한 것이라 할 수 있다. 그런데, 「새빩안 웃음」의 서사를 '남녀간의 애정 갈등을 중심으로 하는 통속소설적 성격'으로, 「해쓰는 地平線」의 서사를 '민족혼과 항일정신을 내용으로 하는 저항문학적 성격'으로 단정하는 논의는 지나치게 단순화된 시각의 반영이라 할 수 있다. 실제 두 작품의 서사는 이러한 이원적 성격을 대표한다기보다는 장편 『赤道』의 복잡한 인물 구성을 예시하는 일종의 설계도에 해당하기 때문이다. 한상무, 「저항의 정신과 위장의 방법–빙허의 후기 장편 <적도> 연구」, 『연구논문집』8, 강원대학교, 1974, 504~505면.

5) 『赤道』를 '김여해의 서사'가 아니라 '김상렬과 명화의 서사'로 이해해야 한다는 논지를 피력한 것은 남상권의 논의가 거의 유일하다. 그는 『赤道』를 작가 현진건의 친형 현정건과 그의 애인 현계옥을 모델로 한 작품으로 분석한다. 그는 작품 속 김상렬을 현정건으로, 명화를 현계옥으로 대입하여 서사를 분석하는데, 일면 타당하나 김상렬의 표면적인 비중이 미미하다는 점에서 볼 때 다소 억지스러운 면이 있다. 그러나 그의 논의는 김여해가 아닌 상렬과 명화를 작품 해석의 중심으로 옮겨놓았다는 점에서 의미 있다. 남상권, 「현진건 장편소설 『赤道』의 등장인물과 모델들」, 『어문학』108, 한국어문학회, 2010, 241면.

초반부터 종반까지 관여하는 유일한 인물이라는 점에서 이러한 가설은 설득력을 얻는다. 즉, 여성 인물 명화를 중심으로 『赤道』의 서사를 분석하는 작업은 이미 그 내적 구조에 의해 필연성을 얻는 방식이라 할 수 있다. 이때 강명화라는 실화 속의 인물은 『赤道』에서 이명화, 박은주, 홍영애로 분할되어 형상화된다. 기존의 『赤道』 연구가 김여해를 중심으로 한 독법에 치우쳐, 대체로 삼각연애구도의 연쇄[6]나 인물의 탈낭만화 과정[7]을 문제 삼았다면, 본고는 기존 논의에서 배제되었다 할 수 있는 여성 인물 이명화를 중심으로 작품의 일관된 구성 원리를 추출하는 데 목적을 둔다. 이를 위해 강명화 이야기를 다룬 신소설인 이해조의 「女의鬼 康明花傳」과 현진건의 「새빩안 웃음」, 『赤道』를 함께 고찰하여 텍스트의 변화에 따른 강명화 이야기의 변용 양상과 그 의미를 밝혀보고자 한다. 이해조, 최찬식 등의 신소설 대가들이 앞 다투어 강명화 이야기를 전면으로 다룬 사실과는 대조적으로, 근대소설가로 이를 다룬 작가는 현진건이 유일하다. 현진건의 대표 장편으로 거론되는 『赤道』는 그 자체로 완성된 세계를 이루나, 분명 강명화 이야기를 서사의 단초로 삼고 있다. 본고는 『赤道』를 김여해가 아닌 명화의 서사로 보아 새로운 시각으로 작품의 의미를 분석하고자 한다.

---

6) 조동일, 「赤道의 구성과 주제」, 『玄鎭健의 소설과 그 시대인식』, 새문사, 1981. 82~86면. 조동일은 박병일, 원석호로 대표되는 부정적 세력, 반민족적 세력과 김상렬, 김여해로 대표되는 긍정적 세력 민족적 세력 간의 대립이 『赤道』의 중심축이며, 여성 인물 홍영애, 이명화, 박은주는 두 세력 사이에서 존재하면서 이들의 대립과 갈등을 더욱 선명하고 치열하게 만드는 존재들로 파악한다.

7) 김상욱, 「현진건의 『赤道』 연구: 계몽의 수사학」, 『선청어문』24, 서울대국교과, 1996, 349-353면 참조.

2. 『女의鬼 康明花傳』과 「새빩안 웃음」의 거리

1) 이해조의『女의鬼 康明花傳』

강명화와 장병천의 사랑과 자살을 다룬『동아일보』기사는 무려 세 차례에 걸쳐 확인된다. 이는 두 사람의 연애담과 정사(情死)가 당대의 큰 이슈였음을 반영하는 사실이다.『동아일보』의 당시 기사를 토대로 재구성한 강명화의 생애는 대략 다음과 같다.

평양의 가난한 부모에게서 태어남(재자가인). 가난으로 인해 기생이 됨(첫 번째 수난). 대구 부호의 아들 장병천과 만나 사랑에 빠짐(자유연애). 신분, 축첩 등의 이유로 병천의 부친 장길상의 반대에 부딪힘(혼사장애, 두 번째 수난). 학업을 목적으로 도일(동경 유학). 생활고에 시달림. 생활고와 재일 유학생들의 테러를 견디지 못해 귀국(세 번째 수난). 계속되는 생활고와 시부모의 박대를 견디지 못하고 자살(1923. 6). 뒤이어 장병천도 자살(1923. 10).

강명화 이야기를 소설화한 작품으로 확인되는 것은 현재 9편이다.

이해조,『女의鬼 康明花傳』, 고유상 저작 겸 발행. 회동서관(1925;1927).
이해조,『女의鬼 康明花實記(下)』, 회동서관(1925;1926).
박준표 저작 겸 발행,『絶世美人 康明花설음』, 영창서관 · 한흥서림(1925).
최찬식,『康明花傳』, 신구서림(1925).
현진건,「새빩안 웃음」, <개벽> 1925.11
강의영 저작 겸 발행,『絶世美人 康明花傳』, 영창서관(1935).
저자 미상,『康明花傳』, 동화당서점(1945).
김인성 · 강준형 저작 겸 발행,『美人의 情死』, 발행소 불명(1954).
저자 미상,『康明花의 哀死』, 세창서관(연도 불명).

저자 미상, 『康明花의 죽엄』, 향민사(1972).

소설 작품 이외에 강명화 이야기를 다룬 것들은 다음과 같다.

「康明花의 自殺 내막은 매우 복잡」(『동아일보』 1923.6.15).
「꽃 같은 몸이 생명을 끊기까지」(『동아일보』 1923.6.16).
나혜석, 「康明花의 自殺에 對하야」(『동아일보』 1923.7.8).
「부호의 독자 장병천의 자살」(『동아일보』 1923.10.30).
「悲戀의 曲」(하야카와 고슈 감독, 김조성 문영옥 출연, 동아문화협회, 1924).
青衣處士, 「美人薄命哀史-사랑은 길고 인생은 짤다든 강명화」, 삼천리, 1935.8.
「康明花」(윤석주 각색, 강대진 감독, 윤정희 신성일 출연, 1967).
「康明花」(조흔파 작사, 백영호 작곡, 이미자 노래, 1967).

소설 작품 가운데 박준표 저작 겸 발행의 『絶世美人 康明花설음』(1925)과 강의영 저작 겸 발행의 『絶世美人 康明花傳』(1935)은 판본과 내용이 모두 동일하다. 박준표나 강의영은 출판업자로 명성이 있던 이들로, 실제로 이들이 작품을 직접 창작한 것으로 보는 데는 무리가 따른다. 박준표의 『絶世美人 康明花설음』과 최찬식의 『康明花傳』, 이해조의 『女의鬼康明花傳』은 모두 같은 해에 출간되었으나 상이한 내용과 판본의 작품들이다. 저자와 발행연도를 알 수 없는 세창서관 발행 『康明花의 哀死』는 박준표, 강의영의 작품과 면수는 같고 내용은 다른 작품이다. 또한 『美人의 情死』(1954)는 1972년 대구 향민사에서 발행한 『康明花의 죽엄』과 동일작이다. 거칠게 보아도 강명화 이야기를 다룬 딱지본은 여러 작가들에 의해 5개 이상의 상이한 판본으로 출간되었음을 확인할 수 있다.

강명화 이야기를 다룬 소설 작품의 대부분은 딱지본 형태를 취하고 있다. 딱지본의 경우 1920년대부터 영창서관, 회동서관, 신구서림, 세창서관을 중심으로 여러 판본으로 출간되었다. 이 가운데 이해조는 상편과 하편으로 나누어 강명화 사건에 얽힌 내막을 소설화하였다. 그는 이해관(李解觀)이라는 필명으로 『女의鬼 康明花傳』과 『女의鬼 康明花實記 下』를 발표하였다. ‘女의鬼 康明花實記 上’이라는 표제의 작품은 존재하지 않으며, 『女의鬼 康明花傳』의 결말과 『女의鬼 康明花實記 下』의 서두가 내용상 연결된다. 『女의鬼 康明花傳』은 강명화의 자살과 뒤이은 장병천의 죽음에 관한 내용으로 끝나고, 『女의鬼 康明花實記 下』는 장병천의 죽음을 둘러싼 소문에 관한 등장인물들의 대화로 시작된다. 이러한 점으로 미루어 두 작품을 상, 하편의 관계로 볼 수 있다.

이해조는 『女의鬼 康明花傳』의 머리말에서 ‘적악(積惡)을 경계하고 선행을 권장’하는 요지의 창작 의도를 밝히고 있다. 그는 귀신이 존재한다는 것을 전제로, 남에게 해악을 끼친 사람은 반드시 귀신의 보복을 당하므로 죄를 시급히 뉘우치고 회개할 것을 강조한다.

> 의긔가산악갓흔영웅남아이나열졀이츄상갓흔규즁녀ᄌᆞ이나그남아심ᄉᆞᆼᄒᆞᆫ소아처녀ᄭᅡ지도셰ᄉᆞᆼ에다시업슬원통ᄒᆞᆫ죽엄을당ᄒᆞ면신령ᄒᆞᆫ혼과원억ᄒᆞᆫ넉이즉시헤여지지못ᄒᆞ고텬지사이에ᄭᅩᆨ미쳐잇셔왕왕산사람의눈에낫타나는일이예로부터잇셧다그젼례를드러말ᄒᆞᄌᆞ면 [중략] 근일로말ᄒᆞ면 평양싱장강확실이라ᄂᆞᆫ녀자의일이다(『女의鬼 康明花傳』, 2면)

권선징악(勸善懲惡)이라는 주제를 창작 의도로 명시하고 있다는 점, ‘전(傳)’의 형식을 취하고 있다는 점 등을 토대로 할 때 이해조의 작품은 다분히 고소설적 면모를 지닌다. 작품 초반 원귀 강명화가 등장하여 자신의 기구한 인생을 하소연하는데, 그 내용의 대부분을 생전에 자신이 비천한 신분(기생)이라는 이유로 자신을 며느리로 인정하지 않았던 시부모에 대한 원망으로 채우고 있다. 그녀는 일부종사(一夫從事)를 핵심으로 하여 자신의 부덕(婦德)을 강조하고, 부모에 대한 지극한 효성을 드러내는 것으로 신세한탄을 마무리하고 있다. 타고난 팔자가 기구하여 비록 기생이 되었으나, 자신은 금전에 대한 욕심도 없고 행실이 음란하지도 않다는 점을 강조하면서 상대적으로 자신에 대한 시부모의 박대와 무정함을 부각시킨다.

강명화의 하소연은 표면적으로 자신을 박대한 시부모에 대한 원망을 담고 있지만, 그 이면에는 신분 상승에 대한 욕망과 그 좌절에 대한 절망이 고스란히 녹아 있다. 그러한 심리가 단적으로 표출된 것이 자신의 사후 처리에 대해 원망하는 대목이다.

> 말으시오말으시오진정이지그러케말으시오죽은졍승이산ᄀᆡ아지만못ᄒᆞ다ᄂᆞᆫᄃᆡ싱젼에그쳐럼 ᄒᆞ고죽은뒤에아모리숙의관락을잘ᄒᆞ야쥬면소용이무엇이오자동차가칠팔ᄃᆡ식호장을ᄒᆞ고졔물을풍비히차려던을드리엇다히도남의이목가림이지나의신톄ᄂᆞᆫ공동장ᄃᆡ에갓다버리고말앗지오.나ᄂᆞᆫ실소나ᄂᆞᆫ실소내시톄를거젹에둘둘말아마죠잡이에ᄶᅧ메여다라도ᄃᆡᆨ션영향양ᄒᆞᆫ곳에깁히파고뭇어쥬엇스면죽은고혼이라도ᄃᆡᆨ션산을의지ᄒᆞ고잇다가나의남편ᄇᆡᆨ셰후에그션영에안장ᄒᆞ면우리원통ᄒᆞᆫ내외가넉이라도다시셔로만나지오이갓치숫숫내젹악을ᄒᆞ실것이무엇이오젹션지가에필유여경(積善之家必有餘慶)이라오.(『女의鬼 康明花傳』, 8면. 밑줄은 인용자.)

물론 이 하소연은 표면적으로 시댁 선산에 묻혀 후일 남편 병천과 다시 만나고 싶다는 소망을 드러낸다. 그러나 생전 강명화가 장병천의 부친 장길상에게 정식 며느리로 인정받기를 소원했으며, 이것이 받아들여지지 않자 죽음을 선택했다는 정황으로 미루어볼 때, 그녀의 원망은 병천을 통한 신분 상승에의 욕망이 좌절된 데 대한 한탄의 성격이 강하다.

또한 일부종사(一夫從事)를 핵심으로 하여 자신의 부덕(婦德)을 강조하는 대목에서도 신분 상승에 대한 그녀의 욕망을 읽을 수 있다. 그녀는 자신이 비록 천한 기생 출신이나 한 남편만을 평생 섬기는 절개 있는 여인임을 강조함으로써, 그에 상응하는 대우를 기대했다. 그녀가 유학 기간의 생활고를 견딜 수 있었던 것 또한 스스로 음란하지 않고 금전에 욕심이 없기 때문이라 밝히고 있으나, 그 이면에 자신의 희생에 대한 일종의 보상심리가 작용하고 있었음을 부인하기 어렵다. 신분 상승을 위해 수절(守節)을 무기로 삼는 이야기의 구조는 「춘향전」과 같은 고소설의 등장 이후 반복적으로 등장하는 모티프이다.

이해조의 작품은 강명화 실화를 권선징악이라는 교훈적 틀에 맞추어 재구성한 작품이다. 그는 강명화 이야기의 교훈적, 계몽적 측면을 부각하기 위한 수단으로 허구적 정황을 첨부하여 독자들의 직접적인 각성을 유도한다. 귀신 이야기를 제목과 서두에 배치하여 독자들의 경각심을 불러일으키는 것은 결국 악행을 경계하라는 고유한 목적을 염두에 둔 구성인 셈이다. 이때의 재구성이란 실화가 지닌 골격과 주제를 기본 틀로 하고, 여기에 작가의 상상력을 가미하는 방식으로 이루어지나, 후자의 역할이나 영향력은 극히 미미하다고 할 수 있다. 그만큼 이해조는 실화가 지닌 고유한 이야기 구조를 그대로 차용하여 문학의 계몽적 기능을 최대치로 끌어올리는 데 강명화 이야기를 이용하고 있다. 이는 최찬식의 『康明花傳』전을 비롯한 딱지본 소설에서 공통적으로 발견되는 특징이다. 많은 실화 가운데 신소설 작가들이 유독 강명화 이야기에 집중한 이유 또한 그것이 당대 대중들의 기대에 부응할 만한 계몽적 요소를 지녔기 때문이라 할 수 있다. 달리 말하자면, 이해조를 비롯한 신소설 작가들에게 강명화 이야기는 독자들의 도덕적 각성을 유도하기에 매우 적절한 소재로 인식되었던 것이다. 신소설의 대가 이해조, 최찬식은 자신들의 마지막 작품 소재를 강명화 이야기로부터 빌어왔다. 이들은 권선징악이라는 이념의 틀 안에 문학의 대중 계몽적 기능을 담을 수 있는 마지막 제재로 강명화 이야기를 선택했으며, 이후 근대소설에 자신들의 자리를 내어준다.

2) 현진건의 「새빩안 웃음」

명화는 누구인가. 1925년 11월 『개벽』에 1회 게재 후 중단된 「새빩안 웃음」의 부기에서, 작가는 다음과 같이 창작의 계기를 밝히고 있다.

> 어찌보면 康明花의事實을 적은줄로 아실것이다. 그事實에 힌트를 밧기도하얏고 骨子에 類似한點도잇지마는, 그것은 枝葉에 근칠따름이오 온전히 작자의 想像力으로 비저내인 創作品인것을 言明해둔다.(「새빩안 웃음」, 45면. 밑줄은 인용자.)

현진건은 「새빩안 웃음」이 강명화의 실화로부터 소재를 취했음을 시인하면서도, 그 사실은 '지엽'에 불과한 것이며, 자신의 상상력을 통해 온전하게 창작한 것임을 분명하게 밝히고 있다. 「새빩안 웃음」은 비록 1회로 중단되긴 했으나, 다른 딱지본 소설들과는 달리 등장인물의 이름을 실명이 아닌 허구적 이름으로 고쳤고, 스토리 중간 중간 상세한 묘사와 대화를 삽입하고 있다는 점에서 변별적이다. 가령 명화를 '경화'로, 병천을 '병일'로 바꾸고, 서술자의 논평적 서술을 삽입하지 않았다는 점

등이 그러하다. 딱지본 소설들의 경우 대부분 표제에서부터 내용에 이르기까지 '전(傳)'의 형식을 취하고 있기 때문에 인물의 일대기 중심으로 스토리가 구성된다. 반면 「새빨안 웃음」의 경우 표제에서부터 이미 근대소설의 면모를 보이고 있으며, 서술자의 직접적인 개입이 사라지고 인물 묘사와 대화 중심으로 서사를 구성하였다는 점에서 변별적이라 할 수 있다.

1920년대 사실주의 단편소설의 기수였던 현진건이 갑작스레 강명화 이야기에 주목한 이유는 무엇일까. 몇몇 논자들이 지적하는 바대로 그가 당시 세간의 화제였던 강명화 이야기에서 현정건과 현계옥의 러브스토리와 유사한 구조를 발견했기 때문이라는 가설은 그다지 설득력이 부족해 보인다. 그렇게 분석하기에는 애국지사이자 독립운동가인 현정건의 면모와 대구 부호의 독자인 장병천의 면모에 공통점이 부족하다. 다만 현계옥과 강명화가 기생 신분이었다는 점, 두 연인이 모두 핍박을 피해 국경 밖으로 애정의 도피 행각을 벌였다는 점 정도가 둘 사이에서 발견되는 공통 요소이다.

「새빨안 웃음」의 서사와 주제의식이『赤道』로 확장된다는 점을 배제하고 읽을 경우 그 내용은 강명화 이야기의 전체 가운데 일부를 이루는 정도로 일치한다. 기생 경화가 부호 병일과 하룻밤을 보내는 내용을 골자로 하는 「새빨안 웃음」은 상렬이 아닌 병일을 전면에 내세운다. 병일은 초점화자로 설정되어 있으며, 작품은 그의 시선을 따라간다. 또한 미완으로 작품이 중단되었기에 「새빨안 웃음」에서 상렬은 미지의 존재로 남고, 그에 따라 그가 차지하는 비중은 극히 미미할 수밖에 없다. 그런데 서사가『赤道』로 확장되면서 상황은 사뭇 달라진다. 이후『赤道』분석에서 상세하게 다룰 터이나, 이미 강명화 이야기라는 본래의 창작 동기는 「새빩안 웃음」을 거쳐 『赤道』에 이르면 적어도 표면적으로는 거의 소실되었다고 해도 과언이 아니다. 강명화 이야기에 내포된 시대 비판의 목소리가 있다면 그것은 근대 진입 이후로도 여전한 신분제의 장벽과 그로 인한 혼사장애일 것이다. 고래로 대중소설의 모티프가 되었던 신분 차이로 인한 혼사장애는 근대 진입 이후로도 꾸준히 대중적 지지를 확보해왔다. 강명화 이야기가 별다른 변주 없이 반복 재생산되어 50년 가까이 팔릴 수 있었던 근본 이유도 이러한 모티프의 대중성에 있을 것이다. 그런데 「새빩안 웃음」이나 『赤道』에 이르면 신분 차이로 인한 혼사장애는 거의 모티프로서의 기능을 상실하고 만다. 『赤道』에 등장하는 여해와 영애의 혼사장애는 이들의 신분 차이로 인한 결과가 아니라 자본의 힘이 좌우한 결과이며, 이는 『赤道』의 전체 이야기 구조상 그다지 큰 비중을 차지하지 않는다.

딱지본 소설들이 강명화의 일대기를 소설의 시간으로 설정한 데 비해 「새빩안 웃음」의 시간은 어느 여름 새벽이다. 이야기는 경화와 병일의 첫 만남 이후로 설정되어 있는데, 병일은 석왕사 휴가에서 처음 경화를 본 후 그 미색을 잊지 못해 서울로 돌아와 그녀를 찾는다. 명월관 기생과 사업가로 다시 만난 이들은 연인관계를 맺는데, 이후 『赤道』의 이야기로 확대하면 이는 명화와 병일의 관계로 이어진다. 「새빩안 웃음」의 서사는 경화와 병일이 만나 연인관계로 발전한 어느 여름 새벽 무렵의 대화로 구성되어 사건의 단초를 제공하는 데서 그치나, 이후 『赤道』로 확장되면서 분명한 골격과 구체성을 갖춘다. 잠에서 깬 병일이 경화의 팔뚝에 먹실로 새긴 글씨를 보고 그녀의 정조를 의심하자, 그녀는 병일의 의심을 풀기 위해 그가 보는 앞에서 칼로 그것을 도려낸다. 이후 『赤道』의 서사를 통해 확인되는 것은 명화의 팔뚝에 ‘백년낭군

김'이라는 문신을 새긴 이가 김상렬이라는 사실이다. 이렇듯 「새빨안 웃음」의 서사는 『赤道』로 확장되면서 뚜렷한 인과성을 확보한다.

「새빨안 웃음」에서 실명 '명화'를 '경화'로 고친 것은 강명화의 자살 사건이라는 실화에 지나치게 기댄 여타의 딱지본 소설들과의 변별을 위한 작가의 의도였을 가능성이 크다. 그런데 『赤道』로 오면 '경화'는 다시 '명화'가 된다. 이 변화의 의미는 무엇인가. 「새빨안 웃음」의 부기에서 현진건은 이 작품이 강명화 이야기에서 소재를 취했으되, 골자는 자신의 상상력을 바탕으로 창작한 것임을 명시했다. 명화를 '경화'로, 병천을 '병일'로 개명한 것 또한 작가가 밝힌 '상상력'이나 '창작'의 연장선상에 놓인다. 그렇다면 「새빨안 웃음」의 '경화'가 『赤道』에서 다시 '명화'로 바뀐 것 또한 어떤 필연적 의도를 내포한 것이 아닐까. 『赤道』가 기생 이명화 중심의 서사라는 전제를 받아들일 경우 이 변화는 원래 강명화 이야기 속 주인공 명화의 면모를 부활시키려는 작가의 의도로 해석할 수 있다. 「새빨안 웃음」을 거쳐 『赤道』에 이르러 표면적으로 소실된 것처럼 보이는 강명화 이야기의 혼사장애 모티프는 실은 사라진 것이 아니라, 작가에 의해 창조적으로 변용되어 드러난다. 이를테면, 강명화라는 여성 인물의 이미지나 그녀에게 벌어지는 사건들은 『赤道』의 세 여성 인물인 이명화, 박은주, 홍영애에게 분산되어 텍스트의 의미를 형성하는 것이다.

3. 강명화 이야기의 창조적 변용-현진건의 『赤道』

『赤道』의 서사는 표면적으로 김여해와 홍영애, 박병일의 과거사를 추리해나가는 축(과거), 이명화, 박병일, 김여해가 꾸려나가는 복잡한 애정 관계의 축(현재), 그리고 명화의 백년낭군 김상렬의 정체와 역할을 밝히는 축(미래)으로 구성된다. 이 가운데 첫 번째 축은 작품 초반부에서 그 진상이 대부분 밝혀지며, 이에 따라 홍영애는 김여해, 박병일의 움직임을 보조하는 역할에 그치고 만다. 이는 김여해라는 인물의 행동 양상을 뒷받침하는 에피소드의 차원에 놓인다. 홍영애는 작품 초반 김여해와 박병일을 두고 삼각관계를 형성하여 사건을 이끌어나가는 역할을 담당하는 것처럼 보이나, 이후 그 비중이 현격하게 줄어든다. 홍영애의 역할이 줄어듦으로 인해 첫 번째 축의 구도는 삼각관계의 파탄으로 이어져 작품 초반 이후 서사적 긴장감을 상실한다.[8] 이에 비해 두 번째와 세 번째 축은 『赤道』의 중심 이야기에 해당하는 것으로, 특히 후자는 전자를 해명하는 실마리로서의 역할을 담당하기도 한다. 김여해, 홍영애, 박병일의 치정에 얽힌 과거사의 전모가 현재 시점에서 재구성되고, 이 과정에서 진실이 폭로, 고백되는 과정이 분량 면에서 상당한 비중을 차지하는 것은 사실이다. 그럼에도 불구하고 이 에피소드를 신문연재소설의

8) 홍영애는 집안 형편 때문에 연인 여해와 헤어지는 혼사장애를 겪고, 부호 박병일과 애정 없는 결혼을 한다. 이는 강명화 이야기의 서사가 변용된 형태이다. 여해와의 혼사장애, 부호 병일과의 결혼은 강명화가 겪은 부호의 아들 병천과의 혼사장애와 겹친다. 그러나 영애는 그 존재 자체가 하나의 의미, 주제를 구현하기보다는 다른 인물이나 사건을 매개하는 존재로서의 의미만을 지니는 경우라 할 수 있다. 그녀는 분명 『赤道』의 초반부에서 중요한 역할을 담당할 인물처럼 등장한다. 특히 그녀는 여해-병일과 삼각연애의 구도를 형성하면서 서사의 중추를 형성한다. 그러나 이후의 서사에서 그녀의 역할은 거의 사라진다. 명화와 은주가 남성인물 여해, 병일, 상렬과 얽히고설키는 복잡한 관계도를 형성하는데 비해 영애의 존재감은 서사 초반 이후 거의 상실되고 만다. 이는 강명화가 겪은 부호의 아들 병천과의 혼사장애라는 모티프에서 기대할 수 있는 주제 구현의 한계를 인식한 작가의 의도라 할 수 있다. 즉, 홍영애라는 인물이 지닌 속성은 「여의귀 강명화전」의 주제에서 더 이상 진보할 수 없는 것이어서, 작가는 그녀를 다른 인물들의 성장과 변화를 보조하는 에피소드의 차원에만 제한적으로 활용할 뿐이다.

속성 상 독자들의 흥미를 유발하고 유지하기 위한 방편의 하나로 이해하는 것이 더 타당하며, 실제 『赤道』의 전체 서사를 지탱해나가는 힘은 두 번째와 세 번째 축에 있다고 보는 것이 온당하다.

「새빩안 웃음」의 '경화'는 『赤道』에서 '명화'로 바뀐다. 이 변화는 단순히 강명화가 이명화로 이름을 바꾼 데 그치지 않는다. 『赤道』의 여성인물들을 자세히 들여다보면, 강명화 이야기에 등장하는 여 주인공이 이명화, 박은주, 홍영애라는 세 인물의 형상으로 분할, 재현됨을 발견할 수 있다. 「새빩안 웃음」에서 장병천의 분신처럼 여겨지던 병일은 『赤道』에서 그 존재감이 확대된다. 「새빩안 웃음」에서 다소 불분명한 성격으로 그려졌던 병일은 『赤道』에 이르러 영애, 명화, 여해 등과 연애관계를 중심으로 복잡하게 얽히는 중심인물로 부상한다. 그는 강명화 이야기에 등장하는 부호의 외아들 장병천의 이미지에서 완전히 탈피하여 새롭게 창조된 인물이라 하기에 손색이 없다.

『赤道』의 이명화는 가난한 집안 형편 탓에 기생이 되었으나, 학업에 대한 열의를 포기하지 못해 야학에 나가 상렬을 만난다. 이는 강명화의 경우와 매우 유사한 설정이다. 『女의鬼 康明花傳』에서 '명화'는 기명(妓名)이고, 그녀의 본명은 '확실(確實)'이다.[9] 그녀는 재색을 겸비하였으나 빈한한 가세로 인해 기생이 된 후 장병천을 만나 사랑에 빠지고 함께 일본 유학을 떠난다. 두 작품의 이러한 유사성은 결국 현진건이 『赤道』의 서사 구조를 강명화 이야기에서 빌어 왔음을 증명할 만한 근거이다. 가난한 형편 탓으로 기생이 된 여성인물이 학업에 대한 열정을 매개로

9) 동아일보 기사 및 딱지본 신소설들은 모두 강명화가 평양 강긔덕의 딸이며, 본명이 '확실'이라는 점을 공통적으로 제시하고 있다. 이는 딱지본 신소설들이 강명화 이야기를 허구가 아닌 실화의 측면으로 접근했음을 증명하는 근거라 할 수 있다. 그러나 현진건의 「새빩안 웃음」과 『赤道』는 이와 같은 강명화의 실제 정보를 제시하지 않는다.

남성인물과 연애관계를 맺는다는 설정은 『女의鬼 康明花傳』과 『赤道』를 관통하는 중요한 모티프의 하나이기 때문이다.

이러한 맥락에서 『赤道』의 명화는 그 토대라 할 수 있는 강명화 이야기의 중심 구조를 차용하여 새롭게 변용한 결과라 할 수 있다. 이해조의 작품에서 강명화는 병천과의 신분 차이로 인해 혼사장애를 겪고, 이로 인한 갈등과 난제를 극복하지 못해 자살한다. 그녀가 밝힌 표면적인 자살 이유는 자신의 존재가 남편의 전정(前程)에 걸림돌이 될 것이라는 인식에 따른 불안감과 절망감이다. 그녀는 남편의 앞길을 막지 않고 일부종사할 수 있는 유일한 수단으로 자살을 택한다. 이는 일반적으로 고소설이 취하는 결말의 형태를 그대로 따르는 것으로, 당대 독자들의 기대에 부응하려는 작가의식이 반영된 결과라 해석할 수 있다. 이에 비해 『赤道』의 이명화는 이념형 인물들이 드러내는 전형성에 갇히지 않은 채 역동적으로 작품의 흐름을 이끌어나간다. 그녀는 작품 내에서 김상렬, 박병일, 김여해와 동시적으로 관계를 맺는데, 이는 『赤道』 서사의 핵심을 이룬다. 그녀가 상렬과 맺는 관계는 시종일관 독자들의 호기심을 자극하는 추리적 요소를 포함하고 있어 작품의 긴장을 유지하는 역할을 담당한다. 또한 상렬이라는 인물이 지닌 작품 내적 비중으로 미루어 그가 유일하게 접촉하는 인물이 명화라는 점 또한 그녀와 상렬의 관계가 담당하는 무게를 여실히 보여준다.

명화는 병일과의 관계를 통해 그의 속물성과 탐욕을 적나라하게 드러낸다. 특히 '돈'을 중심으로 그녀가 병일과 벌이는 거래의 묘사는 당대 가치관의 반영이라고 보기에 손색이 없다. 흥미로운 것은 이들의 관계가 '순수/타락'의 통상적인 이분법에서 벗어나 있으며, 병일의 속물성이 부각되는 정도에 비례하여 명화의 타락 또한 부각된다는 점이다. 곧 작품 내에서 병일의 속물성과 탐욕이 부각될수록 명화의 순수성이 돋보일 것이라는 단순한 추측은 빗나간다. 명화는 병일의 속물성과 탐욕에 순수성으로 맞서는 것이 아니라, 자신의 신념을 토대로 한 일종의 '타락'으로 응수한다. 상렬이 아닌 다른 남성에게 정조를 허락하는 그녀는 목적의 숭고함을 위해 수단의 타락을 피하지 않는다. 가령 다음과 같은 그녀의 하소연은 사랑을 지키기 위해 정조를 버려야 하는 모순된 상황 하에 놓인 명화의 내적 갈등을 드러낸다.

> 명화는 별안간 훌적훌적 울기 시작하였다.「남의 정표를, 그렇게 아픈 것을 참고 떠둔 남의 정표를 갖다가...... 그이가 나오면 뭘 보이누......」명화는 넋두리를 넘어가면 흐드겨 울었다.「살에 넣어둔 게 없어졌단 말이오?」「사내들 등쌀에 오려내고 말았다우.」「오려내다께?」여해는 놀라며 일어앉았다.「칼로.....칼로.....도려내었다우...... 내 손으로......내 손으로.」명화는 울며 여해의 무릎에 쓰러졌다.「그걸 두자니 놀림깜만 되고, 세상 사내들이 마음을 턱 주지 않는구려. <u>그이를 위한 정표가 도리어 우리 일에 방해만 되는 그걸 두면 뭘해요.</u>」「그러면 도려낸 것도 그이를 위한 탓이구려.」[중략]「이걸 보면 그이의 마음이 어떠하겠어요. 제가 남기고 간 사랑의 자취가 이꼴이 된 걸 보면 그이가 용서를 해줄까요. 내 마음이 변해서 이런 끔찍스러운 짓을 한 걸로 오해나 않을까.」(『赤道』, 91면. 밑줄은 인용자)

명화와 여해의 대화에서, 그녀는 기생 신분으로 자신의 신념을 지키며 사는 일이 얼마나 어려운 일인가를 토로한다. 그 핵심은, 전술한 대로 사랑(신념)을 지키기 위해 정조를 버려야 한다는 모순된 상황에서 비롯된 갈등이다. 「새빩안 웃음」에서, 병일이 경화의 팔뚝에 새겨진 문신을 보고 질투심에 휩싸이자, 경화는 자진하여 이것을 칼로 도려낸다. 이 대목은 『赤道』에 그대로 반복된다. 상렬과의 영원한 사랑을 서약한 증표인 팔뚝 문신은 기생인 그녀가 그와의 사랑을 지켜나가는 데 오히려 방해가 된다. 사랑을 지키는 일이 사랑의 증표를 없애고 다른 남자에게 정조를 허락하는 일과 동일한 것이 되었을 때 명화의 갈등은 극에 달한다.

이 대목에서 강명화를 떠올려보자. 강명화는 자신이 기생이었다는 이유로 동경 유학생들로부터 지탄을 받고 쫓겨날 위기에 처한다. 부호의 독자인 병천이 기생첩을 거느리고 유학을 와 자신들의 명예까지 더럽혔다는 이유에서이다. 이때 강명화는 유학생들 앞에서 손가락 하나를 절단해 보임으로써 그들의 비난과 오해를 일축하고 자신들의 사랑을 당당하게 밝힌다. 그녀는 비록 기생의 신분이었으나, 자신이 음란하지 않고 끝까지 일부종사를 했음에도 불구하고 시부모에게 인정받지 못한 처지 때문에 절망하여 자살했다. 이에 비해 이명화는 상렬과의 사랑을 지키기 위해 자진하여 정조를 버리고, 이용한다. 강명화 이야기에서 단지(斷指) 모티프가 자신들에 대한 오해를 불식시키고 사랑의 진정성을 공표하는 의미로 사용되었다면, 「새빩안 웃음」과 『赤道』에서 명화(경화)가 자신의 팔뚝에 새겨진 문신을 도려내는 행위는 사랑을 지키기 위해 사랑을 버리는 모순적 의미를 지닌다. 『赤道』의 명화는 병일을 비롯한 남성 인물들의 속물성에 똑같이 속물성으로 응수한다. 그녀의 태도는 선한 목적으로 타락한 수단을 정당화하려는 의지의 표출이다. 타락한 세계에 또 다른 방식의 타락으로 대응하는 여성 인물의 행동 양상은 지극히 이례적인 것으로, 이는 '강명화'와 '이명화' 사이의 거리를 규정하는 핵심적인 내용이며, 『赤道』 내에서 이명화라는 여성 인물의 역동성을 보여주는 좋은 근거이다.[10)]

10) 박은주 또한 여해에게 겁탈 당한 후 자살을 결심한다. 이 또한 이명화의 행동 양상과 좋은 대비를 이룬다고 볼 수 있다. 여해에게 겁탈을 당한 은주가 별 다른 고민 없이 자살

여해에게 자신의 속내를 털어놓고 하소연하는 명화의 모습은 병일과의 관계 가운데 드러나는 그녀의 모습과 사뭇 다르다. 명화는 병일과 영애의 관계를 파탄 내려는 의도 하에 병일의 연적인 여해에게 접근한다. 처음 여해에게 접근하던 당시 명화는 어떻게든 여해와 영애, 병일 사이의 치정 관계를 폭로하여 병일과 영애의 관계를 파탄 내는 데 혈안이 되어 있었다. 이후 그녀는 여해의 순진함과 열정에 매료되어 그에게 자신의 심경을 토로하기에 이른다. 이 과정에서 명화를 중심으로 하는 두 개의 새로운 삼각연애구도가 형성된다. 하나는 명화-병일-여해가 이루는 삼각구도이며, 다른 하나는 명화-상렬-여해를 중심으로 형성되는 구도이다. 이 두 개의 삼각연애구도는 『赤道』의 후반부 서사를 이끄는 중심축을 이룬다.

명화-병일-여해를 중심으로 구성되는 첫 번째 삼각구도는 『赤道』의 초반부 서사에서 영애-병일-여해를 중심으로 형성된 삼각구도의 연장처럼 보인다. 이는 시종일관 여해와 병일을 적대적 관계 하에 묶어두는 중요한 설정이다. 여해가 병일과 지속적으로 적대관계를 유지한다는 설정은 출옥 이후 폭군처럼 날뛰며 열정의 대상을 찾지 못해 방황하던 그가 종국에 상렬의 세계로 감화되는 결말에 인과성을 제공한다.

명화-상렬-여해를 중심으로 하는 두 번째 삼각구도 또한 텍스트의 결말과 연결되는 중요한 의미를 형성한다. 이는 병일의 세계에 비해 상렬의 세계가 지닌 도덕적 우월성을 명시하는 설정이기도 하다. 병일과의 대결에서 여해는 그에게 칼을 휘두르고 복수를 다짐한다. 비록 그의

을 선택하는 과정은 시부모의 박대를 견디지 못한 강명화가 자살을 선택하는 과정과 흡사하다. 이들은 훼손된 가치를 복원하기 위한 수단으로 자살을 선택한다. 은주에게 그것은 정조이고, 강명화에게 그것은 일부종사(신분 상승)의 욕망이다.

복수가 구체적인 양상으로 드러나지는 않았으나 그의 의식은 시종일관 병일에 대한 복수심으로 가득 차 있다. 그런데 상렬과의 대결 구도로 오면 상황은 달라진다. 여해는 뚜렷한 계기를 보여주지 않고 다소 급작스럽게 상렬에게 감화된다. 그가 밝힌바 "죽음으로 맹서한 사랑, 죽음을 향하여 눈을 딱 부릅뜨고 뛰어드는 사랑, 그야말로 죽음보담 몇백 곱절 강한 사랑"이 자신의 "비틀어진 심정도 뒤흔들어 놓고야 말았"다는 것이 여해가 변화한 이유의 전부이다. 그의 변화는 거의 찰나에 가까울 정도로 순간적이어서 얼핏 그 인과성을 파악하기 어렵다. 분명한 것은, 그가 자신의 '마음의 태양'이자 '생명의 태양'인 명화를 사랑하는데, 그녀가 상렬에 대한 절절한 사랑을 드러내자 이에 감동했다는 점이다. 여해는 변화의 증표로 상렬이 수행하려는 어떤 '사명'을 대신 맡아 '최후의 광명'이요, '최후의 희망'을 누리겠다고 말한다. 영애에 대한 애증과 병일에 대한 분노, 은주에 대한 죄책감과 명화에 대한 애욕으로 가득 차 있던 그의 내면은 상렬과 마주한 찰나 엄숙함과 비장함으로 돌변한다. 이 계기는 전술한 바대로 그가 병일과 지속적으로 적대관계를 유지해왔다는 사실과, 상렬의 세계가 지닌 도덕적 우월성에서 찾을 수 있다.

두 개의 삼각구도는 여해의 변화를 이끌어내는 중요한 장치이자 텍스트 내적으로 상렬이 차지하는 비중을 부각시키는 설정이다. 그런데 이 장치에서 핵심적인 역할을 담당하는 인물이 바로 명화이다. 그녀는 세 남성 인물들과 가장 근접하여 아슬아슬한 거래를 지속한다. 병일에게 들키지 않고 그의 재산을 가로채는 일, 여해를 속이고 접근하여 그와 영애의 과거사를 들추고 병일과 영애의 관계를 파탄 내는 일, 독립투사인 연인 상렬을 은밀하게 돕고 보호하는 일 등 텍스트 내에서 그녀가 맡은 임무는 실로 엄청나다. 그녀는 상렬의 세계에 속하면서도 전형화, 이미지화된 선인형 인물의 모습을 하고 있지 않다.[11] 그녀는 역동적으로 움직이며 각각의 남성 인물들과 관계를 맺는다. 『赤道』의 결말은 명화가 세 남성 인물을 두고 벌였던 곡예의 결과를 보여주는 일에 다름 아니다. 그녀는 병일의 재물을 손에 넣고, 병일과 영애의 관계를 파탄냈으며, 상렬을 끝까지 보호하여 그와 함께 무사히 출국한다. 이러한 결말은 『赤道』를 구성하는 핵심적인 서사가 여성 인물 명화에 의해 구성되고 완결됨을 보여주는 좋은 근거이다.

이명화는 의지적 인물로서, 실화 속의 강명화가 긍정적으로 각색된 인물형이라는 느낌을 준다. 기생이라는 공통점 외에 이명화의 과거사는 분명 강명화와 많은 부분 겹친다. 『赤道』가 『女의鬼 康明花傳』을 위시한 강명화 이야기에서 모티프를 빌어 왔음을 상기할 때, 현진건의 창작 의식이 최대치로 반영된 지점이 바로 이명화라는 여성 인물임을 부인하기 어렵다.

11) 이에 비해 은주는 부유한 집안 태생에 미모까지 갖춘 우수한 여학생이라는 한 전형으로 설정된다. 개성 없는 그녀는 고소설에 등장하는 재자가인과 동일하게 전락과 상승의 궤적을 그린다. 여해에게 겁탈 당한 후 훼손된 정조의 무게를 감당하지 못해 자살을 결심하는 그녀의 모습은 고소설이 강조하는 수절이라는 주제에서 한 치도 벗어나지 않는다. 한강에 투신한 그녀가 여해에 의해 1차적으로 구조된 후 상렬에 의해 2차적으로 구원되는 이야기의 구조 또한 고소설의 그것과 다르지 않다. 즉 은주는 명화와 달리 고유한 개성을 부여받지 못한 무성격자라 할 수 있다. 그녀가 여해의 도움으로 목숨을 건진 것은 육체의 부활 혹은 재생의 의미를 지닌다. 반면 그녀가 전혀 인연이 없던 상렬에 의해 구원된다는 설정은 한강 투신 이전의 그녀가 이후 정신적 차원에서 부활 혹은 재생한다는 의미를 지닌다. 그것은 상렬이 『赤道』에서 차지하는 주제적 차원의 비중을 고려할 때 더욱 분명한 의미를 띤다. 민족주의자, 독립투사 김상렬은 박병일, 원석호가 이루는 악인형 인물군에 대립하여 작품의 주제를 상징하는 대표적 인물이다. 그런 그에게 은주가 구원된다는 설정 또한 상렬을 중심으로 구성되는 의미의 연장선상에 놓인다.

4. 결론

강명화 이야기가 소설과 영화, 논설, 대중가요 등 다양한 장르에서 50년 가까이 재생산되었다는 사실은 이 한 편의 실화에 내재된 대중적 파급력을 실감케 하기에 충분하다. 이해조, 최찬식 등 신소설 대가들이 앞다투어 강명화 이야기를 전면으로 다룬 사실과는 대조적으로, 근대소설가로 이를 다룬 작가는 현진건이 유일하다. 현진건의 대표 장편으로 거론되는 『赤道』는 그 자체로 완성된 세계를 이루나, 분명 강명화 이야기를 서사의 단초로 삼고 있다.

이해조의 『女의鬼 康明花傳』은 강명화 실화를 권선징악이라는 교훈적 틀에 맞추어 재구성한 작품이다. 그는 강명화 이야기의 교훈적, 계몽적 측면을 부각하기 위한 수단으로 허구적 정황을 첨부하여 독자들의 직접적인 각성을 유도한다. 그는 실화가 지닌 고유한 이야기 구조를 그대로 차용하여 문학의 계몽적 기능을 최대치로 끌어올리는 데 강명화 이야기를 이용하고 있다. 이는 최찬식의 『康明花傳』을 비롯한 딱지본 소설에서 공통적으로 발견되는 특징이다. 많은 실화 가운데 신소설 작가들이 유독 강명화 이야기에 집중한 이유 또한 그것이 당대 대중들의 기대에 부응할 만한 계몽적 요소를 지녔기 때문이라 할 수 있다.

현진건의 「새빩안 웃음」은 다른 딱지본 소설들과는 달리 등장인물의 이름을 실명이 아닌 허구적 이름으로 고쳤고, 스토리 중간 중간 상세한 묘사와 대화를 삽입하고 있다는 점에서 변별적이다. 가령 명화를 '경화'로, 병천을 '병일'로 바꾸고, 서술자의 논평적 서술을 삽입하지 않았다는 점 등이 그러하다. 딱지본 소설들의 경우 대부분 표제에서부터 내용에 이르기까지 '전(傳)'의 형식을 취하고 있기 때문에 인물의 일대기 중심으로 스토리가 구성된다. 반면 「새빨안 웃음」의 경우 표제에서부터 이미 근대소설의 면모를 보이고 있으며, 서술자의 직접적인 개입이 사라지고 인물 묘사와 대화 중심으로 서사를 구성하였다는 점에서 변별된다고 할 수 있다.

현진건의 「새빨안 웃음」과 『赤道』가 강명화의 실화에서 모티프를 빌어 왔음을 상기할 때, 현진건의 창작 의식이 최대치로 반영된 지점이 바로 이명화라는 여성 인물임을 부인하기 어렵다. 그녀는 역동적으로 움직이며 각각의 남성 인물들과 관계를 맺는다. 『赤道』의 결말은 명화가 세 남성 인물을 두고 벌였던 줄타기의 결과를 보여주는 것에 다름아니다. 특히 타락한 세계에 또 다른 방식의 타락으로 대응하는 여성 인물의 행동 양상은 지극히 이례적인 것으로, 이는 '강명화'와 '이명화' 사이의 거리를 규정하는 핵심적인 내용이다. 이러한 결말은 『赤道』를 이루는 핵심적인 서사가 여성 인물 명화에 의해 구성되고 완결됨을 보여주는 좋은 근거이다.

제5장 김기진과 중외일보

1. 들어가며

그간 김기진 연구자들이 간과한 것들 중 두 가지는 그가 발표한 번역 번안소설, 그리고 그와 중외일보의 관계이다. 1920년대 중후반의 김기진 연구는 관습적으로 카프(KAPF)를 중심에 두었다. 그러나 그의 카프 활동은 '예술의 대중화'라는 아젠다의 부분을 구성할 따름이라 보아도 지나치지 않다.[1] 문학의 대중화를 위해 김기진은 무엇보다 소설이라는 양식에 주목했다. 김기진은 문학과 대중이 가장 뜨겁게 만나 소통하는 지점이 바로 신문연재소설임을 누구보다 절실히 간파했다. 이로써 그는 "소설에 있어서 독자의 확보, 현실 반영 및 비판, 검열의 통과 등 제 문제를 동시에 해결할 수 있는 구체적이고 현실적인 방안"[2]을 제시하고자 노력했다. 여기서 독자의 확보와 현실 반영, 검열의 통과는 개별적으로 중요한 것이 아니라 '대중화'라는 하나의 목적으로 수렴되어야 의미를

1) 이러한 문제제기는 상당히 조심스럽고 따라서 신중할 필요가 있겠지만, 카프-친일-반공으로 이어지는 김기진의 파격적인 행보를 설명할 수 있는 거의 유일한 원리처럼 생각되기도 한다. 즉 김기진을 카프작가로만 한정하는 것으로는 그의 이후 행적들을 설명할 일관된 원리를 찾기 어렵고 따라서 그의 작품세계를 부분적으로만 이해할 수 있게 할 뿐이다.

2) 이주형, 「김기진의 통속소설론」, 『국어교육연구』15-1, 국어교육학회, 1983, 38-39면.

지니는 문제들이다. 1920년대 중후반 김기진이 중외일보를 중심으로 창작소설이 아닌 번역 번안소설을 다수 발표한 것은 이러한 '대중소설론'[3]을 확립하기 위한 예비 실험이었으리라 판단된다.

중외일보는 이상협의 주도로 1920년대 중반 신문시장에 새로운 흐름을 불러일으켰다. 중외일보는 1926년 11월 15일 창간사를 통해 "대중의 충실한 동무로서 백의대중의 행복을 희구하여 진두에 나서는 척후자(斥候者)가 될 것"임을 밝혔다. 이러한 이념이 구현된 실례의 하나가 외국소설의 번역 번안이었다. 예술의 대중화를 통해 카프 예술의 정체(停滯)를 벗어나고자 했던 김기진의 문제의식이 중외일보의 창간 이념과 만난 접점이 바로 번역 번안소설이었던 것이다. 김기진은 중외일보라는 신생 일간지의 약진을 보조하는 동시에 그것이 선보인 대중화 노선을 지지하는 방편으로 세 편의 번안소설을 동지(同紙)에 게재했다. 따라서 1920년대 중후반 김기진과 중외일보를 배제하고 번역 번안소설의 성취를 논하기는 어려운 일이다. 그러나 지금까지의 연구 가운데 이들을 논의의 중심에 놓았던 경우는 많지 않다. 특히 김기진이 번역 번안 작업에 기울인 관심에 비해 그에 대한 탐구나 논의는 드물었던 것이 사실이다. 본고는 중외일보 설립자이자 번안소설가인 이상협의 창작세계 및 중외일보의 번역 번안소설 게재 현황을 간략히 살펴보고, 그 가운데 특히 김기진이 중외일보에 발표한 번안소설의 면모를 분석하여, 이들이 예술의 대중화를 위해 벌인 노력이 구체적으로 어떤 모습이었는지를 고찰해보고자 한다.

3) <동아일보> 1929. 4. 14-20.

2. 이상협과 번안소설, 중외일보

하몽(何夢) 이상협은 시대일보의 판권을 인수한 후 1926년 11월 15일 중외일보 창간호를 발행했다. 창간 당시 이상협은 매일신보와 동아일보, 조선일보를 두루 거쳐 이미 언론인으로서 이름을 널리 알린 '신문의 귀재', '언론계의 기린아'로 통했다. 그는 일본 유학 후 귀국하여 매일신보 기자 및 편집자로 활동했고, 동아일보 창간 과정에도 참여했으며, 1926년 중외일보 창간 전까지 조선일보에도 적을 두었다. 뿐만 아니라 그는 신소설과 번안소설을 다수 발표하여 소설가로서의 문명(文名)을 얻기도 했다.[4] 이 가운데 그가 특히 주력한 장르는 번안소설이었다. 그는 『再逢春』(동양서원 1912), 『눈물』(매일신보 1913), 『萬古奇談』(매일신보 1913), 『貞婦怨』(매일신보 1914), 『海王星』(매일신보 1916) 등을 연재하며 번안소설 장르 개척에 나섰던 이력을 갖고 있다. 이렇다 보니 중외일보는 자연스럽게 외국 작품의 번역 번안에 많은 지면을 할애했고, 이러한 지침은 창간부터 폐간까지 중단 없이 이어졌다. 기자작가로 활동했던 이상협은 중외일보 창간 이후 직접 창작활동을 하는 대신 외국 작품의 번역 번안을 통해 대중과의 소통을 추구했다.

『재봉춘』은 1912년 동양서원에서 단행본으로 출간된 작품으로, 이상협의 등단작이다. 그는 『재봉춘』을 발표한 직후 매일신보 기자로 입사했다. 『재봉춘』은 일본 작가 와타나베 카테이[渡邊霞亭]의 '가정소설' 『소후렌[想夫憐]』(1894)을 축약 번안한 것이다. 이상협은 일본 게이오대학

4) 박진영, 『번역과 번안의 시대』, 소명출판, 2011, 418-424면. 박진영은 이상협이 '재번안'의 모형을 만들었으며 신인 민태원을 발굴하여 지원했다는 점 등을 들어 번안소설사에서 그의 위치를 강조했다.

[慶應大學] 유학을 마치고 귀국하자마자 번안소설을 발표하고 매일신보에 입사하여 기자작가로서의 생활을 시작했다. 이후 그는 매일신보 지면에 지속적으로 번안소설 및 창작소설을 발표했다. 그 가운데 『눈물』은 1913년 7월 16일부터 1914년 1월 21일까지 매일신보에 121회 연재된 작품으로, 『재봉춘』과 마찬가지로 와타나베 카테이의 작품 『기치죠지[吉丁字]』(1905)를 번안한 것이다.

이외에 『아라비안나이트』를 일부 중역한 『만고기담』(매일신보 1913.9.6.~1914.6.7, 170회)은 『눈물』의 연재 시기와 일부 겹친다. 『정부원』(매일신보 1914.10.29.~1915.5.19, 155회, 박문서관 1916)은 메리 엘리자베스 브래든(M. E. Braddon)의 『Diavola: or The Woman's Battle』(1866)을 번안한 구로이와 슈로쿠[黑岩周六]의 『捨小舟』(1894)를 이상협이 다시 번안한 작품이다. 『해왕성』(매일신보 1916.2.10.~17.3.31, 269회, 박문서관・광익서관 1920)은 뒤마(Alexandre Dumas)의 『몽테크리스토 백작(Le Comte de Monte-Cristo)』(1844)을 번안한 구로이와 루이코[黑岩淚香]의 『暗窟王』을 이상협이 재번안한 작품이다. 이는 이상협의 네 번째 신문연재소설로, 저본의 변조와 원작의 재구성이 이루어졌다고 평가되는 작품이다. 『해왕성』은 매일신보에 연재된 첫 번째 프랑스 소설이며, 우리나라 최초 '장편소설'이라 명명된 작품이다.[5)]

1920년대 중후반 중외일보는 어느 매체보다 활발히 외국 고전의 번역 번안에 관심을 기울였고, 실제로도 많은 수의 작품을 연재했다. 중외일보에 소개된 번역 번안소설은 김기진의 「飜弄」(1926)을 시작으로, 『怪賊』(1927), 『최후의 승리』(1928) 외에 설월(雪月)의 『曠野를 가는 者』(1927), 최서해의 『사랑의 원수』(1928), 동유생(東遊生)의 『신역서유기』(1929), 출몰생(出

5) 박진영, 앞의 책, 392-395면.

沒生)의 『護送馬車』(1929), 김병제의 『焰群』(1930), 이하윤의 『자살클럽』(1930) 등으로 이어졌다. 이 가운데 설월의 『광야를 가는 자』는 원작 미상의 번안소설로 1927년 6월 14일부터 7월 28일까지 중외일보에 40회 연재되었다.[6] 1927년 6월 12일자 중외일보 지면에는 『괴적』의 연재 종료 사실과 더불어 후속작 『광야를 가는 자』에 대한 광고가 실렸다. 여기서는 이 작품을 "일종의 목가(牧歌)적 애조(哀調)를 띄인 청춘남녀의 열렬한 사랑을 배경"으로 하는 소설이라고 간단히 소개하고 있다. 『광야를 가는 자』는 중심인물 문희를 중심으로 여성의 정조와 자유연애를 강조한 작품이다.

『최후의 승리』 연재 후에는 프랑스 작가 르루(Gaston Leroux)의 『노란 방의 비밀(Le Mystère de la Chambre Jaune)』(1907)을 번안한 최서해의 『사랑의 원수』(1928.5.16.-8.3, 80회)가 그 뒤를 이었다. 『사랑의 원수』는 최서해의 유일한 장편 번안소설로, 연재 지면에 원작이나 원작자를 밝히지 않은 채 "서양에서도 유명한 탐정소설"이라는 설명만 붙어 있으며, 원작에 등장하는 인명, 지명 등의 고유명사는 모두 조선식으로 수정되었다. 동유생의 『신역서유기』는 중외일보 1929년 2월 15일부터 중외일보에 연재된 작품으로, 중국 작가 오승은(吳承恩)의 『서유기』를 번안한 것이다. 1930년 10월 4일 421회 연재 이후의 상황을 확인할 길이 없어 이 작품의 정확한 서지사항을 파악하기 어렵다. 다만 1934년 박문서관에서 동일 표제의 단행본이 출간되었고, 이 단행본 표지에 번안자가 '민태원'으로 표기된 점으로 미루어볼 때, 중외일보에 『신역서유기』를 연재한

6) 연재 종료 다음 날인 1927년 7월 29일 지면에 '「曠野를 가는 者」 四十回로 前編 終'이란 제목의 안내가 실린 것으로 미루어 본래 전편과 후편으로 분할 연재할 계획이었으나 후편 연재는 이어지지 않았다.

'동유생'은 곧 민태원이며 번안 또한 완료되었을 가능성이 높다.[7)]

출몰생의 『호송마차』는 1929년 10월 8일부터 1930년 1월 17일까지 80회 연재된 번안소설로 동유생의 『신역서유기』와 부분적으로 연재시기가 겹친다. 원작 및 원작자 미상의 번역 작품으로, 번안자 '출몰생'이 누구인지도 알려진 바가 없다. 김병제의 『염군』은 1930년 9월 2일부터 27일까지 24회 중외일보에 연재 후 중단되었다. 첫 회 역자의 말과 8월 29일부터 9월 1일까지 3회에 걸쳐 게재된 「「焰群」의 原作者 「짐 · 돌」의 半生」이라는 글에 따르면, 이 소설의 원명은 '메스 · 앤드'이고 원작자는 미국 작가 '짐 · 돌'이며, 『염군』은 원작을 '첨삭'한 축역으로 추측된다. 이하윤의 『자살클럽』은 중외일보 1930년 2월 13일부터 4월 23일까지 중외일보에 57회 연재된 번역소설이다. 원작은 영국 작가 스티븐슨(Robert Louis Stevenson)의 『자살클럽(The Suicide Club)』(1878)이다.

1926년에 창간되어 1931년에 폐간된 사실을 상기하면 중외일보는 발행 기간 중 매년 거의 중단 없이 번역 번안소설을 게재해왔음을 확인할 수 있다. 이는 중외일보 창립자 이상협에 의해 기획되었으며, 1920, 30년대 대표 작가라 할 수 있는 김기진, 최서해, 민태원, 이하윤 등을 통해 구체화되었다. 이상협은 매일신보에서 축적한 경험을 토대로 자신의 문학적 야심을 중외일보 지면을 통해 펼치고자 했고, 그것이 구현된 실례가 번역 번안소설이었다. 그는 언론인으로 활동한 경험과 번안소설가로서의 입지를 적극적으로 활용해 중외일보의 정체성을 확립하고자 했다.

---

7) 박문서관의 단행본에는 저자가 '東學生'으로 표기되어 있다. 이는 중외일보 연재 당시 번안자명 '東遊生'과 매우 유사한 필명이다.

3. 김기진과 중외일보

김기진은 창간 당시부터 폐간 무렵까지 중외일보에 적을 두고 활발한 문학 활동을 펼쳤다. 김기진과 중외일보의 강한 연관성은 그의 기자 활동 외에 세 편의 번안소설 및 장편소설 『전도양양』을 연재한 것으로도 입증 가능하다. 1926년부터 1928년까지 김기진이 번역 번안한 소설은 모두 네 편이다. 모파상(Guy de Maupassant)의 『여자의 일생』을 번역한 『녀자의 한평생』(박문서관 1926)을 제외하고, 하디(Thomas Hardy)의 『더버빌 가의 테스』를 번안한 「飜弄」(1926), 스티븐슨(Robert Louis Stevenson)의 『지킬박사와 하이드』를 번안한 『怪賊』(1927)과 르블랑(Maurice Leblanc)의 『수정마개』를 번안한 『最後의 勝利』(1928) 등 세 편은 모두 중외일보에 연재되었다. 특히 「번롱」은 김기진의 첫 번째 번안소설이자 중외일보에 최초로 소개된 번안소설이기도 하다. 이렇듯 김기진과 중외일보의 접점 가운데 하나는 '번안소설'이라는 키워드이다.

1926년 작 『녀자의 한평생』, 「번롱」은 고통 받는 여성인물을 서사의 중심에 배치하고 있다는 점에서 공통적이다. 이러한 서사 배치는 장편소설 『약혼』, 『전도양양』 등으로 이어지는 김기진 소설의 한 줄기를 이루면서, 그가 내세운 '새로운 통속소설론'의 핵심을 구성하게 된다.[8)]

8) 참고로 『녀자의 한평생』은 1926년 6월 5일 박문서관에서 출간되었으며, 본문 334면으로 된 장편소설이다. 단행본 출간 이전 연재 여부는 알 수 없다. 표지에 '녀자의 한평생 金基鎭 譯', 본문 첫 장에 '녀자의 한평생 모팟상 作 金基鎭 譯'이라고 표기되어 있다. 히로츠 카즈오[廣津和郎]가 일본어로 번역한 『女の一生(1918)』을 김기진이 중역한 것이다. 『약혼』은 김기진 최초의 장편소설로 중외일보의 전신인 시대일보에 연재(1926.1.2-6.21, 144회 미완)되었다. 『약혼』은 리명국과 장순자의 통속적 연애담, 사회주의운동 단체 '십일월회'를 중심으로 한 명국의 성장담이라는 두 서사 축으로 구성되어 있다. 『약혼』은 연재 후 1929년 동명의 영화로 제작되기도 했다. 소설이 미완으로 끝난 데 비해 영화는 검거 선풍이

「번롱」은 김기진이 1926년 중외일보에 연재한 작품으로 김기진과 중외일보의 첫 번안소설이다. 「번롱」 최종 연재분(38회) 말미에 "이 小說은 英國 文壇의 元老 『하-데-』氏의 代表作 長篇 『떼버비유의 테스』라는 것을 日本의 仲木貞一氏가 飜案한 것을 臺本으로 하고서 筆者가 多少 添削"한 것이라 밝히고 있다. 즉 「번롱」은 하디의 『더버빌가의 테스(Tess of the D'Urbervilles)』를 원작으로 하고, 나카기 데이이치[仲木貞一]의 일본어 번안본을 대본으로 김기진이 중역한 작품이다. 토마스 하디의 원작은 장편소설이나 김기진의 「번롱」은 단편 분량이다. 그 이유는 김기진이 번안의 대본으로 삼은 것이 나카기 데이이치의 축역본 『운명의 여자』인데다 이것을 다시 줄여 줄거리 중심의 경개역으로 번안했기 때문이다.[9)]

초기 김기진이 번역 번안의 대상으로 삼았던 작품이 『여자의 일생』, 『더버빌가의 테스』처럼 여성수난사의 정전으로 평가 받은 소설이었다면 그 이후는 탐정 추리물로 구분된다. 김기진의 번역 번안소설 가운데 『괴적』과 『최후의 승리』는 정통 탐정추리서사를 기반으로 한 원작을 번안한 작품으로, 지금까지 김기진 연구나 탐정 추리소설 연구에서 다루어지지 않은 것들이다. 그 이유는 이들이 김기진의 작품이라는 사실이 알려지지 않았기 때문이다. 특히 『괴적』은 그것이 번역 번안소설인지 순수 창작소설인지 여부조차 알려지지 않았기에 연구자들의 관심

불어 병규를 비롯한 십일월회 회원들이 잡혀가고 명국이 기차를 타고 떠나는 장면으로 끝난다. 『전도양양』은 김기진이 중외일보 기자로 재직할 당시 동지에 1929년 9월 27일부터 1930년 1월 23일까지 97회 연재 완료한 '영화소설'로, 이후 '재출발'로 개제되어 단행본으로 출간되었다.

9) 중외일보 1926년 11월 30일자 연재 지면에 '小說 飜弄 金基鎭 飜案'이라고 표기되어 있고, 동년 12월 24일까지 총 38회 연재 완료되었다. 11월 30일 이전 자료가 유실되어 「번롱」의 연재 시작 일자를 단정하기 어려우나, 중외일보가 1926년 11월 15일에 창간호를 냈고, 「번롱」 11월 30일자 연재 횟수가 15회인 것으로 미루어 이 작품이 창간호부터 연재되었을 가능성이 높다.

을 얻지 못했다. 『괴적』의 원작 『지킬박사와 하이드』는 추리소설의 고전이자 초기 SF문학의 대표 작품으로 평가된다. 『괴적』은 김기진이 '김단정(金丹鼎)'이라는 필명으로 1927년 3월 말부터 6월 12일까지 중외일보에 75회 연재한 번안 탐정소설이다.[10] 원작 『지킬박사와 하이드』는 1921년 언더우드 부인에 의해 『쩨클과 하이드』로, 1926년 게일과 이원모에 의해 『일신량인기(一身兩人記)』로 번역된 바 있다. 『괴적』은 『지킬 박사와 하이드』의 세 번째 번안소설인 셈이다. 그런데 『쩨클과 하이드』, 『일신량인기』가 주로 외국인 선교사에 의해 번역된 작품이라는 사실을 감안할 때 김기진의 『괴적』은 그 의미가 다르다고 할 수 있다.

『최후의 승리』는 1928년 1월부터 5월까지 105회에 걸쳐 중외일보에 연재 완료되었으며, 식민지시기 가장 많이 번역된 작가의 한 사람인 모리스 르블랑의 『수정마개』를 원작으로 한 탐정소설이다. 우리나라에 모리스 르블랑의 작품이 처음 번역 소개된 것은 1921년 운파의 '기괴탐정소설' 『813』이 조선일보에 연재되면서부터이다.[11] 1927년 양주동이 <신민>에 『813』의 전편(前篇)을 연재한 바 있고, 1941년 방인근이 『813의 秘密』이라는 표제로 조광사에서 단행본을 출간했다. 이밖에 양백화의 『협웅록』(시대일보 1924)과 김내성의 『괴암성』(조광 1941)은 르블랑의 『기암성(L'Aiguille Creuse)』을, 원동인(苑洞人)의 『범의 어금니』(조선일보 1930)와 노자영의 『이억만 원의 사랑』(문언사 1948)은 그의 『호랑이 이빨(Les Dents du Tigre)』을 번안한 작품들이다. 『수정마개』의 번안은 김낭운과 단정의 『최

10) 『괴적』의 연재 종료 일자와 총 연재 횟수는 확인 가능하나, 연재 시작 일자는 중외일보 자료의 망실로 인해 확인 불가능하다. 연재 종료일과 최종 연재 횟수로 미루어 짐작컨대 연재 시작일은 대략 1927년 3월 말경이다.

11) 최애순, 「식민지시기부터 1950년대까지 모리스 르블랑 번역의 역사」, 『조선의 탐정을 탐정하다』, 2011, 210면.

후의 승리』가 최초이다.

김기진이 번역 번안소설을 통해 전하고자 한 메시지는 무엇일까? 본고가 주목하는 지점은 김기진이 장편소설 창작방법론으로 내세운 '새로운 통속소설론'의 확립과 검열의 통과이다. 이 시기 김기진의 문학적 관심은 '새로운 통속소설론'의 확립에 있었다. 그는 카프를 중심에 두면서도 이론 개진을 통해 프롤레타리아 문예운동이 나아가야 할 새로운 방향을 끊임없이 모색했다. 기존 카프 소설이 지나치게 이념에 경도되어 그 미적 기능과 역할을 등한시한 데 대해 김기진은 여러 차례 논쟁과 비평을 통해 비판한 바 있다. 그는 이광수나 최독견의 작품처럼 대중의 기호를 파악하고 거기에 적극적으로 부합하는 서사를 구축하여 이를 통해 대중들에게 파고들어야 한다고 역설했다. 이러한 맥락과 배경을 통해 김기진이 1920년대 후반 여성 수난사와 더불어 탐정 추리서사에 관심을 기울인 이유를 유추해 볼 수 있다. 여성 수난 소설과 탐정 추리물은 대중의 기호에 가장 부합하는 장르 중 하나이며, 그것이 지닌 가장 큰 매력 역시 대중적 흡인력에 있다. 특히 탐정을 중심으로 사건의 전말을 파헤쳐나가는 추리의 과정, 문제 해결의 단서를 찾아나가는 과정에서 경험하는 스릴과 서스펜스 등 탐정 추리서사는 동서고금을 막론하고 대중적인 인기를 얻는 가장 기본적인 코드의 하나이다. 일방적으로 대중의 기호에 영합하기 위해 창작된, 저급하고 통속적인 멜로드라마가 대중의 의식수준을 저하시키는 이른 바 '의식의 감염'을 유발한다고 본 김기진은 이와는 다른 서사 구축을 통해 새롭게 대중과 소통할 수 있으리라 판단했다. 이는 앞서 살펴본 『여자의 일생』, 『더버빌 가의 테스』와 같은 맥락으로, 저명한 외국 작가의 작품을 번역 번안하는 행위는 순수 창작에 비해 감수할 위험이 상대적으로 적다는 점에서 대중과의 소통에 유리하다.

또한 외국 저명 작품의 번역 번안을 통해 당국의 검열을 쉽게 통과할 수도 있다. 계급해방이나 민족해방 같은 급진적인 사상을 표출한 작품들에 가혹한 검열이 가해졌던 시기에 김기진은 우회적인 방식을 통해 작품을 발표하고 대중과 소통하고자 했다. 특히 그가 생소한 필명을 써가며 외국 탐정소설을 번안하여 게재한 것도 이러한 맥락에서 이해할 수 있다. 작품의 주제의식이 경향성에 경도될 경우 당국의 검열에 의해 게재나 출판 자체가 어려웠던 시기인 만큼 김기진은 검열을 피해 대중과 소통하면서 동시에 창작활동을 이어갈 수 있는 방법으로 여성 수난소설과 탐정 추리소설의 번역 번안을 선택했다. 이러한 선택은 일면 경향성의 포기처럼 보이기도 하고, 대중예술의 저변을 확장하기 위한 우회 전술처럼 보이기도 한다. 어느 쪽이든 김기진은 검열의 압박을 벗어나 자신이 믿은 새로운 소설 창작론을 실험적으로 뒷받침하기 위해 번역 번안소설을 이용했다. 김기진의 번역 번안소설은 중외일보가 내세운 대중 기획과 김기진의 실험적 창작의식이 결합한 결과이며, 이를 바탕으로 이후 그는 새로운 통속소설론 확립으로 나아갈 수 있었다.

4. 단정(丹鼎) 김기진의 번안소설 『最後의 勝利』[12)]

김기진이 중외일보에 연재한 번역 번안소설 중 1927년 작 『괴적』과 1928년 작 『최후의 승리』는 지금까지의 번역 번안소설 연구 및 김기진

12) 이 장은 김영애, 「『최후의 승리』 판본 연구」(『현대문학의 연구』54, 한국문학연구학회, 2014. 10)의 내용을 요약 재구성한 것이다.

소설 연구에서 다루어진 적이 없는 작품이다. 그 이유는 이들 작품의 번안자가 '단정(丹鼎)'이라는 필명을 사용했기 때문이다. 다시 말하면, 『괴적』과 『최후의 승리』는 김기진이 자신의 본명이나 필명 '팔봉' 같이 익숙한 이름 대신 낯선 필명으로 발표한 작품이기에 연구자들의 관심을 얻지 못했던 것이다. 이 중에서도 『최후의 승리』는 연재 과정 및 단행본 출간 과정에서 상당히 이례적인 면모를 보였다. 그 내용을 간단히 요약하면 '번안자 교체'와 '표제 수정'이라 할 수 있다. 번안자 교체와 표제 수정이라는 굴절을 겪었기에 『최후의 승리』는 지금까지 그 정체가 제대로 알려지지 못했다.

먼저 표제 수정 곧 개제(改題) 문제를 살펴보기 위해서는 최소 세 개의 텍스트에 대한 비교 분석이 필요하다. 현재 확인 가능한 텍스트는 1928년 중외일보 연재본과 저자명 '김팔봉'으로 1953년 세창서관에서 출간된 단행본 『최후의 심판』뿐이다. 그런데 김기진 장편소설 가운데 『최후의 심판』은 그 존재가 알려진 바 없고, 한국전쟁기 세창서관에서 출간된 단행본 360여 편은 대부분 해방 이전에 출간된 것들의 재판이다. 이러한 정황을 토대로 추적한 결과 1930년대 중후반 김기진이 『최후의 심판』이라는 단행본을 출간한 사실을 확인할 수 있었다. 중외일보 연재가 끝나고 1935년 이후 1939년 이전 사이 『최후의 승리』는 『최후의 심판』으로 개제되고 번안자가 김기진으로 수정된 채 단행본으로 출간되었던 것이다. 1935년 전후에 작성된 것으로 추측되는 영창서관 발행 "新刊圖書目錄"과 중앙인서관 발행 "分類同業者圖書目錄-昭和 十四年版"을 통해 이러한 사실을 확인할 수 있다.[13] 이 단행본을 토대로 하여 1953년 세창

13) 이 가운데 중앙인서관 발행 "分類同業者圖書目錄- 昭和 十四年版"은 근대서지학회 총무 오영식 선생님께서 제공해주신 자료이다. 이 지면을 빌려 오영식 선생님께 감사의 뜻을

서관에서 김기진의 『최후의 심판』 재판본이 출간되었다. 『최후의 승리』와 『최후의 심판』은 동일한 내용으로, 표제와 번안자명에서 뚜렷한 차이를 보였고 이로 인해 독자나 연구자들이 혼란을 느낄 수밖에 없었다.

번안자 교체는 표제 수정과 연동하는 문제이다. 『최후의 승리』는 1928년 1월 30일부터 5월 15일까지 105회 중외일보에 연재 완료된 장편 번안소설이다. 연재 당시 최초 번안자는 김기진이 아니라 김낭운(金浪雲, 본명 김광배)이었다. 『최후의 승리』 첫 번째 번안자 김낭운이 갑작스레 연재를 중단하게 되자 36회 연재분부터 번안자가 '단정'으로 바뀌어 105회까지 연재되었다. 연재 횟수로 김낭운이 35회(1-35회), 단정이 70회(36-105회)를 맡은 셈이다. 김낭운이 연재를 중단한 이유는 병 때문이었는데, 중외일보는 1928년 3월 6일자 지면을 통해 이러한 사실을 '謹告'로 짤막하게 언급했다.[14] 매부 김형원의 회고에 의하면 김낭운은 '불치의 중환'에 걸려 1928년 3월 중외일보 기자를 사직하고 『최후의 승리』 연재를 중단한 후 투병생활을 하다 같은 해 8월 사망했다.[15]

김낭운의 갑작스러운 발병과 사직, 그리고 연재 중단으로 인해 중외일보는 곤경에 처했고, 이때 '단정'이라는 인물이 새로 연재를 맡게 된다. 『최후의 승리』가 연재 종료되는 동안 중외일보는 '단정'이 누구인지 밝히지 않았다. 이후 단행본으로 출간하는 과정에서 '단정'은 자신의 본명을 밝히고 표제를 '최후의 심판'으로 수정했다. '단정'은 팔봉 김기진의 필명이었다. 김낭운이 『최후의 승리』를 번안 연재할 당시 김기진은 그와 마찬가지로 중외일보에 적을 둔 상태였다. 김낭운의 신변 문제로 작품

전한다.

14) "本 小說의 執筆者 浪雲君이 身病으로 因하야 執筆을 못하게 되었으므로 不得已 今日부터 丹鼎군이 代身하게 되었기에 讀者 諸氏에게 謹告합니다."

15) 金石松, 「嗚呼薄明의 文士들: 浪雲의 性格과 生涯」, <삼천리> 1929.9.

연재가 중단될 위기에 놓이자 동지(同紙) 기자 김기진이 대신 연재를 맡았던 것이다. 김기진은 자신의 본명이나 세간에 알려진 필명 대신 낯선 이름으로 연재를 이어갔다. 그러나 그가 '단정'이라는 이름으로 『최후의 승리』 연재를 이어받은 배경은 명확하게 알려진 바가 없어 상당 부분 추정에 의존할 수밖에 없다.

김기진은 민촌 이기영의 장편소설 『고향』 연재 당시 종결부를 대필한 이력이 있다. 김기진은 이기영이 제2차 카프 검거 사건으로 수감될 당시 자신에게 『고향』의 후속 연재를 부탁해 『고향』 '말단 35, 6회 정도'를 비밀리에 대신 써주었다고 술회했다. 그리고 이기영은 자신이 대필한 부분까지 포함해 『고향』 단행본을 출간했다고 고백했다.[16] 김기진은 『고향』 연재 당시와 유사한 상황, 즉 최초 연재자 김낭운이 신변 문제로 연재 중단 상황에 놓이자 자신의 정체를 숨기고 그를 대신해 『최후의 승리』 후속 연재를 맡았던 것으로 보인다. 연재 종료 후 단행본으로 출간하는 과정에서 김기진은 자신의 본명을 밝히고 표제를 '최후의 심판'으로 수정하였다. '최후의 승리'는 김낭운이 붙인 제목이다. 김기진은 이 작품의 전체 분량 105회 가운데 70회를 연재했다. 표제 수정은 『최후의 승리』가 '단정'이라는 번안자로 교체된 사실과 동일한 맥락 하에 놓인다.

『최후의 승리』와 『최후의 심판』은 근현대 장편소설의 판본 분화의 한 양상을 상징적으로 보여주는 텍스트이다. 일단 연재된 원본의 형태를 유지하지 못한 채 단행본으로 출간되었다는 점에서 이들이 보인 분

16) 김팔봉, 「한국문단측면사」, 『사상계』, 사상계사, 1956. 12. 김기진의 회고 내용에 대해 이성렬이 의문을 제기한 적이 있다. 그 내용은 『고향』 대필 분량이 김기진의 회고대로 35,6회 정도가 아니라 후반부 20여 회 정도일 것이라는 지적이다. 이성렬, 『민촌 이기영 평전』, 심지, 2006, 402-418면.

화 양상은 그리 특별해 보이지 않는다. 여기서 『최후의 승리』가 연재 당시 원본을 그대로 유지하지 못했다는 말은 단순히 개작만을 의미하지 않는다. 두 판본 사이에 내용상의 차이는 없다. 두 판본의 차이는 표제와 번안자명을 중심으로 표면화된다. 물론 표제 '최후의 승리'를 '최후의 심판'으로 수정한 것은 개작의 범위에 포함될 수 있다. 김기진의 장편소설 가운데 개제 출간된 대표적인 작품이 『전도양양』과 『심야의 태양』이다. 김기진은 1929년 중외일보에 연재한 영화소설 『전도양양』을 1942년 평문사에서 단행본으로 출간하면서 표제를 '재출발'로 바꾸고 원본에서 사용한 특정 단어를 수정했다. 또한 『전도양양』이나 『최후의 승리』와 동일한 경우는 아니나 『심야의 태양』(1934) 또한 연재 후 단행본 출간 시 '청년 김옥균'으로 개제되기도 했다. 따라서 『최후의 승리』를 '최후의 심판'으로 개제한 일이 김기진에게 그리 이례적인 것은 아니다. 김기진은 대부분의 작품을 단행본 출간 과정에서 어느 정도 손보아 냈는데 이는 『최후의 승리』의 경우에도 해당된다. 그러나 두 판본의 결정적인 차이는 표제가 아니라 번안자에 있다고 판단된다. 그렇기에 얼핏 특별할 것 없어 보이는 이들의 판본 분화 과정은 여타의 개작 사례와 비교할 때 상당히 이례적이다.

일반적으로 원본의 내용과 형태가 바뀌는 이유는 작가의식의 변모 때문이며, 이러한 변모 양상이 구체화되는 시점은 대부분 원본 연재 종료 후 단행본 출간 시이다. 이때 단순히 원본의 오탈자를 바로잡는 교정의 수준에 머무는 경우도 있지만, 원본에 비해 대폭 수정된 새로운 판본이 만들어지기도 한다. 수정의 수준은 대개 제목 변경, 내용 첨삭, 주제 변화 등의 차원으로 세분화될 수 있으며 그 편차는 매우 다양하다. 그런데 『최후의 승리』와 『최후의 심판』 사이에는 이와 같은 일반적인 양상이 아닌, 매우 특이한 차이가 발견된다. 앞장에서 살펴본 바 『최후의 승리』와 『최후의 심판』 사이에 존재하는 차이는 표제 및 번안자명의 변화로 압축된다. 이 중 문제가 되는 부분은 저자명에 해당하는 번안자명이 바뀐 것이다.

『최후의 승리』와 『최후의 심판』의 비교 분석을 통해 도달한 결론은 『최후의 승리』 연재 당시 번안자 중 한 명인 '단정'이 바로 김기진이며, 연재 종료 후 최소 1939년 이전에 표제가 '최후의 심판'으로 수정된 단행본이 출간되었다는 것이다. 중외일보 연재 당시 '단정'이라는 필명 뒤에 숨었던 김기진은 단행본 출간 시 자신의 본명을 밝히고 표제를 수정했다. 이 과정에서 최초 번안자 김낭운의 이름이 사라진 것도 흥미를 끈다. 그러나 아직도 많은 논의들에서 『최후의 승리』의 번안자를 '김낭운'으로 표기하고 있으며, 『최후의 심판』의 번안자는 '김기진'으로 검색된다. 『최후의 승리』와 『최후의 심판』이 제목과 번안자명만 다를 뿐 실상 동일 작품, 곧 원본과 이본의 관계라는 사실을 아는 사람이 많지 않기 때문이다. 단행본 출간 과정에서 김낭운의 이름이 삭제되고 김기진의 이름만 남은 것은 아마도 두 번안자에게 할당된 연재 분량 차이에서 비롯된 결과가 아닐까 짐작된다. 그럼에도 불구하고 어떤 이유에서든 명백히 인정되어야 할 것은, 『최후의 승리』의 최초 연재자가 김낭운이며, 단행본으로의 분화 과정에서 그의 이름이 삭제되었다는 사실이다. 단행본 『최후의 심판』이 저작권법 상 해적판이 아님은 명확하나, 이 과정에서 최초 연재자명이 누락된 부분에 관해서는 개작 주체(출판업자 혹은 저작권자)가 그 윤리적 책임을 면하기 어렵다.

5. 나오며

매일신보에서 축적한 경험을 토대로 이상협은 자신의 문학적 야심을 중외일보 지면을 통해 펼치고자 했고, 그것이 구현된 실례가 번역 번안소설이었다. 이상협은 매일신보, 동아일보, 조선일보에서의 활동 경험과 번안소설가로서의 입지를 십분 활용해 중외일보의 정체성을 확립하고자 했다. 이에 더해 그는 김기진을 적극 기용해 중외일보에 번역 번안소설을 소개하는 일에 앞장섰다. 김기진은 카프 작가 혹은 이론가로 이름이 높았으나, 1920년대 중후반 그의 문학적 성취와 관심의 한 축은 번역 번안소설이라는 장르에 있었다. 그러나 카프 작가, 이론가로서의 명성 탓인지 김기진이 발표한 번역 번안소설은 세간의 주목을 받지 못했다. 그가 두 편의 번안소설을 생소한 필명으로 연재한 것 또한 이러한 정황과 무관하지 않을 것이다.

이상협, 김기진을 주축으로 하여 1920년대 중후반 중외일보는 다른 일간지보다 더 의욕적으로 번역 번안소설 연재에 발 벗고 나섰다. 그리하여 중외일보는 신문이 발간된 짧은 기간에 비해 많은 수의 번역 번안소설을 연재할 수 있었다. 김기진은 주로 1920년대 중후반 중외일보를 중심으로 번역 번안소설 장르에 대해 깊은 관심을 표출했다. 계급해방이나 민족해방 같은 급진적인 사상을 표출한 작품들에 가혹한 검열이 가해졌던 시기에 김기진은 우회적인 방식을 통해 작품을 발표하고 대중과 소통하고자 했다. 특히 그가 '단정'이라는 생소한 필명을 써가며 탐정소설을 번안 게재한 것도 이러한 맥락에서 이해할 수 있다. 작품의 소재나 주제가 경향성에 경도될 경우 당국의 검열에 의해 게재나 출판 자체가 어려웠던 시기인 만큼 김기진은 검열을 피해 대중과 소통하면서 동시에 창작활동을 이어갈 수 있는 방법으로 여성 수난 소설과 탐정 추리소설의 번역 번안을 선택했다. 이러한 선택은 일면 경향성의 포기처럼 보이기도 하고, 대중예술의 저변을 확장하기 위한 우회 전술처럼 보이기도 한다. 어느 쪽이든 김기진은 검열의 압박을 벗어나 자신이 믿은 새로운 소설 창작론을 실험적으로 뒷받침하기 위해 번역 번안소설을 이용했다. 번역 번안소설은 중외일보가 내세운 대중 기획과 김기진의 실험적 창작의식이 결합한 결과이며, 이를 바탕으로 이후 그는 '새로운 통속소설론' 확립으로 나아갈 수 있었다.

제6장 『꽃과 뱀』의 대중소설적 위상

1. '양적 우세와 질적 퇴보'에 관한 문제제기

대중서사에 대한 학문적 관심이 증폭된 이래 그 최대 수혜자 가운데 한 사람으로 김말봉을 꼽는 데 이의를 제기할 사람은 별로 없을 것이다. 『찔레꽃』에 집중되던 관심은 점차 김말봉의 생애와 그의 후기작들로 확장되어왔다. 그의 작품은 통속소설의 전범(典範)으로 인식되고, 그 서사적 기반은 멜로드라마에 있다는 식의 분석이 김말봉 소설론의 주류를 이루었다. 그의 후기작에 대한 인식은 통속소설에 대한 이른바 '냉소적 관대함'의 수준을 넘어서지 못했다. 김말봉은 식민지시기나 그 이후에도 줄곧 대중들에게 인기 많은 통속소설을 써 온 작가이고, 그가 보여줄 수 있는 상상력은 1930년대 『찔레꽃』을 통해 이미 다 보여주었으며, 따라서 『찔레꽃』 이후의 작품들은 그것의 통속화된 아류에 불과하다는 인식은 여전히 완강하다. 본고의 문제의식은 이로부터 비롯된다. 즉 해방 이후 새롭게 출발한 김말봉의 문학세계를 좀 더 미시적으로 살피고, 이를 그의 작품세계 전반에 비추어 그 미적 의미를 탐색하는 것이 본고의 목적이다.

해방 이후부터 작고할 때까지 김말봉이 발표한 장편소설은 30여 편

정도이다. 구체적으로는 1947년 ≪부인신보≫에 연재한 『佳人의 市場』이 해방 이후 첫 장편소설이고, 그 뒤를 『꽃과 뱀』이 잇는다. 김말봉의 후기소설은 『가인의 시장』과 『꽃과 뱀』을 시작으로 엄청난 양적 증가 현상을 보이고 있다. 그의 창작열은 한국전쟁 기간에도 지속되었을 만큼 놀라운 것이었다. 김말봉은 해방 이후 서른 편에 가까운 장편소설을 발표하여 이 시기 장편소설의 부흥에도 일익을 담당했다. 그럼에도 불구하고 그가 해방기에 발표한 『가인의 시장』, 전후에 발표한 『생명』 등에 관한 논문이 몇 편 발표되었을 뿐 그 외의, 혹은 그 이상의 연구는 찾기 어렵다. 본고는 '양적 우세와 질적 퇴보'로 요약될 수 있는 그의 후기 장편소설을 평가해 온 관성적 인식에 문제를 제기하고, 그의 후기작 가운데 주목할 만한 가치를 지닌 『꽃과 뱀』을 원환적 서사구조와 신화적 상징성의 측면에서 분석하고자 한다.

『꽃과 뱀』[1]은 김말봉이 해방 이후 두 번째로 발표한 장편소설이다. 이 작품의 경우 연재된 시기와 지면을 확인할 수 없고, 1949년 문연사에서 출간된 단행본이 확인되나, 전체 11장의 장회체 형식을 취한 점으로 보아 신문이 아닌 잡지에 연재되었을 가능성이 높다. 『꽃과 뱀』의 연재 가능성을 조심스럽게 제기하는 근거 가운데 하나는 김말봉의 장편소설이 연재 단계를 생략하고 전작 장편 형태로 발표된 사례가 없다는 점이다. 이 단행본에는 장편 『꽃과 뱀』 이외에 단편 「女賊」이 수록되어 있어 대다수가 '단편 선집'으로 오인하기도 한다.[2] 1951년 문연사

---

1) 『꽃과 뱀』이라는 표제는 서정주의 「花蛇」(1936)를 연상케 한다. 서정주는 이 시를 통해 '성적인 분만과 고민과 자학의 열띤 정열'을 토로했다고 고백한 바 있다. 이는 김말봉의 『꽃과 뱀』과 상통하는 주제라 할 수 있어 두 작품 간의 영향관계를 추측할 수 있다. 한편, 1969년 6월 이청준이 발표한 동명의 작품도 있다.

2) 문연사 판 단행본은 전체 311면 가운데 『꽃과 뱀』이 244면, 「女賊」이 67면으로 구성되어있

에서 출간된 단행본 『화려한 地獄』 후기에 따르면, 『찔레꽃』의 성공 이후 김말봉은 일본어로 작품을 창작하는 데 강한 거부감을 갖고 절필했다가 1947년 『가인의 시장』을 ≪부인신보≫에 연재하면서 창작활동을 재개하였다. 1948년 12월 31일 이후 ≪부인신보≫가 폐간되자 『가인의 시장』도 연재 중단된다. 이후 김말봉은 『가인의 시장』을 완성하여 '화려한 지옥'으로 개제한 뒤 1951년 문연사에서 단행본으로 출간한다. 『가인의 시장』이 1948년 12월 31일까지 연재되었고, 『꽃과 뱀』의 초판 발행 시기(1949년 2월)를 고려할 때 김말봉은 1948년에 『가인의 시장』과 『꽃과 뱀』을 동시에 연재했으리라 짐작할 수 있다. 연재 순서는 『가인의 시장』이 『꽃과 뱀』보다 앞선다. 이는 단행본 『화려한 지옥』 후기에서 작가가 밝힌 내용이다. 그에 따르면, 『가인의 시장』 연재 종료 후 뒷이야기를 완성하여 출간하려던 계획이 출판사 사정과 전쟁 등의 이유로 어긋나면서 결과적으로 『꽃과 뱀』이 『화려한 지옥』보다 먼저 단행본으로 출간된 것이다.[3)]

다. 따라서 이 단행본을 '단편선집'으로 규정하는 데는 다소 무리가 따른다. 「女賊」은 여대생 주염실이 애인 박철환으로부터 배신당한 뒤 복수하는 내용의 통속적인 작품이다. 『꽃과 뱀』의 초판 발행일은 1949년 2월이었고 1957년 2월 15판을 발행했다. 또한 1960년, 1962년 청산문화사에서 다시 단행본으로 출간되기도 했다. 이로 미루어 이 작품 또한 여타 김말봉의 소설과 마찬가지로 대중적 인기를 끌었음을 짐작할 수 있다. 본고에서 분석 대상으로 삼은 텍스트는 1949년 문연사본이며, 이후 인용 시 마지막에 작품의 면수만 기재하기로 한다.

3) 1940년대 말부터 1950년대 초 · 중반까지 김말봉 소설이 문연사에서 대거 단행본으로 출간된 사실이 확인되는데 해방 이전 작품인 『밀림』, 『찔레꽃』을 비롯해 해방 이후 작품인 『꽃과 뱀』, 『화려한 지옥』 등에 이르기까지 몇 년의 간격을 두고 문연사에서 출간되었다. 해방 전 『밀림』은 삼문사(1940, 1941)와 영창서관(1942)에서 출간되었고, 『찔레꽃』은 인문사(1939)에서 단행본으로 출간된 바 있다. 해방 후 『찔레꽃』은 1948년 합동사서점에서, 1954년 문연사에서 상하권으로, 그리고 1955년 상하 합본으로 재출간되었다. 『밀림』은 1952년 문연사에서 상하권으로 출간되었다. 해방 이후 문연사에서 출간된 다른 작가의 작품으로 이광수의 『사랑의 죄』(1950), 『나』(1951), 이무영의 『B녀의 소묘』(1951), 이효석의 『화분』(1954) 등이 확인된다. 문연사 사장은 권주원이며 문예물뿐만 아니라 영문법, 서간문

이로써 『화려한 지옥』과 『꽃과 뱀』이 비슷한 시기에 연재되었으리라는 가설은 상당한 설득력을 확보한다. 『찔레꽃』 이후 이십여 년 간 창작 활동을 접었던 김말봉이 해방 이후 두 편의 장편소설을 거의 동시에 발표했다는 점은 그의 왕성한 창작 의욕을 단적으로 보여준다. 실제로 『화려한 지옥』과 『꽃과 뱀』의 발표를 시작으로 김말봉은 1960년까지 엄청난 양의 장편소설을 발표하였다. 두 작품은 김말봉의 후기 시대를 여는 신호탄의 의미를 지닌다. 그보다 더 중요한 의미는 이 시기 김말봉의 창작의식이 그 어느 때보다 폭 넓은 스펙트럼 속에 존재한다는 점이다. 우선, 『화려한 지옥』은 '남성에 의해 억압되는 여성'이라는 추상적 명제가 아니라, '공창 폐지'라는 실천적 담론을 통해 여성의 현실을 고발하고 억압의 실체를 공론화했다는 점에서 문학사적 의미를 획득한다. 『화려한 지옥』은 구체적인 현실의 토대 위에서 여성 해방의 문제를 작품의 주제로 삼았다는 점이 특히 인상적이라 할 수 있다. 가령 '공창 폐지'라는 구체적인 현실 문제를 창기 출신 여성인물과 지식인 여성인물의 시각으로 펼쳐 놓아 대중들의 호기심을 자극하고, 여성 억압의 문제를 공론화했다는 점에서 『화려한 지옥』의 서사는 진지하고 도발적이다.[4)]

이와 거의 동시에 김말봉은 『꽃과 뱀』을 통해 『화려한 지옥』과 상이한 작품세계를 선보인다. 여성수난사를 중심 서사로 삼았던 여타의 작품들과 다르게 『꽃과 뱀』의 지배적인 정조는 주술적이고 운명론적인

계통의 단행본도 다수 출간하였다.

4) 『화려한 지옥』에 대한 정밀한 분석의 사례로는 양동숙의 「해방 후 공창제 폐지 운동과 김말봉의 '화려한 지옥'」(『함께 보는 우리 역사』, 역사학연구소, 1998, 가을), 최미진의 「광복 후 공창 폐지 운동과 김말봉 소설의 대중성」(『현대소설연구』32, 2006), 최지현의 「해방기 공창 폐지 운동과 여성 연대(Solidarity) 연구: 김말봉의 『화려한 지옥』을 중심으로」(『여성문학연구』19, 2008) 등이 대표적이다.

차원에 놓인다. 『꽃과 뱀』은 김말봉의 전기적 생애와의 비교 고찰을 통해 독특한 의미를 획득한다. 김말봉의 전기적 생애에서 주목을 요하는 사실 중 하나는 그가 독실한 기독교 신자이며 우리나라 최초의 여성 장로였다는 점인데, 그에 비해 『꽃과 뱀』을 지배하는 정조나 작품의 중심인물은 다분히 불교적인 색채가 농후하다. 이 작품의 중심인물인 관우와 묘운이 승려이고, 주된 배경이 되는 공간이 사찰이라는 점, 불교 교리의 하나인 업보와 윤회의 문제를 진지하게 다루고 있다는 점 등은 김말봉의 작품 세계를 통틀어 상당히 이질적이라 할 수 있다. 또 그의 작품이 대부분 여성 수난사를 제재로 설정한 것과 다르게 『꽃과 뱀』은 남성 인물을 중심으로 사랑과 구원의 문제를 다루고 있다는 점에서도 변별적이다. 김말봉의 많은 장편소설 가운데 특히 『꽃과 뱀』에 주목해야하는 이유는, 이 소설이 일반적인 김말봉 소설의 서사 가운데 상당히 이질적인 계열에 속한다는 점에 있으며, 아울러 이 작품이 발표된 시기가 해방 이후 그가 활발한 대외활동을 시작한 때와 일치한다는 점에서도 찾을 수 있다.

해방 후 김말봉의 창작의식을 지배한 사회 담론은 무정부주의, 여성주의, 우익 내셔널리즘, 기독교 등으로 압축된다. 『꽃과 뱀』의 출간 시점은 정치적으로 남북한 단독정부가 수립된 이후지만, 문연사판 단행본 초판 발행일이 1949년 2월 25일이라는 점을 감안한다면 연재시기를 1949년 이전으로 어림할 수 있으며, 이에 따라 정치·사회적으로 극도의 혼란이 가중되던 시기에 발표된 작품이라는 점에서 『꽃과 뱀』의 의미를 탐구할 필요성이 제기된다. 식민 잔재를 청산하고 민족문학을 재정립해야 한다는 사명과, 치열한 이념 갈등으로 뜨거웠던 이 시기에 김말봉은 다분히 현실 초월적인 분위기의 소설 『꽃과 뱀』을 발표한 것이다.

동시대 다른 작품들과 비교할 때 『꽃과 뱀』의 초월적 서사와 탈 이념적 정조는 한층 이질적으로 여겨진다.[5] 식민지시기 일본어로 소설을 창작하는 데 강한 거부감을 표시했던 김말봉은 『찔레꽃』 발표 이후 해방이 되기까지 절필했고, 이는 적어도 그녀가 공식적으로 친일 부역에 대한 부채의식을 경감할 수 있는 근거가 되었다. 그렇기에 해방 후 김말봉은 친일에 연루된 다른 작가들에 비해 상대적으로 자기검열이나 반성의 강압으로부터 자유로울 수 있었을 것이다. 이러한 배경 하에 그녀는 해방을 모국어로 창작할 수 있는 환경으로 인식하고, 그를 통해 새롭고 다양한 창작 실험을 감행할 수 있었다.

지금까지 김말봉 소설에 관한 연구는 상당한 수준으로, 다양한 각도에서 축적되었다. 그 중심에는 대개 『밀림』, 『찔레꽃』이 놓이고 거기에 더해 최근 그의 후기작 『화려한 지옥』, 『별들의 고향』, 『생명』 정도가 함께 논의되어왔다. 『꽃과 뱀』이 지닌 서사적 이질성 탓인지 이 작품에 대한 분석이나 논의는 찾아보기 어렵다. 본고는 그간 논의 대상에서 배제되었던 『꽃과 뱀』을 주된 분석 대상으로 삼아 원환 구조와 신화적 상징성의 측면에서 분석하고자 한다. 이를 통해 궁극적으로 『꽃과 뱀』이 김말봉의 작품세계에서 지니는 의의를 고찰해보고자 한다. 『꽃과 뱀』의 서사는 선악의 대결구도나 권선징악 같은 주제로부터 일정한 거리를 둔다. 비슷한 시기에 발표된 『화려한 지옥』의 경우 선악의 대비구도가 명확하며, 권선징악의 주제 역시 뚜렷하게 드러나는데 비해 『꽃과

5) 『꽃과 뱀』의 연재시기를 1948년 전후로 가정할 때 이 시기에 발표된 대표적인 소설로는 이태준의 「농토」(1947), 황순원의 「술이야기」(1947), 김동리의 「혈거부족」(1947), 김동인의 「망국인기」(1947), 엄흥섭의 「집 없는 사람들」(1947), 김동리의 「역마」(1948), 안회남의 「농민의 비애」(1948), 채만식의 「민족의 죄인」(1948~1949), 염상섭의 「이합」(1948), 최태응의 「혈담」(1948), 허윤석의 「수국의 생리」 등이 있다.

뱀』의 서사는 그렇지 않다는 점 또한 이 작품의 이질성을 증명하는 근거이다. 대신 『꽃과 뱀』은 다소 도착적이고 탐미적 방식으로 사랑과 구원의 문제에 접근해나간다. 『꽃과 뱀』이 지닌 서사적 이질성은 김말봉 소설의 심층을 탐구하는 데 중요한 단서를 제공할 수 있으리라 판단된다. 이는 『찔레꽃』만을 김말봉의 유일한 작품이라 보아 온 그간의 편협한 인식에 전환을 요구한다. 김말봉의 작품세계는 『찔레꽃』의 서사와 정조로만 한정되는 좁은 공간이 아니다. 그 내부에는 애정의 삼각구도와 윤리적 정결주의를 중심으로 하는 멜로드라마, 여성이 처한 사회적 현실을 비판하고 그 대안을 모색하는 적극적인 여성주체의 서사, 그리고 사랑과 구원의 문제에 천착한 작품 등 방대한 스펙트럼이 존재한다.

2. 원환(圓環)의 서사구조

『꽃과 뱀』이 취하고 있는 원환의 서사구조는 관우의 꿈 이야기에서 시작된 작품의 서사가 관우의 꿈 이야기로 끝난다는 점, '무릇골 기와집'에서 시작한 서사가 다시 그곳에서 종결된다는 점, 그리고 시간 구성이 현재-과거-현재로 되돌아오는 수미상관 구조로 맞물리도록 배치되어 있다는 점 등을 통해 반복적으로 확인된다. 또 이 작품에 등장하는 네 개의 비극은 모두 원환 구조를 바탕으로 하나의 주제로 수렴된다. 진화에서부터 시작해 옥련, 돌순, 난실로 이어지는 비극의 연쇄는 결국 관우와 진화의 죽음으로 끝을 맺는 원환의 구조 속에 놓인다. 『꽃과 뱀』이 지닌 원환 구조는 작품에 내재하는 종교적 구원의 메시지와 긴밀하게 만난다. 『꽃과 뱀』은 원환 구조의 장치를 통해 운명론적으로 반복 · 순환되는 인간의 삶과 그 업보의 윤회를 이야기한다. 반면 애정의 삼각구도와 윤리적 정결주의를 중심으로 하는 멜로드라마의 서사구조는 『꽃과 뱀』에 이르러 상당히 약화된다. 『꽃과 뱀』은 관우–진화–경덕의 삼각 연애구도를 중심으로 주술성과 운명론에 기댄 비극의 파노라마를 펼쳐 보인다. 『꽃과 뱀』의 비극성은 일차적으로 인물의 운명론적 인식 태도에서 기인한다. 주인공 관우와 진화의 사랑 이야기는 철저히 무시간의 세계 속에서 운명론의 지배하에 진행된다. 『꽃과 뱀』의 이상주의와 낭만성은 타락한 현실에 맞서는 도덕과 정신의 승리라는 도식이나 그보다 더 단순한 선악의 대비 구도를 따르지 않는다.

통도사 승려인 스무 살 혜남(慧南)을 중심으로 30여 년의 시간차를 두고 『꽃과 뱀』의 서사는 현재와 과거를 넘나든다. 혜남은 진달래 무더기 속에 똬리를 튼 뱀이 갑자기 미녀로 변하는 꿈을 꾼 후 우연히 그녀와 마주친다. 그는 진화가 불러일으킨 마음의 번뇌를 잊기 위해 역설적으로 환속의 길을 선택한다. 따라서 그의 환속은 곧 새로운 출가(出家)의 의미를 지닌다. 혜남은 환속하면서 '관우(觀宇)'로 개명하는데, 이는 "사념(邪念)에서 떠나 눈을 멀리 누리 위에 두기"(18면)를 바라는 혜남의 염원이 담긴 행위이다. 이는 관우 자신이 본원적으로 바라는 구원의 내용이며, 관세음(觀世音)이 되기를 욕망하는 그의 내면세계를 드러내는 상징이기도 하다. 보통학교 교사로 부임한 지 얼마 되지 않아 그는 그토록 그리던 꿈속의 미녀 진화를 현실에서 만나 그녀와 운명적인 사랑을 시작한다. 환속한 관우는 진화를 만난 후 그녀가 '살아있는 관세음보살' 곧 관세음의 현신(現身)으로 인식한다. 진화와의 합일을 통해 구원의 경지에 이르고자 하는 관우의 욕망은 이후 서사를 추동하는 결정적인 힘으로 작용한다.

『꽃과 뱀』의 서사는 묘운의 회상으로 시작된다. 묘운의 회상은 관우와 진화의 사랑이야기와 그 굴곡을 중심으로 전개된다. 묘운은 관우-진화를 중심으로 구성되는 연애서사와 다른 맥락에서 『꽃과 뱀』의 서사에 균형을 맞추는 역할을 담당하는 인물이다. 관우-진화의 축으로 진행되는 연애서사의 맞은편에 묘운이라는 인물이 위치함으로써 이 작품의 서사는 일종의 균형 감각을 유지한다. 묘운은 낭만주의와 운명론으로 일관하는 두 인물에 맞서 현실적인 균형 감각을 보이는 인물로 설정된다. 묘운은 불가항력적으로 진화에게 이끌리는 관우에게 그녀를 멀리하라고 충고한다. 물론 묘운이 그런 충고를 하는 근거가 합리적이고 이성적인 차원에 존재하는 것은 아니다. 묘운은 진화가 '사체(蛇體)의 형상'을 지녔으며 '요기(妖氣)가 떠도는 얼굴'이라는 관상학적 근거를 토대로 관우를 만류한다.

통도사 승려였던 묘운은 뚜렷한 동기 없이, 환속한 관우를 따라 속세로 나와 온갖 허드렛일을 하며 두 사람의 생계를 책임진다. 이에 비한다면 관우는 작품 초반 보통학교 교사로 잠깐 재직한 이력이 있을 뿐 그 외 직업을 갖지도 생계를 위해 일을 하지도 않는다. 부유(浮游)하는 관우에 비해 묘운의 생활력은 탁월한 것으로 묘사된다. 진화 또한 관우와 유사하다. 그녀는 동경에서 미술을 전공한 학생으로[6] 부유한 고경덕과 결혼하여 호의호식하는 인물이다. 그녀는 관우와의 사랑이나 예술에 대한 집착만 가졌을 뿐 현실감각이 없기는 관우와 동일하다. 이 작품에서 현실적인 감각을 지닌 인물로는 묘운이 유일하다. 그러나 묘운의 현실감각이 역사적 현실을 인식한 바탕 위에 존재하는 것은 아니다. 그런

6) 『찔레꽃』에도 '동경 미술'을 졸업한 인물이 등장하는데 그는 조만호의 딸 경애이다. 경애는 예술작품을 통해 이상적인 가치를 형상화하려는 욕망을 지닌 인물이다.

의미에서 묘운의 현실감각이나 균형 감각 역시 관우나 진화와 마찬가지로 시대의식이 결여된 것이라 할 수 있다.

현실감각과 역사의식을 탈각한 인물들은 사랑, 구원, 운명 같은 관념의 세계에 유폐된다. 폐쇄된 시공간 속에서 관우와 진화의 사랑은 끊임없이 가학적이고 도착적인 방식으로 유지된다. 이들에게 사랑과 구원, 운명은 현실을 대체하거나 넘어서는 고결한 것으로 인식된다. 따라서 이들에게 현실의 문제는 전혀 중요하지 않다. 이러한 점이 김말봉 소설에서 『꽃과 뱀』을 이질적인 작품으로 부각하는 중요한 특징이라 할 수 있다. 『찔레꽃』의 서사가 1930년대 자본주의화가 진행되기 시작한 조선의 현실과 밀접하게 얽혀 있는 것이라면, 또 『화려한 지옥』의 서사가 '공창폐지'라는 계몽적 전언을 통해 해방 직후 작가의 현실감각과 역사의식을 엿볼 수 있는 표지가 된다면, 『꽃과 뱀』의 서사에는 해방기라는 시대를 표상할 만한 그 무엇도 등장하지 않는다.[7] 이 작품의 공간 배경 또한 구체성을 상실한 기호에 불과하다. 경상도 시골(경산 부근)이라는 특정한 공간이 설정되어 있으나, 이 공간 자체가 특수한 의미를 생성하는 기표는 아니다. 특히 '무릇골 기와집'으로 대표되는 『꽃과 뱀』의 공간은 외부와 단절된 폐쇄적인 배경으로 설정되어 이 작품의 전체적인 분위기를 탈속적이고 설화적인 정조로 이끈다. 『꽃과 뱀』의 공간은 다분히 상징의 차원에 놓이는 것일 뿐 해방기의 구체적인 현실과 유리되어 폐쇄적이고 몽환적인 정조를 자아내는 역할을 담당한다. 특히 『화려한 지옥』과 발표 시기가 잇닿아 있는 『꽃과 뱀』이 철저하게 무시

7) 손종업이 지적한 바처럼 『찔레꽃』의 '경성 표상'은 역사적 의미를 탈각한 '풍속'에 지나지 않는다는 분석 또한 흥미롭다. 손종업, 「『찔레꽃』에 나타난 식민도시 경성의 공간 표상 체계」, 『한국근대문학연구』16, 한국근대문학회, 2007.

간성의 세계에 유폐되어 있다는 점은 주목을 요한다. 『화려한 지옥』은 미군정과 공창 폐지라는 현실의 문제를 적극적으로 끌어와 서사를 진행하고 있다는 점에서 『꽃과 뱀』과 변별된다.

현실이 삭제된 자리에 놓이는 것은 사랑과 구원, 운명에 대한 인식이다. 이 작품에 등장하는 네 개의 비극은 모두 원환적인 구조를 바탕으로 하나의 주제로 수렴된다. 진화로부터 시작해 옥련, 돌순, 난실로 이어지는 비극의 서사는 결국 관우와 진화의 죽음으로 끝을 맺는 원환의 구조 속에 놓인다. 물론 『꽃과 뱀』의 서사는 대부분 과도한 우연의 플롯에 의해 진행된다는 점에서 멜로드라마와 유사하다. 가령 관우와 진화가 통도사에서 처음 만나는 장면이나, 환속 후 두 사람이 재회하는 계기, 그리고 진화와 헤어진 관우가 오랜 방랑생활 끝에 우연히 한 상가(喪家), 곧 무릇골 기와집에 유숙하는 설정 등이 이 소설의 지배적인 플롯이 우연성에 지나치게 기대고 있음을 증명한다.

> 어머나!
>
> 숲골댁은 가늘게 부르짖고 봉창 구멍에 바싹 눈을 대었다. 방문을 열고 나오는 사람은 분명코 이집 젊은 주부였다. 그리고 주부의 손에는 길다란 채찍이 들려 있다. 주부의 뒤로 젊은 사나이가 따라 나오는데 반쯤 열린 영창문으로 누워있는 사람의 상반신이 보인다. 머리가 허옇게 세인 늙은 사나이가 두 손을 결박당한 채 모로 누워있는 모습이 죽은 사람과 비슷하게 보여 숲골댁은 전신을 스쳐가는 찬 소름을 느끼면서 눈은 여전히 봉창 구멍에 대인 채다. 그 사이 비가 그친 뜰 아래로 채찍을 들고 내려서는 여인의 하얀 치맛자락은 휘휘 불어오는 바람에 함부로 휘날린다. 마루에서 돌아서서 방문을 닫고 뜰로 내려서서 신을 신는 사나이는 여인의 등 뒤로 다가선다. 검은 구름이 찢어지는 사이로 푸른 달빛이 사나이의 한 쪽 귀 없는 얼굴 위에 안개처럼 서린다.(11면.)

채찍을 든 여인의 손이 옥과 같이 부드러운데, 채찍에 맞고 있는 사나이는 야위고 초라하여 해골 그대로이다. 사뭇 앙상한 촉루(髑髏)가 매를 맞고 앉아 있는 것이다. 퀭-하니 들어간 두 눈, 모가지에 스리고 있는 경골(頸骨)하며 어깨의 견갑골(肩胛骨)하며 더욱이 처참한 늑골(肋骨)들. 희한하게도 두들겨 맞고 있는 이 촉루의 입언저리가 흐뭇이 피어나는 연화처럼 미소를 품고 있는 것이다. 미소라 하기에는 너무도 깨끗하다. 지긋이 감은 길게 찢어진 눈시울은 무슨 황홀한 꿈을 보는지, 아니면 달고 향기로운 관능에 도취하고 있는지.(231면.)

관우는 이따금씩 못 견디게 진화가 그리운 날이면, 그리고 바람이 문풍지를 울리는 날이면, 미칠 듯 등어리가 간지러워지는 것이다. 드디어 관우는 "채찍을 가져와." 하고 소리를 쳤다. 채찍을 들고 멍하니 서 있는 아내에게 "자 이 등어리를 힘껏 내리쳐." 하고 관우는 훨훨 윗통을 벗는 것이다. "귀신이 또 붙었능기요?" 난실은 파랗게 웃고 채찍을 높이 들었다. 허구한 세월을 소박댁이로 늙어가는 자기의 원한을 오래간만에 찾아온 귀신에게 갚아 보려는 듯 난실은 팔뚝에 힘을 다해 관우의 앙상한 척추를 갈기기 시작했다. [중략] 석 달에 한 번 두 달에 한 번 난실은 관우의 방에 들어가 관우를 채찍으로 내리쳐야만 했다. 노석(路石)은 아버지가 하는 짓이 원통하기도 하고 분하기도 했다. 무엇 때문에 맞는 매인지, 어째서 자청해서 매를 맞아 내는지 노석으로는 전연 이해할 수가 없는 일이다.(236-237면.)

첫 번째 예문은 『꽃과 뱀』의 발단에 해당하는 장면으로, 퇴락한 고택에서 집안일을 돌보던 숲골댁이 어느 밤 출입이 금지된 사랑채에서 목격한 광경이다. 그녀가 목격한 것은 고택의 젊은 안주인이 긴 채찍을 들고 서 있고 그 뒤로 머리가 허옇게 센 늙은 사나이가 두 손을 결박당한 채 모로 누운 장면이었다. 한쪽 귀가 없는 젊은 남자는 노석(路石)이며 젊은 여자는 그의 의모(義母) 난실이고, 두 손을 결박당한 늙은 사나이는 그의 의부(義父) 관우이다. 숲골댁은 이 광경을 목격하자 고택의 심복하인 백 첨지에게 도깨비가 출몰한다고 말한 뒤 짐을 싸서 그곳을 탈출한다. 숲골댁의 이야기를 들은 묘운 백 첨지는 삼십여 년 전 과거를 떠올린다. 두 번째와 세 번째 예문은 작품의 결말 부분에 등장하는 장면으로, 첫 번째 예문에서 묘사한 내용과 이어지는 것이다. 『꽃과 뱀』이 지닌 원환의 구조를 이해하기 위해서는 반복되는 이 장면에 관한 해석이 선행되어야 한다.

첫 번째 예문은 독자의 궁금증을 유발하기 위해 대부분의 상황을 모호하게 서술하고 있다. 여기에는 각각의 인물이 구체적으로 누구인지, 비오는 밤 흉가로 소문 난 고택에서 벌어진 사건의 정체가 무엇인지를 이해할 수 있는 어떤 정황적 근거도 제시되어 있지 않다. 서사의 진행이 순차적으로 이루어지지 않고 회상의 형식을 통해 이루어지기 때문에 작품의 초반부에 등장하는 이 파격적인 서사는 독자의 흥미를 유발하기에 부족함이 없다. 의문의 사건과 미스터리한 인물들을 등장시킴으로써 작가는 독자들의 궁금증과 흥미를 유발하는 서사 전략을 취한다. 인적이 드문 고가에서 주기적으로 벌어지는 의문의 사건은 『꽃과 뱀』의 서사 가운데 한 축을 이루는 가학 · 피학적 사랑의 구현이다. 첫 번째 예문에서 제기된 의문은 두 번째, 세 번째 예문에 이르러 해소된다. 그 사이에 묘운의 회상을 통해 관우와 진화의 비정상적인 사랑 이야기가 펼쳐진다.

원환의 서사구조는 개별적인 사건들이 지닌 우연성을 하나의 주제로 수렴한다는 측면에서 우연성의 과잉이라는 플롯의 결함을 상쇄한다. 이와 더불어 원환 구조는 이 작품을 지배하는 종교적 메시지와도 긴밀하게 만난다. 즉 원환 구조 속에서 『꽃과 뱀』의 서사는 운명론적으로 반복 · 순환되는 인간의 삶과 그 업보의 윤회를 이야기한다. 무릇골 기와

집 안주인은 시어머니가 빠져 죽은 우물에 똑같이 빠져 죽는 횡사를 당하고, 관우는 고경덕이 무릇골 기와집 안주인과 통정하여 낳아 버린 노석을 거두어 기른다. 관우가 경덕의 아들 노석을 거두어 기르는 행위는 그의 속죄의식에서 비롯된 것이지만, 전체적으로 조망할 때 이는 관우가 둘러싸인 운명론의 지배를 받아들인 결과라고 볼 수 있다.

관우와 진화의 치명적인 관계는 이후 『꽃과 뱀』의 서사 전반에서 핵심적인 역할을 담당한다. 관우는 처음 꿈속에서 본 뱀과 현실의 진화를 동일시하게 되는데, 그 이미지는 진화가 그린 두 번째 그림의 그것과 유사하다. 진화가 그린 두 번째 그림은 승려 혜남의 초상에 그의 꿈 이야기를 겹쳐 그린 것으로, 이 그림을 본 이후 관우는 진화를 뱀과 동일시하기에 이른다. 진화가 뱀으로 환신(幻身)하여 자신의 목에 입을 대고 피를 빨아먹는다는 생각은 관우가 폐결핵으로 인한 각혈을 '진화-뱀-꿈'으로 이어지는 환상의 세계와 혼동한 데서 비롯된 것이다. 그러나 관우는 자신이 두 세계를 혼동하고 있다는 사실을 깨닫지 못하고 스스로 그 혼동이 빚어내는 환상 속에 유폐된다. 작품의 결말에서 관우는 진화와 재회하여 사랑을 나누는 꿈을 꾼 후 그녀의 그림을 품고 죽는다.

결말에서 두 사람은 거의 동시에 운명적인 죽음을 맞는다. 흥미로운 것은 오랜 세월의 경과에도 불구하고 두 사람이 혼인으로 맺어지지 못한다는 점과, 그럼에도 불구하고 둘의 질긴 인연은 죽을 때까지 지속된다는 점, 그리고 둘 사이에 자식이 없다는 점이다. 두 사람은 뜨거운 애정을 품었음에도 줄곧 생리적인 동정(童貞)을 유지하였으며, 진화는 관우에게 중매를 서기까지 한다. 이러한 비정상적인 관계는 관우와 진화의 관계를 눈치 챈 경덕이 불륜으로 자식을 낳아 유기하자 관우가 그 자식을 거두어 기른다는 설정에서 절정을 이룬다. 여기에 관우의 마지막 부인 난실과 경덕의 아들 노석이 패륜적인 관계를 맺는다는 암시가 추가됨으로써 관우―진화―경덕으로 이어지는 비정상적인 관계는 이들의 사후에도 끝나지 않고 되풀이된다.

『꽃과 뱀』이 취하고 있는 원환의 구조는 관우의 꿈 이야기에서 시작된 작품의 서사가 관우의 꿈 이야기로 끝난다는 점, '무릇골 기와집'에서 시작한 서사가 다시 그곳에서 종결된다는 점, 그리고 시간 구성이 서사적 현재에서 출발해 과거로, 다시 현재로 되돌아오는 수미상관 구조로 맞물리도록 배치되어 있다는 점 등을 통해 반복적으로 확인된다. 또 이 작품에 등장하는 네 개의 비극은 모두 원환 구조를 바탕으로 하나의 주제로 수렴된다. 원환의 서사구조는 개별적인 사건들이 지닌 우연성을 하나의 주제로 수렴한다는 측면에서 우연성의 과잉이라는 플롯의 결함을 상쇄한다. 이와 더불어 원환 구조는 이 작품을 지배하는 종교적 메시지와도 긴밀하게 만난다. 즉 원환 구조 속에서 『꽃과 뱀』의 서사는 운명론적으로 반복 · 순환되는 인간의 삶과 그 업보의 윤회를 이야기한다.

3. '꽃'과 '뱀'의 신화적 상징성

『꽃과 뱀』에서 선악의 대결구도와 권선징악의 주제가 약화되었다는 것은 계몽성 쇠퇴의 한 증거가 될 수 있다. 비슷한 시기에 발표된 『화려한 지옥』의 경우 선악의 대비구도가 명확하며, 권선징악의 주제 역시 뚜렷하게 드러나는데 비해 『꽃과 뱀』의 서사는 그렇지 않다는 점 또한 이 작품의 정조를 형성하는 주된 요인이다. 도덕적 정결주의와 계몽성이 쇠퇴한 이후 『꽃과 뱀』은 도착적이고 탐미적인 방식으로 사랑과 구원의 문제에 접근해나간다. 예형론(豫型論)적으로 주어진 운명이 현실의 삶을 지배할 때 인물들은 그로부터 벗어나기 위해 발버둥 친다. 그러나 종국에 그들은 자신들에게 주어진 운명을 수용하고 모든 갈등을 무화(無化)시킨다. 시종일관 급박하게 진행되던 서사가 결말에 이르러 갑작스럽게 모든 갈등을 무화시키는 방식으로 진행되는데, 여기서 주목할 것은 종래의 선악 대결구도에서 도덕적으로 선한 인물이 승리하고 악한 인물이 징벌을 당하는 서사구조가 재생되지 않는다는 점이다. 이 소설에는 사전적인 의미의 선인 혹은 악인이 등장하지 않는다. 선악의 대결구도 대신 『꽃과 뱀』은 현실과 운명의 대결구도를 취하고 이를 신화와 종교의 차원으로 넘긴다.

표제 '꽃과 뱀'은 일차적으로 관우의 꿈 내용과 진화의 그림을 압축적으로 표현한 것이다. 그런데 이 작품에서 '꽃'과 '뱀'의 의미는 일종의 신화 · 종교적 원형(原型)으로 기능하기도 한다. 일반적으로 꽃은 '아름다움', '생명'을 표상하는 원형과, 종교의 교리를 표상하는 원형으로 사용된다. 『꽃과 뱀』에 등장하는 꽃은 이러한 두 차원에서 그 의미를 파악할 수 있다. 먼저, 작품 초반 관우의 꿈에 반복적으로 등장하는 꽃은 진달래이다. 진달래는 '아름다움'의 상징이며 이는 곧 미녀 '진화'로 연결된다. 진달래는 관우와 진화를 연결하는 매개체이자 진화의 아름다움을 표상하는 원형적 상징물이다. 또한, 임종의 순간 관우의 꿈에 등장하는 연꽃은 불교적 상징물이다. 꿈속에서 관우는 연꽃이 흩날리는 가운데 '진화의 무릎을 베개 삼아' 달콤한 잠에 빠진다. 연꽃은 관우와 진화의 운명적인 사랑과 죽음을 종교적 차원으로 승화시키는 상징적 매개물로 등장한다.

'뱀'은 기독교 신화에서 유혹자, 악의 화신, 가장 간교한 존재의 의미를 지니는 동시에 영생, 지혜의 상징으로 등장하기도 한다. 또한 정신분석에서 '뱀'은 성적 의미를 지니는 자연물로 자주 인용된다. 특히 꿈 속에서 관우의 목을 물어 흡혈하는 뱀은 성적 상징성을 띤다. 이 뱀은 진화의 그림 속으로 들어가 강한 주술적 힘을 발휘한다. 관우의 꿈 이야기는 곧 진화의 '꽃과 뱀' 그림으로 연결되고, 이 과정에서 두 사람의 비극적인 사랑이 시작된다. 관우의 꿈에서 뱀이 미녀로 변하는 환신 모티프는 일종의 신화적 상징이라 할 수 있다. '진달래 무더기 속에 똬리를 튼 뱀이 점차 미녀로 변하는' 관우의 꿈 내용은 결국 뱀이 미녀로 변했다는 것이고, 이때 미녀는 진화를 지시한다. 결국 표제인 '꽃과 뱀'은 관우의 꿈과 현실을 매개하는 동시에 신화 · 종교적 상징을 작품의 주제로 승화하는 기능을 담당한다.

노를 젓는 사람도 없는데, 배는 저절로 연꽃과 연꽃 사이를 돌아 조용히 흘러나간다. 화판은 나비처럼 날아 관우의 이마와 뺨을 간질이는가 하면, 진화는 꿀 같은 정담을 귓속질하고 있다. 햇살은 수면에서 수만 개의 금빛 은빛 화살을 날리고, 무수한 비둘기떼는 연꽃을 씻쳐 푸루루 창공에 눈송이처럼 흩어진다. 관우는 눈이 부셔왔다. 강렬한 꽃향기에 취했는지, 그는 한없이 달고 편안한 졸음이 눈시울이며 목덜미며 어깨며 온 몸에 퍼져가는 것을 느끼고, 진화의 무릎을 베개 삼아 깊은 잠에 빠져 들었다. 미음 그릇을 들고 온 난실은 남편의 포근히 잠든 얼굴을 내려다보았다. 살며시 코 아래로 손바닥을 대보는 것은 관우의 얼굴이 너무도 평화롭기 때문이다. 호흡이 그쳤으나 관우는 살아있을 때 한번도 보지 못했던 평화로운 얼굴을 하고 있지 않는가. 비로소 난실은 무릎을 꿇고 두 손을 합장했다. 범할 수 없는 높은 경지로 들어간 어떤 인격 앞에, 느끼는 그러한 느낌을 느끼면서 난실은 목을 놓아 울기 시작했다. 죽은 사람과 너무나 거리가 먼 자신의 존재가 새삼스럽게 슬퍼지는

> 때문이다. 한참을 울던 난실은 앙상한 관우의 품에 안긴 것이 있는 것을 보고 무엇인가를 꺼냈다. 퇴색한 채로 방금 꿈틀거릴 듯 징그러운 뱀의 그림이었다. 이날 서울의 진화의 집에서도 초상이 났다. 고경덕씨는 진화를 데리고 서울에서 살았다. 깨끗하게 늙은 진화는 별로 아픈 곳도 없이 뜨락을 소요하다가 방으로 들어와 누운 것이 그대로 잠자듯 숨이 끊어졌다는 것이다. 이상하게도 이날 진화는 나이에 맞지 않게 짙은 화장을 하고, 농속에 깊이 들었던 녹의홍상(綠衣紅裳)을 입고 있었다는 것이다. "생전에 깨끗하게 사랑을 속삭이던 관우에게로 시집을 갔는지도 모른다." 묘운이가 뒷날 친지에게 한 말이었다.(242-244면.)

인용은 『꽃과 뱀』의 결말 부분으로, 관우와 진화의 죽음을 묘사한 대목이다. 이 대목에서 '꽃'과 '뱀'의 상징적 의미가 뚜렷하게 부각된다. 관우와 진화는 예형론의 지배에 충실한 인물이다. 관우는 '삶과 죽음이 하나'라는 불교적 인식과 '인과법칙'을 토대로 하는 강한 운명론에 주박(呪縛)되어 있다. 현실의 모든 고통을 업보와 윤회로 설명하는 불교적 교리에 따라 그는 주어진 운명을 거스르지 않고 거기에 순응한다. 진화를 둘러싼 예형론의 구체적인 내용은 묘운의 관상론, 부친의 사주론 등인데, 이 둘은 모두 진화와 관우의 결합을 방해하는 힘으로 작용한다. 묘운에 따르면 진화는 뱀의 형상에 요기를 띤 위험한 인물이다. 묘운은 이 같은 근거를 들어 관우에게 진화를 멀리하라고 충고한다. 진화의 부친은 사주를 근거로 그녀가 상처(喪妻)한 남자에게 시집을 가야 무탈하게 살 수 있으며, 만약 총각과 혼인을 한다면 생리사별하게 된다고 말하면서 그녀와 경덕의 혼인을 추진한다.

진화는 작품 초반 예술적 정열과 관우에 대한 정념으로 충만한 인물로 묘사되는데, 통도사에서 관우를 처음 본 인상을 그림으로 형상화하기도 하고, 재회한 관우에게 적극적인 애정 표현을 하기도 한다. 또한 그녀는 부친이 경제적인 사정을 들어 자신과 경덕의 혼인을 추진하자 스스로 삭발하고 관우와의 정사(情死)를 각오할 만큼 정념에 사로잡힌 인물로 묘사된다. 그러나 작품의 후반부로 갈수록 진화의 서사는 점차 쇠퇴하고 대신 관우를 중심으로 한 서사가 압도적인 비중을 차지한다. 진화는 관우와의 결합이 실패하자 경덕과 혼인을 하고, 이후 스토리에서 그녀의 비중은 점차 약화된다. 이는 작품 초반 진화를 중심으로 형성되었던 애정 갈등이 진화와 경덕의 혼인으로 인해 일단 봉합되었기 때문이다. 이후의 서사는 관우를 중심으로 진행되는데, 진화는 새로운 갈등의 계기를 제공하는 존재로 불쑥 등장하는 정도로 그 존재감이 약화된다. 서술자는 시종일관 관우의 시점을 중심으로 그가 여성인물들과 관계 맺는 과정을 비극적인 정조로 그린다. 이때 서술자는 여성인물의 시점이 아닌 남성인물의 시점을 택함으로써 '여성수난사'라는 상투적인 서사로 치우칠 법한 작품의 분위기를 바꾸어놓는다. 『찔레꽃』이나 『화려한 지옥』은 여성인물의 시점과 전형적인 여성수난사의 구조를 취하고 있는데, 이와 다르게 『꽃과 뱀』은 남성인물의 시점을 취함으로써 여성인물의 수난사라는 서사적 상투성과 일정한 거리를 유지한다.

다시 관우의 꿈으로 돌아가보자. 통도사 승려 시절 원인 모를 번뇌에 시달리던 혜남은 꿈속에서 진달래 무더기 속에 똬리를 튼 뱀이 점차 미녀로 변하는 장면을 목격한다. 그런데 이 꿈은 현실로 구현된다. 관우의 꿈이 현실화되면서 『꽃과 뱀』의 비극이 시작된다. 현실에서 관우와 진화의 만남을 매개하는 조건은 관우의 환속과 보통학교 교사라는 신분이다. 관우에게 진화는 '살아있는 관세음'으로 인식되었기에, 그의 환속은 형식적으로는 승려 신분을 포기한 것이지만 실질적으로는 구도의 연속이라는 의미를 지닌다. 관우의 욕망은 진화와의 결합을 통한 구원에 있고, 그 욕망은 현실세계에서 이루어지지 못한다. 그들을 방해하는 힘은 주술적인 운명론의 차원에 놓인 것이기 때문이다. 관상학과 사주론이 가리키는 운명은 그들의 사랑과 합일을 끊임없이 방해하고, 죽음을 맞기까지 두 사람의 운명은 끊임없이 엇갈린다.

진화, 옥련, 돌순, 난실로 이어지는 비극의 반복은 결국 관우가 맺은 관계들로부터 파생된 인과응보의 내용이자, 그의 운명론적 비극성이 강화되는 근거라 할 수 있다. 관우-진화-경덕이 이루는 삼각구도는 이후 관우를 중심으로 전개되는 일련의 연애 서사를 하나의 의미 구조로 수렴하는 중추가 된다. 진화의 서사가 갈수록 약화되는 것은 관우-진화-경덕의 관계가 옥련, 돌순, 난실이라는 인물들을 빌어 반복 · 변용되는 것과 동일선상에 있는 현상이다. 진화의 좌절된 사랑은 이후 옥련, 돌순, 난실을 통해 끊임없이 재생산된다. 즉 관우는 진화 이외의 여성인물을 만나 새로운 애정관계를 구축하는 것이 아니라, 최초의 삼각관계를 되풀이하듯 맺음으로써 진화와의 합일을 통한 구원을 향해 나아간다.

진화는 부친의 사주론과 묘운의 관상학, 그리고 경제적 문제로 관우와의 사랑을 이루지 못했고, 여기서 첫 번째 비극이 발생한다. 관우와 진화의 사랑을 방해하는 현실 원칙의 하나는 돈이다. 이들의 사랑을 방해하는 인물은 노랑수염 경덕이나, 그는 전형적인 악인의 유형에는 미치지 못하는 인물이다. 혼사장애 모티프의 등장에 따라 관우와 진화의 사랑이 완성되기를 바라는 대중들의 기대와 소망은 일단 유예된다. 두 번째 비극은 옥련이 진화의 의붓딸이라는 운명론적 상황으로부터 비롯된다. 옥련은 경덕의 전처소생으로, 관우는 옥련과 자신의 혼사가 있던 날 진화가 경덕과 함께 나타나자 비로소 그녀와 옥련의 관계를 인식하고 혼절한다. 그로 인해 관우와 옥련의 혼인은 허사가 되고, 관우는 긴

방랑길에 오른다.

세 번째 비극은 돌순이 초야에 뱀에 물려 죽음으로써 발생한다. 돌순의 돌연사는 진화의 그림 탓이다. 돌순이 실제로 뱀에 물려 급사한 것인지는 명확하게 묘사되지 않는다. 다만 진화가 관우에게 선사한 '꽃과 뱀' 그림을 본 돌순이 관우와의 혼사가 있던 날 밤 뱀에 물려 죽은 형상으로 발견된다. 이는 그리스 신화의 오르페우스(Orpheus)와 에우리디케(Eurydice) 이야기를 연상할 수 있는 에피소드이다. 오르페우스의 아내 에우리디케는 양치기 청년에게 쫓겨 도망치던 중 독사에 물려 죽는데, 이는 이들의 결혼식에서 결혼의 신 히메나이오스가 보인 불길한 전조로부터 기인한 결과로 해석된다. 진화의 그림에 주술성을 부여하여 돌순을 죽이는 방식 또한 이와 유사하게 비현실적이고 신화적인 차원에 놓이는 것이다. 마지막으로 난실은 진화가 손수 중매한 여인으로, 그녀는 경덕의 사생아 노석과 관우 사이에서 삼각관계를 형성한다. 관우가 버려진 노석을 거두고 난실과 혼인을 하는 과정은 관우의 의지에 따른 행위라기보다 이미 자신에게 주어진 운명을 따르는 행위에 가깝다.

관우와 진화의 결합은 궁극적으로 '꿈'이라는 상징적 차원에서 이루어진다. 『꽃과 뱀』의 결말에서 관우는 꿈속에서 진화를 만나 사랑을 나눈 뒤 그녀가 그린 '꽃과 뱀' 그림을 품고 '평화로운' 죽음을 맞는다. 관우의 죽음과 동시에 진화 또한 평소 입지 않는 녹의홍상을 입고 짙은 화장을 한 후 '잠자듯' 죽음에 이른다. '범할 수 없는 높은 경지로 들어간' 관우는 마지막 꿈을 통해 진화와 합일을 이룬다. 그에게 진화와의 결합은 꿈에서나 가능한 일이지만, 그것은 또한 그를 구원하는 유일한 방법이기도 하다. 그리하여 '연꽃'이 흩날리는 가운데 두 인물은 애원(哀願)을 품은 현실의 강을 건너 구원의 땅으로 넘어간다. 두 중심인물의 죽음으로 『꽃과 뱀』의 모든 갈등은 사라지는데, 이는 해결이 아니라 무화(無化)에 가까운 방식이다. 사랑의 완성이 오직 죽음을 통해서만 가능하다는 인식은, 현실의 질서와 숭고한 사랑을 각각 대척점에 놓았을 때 가능한 것이다. 현실세계의 질서 내부에서 관우와 진화의 사랑은 이루어질 수 없고, 그렇기에 죽음을 통해서만 두 인물의 온전한 합일이 이루어질 수밖에 없다. 『꽃과 뱀』의 지배적 갈등이 해결이 아닌 무화의 차원으로 종결된다는 인식의 근거가 여기에 있다. 관우에게 진화와의 합일은 종교적 의미에서 구원을 의미한다. 결말에 등장하는 장엄한 죽음 묘사는 관우와 진화의 합일이 현실세계에서 불가능한 이상이며, 그렇기에 그것은 죽음을 통해서만 가능한 것임을 역설한다. 죽음은 두 인물의 합일이며 동시에 궁극적인 의미의 구원이다. 이러한 인식은 필연적으로 비극적인 정조를 동반한다. 표제인 '꽃과 뱀'은 관우의 꿈과 진화의 그림을 압축적으로 표현한 것으로, 일종의 신화 · 종교적 원형으로 기능한다. 그것은 관우의 꿈과 현실을 매개하는 동시에 신화적, 종교적 상징을 작품의 주제로 승화하는 기능을 담당한다. 인물들의 합일과 구원 욕망은 역사적 현실을 넘어선 공간을 꿈꾼다. 죽음을 통해서만 진정한 합일과 구원에 도달할 수 있다고 믿는 타나토스적 인식이 『꽃과 뱀』을 관통하는 상상력의 요체이다.

4. 『꽃과 뱀』의 의의

해방 이후 김말봉의 장편소설을 연구하는 일은 그가 발표한 장편소설의 상당수가 통속 · 대중문학이라는 이유로 문학사 연구의 대상에서 지속적으로 배제되어 온 기왕의 문학연구 관행을 개선하는 작업으로서의 의미를 지닌다. 통속 · 대중소설을 평가절하해온 오랜 문학적 인습은 이미 새로운 패러다임의 도전에 직면했다. 여성작가의 경우는 문제가 더 심각하다. 그들은 '여성'이라는 생물학적 성차로 인해 일차적으로 배제되고, 그들이 한낱 '연애담이나 오락물에 불과한 통속 · 대중소설'을 주로 창작했다는 점 때문에 이차적으로 소외되었다. 김말봉은 식민지시기부터 줄곧 대중들에게 인기 많은 통속소설을 써 온 작가이고, 그가 보여줄 수 있는 상상력과 지평은 1930년대 『찔레꽃』을 통해 이미 다 보여주었으며, 따라서 『찔레꽃』 이후의 작품들은 그것의 통속화된 아류에 불과하다는 인식은 여전히 완강하다. 이러한 문제인식을 토대로 본고는 식민지시기와 해방기 및 전후에 걸쳐 창작활동을 지속한 여성작가 가운데 김말봉의 후기 장편소설 『꽃과 뱀』을 분석하여 그의 작품세계가 『찔레꽃』의 서사와 정조로만 한정되는 좁은 공간이 아님을 증명하고자 하였다.

김말봉은 『꽃과 뱀』을 통해 전작들과 상이한 작품세계를 선보인다. 『꽃과 뱀』은 남성인물의 시점을 취함으로써 여성인물의 수난사라는 서사적 상투성과 일정한 거리를 유지한다. 또한 『꽃과 뱀』의 지배적인 정조는 탈역사적이고 운명론적인 차원의 것이다. 『꽃과 뱀』의 비극성은 일차적으로 인물의 운명론적 인식 태도에서 기인한다. 『꽃과 뱀』의 이상주의와 낭만성은 타락한 현실에 맞서는 도덕과 정신의 승리라는 도식이나 그보다 더 단순한 선악의 대비 구도를 따르지 않는다. 이 지점에서 『꽃과 뱀』은 일반적인 통속소설의 계보에서 다소 비껴나 있다. 『꽃과 뱀』이 취하고 있는 원환의 구조는 종교적 구원의 메시지와 긴밀하게 만난다. 즉 원환의 구조 속에서 『꽃과 뱀』의 서사는 운명론적으로 반복, 순환되는 인간의 삶과 그 업보의 윤회(輪廻)를 말한다. 또한 원환적 서사구조는 개별적인 사건들이 지닌 우연성을 하나의 주제로 수렴한다는 측면에서 이 작품이 노정하는 우연성의 과잉이라는 플롯의 결함을 상쇄하는 기능을 담당한다. 『꽃과 뱀』은 선악의 대결구도 대신 현실과 운명의 대결구도를 취하고 이를 신화와 종교의 차원으로 넘긴다. 여기에 1940년대 후반 격동의 역사가 비집고 들어갈 틈은 없어 보인다. 『꽃과 뱀』의 주제와 정조는 철저히 차원에 놓인다. 인물들의 합일과 구원 욕망은 역사적 현실 너머 유토피아를 꿈꾼다.

박루월 소설 연구

1. 선행 연구 검토와 문제제기

박루월은 영화잡지 ≪영화시대≫, ≪영화조선≫의 창간 및 발행에 참여했으며 소설가, 시인, 배우, 시나리오 작가, 대중가요 작사가, 영화이론가, 아동극작가로도 활동했다. 이 가운데 그는 특히 딱지본 대중소설과 영화소설 분야에서 다수의 작품을 남겼다. 발표 작품을 근거로 추정할 때 그의 창작 기간은 대략 1920년대 중반부터 1950년 이전까지이다. 이 가운데 소설이 집중적으로 발표된 시기는 1930년 초중반으로 매우 짧은 기간이다. 그는 1940년대에도 몇 작품을 발표했으나, 1930년대와 비교할 때 그 수는 상대적으로 적다. 특히 1940, 50년대에 발표된 것으로 기록된 작품들의 경우 대부분 그 이전에 딱지본 형태로 출간되었다가 이후 재출간된 것일 가능성이 매우 높다. 이러한 정황들을 고려할 때 박루월이 소설을 주로 창작한 시기는 1930년대라고 할 수 있다. 딱지본 대중소설과 영화소설 분야에서 그가 발표한 것으로 확인된 작품은 22편이다. 소설뿐만 아니라 시, 서간문, 아동극, 대중문화론 등의 분야에서도 그의 집필 활동은 확인된다. 그 중 안석영의 감수를 받은 『映畫排優術』(삼중당, 1939)은 우리나라 최초의 영화 전문서적으로 평가된다.

그러나 그의 생애나 작품 세계를 탐구하고 분석한 논의는 찾기 어렵고, 그나마 식민지시기 딱지본 대중소설이나 영화소설에 관한 논의에서 그의 작품이 간간이 언급되는 것이 대부분이다.

영화소설의 출현이 1930년대 전후 우리 문단의 한 이슈임은 분명한 사실이다. 영화소설은 영화와 소설이라는 상이한 두 장르를 아우르는 혼종 장르의 출현 가능성을 보여준 의미 있는 현상이다. 영화소설의 효시는 1926년 4월 4일부터 5월 16일까지 ≪매일신보≫에 연재한 '江戶 一泳生'(김일영) 작 「森林에 囁言」이다. 이는 전우형이 새롭게 발굴한 사실로, 이전까지는 심훈의 『탈춤』(≪동아일보≫ 1926.11.9-12.6)이 최초의 영화소설로 알려져 있었다.[1] 영화소설의 양식적 특질은 영화(시나리오)와 소설의 결합으로부터 추출될 수 있다. 그것은 1920년대 중반 이후 영화에 대한 대중적 관심이 확대되고, 신문 연재소설이 활기를 띠게 되는 과정에서 두 장르 간 결합을 통해 탄생한 양식이다. 영화소설에 관한 기존의 논의들은 대체로 심훈, 최독견, 이종명, 나운규, 최금동, 안석영의 작품들을 중점적으로 다루었고, 이에 비해 박루월에 대한 관심은 극히 미미한 수준에 그쳤다.

식민지시기에 발표된 영화소설에 관해 본격적인 논의가 이루어진 것은 김려실과 정현아, 강옥희, 강현구, 전우형 등의 논문이 발표되면서부터라고 할 수 있다. 조동일이 『한국문학통사』에서 영화소설의 의미를 언급한 이후 시작된 논의는 2000년대가 지나서야 간헐적으로 이루어졌다. 정현아는 초창기 영화 연구를 위해 심훈의 『탈춤』과 최금동의 『애련송』을 분석하였다.[2] 김려실의 연구는 그간 간과되었던 영화소설의 양

1) 전우형, 「1920-1930년대 영화소설 연구: 영화소설에 나타난 영상-미디어 미학의 소설적 발현 양상」, 서울대 박사논문, 2006, 30면.

식적 특질을 포괄적으로 정리하고 작품을 분석하였으며[3], 강현구는 1920년대부터 2000년대까지의 영화소설을 시대별로 고찰하고 소설이 영화로, 영화가 소설로 자연스럽게 전환되는 최근의 문화 현상을 영화소설의 사적 맥락 속에서 분석하였다.[4] 강옥희는 그간의 연구에서 누락된 영화소설을 발굴, 정리하고 그것을 토대로 당시 유행했던 영화소설의 양상을 살폈다. 그는 식민지시기 영화소설을 경향적 영화소설, 대중적 영화소설, 번안영화소설로 세분화하여 유형화하였다. 그는 많은 수의 작품을 새롭게 발굴하는 성과를 보여준 동시에 개별 작품 분석에도 주력하여 이후 연구를 위한 지침을 마련했다.[5] 또한 그는 '딱지본 대중소설' 장르에서 박루월이 이룩한 성과를 언급하고, 그가 식민지 시대부터 1960년대까지 다양한 분야에서 많은 저작을 남겼음을 지적하였다.[6] 전우형의 연구는 영화소설에 관한 논의 전반을 소개하고, 영화소설을 1920년대 이후 등장한 영화와 소설의 교섭으로부터 파생된 새로운 문화 현상으로 규정하였다.[7] 그는 김기진의 『전도양양』 예고에 소개된 작가

---

2) 정현아, 「한국영화소설의 시나리오화에 대한 고찰」, 청주대 석사논문, 1999.

3) 김려실, 「영화소설연구」, 연세대 석사논문, 2002.

4) 강현구, 「대중문화시대의 영화소설」, 『어문논집』48, 민족어문학회, 2003. 강현구, 「영화소설의 시대별 고찰」, 『어문논집』49, 민족어문학회, 2004.

5) 강옥희, 「식민지 시기 영화소설 연구」, 『민족문학사연구』32, 민족문학사학회, 2006. 이 논문의 많은 성과에도 불구하고 그의 논의 가운데는 다소 부정확한 부분이 있다. 그 중 하나는 그가 도표로 제시한 영화소설의 목록과 저자에 관한 내용이다. 그가 새로 발견했다고 밝힌 작품 가운데 『인간궤도』는 '북악산인'(안회남)이 아니라, '성북학인(城北學人)' 안석영의 ≪조선일보≫ 연재작이다. 또한 그가 제시한 영화소설 목록 가운데 송영(본명 송무현)의 「이 봄이 가기 전에」는 ≪조선문예≫ 1929년 5월호에 1회가 게재된 후 잡지 폐간으로 중단된 작품으로, 이후 ≪매일신보≫로 지면을 옮겨 1937년 1월 1일부터 6월 21일까지 159회 연재되었다.

6) 강옥희, 「딱지본 대중소설의 형성과 전개」, 『대중서사연구』15, 대중서사학회, 2006, 29면.

7) 전우형은 김려실, 강옥희가 작성한 식민지시기 영화소설 목록을 토대로 하여 그 중 누락된 작품을 새롭게 추가했다는 점에서 참고할 가치가 충분하다. 그럼에도 불구하고 그가

의 말을 인용하여 "영화소설은 당시 활발했던 영화 제작열에 비해 열악했던 스토리에 새로운 경향을 불러일으키고자 등장한 서사 양식"이라고 정의하였다.[8)]

이희환은 아동극 선집 『어데로 가나』에 대한 해설에서 박루월의 활동 분야에 대해 비교적 상세하게 서술하였다. 그에 따르면, 박루월은 1925년 ≪신민≫ 5월호에 「榮華의 觀賞眼」이라는 산문을 발표하고, 1926년 ≪동아일보≫에 세 편의 시를 투고하여 창작 활동을 시작하였다. 또한 그는 1927년 2월 28일부터 3월 2일까지 「톡기와 공주」라는 동화를 3회에 걸쳐 ≪동아일보≫에 연재하였다. 1920년대 중후반부터 시작된 그의 작품 활동은 1930년대를 전후로 영화소설과 신파적 대중소설 창작으로 집중되었다. 1931년 4월 ≪영화시대≫의 창간과 영화소설의 집필 등 1930년대 들어 박루월의 활동은 왕성하게 이어진다. 또한 박루월은 해방 후 조선영화동맹에 가입, 1946년 결성된 서울영화동맹 집행위원으로도 활동했다.[9)] 이희환의 연구는 비교적 상세한 자료를 제시하여 박루월의 작품 활동을 조망할 수 있는 중요한 근거를 제공한다. 그러나 그의 연구 대상은 아동극 선집이어서 박루월의 주력 장르라 할 수 있는 소설

제시한 목록 역시 불완전함을 지적할 수밖에 없다. 그는 강옥희의 논문이 범한 서지적 오류를 답습하는 경향을 보인다. 대표적으로 『인간궤도』를 안회남의 작품으로 본 것과 송영의 「이 봄이 가기 전에」의 서지사항 오류 등을 들 수 있다. 또한 이 논문은 『비련의 장미』, 『독원의 처녀』, 『춘희』를 박루월의 작품으로 분류하고 있으나, 이는 오류이다. 『인간궤도』는 안석영의 작품이며, 『비련의 장미』, 『독원의 처녀』, 『춘희』는 최호동의 작품(영창서관, 1930)이다. 또한 최정희의 「룸펜의 신경선」은 영화소설이 아니라 '단편소설'이며, 나운규 원작의 영화소설 가운데 『철인도』(박문서관 1930, 문일 편)가 누락되었다. 전우형, 앞의 논문, 43-44면.

8) 전우형, 앞의 논문, 32면.

9) 이희환, 「식민지시대 대중문예작가와 아동극집의 출판」, 『아동청소년문학연구』3, 한국아동청소년문학학회, 2008, 201-207면 참조.

작품에 대한 논의의 필요성은 여전히 남는다.[10)]

박루월에 관한 기존의 논의는 1930년대 문학 연구의 장이 아니라 영화소설, 대중소설, 아동극이라는 장르를 중심으로 단편적으로 이루어졌다. 특히 영화소설의 사적 의미와 문학적 가치를 따지는 논의들에서 박루월의 작품들이 언급되었다. 영화소설이라는 과도기적 장르의 등장과 소멸이 우리 문학사에서 지니는 의미를 고찰하는 것은 분명 중요한 작업이나, 그 중심에 섰던 박루월의 존재를 간과했다는 점은 기존 논의가 노정한 중대한 결함이다. 또한 기존 논의는 박루월이 1930년대 작가라는 점에 크게 주목하지 않았다. 박루월은 1930년대를 전후로 활발한 창작활동을 펼쳤거니와 그의 문학적 성취를 평가하기 위해서는 1930년대라는 시기를 연구의 배경으로 삼을 필요가 있다. 본고는 ≪영화시대≫와 박루월의 관계를 중심으로 그의 문학 세계를 탐구하고, 이를 바탕으로 그의 소설을 목록화 · 유형화하는 것을 목적으로 한다. 박루월은 1931년 ≪영화시대≫ 창간을 전후로 활발한 작품 활동을 개시하였다. 그렇기에 ≪영화시대≫와의 관계 양상을 통해 그의 작품세계를 파악하는 작업은 매우 긴요하다. 이어서 본고에서는 그간 전모가 알려지지 않았던 박루월의 소설을 목록화하고자 한다. 이 목록은 향후 본격적인 작품 연구에 일정 정도 기여하리라 예상된다. 마지막으로, 작성된 작품 목록을 일정한 기준을 두고 유형화할 것이다. 본고는 박루월 소설을 영화소설과 딱

10) 이희환이 언급하고 있는 박루월의 소설은 『견우직녀』, 『경포대』, 『그 여자의 눈물』, 『금전의 눈물』, 『망월루』, 『쌍련몽』, 『불갓흔 정열』, 『죄진 여자』, 『회심곡』, 『첫사랑의 시절』, 『젊은이의 노래』, 『압록강을 건너서』, 『카페 걸』이다. 이 가운데 『견우직녀』, 『경포대』, 『금전의 눈물』, 『망월루』, 『쌍련몽』은 박루월의 작품이 아니다. 그가 참고한 조동일의 『신소설류1-견우직녀 외』(박이정출판사, 1999)에 수록된 작품 가운데 박루월의 작품은 『그 여자의 눈물』 뿐이다.

지본 대중소설로 분류하고, 1930년대 초중반 소설 지형에서 그의 작품이 획득한 의미를 고찰하고자 한다.

2. 박루월과 ≪영화시대≫

박루월은 1903년에 출생하여 1965년에 사망하였다. 1927년 5월 18일 ≪동아일보≫ 기사는 박루월의 출생 시기를 짐작할 수 있는 중요한 단서를 제공한다. 여기에 '山有花會 俳優'라는 제목으로 박루월을 비롯하여 몇 명의 배우를 소개하는 짧은 기사가 실렸다. 이 기사에 따르면 박루월은 "당년 이십오 세(밑줄: 인용자)에 학교는 시내 모 고등보통학교 삼학년까지 다니다가 중도 퇴학하얏고 극계에는 토월회가 광무대(光武臺)에서 행연할 당시에 약 륙개월 가량 무대에 서 본 일이 잇섯다 하며 역은 주인공역으로 장래가 매우 유망"한 신인배우다. 광무대는 1908년 그의 숙부 박승필이 인수한 구극(舊劇) 전문 극장으로, 주로 창극이나 판소리, 고전무용 등을 상연했던 곳이다. 이를 통해 박루월이 1903년에 출생했고, 1927년 25세 때 광무대에서 배우로 활동했음을 알 수 있다. 그는 이미 1925년 ≪신민≫ 5월호에 「榮華의 觀賞眼」이라는 산문을, 1926년 ≪동아일보≫에 세 편의 시를 투고하여 창작 활동을 시작하였고, 같은 해 11월 14일 ≪매일신보≫에 <S孃에게>라는 짧은 서간문과 이듬해 시 「뻑국새」와 '단편소설' 「신문배달부」를 발표하기도 했다.[11] 시 「뻑국새」와 단편소설 「신문배달부」의 발표 지면에는 각각 '東京 朴淚月', '在東京

11) 박루월의 영화소설 『회심곡』 중에는 'S양에게'로 시작하는 편지가 삽입되어 있기도 하다. 이것은 주인공 장병일이 연인 서경애에게 보낸 짧은 연애편지이다.

朴淚月'이라는 부기가 있다. 이로써 본격적인 창작활동을 시작하기 전인 1926년 전후에 그가 동경에 체류하고 있었음을 확인할 수 있다. 박루월은 이후 귀국하여 '산유화회'[12]에 가입하고 배우로도 활동했다.[13] 1965년 3월 10일 영양실조로 객사[14]할 때까지 그는 다양한 분야에서 활발한 활동을 펼쳤다.

박루월의 본명은 '박유병(朴裕秉)'이며, 식민지시기 신문이나 잡지에서 발견되는 그의 필명은 '박루(누)월(朴淚月/朴縷越/朴嶁越)'이다. 본고는 1937년 이문당에서 출간된 『그 女子의 눈물』 간기에 '著作 兼 發行者 朴裕秉'이라 표기된 점, ≪씨네21≫ 기사(2008.11.3)에서 박루월의 본명이 '박유영'이라 소개된 점 등을 근거로 그의 본명을 '박유병'으로 간주하였다. 결정적인 근거는 『이상문학전집』3권(문학사상사, 1993, 232면)에 등장한다. "映畵時代라는 雜誌가 실로 無報酬라는 口實下에 李霜氏에게 映畵小說 <白兵>을 執筆시키기에 成功하였오."라는 이상의 수필 구절 속 '영화시대'를 설명하는 주석에 "1930년대 영화 잡지(1932-1938). 편집 겸 발행인은 노자영, 박유병."이라는 기록이 나오는 점으로 미루어 박루월의 본명이

12) '산유화회'는 토월회 해산 이후 1927년 홍사용, 이소연, 박진 등의 토월회 간부들이 주축이 되어 결성한 신극운동단체이다. 김성열, 「露雀 洪思容 硏究」, 동국대 석사논문, 2002, 20면.

13) 추측컨대, 박루월은 동경에서 영화소설 장르를 접하고 이를 조선에서도 선보이고자 했던 것으로 보인다. 영화소설은 일본에서도 유행했던 장르인 만큼 박루월이 영화소설 장르에 주력한 현상과 그의 동경 체험은 긴밀한 인과관계를 맺는다.

14) "영화 대중화를 위해 20여 년 간 노력했고, 해방 뒤 백조가극단을 이끌며 전국을 순회했던 <영화시대> 발행인 박누월의 마지막은 비참했다. 창신동의 한 근로자 합숙소에서 기숙하며 옛 동인을 찾아 구걸을 하던 1965년 3월10일 종로5가 거리에서 영양실조로 쓰러져 숨졌다. 당시 언론은 그에게는 슬퍼할 가족도 벗도 없었다고 쓰고 있다. 다만 그의 품안에는 한통의 이력서와 직접 쓴『인기 '스타' 서한문』이라는 책이 있었다고 한다." 최소원, 「한국영화박물관 전시품 기증 릴레이60-고 김학성 촬영감독의 유품 ≪영화시대≫」. ≪씨네21≫, 2008.11.

박유병임을 알 수 있다.[15] 1930년대 ≪영화시대≫의 발행인은 박루월로 알려져 있기 때문이다. 이상의 수필에는 ≪영화시대≫ 발행에 노자영이 관여한 사실과, 그가 「백병」이라는 영화소설을 집필한 사실도 적시되어 있다.

1930년대 박루월은 숙부 박승필의 단성사를 근거지로 삼아 ≪영화시대≫를 창간하였다. ≪영화시대≫는 식민지시기 가장 오래 발간된 영화잡지이다. 이현경은 그의 논문에서 ≪영화시대≫가 식민지시기 창간된 영화지 가운데 가장 지속적으로 발간된 매체임을 지적하고, 그에 관한 연구의 필요성을 언급하였다.[16] 박루월의 창작활동은 특히 ≪영화시대≫와 긴밀한 관련성을 지닌다. 그의 작품 대부분이 이 잡지의 지면을 통해 발표되었거나 광고되었기 때문이다. ≪영화시대≫가 1931년에 창간되어 1950년까지 정간과 복간을 반복했음을 상기하면, 박루월의 창작 시기는 ≪영화시대≫의 발간 시기와 겹친다고 할 수 있다. ≪영화시대≫는 박루월의 창작활동에서 구심점 역할을 담당했으며, 이러한 맥락을 배제한 채 박루월의 작품 세계를 이야기하는 것은 그에 대한 불충분한 이해만을 보여줄 따름이다. 이에 본고는 ≪영화시대≫와 박루월의 관계를 통해 그의 작품 세계를 조망하고, 그 문학사적 의미를 탐구하고자 한다.

≪영화시대≫는 1931년 4월 창간호를 발행한 이래 1950년 8월까지 단속적으로 발간된 "映畵 · 演劇 · 文藝 · 綜合雜誌"[17]이다. 박루월은 조용균

---

15) 실제로 그는 '박루월(박누월)'이라는 필명 외에 본명 '박유병'으로도 활동했다. 대표적으로 '어린이 애기책' 『사랑의 세계』(1936), '동화 · 감상 · 설교 · 시집' 『새땅을 보라』(기문사, 1968) 등이 있다.

16) 이현경, 「한국 근대 영화잡지 형성 연구」, 고려대 박사논문, 2012, 12-13면.

17) ≪영화시대≫ 1932년 1월호 표지.

과 공동 발행인으로 ≪영화시대≫ 창간에 참가하였다. ≪영화시대≫는 단성사 내에 사무소를 두고 창간되었다가, 이후 견지동으로 거점을 옮기고 사업을 확장해나갔다.[18] 이때 박루월은 ≪영화시대≫ 발간뿐만 아니라 '영화촬영부'를 새로 두고 영화 제작에도 참여했는데, 그 대표작이 『승방에 지는 꽃』이다. 『승방에 지는 꽃』은 영화로 제작된 이후 ≪영화시대≫에 연작 영화소설 형식으로 연재되기도 했다. ≪동아일보≫ 1931년 10월 4일 기사에 따르면 이 작품의 원작자는 '박누월'이며, 감독은 박일영, 주연배우는 함춘하, 김연실, 노일성이다. 이 작품은 1932년 1월부터 5월까지 ≪영화시대≫에 동명의 영화소설로도 연재되었다. 영화소설 『승방에 지는 꽃』은 박루월, 박영, 박아지가 연작 형식으로 발표한 작품이다. 이렇듯 박루월은 1930년대 영화소설, 대중소설 창작과 더불어 영화잡지 발행 및 영화 제작에도 관여할 정도로 다양한 분야에서 활약했다.

손위빈(孫煒斌)의 「조선영화사 10년 간의 변천」(≪조선일보≫ 1933.5.28)에, "이렇게 하여 1930년에 이르러는 영화의 문필활동이 일반적으로 활기를 띄우고 문일文一 씨가 ≪대중영화≫라는 "대중운동"의 동반자적 잡지를 내고 <u>박누월朴淚月 씨가 ≪영화시대映畵時代≫라는 저급한 잡지를 내었으며</u>(밑줄: 인용자) 윤기정, 임화, 서광제, 김유영, 강호, 안종화, 나운규, 박완식 등 제씨가 신문 잡지에 논쟁과 작품비평과 평론 등으로 조선영화계는 일시 소연하였었다."와 같이 간단히 ≪영화시대≫의 창간 및 질적 수준이 언급되었다. 당시 영화계는 상업영화와 문예영화를 구분하고, 미국영화를 주축으로 하는 상업영화 유입과 확산을 비판하는 시각

---

18) 최소원, 앞의 글.

이 지배적이었다. 손위빈이 ≪영화시대≫를 '저급한 잡지'로 평가한 데는, ≪영화시대≫에 게재된 콘텐츠의 선정성에 대한 비판과 더불어, ≪영화시대≫가 상업영화 융성이라는 시대적 흐름에 의식적으로 편승하거나 상업영화의 선정성, 퇴폐성, 폭력성을 무비판적으로 수용하는 태도에 대한 비난의 의미가 포함된다. 그가 평가의 대상으로 삼은 시기는 1920년대 중반부터 1930년대 초중반까지이다. 이 시기는 우리 문단에서 영화의 위상이 높아지기 시작한 때이며, 동시에 카프예술이 맹위를 떨친 기간이기도 하다. 손위빈의 글에는 이러한 시대 상황이 전제되어 있다.

≪영화시대≫ 1932년 1월 신년특집호 목차 가운데 「1932년의 영화운동에의 소망」(홍효민), 「영화와 관중」(신림), 「영사장의 의미와 사명」(이규환), 「학생과 영화」(이흡), '지상영화' 「도적마진키스」, 「내외영화통신」 등이 주목을 요한다. 이들은 영화전문잡지로서 ≪영화시대≫의 위상을 상징적으로 드러내는 콘텐츠라 할 수 있다. ≪영화시대≫는 이러한 기사들을 게재하여 영화잡지로서의 전문성을 확보하고자 하였다. 또한 「그 여자는 정말 살인범일까?」(낙산동인), 「할리우드에 빛나는 여우들」(정도영), 「영화인들의 初戀 로맨쓰」(나도향) 등의 기사는 표제만으로도 다분히 선정적인 느낌을 준다. 박루월의 ≪영화시대≫를 '저급한 잡지'로 볼 근거는 아마 이러한 기사들의 게시 때문일 것이다. 이러한 기사들과 별도로 ≪영화시대≫는 여타 잡지들과 유사하게 문예란을 두고 있다. 특징적인 사실은 한용운, 황석우의 기 발표 시가 지속적으로 게재되었다는 점이다. 또한 이무영, 최정희, 윤백남, 이경손, 나도향, 김동환, 한인택, 이상 등이 필자로 참여하여 ≪영화시대≫의 지면을 채우고 있다는 점도 눈에 띈다. 따라서 ≪영화시대≫가 단순히 '저급한 잡지'의 수준에서 선정성을 무기로

상업적인 목적만을 추구하는 매체라는 식의 비판은 근거가 빈약한, 무리한 것이라 할 수 있다.[19)]

≪영화시대≫는 식민지시기 영화잡지가 본격적으로 융성하기 이전인 1931년에 등장한 매체라는 점에서 역사적으로 중요한 의미를 지닌다. ≪녹성≫과 ≪문예영화≫가 각각 1919년과 1928년에 창간되었으나 이후까지 명맥을 잇지는 못했다. 그에 비해 ≪영화시대≫는 1931년 창간된 이래 1950년까지 정간과 복간을 거듭하며 지속되었다. 영화를 비롯한 영상에 대한 대중들의 흥미와 관심은 1926년 『아리랑』의 흥행 이후 더욱 고조되었으나, 이를 수용할 만한 전문매체는 드물었다. 이러한 상황에서 ≪영화시대≫는 대중들에게 영화에 관한 정보나 영화 제작에 관한 이야기, 배우들의 신상정보 등을 지속적으로 제공해온 매체였다. ≪영화시대≫는 영화와 관련된 정보 외에 시나 소설, 시나리오와 같은 문예물들을 지속적으로 게재해 독자들의 문학적 요구에도 부응하였다.

박루월은 ≪영화시대≫ 외에 ≪영화조선≫의 창간 및 발행에도 관여하였다.[20)] ≪영화조선≫은 1936년 9월에 창간되었는데, 이 시기는 ≪영화시대≫가 일시 정간된 때였다. ≪영화조선≫ 창간호의 '소식'란에는 "그동안 폐간되었던 ≪중앙≫이 속간되엿고 또 ≪조광≫의 뒤를 니어서 ≪여성≫이 탄생된 그 반면에 ≪영화시대≫가 아까웁게도 폐간되었다. 새로운 영화잡지로서 본지 ≪영화조선≫이 탄생되었다."라는 내용이 등장한다. 박루월은 ≪영화시대≫에서≪영화조선≫으로 지면을 옮겨 영화와 소설에 대한 열의를 이어나가고자 했으나, ≪영화조선≫은

19) ≪영화시대≫의 목차 및 콘텐츠는 대부분 이현경의 박사논문과 송하춘 편, 『한국현대장편소설사전』(고려대학교출판부, 2013)을 참고하였다.

20) 이현경, 앞의 논문, 13-14면.

창간호 이후 더 이상 발행되지 못했다. 반면 ≪영화시대≫는 1938년 복간된다. 따라서 박루월이 두 잡지의 발행에 동시적으로 관여한 적은 없는 셈이다. 영화잡지 발행과 영화소설 · 딱지본 대중소설 창작 및 영화제작에 이르기까지 박루월은 1930년대 문단과 영화계에서 활발히 활동했다.

3. 박루월 소설의 유형과 특징

박루월이 발표한 작품 가운데 소설은 다음과 같다.[21)]

	제목	발표연도	출판사	서지사항	비고
1	사랑을 차저서	1930	영창서관	≪영화시대≫1950.4 광고 소개	映畵小說
2	세동무	1930	영창서관		映畵小說
3	젊은이의 노래 ('一名 狂亂의 노래')	1930	영창서관		映畵小說
4	悔心曲	1930	영창서관		映畵小說
5	첫사랑의 시절	1930	박문서관		映畵小說

21) 박루월의 작품 가운데 소설이 아닌 것들로는 '少年少女名劇選集' 『어데로 가나』(영창서관, 1929), 『映畵排優術』(삼중당서점, 1939), <박루월 애국시선집-해방 제2주년을 맞이하면서>(≪영화시대≫제2권 5호, 1947), '젊은이의 愛情書翰' 『애정의 불꽃』(정연사, 1955), 『人氣 스타아 書翰文』(정연사, 1964), 『人氣 스타가 되는 길』(평화문화사, 1967) 등과, '어린이 얘기책' 『사랑의 세계』(1936), '동화 · 감상 · 설교 · 시집' 『새땅을 보라』(기문사, 1968) 등이 있다. 박루월 사후(死後)에 출간된 단행본들은 아직 원본을 확인할 수 없으나, 그의 생전에 출간되었던 것의 재판일 가능성이 높다. 이현경의 박사논문에 수록된 부록에 따르면 박루월은 「영화촬영소 건설을 제창함」(≪영화시대≫ 1936.9), 「씨나리오 구성론」(≪영화시대≫ 1938.1) 등의 영화 관련 논설과 이론을 다수 발표한 것으로 확인된다.

	제목	발표 연도	출판사	서지사항	비고
6	북국에 봄이 오면	1931		≪어린이≫ 1931.8-9(미완)	長篇映畵小說/少年映畵小說
7	鴨綠江을 건너서	1931	영화시대사	≪영화시대≫1932.2 광고 소개	戀愛映畵小說
8	능라도반의 월야곡	1931		≪영화시대≫1931.9	
9	무엇이 영자를 죽였는가	1932		≪영화시대≫1932.1-4	映畵小說
10	僧房에 지는 꽃	1932		≪영화시대≫1932.1-5	박영, 박루월, 박아지 연작 영화소설
11	悲戀落花	1932	영화시대사	≪영화시대≫1932.2 광고 소개	
12	카페-썰	1932	박문서관	≪영화시대≫1932.6 광고 소개	映畵小說
13	무엇이 그 女子를 그렇케 맨들엇나?	1932	영화시대사	≪영화시대≫1932.1 광고 소개	映畵小說
14	사랑아 청춘과 함께 있어라	1932		≪영화시대≫1932.7	
15	불갓흔 情熱	1935	세창서관		戀愛悲劇新小說
16	며누리의 죽엄 ('一名 鐵路우에사라지는꽃')	1935	세창서관		事實悲劇
	며누리의 自殺	1947	성문당서점		
17	妓生의 설음	1936	세창서관		花柳悲劇新小說
18	그 女子의 눈물 (一名 눈물港口)	1937	이문당		悲戀小說
19	죄진 녀자	1937	세창서관	'一名 다시도라온어머니'	悲劇小說
20	紅桃야 울지 마라	1946	덕흥서림		女人哀話
	紅桃야설어마라 (一名 섬색시)	1947	영인서관	≪영화시대≫ 제2권5호(1947) '新刊紹介'	悲戀小說
21	最後의 復讐	1946	중앙출판사		社會悲劇
22	流浪三千里	1947	영인서관	≪영화시대≫ 제2권5호(1947) '新刊紹介'	純情小說

이 표에서도 확인할 수 있듯이 박루월의 작품 가운데 영화소설은 대부분 ≪영화시대≫를 거쳐 발표되었다. 그의 작품 중 ≪영화시대≫를

거치지 않은 것은 대개 딱지본 대중소설들이다. ≪영화시대≫가 창간된 1931년을 전후로 하여 박루월은 집중적으로 작품을 발표했으며, 그것의 폐간과 더불어 그의 작품 발표 또한 주춤하였다. 박루월 소설 목록을 통해 확인할 수 있는 사실은 그가 1930년대 초반에 주로 영화소설을 창작했고, 그 이후 신파성이 강한 딱지본 대중소설들을 발표하는 식의 일정한 경향성을 보인다는 점이다. 박루월이 발표한 소설 가운데 신문·잡지의 신간 소개란에 등장하나 실제 출판본이 확인되지 않는 경우도 있다. 가령, 1931년 영화시대사에서 출간되었다고 하는『鴨綠江을 건너서』는 1932년 ≪영화시대≫ 2월호에서 박루월의 신간으로 소개되었으나, 현재 이 단행본을 확인할 수 없다. ≪영화시대≫ 광고에는 '戀愛映畵小說 鴨綠江을건너서', "오 졂은 靑春男女들아! 그대들이 眞情한 愛를 맛보고십거든 누구보다 長長秋夜에 등불을 동무삼아 이 冊을 읽으라! 이것은 現 過渡期에 잇는 靑春男女의 自由戀愛結婚을 主唱하며 一大社會問題의 一考察을 要하는 必讀할 價値잇는 大名篇이다."라고 소개되었다.

박루월은 1930년대 초중반에 집중적으로 창작활동을 펼쳤으나, 그의 작품에서 통속적인 멜로드라마 이외에 이념적인 색채를 발견하기는 어렵다. ≪영화시대≫ 1932년 2월호에 박루월의『무엇이 그 여자를 그렇게 맨들엇나?』라는 작품을 소개하는 광고에는 다음과 같은 내용이 실렸다. "이것은 푸로레타아의 한 女子가 無數한 運命에 시달이여서 那終에는 고만 放火를 犯하기까지에일은 經路를 克明히 描寫한 로맨쓰다. 조선의 無産靑年男女아! 全푸로레타리에 課한 重大한 問題를 惹起한 이 巨篇을 읽으라." 이 가운데 '푸로레타아', '방화', '무산청년남녀' 등의 표현은 다분히 계급문학적 색채를 띤다. 그러나 이 광고는 작품의 계급의식과는 무관해 보인다. '무수한 운명에 시달'린 여성인물이 결국 '방화를 범'하는 경로는 궁극적으로 '로맨쓰'의 형성 과정으로 수렴되기 때문이다. 이는 박루월이라는 작가의 이념 지향을 강조하는 내용이라기보다, 1930년대 초반이라는 시대 상황을 고려한 당대 잡지 광고의 한 특성을 보여주는 사례로 이해하는 편이 온당하리라 판단된다. 그가 발표한 작품들의 서사는 특정 이념이나 사상의 지배로부터 자유로울 뿐만 아니라, 흥미 위주의 통속적 차원에 놓인다. 이러한 특징은 1930년대 중반을 전후로 문학에서 이념 지향성의 비중이 점차 약화되고 소설의 통속화가 급속히 진행되었던 당대적 배경과 무관하지 않다.

상기 목록의 '비고'를 통해서도 확인할 수 있듯이 박루월의 소설은 크게 영화소설과 딱지본 대중소설로 유형화된다. 딱지본 대중소설의 경우 실화를 소재로 삼거나 신파적이고 통속적인 내용을 중심 서사로 삼았다면, 영화소설은 주로 원작을 각색하여 발표했다는 점이 특징적이다. 1930년대를 전후로 발흥한 영화소설이 대개 영화의 줄거리를 재구성하여 활자화했다는 특성을 지니는데, 박루월의 영화소설은 영화의 원작을 재구성했다는 점에서 변별적이다. 이 장에서는 박루월의 작품을 영화소설과 딱지본 대중소설로 유형화하고, 각각의 특징을 개괄적으로 살필 것이다.

1) 영화소설의 유형과 특징

박루월이 1930년대 초반까지 발표한 작품들은 대개 '영화소설'이라는 레테르를 달고 있다. 1930년부터 1932년 사이 영화소설이 집중적으로 발표된 것은 그가 1931년 ≪영화시대≫를 창간한 사실과 깊은 인과관계를 맺고 있다. 1930년대 초를 분기점으로 이후 그는 영화소설 대신 신파적 성격이 강한 딱지본 대중소설 창작으로 선회하는 경향을 보인다. 딱지본 대중소설은 기생의 서사를 중심으로 삼아 일정한 유형을 형성한 반면, 영화소설은 보다 다양한 소재를 채택하여 서사적 흥미를 더한다. 1930년 한해에 박루월이 발표한 영화소설은 『사랑을 차저서』(영창서관), 『젊은이의 노래』(영창서관), 『회심곡』(영창서관), 『세동무』(영창서관), 『첫사랑의 시절』(박문서관, 1930) 등 다섯 편이다. 이어 그는 1931년 『북국에 봄이 오면』(≪어린이≫), 『압록강을 건너서』(영화시대사), 『능라도반의 월야곡』(≪영화시대≫) 등을 발표하여 이 시기 영화소설 분야에서 누구보다 왕성한 창작활동을 선보인다. 그의 영화소설은 크게 번안 · 각색물과 순수 창작물로 구분된다. 원작을 영화소설로 각색한 작품으로는 『사랑을 차저서』, 『세동무』, 『젊은이의 노래』, 『회심곡』 등이 있고, 순수 창작물로는 『첫사랑의 시절』, 『북국에 봄이 오면』, 『승방에 지는 꼿』, 『압록강을 건너서』 등이 있다.

『사랑을 차저서』는 본문 시작에 앞서 "이 映畵小說은 일즉히 日本의 大敍事詩人으로써 일홈이 놉흔 福田正夫先生의 一大 傑作中의 하나인 幻想詩劇 「死의島의 美女」를 이번에 本人이 감히 拙筆을 들어서 純映畵小說化하게 되엿다."라는 설명을 덧붙여 놓았다. 각 장마다 제목이 붙어있고, 등장인물의 대사 중 노랫말이 상당량을 차지한다. 외국 작품을 번안한 소설이라는 점에서 이 작품은 박루월 소설 전반에 걸쳐 상당히 예외적인 것이라 할 수 있다.[22] 『세동무』는 『젊은이의 노래』와 더불어 박

22) 나운규 원작 동명 영화는 원래 제목이 '압록강을 건너서'였다가 차후 '두만강을 건너서'로, 이후 검열 등의 문제로 인해 '저 강을 건너서'로 변경되었다가 최종적으로 '사랑을 찾아서'로 개봉(1928)하였다. 일단 나운규의 『사랑을 찾아서』는 박루월의 『사랑을 차저서』와 다른 작품이다. 그러나 박루월의 작품 중 『鴨綠江을 건너서』(영화시대사, 1931)가 나운규 원작 『사랑을 차저서』와 동일 작품인지는 알 수 없다. 만약 두 편이 동일작이라면, 박루월의 영화소설은 나운규의 영화를 대본으로 하여 창작된 작품이라 할 수 있다. 박루월이 기존 영화를 바탕으로 다수의 영화소설을 발표한 사실을 상기한다면, 나운규의 영

루월 소설 가운데 비교적 자주 언급되는 작품이다. 이 소설은 1928년 김영환이 '三乞人'이라는 표제로 영화화한 후 이를 박루월이 영화소설로 각색한 작품이다. 『젊은이의 노래』 또한 윤창순의 원작을 김영환이 영화화한 후 박루월에 의해 영화소설로 각색된 작품이다. 『회심곡』은 왕덕성 감독이 만든 동명의 영화(亞成키네마, 1930)를 박루월이 영화소설로 각색한 작품이다. 시나리오의 구성처럼 장면 위주로 서사가 진행된다는 점이 특이하다. 새로운 인물이 등장할 때마다 그의 신상정보와 배우의 이름이 함께 소개되며, 극적 장면에서 다른 장면으로 전환되는 서술방식을 통해 독자의 호기심을 유발하고 있다.

이들 작품 가운데 『사랑을 차저서』를 제외한 나머지는 모두 원작 소설이나 영화가 이미 존재하는 상황에서 박루월이 이를 다시 영화소설로 각색한 작품들이다. 『사랑을 차저서』 또한 원작을 번안 · 각색한 작품이지만, 그 원작이 소설이나 영화가 아니라 시극이라는 점에서 변별된다. 『젊은이의 노래』와 『회심곡』은 각색 영화소설의 특징을 단적으로 보여주는 작품이라 할 수 있다. 『젊은이의 노래』와 『회심곡』의 형식적 특질 가운데 두드러지는 것은, 작품의 표제와 동일한 제목의 작품이 서사 속에 재등장한다는 점이다. 『젊은이의 노래』의 서사 속에는 부호 '리 백작'의 첩이 되기를 거부하는 여배우 영애를 위로하기 위해 청년 음악가 철수가 연주하는 '젊은이의 노래'가 등장한다. 또한 『회심곡』의 서사 속 주인공 경애가 병상에서 읽는 소설의 제목 역시 표제와 동일한

화와 박루월의 소설이 원작 영화와 영화소설이라는 상관관계 하에 놓인다는 추측은 충분한 개연성을 지닌다. 그러나 나운규의 『사랑을 찾아서』는 구한말 군의 나팔수였던 '금룡'이 북간도에서 '나운규'라는 젊은 지사와 총 잘 쏘는 '윤봉춘', 그의 애인 '전옥'을 만나 겪는 일련의 비극적인 사건들을 다룬 내용이며, '청춘남녀의 자유연애결혼을 주창'한다는 박루월의 '戀愛映畵小說' 『鴨綠江을 건너서』와는 다른 작품일 가능성이 높다.

'회심곡'이다. 경애가 읽은 '회심곡'은 지난 날 자신의 과오와 허영을 반성하고 회개하는 계기가 된다는 점에서 작품의 주제를 드러내는 역할을 담당한다. 작품 속에 다른 작품이 삽입되는 형식은 이 시기 다른 작가들의 작품에서도 드물지 않게 발견되나, 박루월 소설의 경우 삽입되는 작품의 제목이 실제 작품명과 동일하다는 점이 특징적이다. 작품의 표제와 동일한 제호는 아니더라도 작품 속에 또 다른 작품이 등장하는 것은 그의 다른 소설에서도 찾아볼 수 있거니와 이는 박루월 소설의 한 특징이 될 수 있을 것이다.

다음으로, 순수 창작물 가운데 『첫사랑의 시절』은 1930년 박문서관에서 초판이 발행되었다. 이 작품은 심훈의 『탈춤』, 나운규의 『아리랑』, 『풍운아』, 박루월의 『사랑을 찾아서』, 『카페 걸』, 『농중조』, 이종명의 『유랑』 등과 더불어 박문서관에서 발간한 '조선 제일 유명 영화소설' 시리즈의 한 편으로 기획된 것이다. 『북국에 봄이 오면』은 박루월의 작품 가운데 유일하게 아동 잡지에 연재된 창작 영화소설이다. 이 작품은 방정환이 주재한 아동잡지 ≪어린이≫에 1931년 연재한 '長篇映畵小說'로, 서술자가 무성영화의 변사처럼 자주 등장하여 사건의 진행이나 장면의 전환을 자세하게 설명해주는 것이 특징이다. 『승방에 지는 꽃』은 1931년 10월 '신흥키노'에서 영화로 제작된 후 1932년 1월부터 5월까지 ≪영화시대≫에 동명의 영화소설로도 연재되었다. 이 소설은 박루월의 원작소설을 영화화한 후 다시 ≪영화시대≫에 연작 형식으로 연재한 것으로 보인다.

박루월 영화소설의 특징 가운데 하나는 영화의 장면을 염두에 두고 그것을 해설하는 것처럼 보이는 서술, 곧 변사형 서술자의 개입이 두드러진다는 점이다. 가령, "천행이냐 불행이냐 경애에게는 운명의 신의 작란이 다시금 시작되엿스니..."(『회심곡』, 26면)와 같은 유형의 서술이 빈번하게 등장하는 것이 박루월 영화소설의 서술 유형적 특징이라 할 수 있다. 이는 동시대 다른 작가의 영화소설과의 비교를 통해 드러나는 박루월 작품의 특성이다. 변사형 서술자의 존재는 가깝게는 무성영화 시대, 멀게는 고소설 시대에서 그 기원을 발견할 수 있다. 그는 전반적인 서사 흐름을 설명하는 목소리로 관중이나 독자들의 몰입을 방해하면서 동시에 몰입을 유도하는 기능을 담당한다. 변사형 서술자의 존재는 영화를 관람하지 않은 소설 독자에게 영화와 유사한 상황이나 장면을 연상하도록 유도하고, 영화를 이미 관람한 독자들에게 원작 영화의 내용을 상기시키는 역할을 한다는 점에서 탁월한 전략이라 할 수 있다. 원작 영화의 각색이라는 측면에서 박루월의 영화소설은 영화와 소설의 매체 전략을 동시에 취한다. 독자들은 영화소설을 읽으면서 동시에 원작 영화의 인상적인 장면들을 떠올린다.

2) 딱지본 대중소설의 유형과 특징

소설사에서 1930년대는 흔히 장편소설 부흥의 시대, 모더니즘의 시대로 이야기된다. 그러나 근대적 의미의 소설이 출현한 이후의 모든 시기가 그러하듯 이 시대 또한 수많은 전근대적 서사물들이 근대적 서사물과 공존했던 시기이다. 1900~1910년대 부흥했던 신소설이 딱지본의 형태를 유지하면서 1930년대 대중소설의 한 맥을 이어나가며 이른 바 '후기 신소설'의 시대를 열었고, 이 시기에 박루월은 영화소설뿐만 아니라 딱지본 대중소설가로도 다수의 작품을 발표했다. 이는 '영화시대'라는 세련된 표제로 영화소설 창작과 영화 제작 등에 관여했던 그의 이력과 어울리지 않는 것처럼 보인다. 그러나 앞서 언급한 대로 박루월이 1930년대를 전후로 영화소설과 딱지본 대중소설[23] 창작을 병행한 사실에 관해서는, 근대적인 세계와 전근대적인 세계의 공존을 보여주는 1930년대 문학 현상의 일환으로 이해하는 편이 온당하다고 할 수 있다.

서사구조의 특징을 기준으로 박루월의 딱지본 대중소설을 두 가지로 유형화할 수 있다. 하나는 '정조를 지키는 기생'의 유형이고, 다른 하나는 '여성인물의 배신과 회개'의 유형이다. 첫 번째 유형의 작품에 등장하는 여주인공은 고전소설로부터 계승되어 온 '정조를 지키는 기생'의 전형을 충실히 따르고 있다. 이 유형은 여성인물을 중심으로 하는 서사를 채택하여, 그녀가 여학생에서 기생으로 전락하는 과정에서 겪는 다양한 사건들을 연애담 속에 삽입하는 방식으로 구성된다. '정조를 지키는 기생 이야기'의 유형 가운데 서사구조의 공통점이 두드러지는 작품은 『妓生의 설음』(세창서관, 1936)과 『紅桃야 울지 마라』(덕흥서림, 1946)[24]가 대표적이다. 이 두 작품의 서사구조가 지닌 공통점은 다음과 같다.

---

23) 이영미, 강옥희, 정종현 등의 논의에서 '딱지본 대중소설'이라는 용어를 빌어왔다. 이는 대개 딱지본 형태로 제작된 짧은 단행본으로, 통속적이고 신파적인 흥미 위주의 소설이라는 의미로 사용된다. 딱지본 대중소설의 형태적 특징 가운데 하나는 작품 표제 앞에 그 작품의 서사구조를 짐작할 수 있는 표기가 등장한다는 점이다. 예로 '戀愛悲劇新小說', '事實悲劇', '花柳悲劇新小說', '悲戀小說', '悲劇小說', '女人哀話', '社會悲劇', '純情小說' 등이 있다. 이들은 박루월의 작품뿐만 아니라 신소설을 포함한 대부분의 딱지본 소설에서 공통적으로 나타나는 특징이다. 이러한 특징은 동시대에 발표된 그의 영화소설에서는 찾아보기 어려운 점이다.

24) 현재 1946년 덕흥서림에서 출간된 단행본만이 남아 있다. 그러나 대다수의 딱지본 소설들이 그렇듯 이 작품 또한 1940년대 이전에 창작·간행되었을 확률이 매우 높다. 그 근거로 이 작품에 수록된 '작자의 말'을 들 수 있다. "사랑에 울고 웃는 가련한 여인들에게 이 기록을 바친다."는 내용의 '작자의 말' 끝에 '於映畵時代社編輯室-작자로부터-'라는 표기가 있다. 박루월이 자신의 소속을 '영화시대사 편집실'로 표기한 것은 그가 ≪영화시대≫의 발간과 편집에 적극적으로 관여했던 1930년대 초중반 무렵에 발견할 수 있는 특징이다. 이러한 기록으로 미루어 이 작품의 초판 발행 시기는 1930년대 초중반일 가능성이 높다.

1. 여학생이 집안 사정 때문에 기생이 됨.
2. 기생이 된 여성인물이 약혼자로부터 버림 받음.
3. 여성인물이 사랑하는 남자를 만나 그에게 자신의 정조와 재산을 주고 귀향하여 사업하기를 권함.
4. 두 사람은 헤어져 지내다 3년 후 결혼하기로 약속함.
5. 3년 뒤 여성인물이 초라한 행색으로 남자를 찾아가나 그의 노모에게 문전박대를 당한 후 자살을 기도함.
6. 연인에 의해 극적으로 구조됨.
7. 두 사람이 결혼하여 행복하게 삶.

지엽적인 장치를 제외하면 두 작품이 지닌 서사구조의 틀은 거의 동일하다. 『기생의 설음』의 여학생 '정희'는 부친이 미두에 손을 대 엄청난 빚을 지자 명월관 기생 '월향'으로 전락하고, 『홍도야 울지마라』의 여학생 '영희'는 집안 형편 때문에 학교를 그만두고 낙향한 이후 기생 '홍도'가 된다. 두 작품 모두 여성인물의 신분 전락을 주된 서사 진행의 계기로 삼고 있다. 또한 정희(월향)와 영희(홍도)는 공통적으로 약혼자로부터 배신당한 경험을 갖고 있다. 정희에게는 '긔성'이, 영희에게는 '상수'라는 정혼자가 있었으나, 이들은 약혼녀가 기생이 되자 속물적인 본성을 드러내고 그녀들을 떠난다. 월향은 기생 신분으로 만난 손님들 가운데 '리상화'라는 청년에게 연정을 느껴 그를 위기에서 구하고 원조를 아끼지 않는다. 홍도 역시 '홍순필'에게 호감을 갖고 그에게 모든 것을 바친다. 월향의 도움으로 상화는 자신의 고향 울릉도에 병원을 차리고, 홍도의 도움으로 순필 또한 고향에서 사업을 벌인다. '정희-긔성'/'월향-상화', '영희-상수'/'홍도-순필'의 두 쌍은 이들 작품의 서사를 지지하는 중심축이다. 각 쌍에서 전자는 기생이 되기 이전의 관계를 가리키며 후자는 기생이 된 이후의 관계를 지시한다. 3년의 기다림과 노모의 박대,

이로 인한 여성인물의 자살기도와 남성인물에 의한 극적인 구조에 이르기까지 두 작품의 서사적 틀은 매우 유사하다. 이를 통해 '정조를 지키는 기생의 서사' 구조의 반복과 변주를 박루월의 신파적 대중소설이 지닌 특징의 하나로 꼽을 수 있다.

두 번째 유형인 '여성인물의 배신과 회개' 구조는 『불갓흔 졍열』(세창서관, 1951), 『죄진 녀자』(세창서관, 1937) 등에서 찾아볼 수 있다. 『불갓흔 졍열』은 『장한몽』에서 지배적인 서사구조를 차용한 것으로 보인다. 이 작품에서 박루월은 자유연애의 중요성, 자유연애를 통한 결혼의 가치와 의미를 강조하는 한편, '리정식'으로 대표되는 순수한 사랑과 '영철'로 대표되는 황금의 대비를 통해 사랑과 돈이 교환가치의 영역에 놓이게 된 당대 상황을 보여준다. 특히 돈의 효용 가치에 대한 강조는 자본주의화된 시대상의 반영이라 할 수 있다. 여성인물을 유혹하는 것은 '다이야몬드 팔지와 백금시계, 값진 비단' 등으로 기호화된 호화로운 삶이다. 『불갓흔 졍열』에서 여성인물 '애라'가 연인 '정식'을 버리고 재력가 '영철'을 선택하는 상황은 1930년대 물신화된 자유연애의 맨얼굴을 보여주는 장치라 할 수 있다. 이에 비해 정식으로 대표되는 남성인물은 자신을 배신한 여성을 용서함으로써 그녀와의 사랑을 완성한다. 『불갓흔 졍열』을 관통하는 서사구조는 여성인물의 타락과 남성인물의 용서라 할 수 있다. 자신을 버리고 다른 남자를 선택한 여성인물이 타락의 과정을 거친 후 회개하고 과거의 관계를 회복하고자 할 때 남성인물은 그녀를 용서하고 받아들임으로써 서사가 완결된다.

『죄진 녀자』의 서사는 추리소설적 기법을 일부 빌어 와 독자들의 호기심을 유도하는 방식으로 시작된다. "그녀자는 무엇때문에 무서운 살인죄(殺人罪)를 짓을가? 그녀자는 웨? 자긔의 정부(情夫)를 피스톨(拳銃)로 쏘아죽이고 말엇을가?"와 같은 서두의 서술은 작품의 중심 사건 일부를 미리 공개한 후 독자들이 그 인과관계를 추적하도록 유도한다. 서술자는 미모의 부인 '마담K'가 살인죄로 체포되고, 범행 일체에 대해 묵비권을 행사하고 있다는 사건 정황을 제시함으로써 독자들로 하여금 '죄진 녀자'의 정체가 무엇인지, 살인 사건에 얽힌 사연은 무엇인지를 궁금하게 만든다. 사랑을 찾아 어린 아들과 남편을 버리고 가출한 부인이 집 밖에서 온갖 고난을 겪은 뒤 귀가한다는 스토리로 이루어진 이 작품에서 박루월이 설파하는 연애지상주의의 실체는 매우 단순화된 형태로 제시된다. 그는 여자에게 '사랑 없는 결혼은 무의미한 것'이라고 주장하며 여성인물의 가출을 정당화하는 듯 하다가 결국 그녀가 집 밖의 타락을 거친 후 집 안으로 돌아오는 회귀의 구조를 취함으로써 자유연애가 지닌 급진성으로부터 한발 물러난다. 『불갓흔 정열』과 마찬가지로 이 작품에서도 남성인물이 자신을 배신한 여성인물을 용서하여 다시 받아들이는 재결합의 서사가 뚜렷하다.

이렇듯 동일한 서사구조를 반복적으로 선택하는 배경은 무엇일까. 일차적으로 당대 대중들의 기호를 무시할 수 없는 대중소설가로서의 위치가 이러한 서사구조의 반복적 차용을 추동했으리라 짐작할 수 있다. '정조를 지키는 기생', '여자의 배신과 회개'의 이야기는 대중들에게 이미 익숙한 제재로, 박루월은 대부분의 딱지본 대중소설에서 이러한 서사구조를 반복적으로 취하고 있다. 박루월 소설이 지닌 강한 통속성은 이 지점에서 발생한다. 여학생에서 기생으로 전락한 여주인공은 기생 신분으로 정조를 지키기 위해 혼신의 노력을 기울이다 결국 몰락하고, 초라한 행색의 그녀가 문전박대의 설움까지 겹쳐 당하고 자살을 선택한 순간 애인이 나타나 그녀를 구원한다. '정조를 지키는 기생' 여주인공은 전형적인 '춘향' 유형에 속하는 인물이다. 이러한 인물 유형은 『기생의 설움』, 『홍도야 울지 마라』, 『그 여자의 눈물』 등과 같은 신파성 강한 대중소설에서 그 자체로 서사구조를 만드는 기능을 담당한다. 또한 여성인물의 배신과 회개를 중심 모티프로 한 작품에서는 남성인물이 자신을 배신하고 떠난 후 타락한 여성인물을 용서하여 다시 받아들이는 재결합의 서사가 뚜렷하다. '정조를 지키는 기생' 유형이 과거의 사랑을 버리고 새로운 사랑과 행복하게 결합하는 연애담을 고수한다면, '배신-회개' 유형은 과거의 사랑을 버리고 새로운 사랑을 갈망했다가 다시 과거의 사랑으로 회귀하는 연애담을 선택한다. 박루월의 소설들이 '정조를 지키는 기생' 이야기와 '여성인물의 배신-회개'를 서사의 골자로 잡은 이유 가운데 하나는, 이러한 이야기들이 독자들에게 익숙한 감정을 불러일으켜 그들로 하여금 서사에 몰입하고 공감하도록 유도하기 때문일 것이다. 익숙한 것에 대한 향수를 불러일으키는 서사의 조직은 이 시기 소설의 한 경향이기도 하다.

1930년대 초중반, 근대적인 것에 대한 탐구와 비판정신이 소설계의 한 축을 담당했다면, 익숙하고 오래된 서사관습을 되풀이하거나 재구성하는 방식의 소설이 다른 축을 맡았다고 할 수 있다. 그런데 박루월의 영화소설과 딱지본 대중소설을 근대적인 것과 전근대적인 것으로 양분하는 기준은 서사 차원이 아니라 장르 차원에 존재한다. 즉, 박루월의 작품들은 서사유형 상 동질적이며, 다만 영화소설과 딱지본 대중소설이라는 장르의 차이를 토대로 하여 근대적인 것과 전근대적인 것으로 구분된다. 영화소설은 분명 이전에 없던 새로운 형식이나, 그 새로움은 철저하게 형식의 차원에만 머무는 것으로, 서사적 차원에서 딱지본 대중소설과 변별되는 자질을 지닌 것은 아니다. 흥미 위주의 통속적 서사가 영화소설과 딱지본 대중소설이라는 두 장르에 걸쳐 반복된다는 사실은 박루월 소설의 특징이자 한계이다.

4. 박루월 소설의 문학사적 의미

본고는 박루월의 전기적 생애와 영화잡지 ≪영화시대≫를 중심으로 이루어진 그의 창작활동을 개관하고, 그가 발표한 작품을 영화소설과 딱지본 대중소설로 분류 · 유형화하였다. 이 과정에서 박루월에 관한 선행 연구들이 보인 오류를 바로잡았고, 그의 소설을 목록화하였다. 작성된 목록을 바탕으로 박루월의 작품을 영화소설과 딱지본 대중소설의 두 부류로 유형화하고, 각 유형의 특징을 간략하게 분석하였다. 본고는 박루월의 전기적 생애와 작품 발굴 및 유형화를 중심으로 논의를 진행했기에 그의 소설이 지닌 미적·시대적 의미를 심층적으로 분석하는 작업에 소홀할 수밖에 없었고, 이는 본고의 한계라 할 수 있다. 다만 기존 논의가 부족한 탓에 본고는 본격적인 작품 분석 이전에 박루월이라는 작가에 관한 연구가 선행되어야 한다고 판단하였다. 이에 본고는 박루월의 생애와 ≪영화시대≫를 중심으로 이루어진 그의 문단 활동을 확인하고, 그가 발표한 작품의 목록을 작성하여 유형화하는 작업에 충실하고자 했다.

박루월 소설 목록을 통해 확인할 수 있는 사실은 박루월이 1930년대 초반에 주로 영화소설을 창작했고, 그 이후 신파성이 강한 딱지본 대중소설들을 발표하는 식의 일정한 경향성을 보인다는 점이다. 박루월의 영화소설은 크게 원작을 영화소설로 번안 · 각색한 작품과, 순수 창작물로 유형화할 수 있다. 박루월 영화소설의 특징 가운데 하나는 영화의 장면을 염두에 두고 그것을 해설하는 것처럼 보이는 서술, 곧 변사형 서술자의 개입이 두드러진다는 점이다. 변사형 서술자의 존재는 가깝게는 무성영화 시대, 멀게는 고소설 시대에서 그 기원을 발견할 수 있다. 그는 전반적인 서사 흐름을 설명하는 목소리로 관중이나 독자들의 몰입을 방해하면서 동시에 몰입을 유도하는 기능을 담당한다. 이러한 서술 유형은 영화를 관람하지 않은 소설 독자에게 영화와 유사한 상황이나 장면을 연상하도록 유도한다. 이는 독자들에게 원작 영화를 상기시키는 효과를 발휘한다는 점에서 탁월한 전략이라 할 수 있다. 특히 원작 영화의 각색이라는 측면에서 영화소설은 영화와 소설의 매체 전략을 두루 사용하여 광고 효과를 높인다.

박루월이 발표한 딱지본 대중소설은 두 가지로 유형화될 수 있다. 하나는 '정조를 지키는 기생'의 유형이고, 다른 하나는 '여성인물의 배신과 회개'의 유형이다. 첫 번째 유형의 작품에 등장하는 여주인공은 고전소설로부터 계승되어 온 '정조를 지키는 기생'의 전형을 충실히 따르고 있다. 그의 소설은 철저하게 여성인물을 중심으로 하는 서사를 채택하고, 여성인물이 여학생에서 기생으로 전락하는 과정에서 겪는 다양한 사건들을 연애담 속에 삽입하는 방식으로 구성된다. 박루월의 소설들이 '정조를 지키는 기생' 이야기와 '여성인물의 배신-회개'를 서사의 골자로 잡은 이유 가운데 하나는, 이러한 이야기들이 독자들에게 익숙한 감정을 불러일으켜 그들로 하여금 서사에 몰입하고 공감하도록 유도하기 때문일 것이다.

이상의 연구를 통해 일차적으로 그간 우리 문학사에서 소외되었던 박루월의 작품 세계를 조망할 수 있다. 박루월은 다양한 분야에서 30년 가까이 창작 활동을 펼쳤으며 특히 영화소설이라는 장르를 개척하고 확장하는 데 주력한 작가이다. 이러한 활동의 결과는 그가 남긴 작품을 통해 확인된다. 영화소설 장르에서 우리가 일반적으로 알고 있는 심훈, 최금동, 안석영 같은 작가들 외에 박루월이 발표한 작품의 수가 10여 편에 이른다는 사실을 통해 1930년대 박루월의 활발한 창작 활동을 짐작할 수 있으며, 그가 발표한 작품들에 대한 면밀한 분석을 통해 영화소설에서 박루월의 위상을 재점검할 필요가 있다. 이러한 작업은 박루월 개인의 복원이라는 차원을 넘어 작품을 통해 영화소설가로서의 그의 위치와 업적을 재평가해야 한다는 당위성을 내포한다. 더불어 후기 신소설의 계보를 잇는 신파적 대중소설가로서의 위상 역시 온당하게 평가되어야 한다. 이러한 과정을 통해 박루월이 1930년대 다각화된 문단 상황 속에서 문학을 통해 대중과 소통해온 방식과 그 의미를 이해하게 될 것이다.

해적판 소설의 사회 · 문화사

제1장 이기영 소설의 개제(改題) 양상과 의미

1. 해적판인가 개제작인가

이기영의 『純情』(1941), 『情熱記』(1948), 김기진의 『再出發』(1942)[1], 채만식의 『황금광시대』(1949)[2], 이광수의 『放浪者』(1949)[3], 박태원의 『金銀塔』(1949)[4], 김동인의 『活民塾』(1950)[5]. 한국문학사에서 이 작품들의 존재는

---

1) 김기진의 『再出發』은 그가 1929년부터 <중외일보>에 97회 연재 완료한 영화소설 『前途洋洋』을 개제하여 1942년 평문사에서 단행본으로 출간한 작품이다. 아직 개제의 주체나 사유에 관해 밝혀진 바가 없어 이에 대한 고찰이 요구된다.

2) 채만식의 『황금광시대』는 1938년 <조광>에 연재한 『天下泰平春』의 개제작이다. 주지하듯 『天下泰平春』은 1940년 『太平天下』로 개제하여 『三人長篇集』(명성사 1940)에 수록되었고, 1948년 동지사(同志社)에서 다시 단행본으로 출간되었다. 1949년 중앙출판사에서 「황금광시대」로, 1958년 대동사에서 『애정의 봄』으로 개제하여 단행본으로 출간하였다. 개제의 이유에 대해서는 아직 밝혀진 바가 없으며, 이들 작품을 『太平天下』의 해적판으로 보는 시각도 있다.

3) 이광수의 『放浪者』는 1930년 <동아일보>에 연재 후 1941년 영창서관에서 동일 표제의 단행본으로 출간한 『삼봉이네 집』을 1949년 중앙출판사에서 개제한 작품이다. 『방랑자』와 『삼봉이네 집』은 전체적인 내용에는 큰 차이가 없으며 마지막 문장만 다르다. 마지막 문장을 수정했다는 사실을 통해 이광수가 이 작품의 제목을 바꾸었음을 알 수 있다.

4) 박태원의 『金銀塔』은 그가 1938년부터 <조선일보>에 연재한 『愚氓』을 1949년 한성도서주식회사에서 단행본으로 출간하면서 내용을 일부 수정하고 제목을 바꾼 품이다. 연재가 끝난 후 오랜 시간이 지나 단행본으로 출간되었다는 점과, 이 과정에서 제목이 바뀌었다는 점이 특징적이라 할 수 있다. 박태원의 월북 시점은 대체로 1950년경으로 알려져 있으니, 이 작품의 개제 과정에 작가가 직접 개입했을 가능성이 크다고 할 수 있다.

5) 김동인의 『활민숙』은 1950년 수문사에서 단행본으로 출간되었다. 현재 소장처가 없어 작

온전히 규명된 적이 거의 없다. 이기영의 『정열기』를 제외하면 이들은 모두 1940년 이전에 발표된 작품들의 개제작(改題作)으로, 1940년 이후에 출간된 작품들이며, 식민지 후기부터 해방기에 걸친 작가들의 창작 문제와 출판 현실을 단적으로 드러내는 증표이다. 김기진의 『재출발』과 이기영의 『순정』은 해방 이전에, 나머지는 해방 이후에 개제 출판되었다. 이 가운데 이광수의 『방랑자』와 박태원의 『금은탑』을 제외한 나머지 작품들이 우리 문학사의 표면에 등장한 기록을 확인하기는 매우 어렵다. 이 작품들의 존재를 처리・규정하는 가장 단순하고 손쉬운 방법은 이들을 해적판(海賊版)으로 명명하는 것이다.

개작(改作)의 경우 그것은 원작에 대한 작가의 주체적인 재창작의 결과이며, 작가의식의 변모를 드러내는 단서로 해석된다. 그런데 개제(改題)의 경우는 문제가 좀 복잡하다. 개제는 작가 스스로 그 사유나 배경을 명시한 작품과, 그렇지 않은 작품으로 분류할 수 있다. 전자는 광의의 의미로 개작의 범주에 포함되는데, 대개 신문이나 잡지에 연재한 후 이를 단행본으로 출간할 때 개제가 이루어진다. 물론 연재 도중 개제가 이루어지거나, 이미 출간된 단행본을 재출간하는 과정에서 개제가 이루어지는 경우도 있다. 문제는 후자를 어떻게 이해할 것인가에 있다. 후자는 대개 식민지시기 신문이나 잡지 연재가 이루어진 후 동일 표제로 단행본이 출간되었으나, 이후 개제되어 재출간된다. 심지어 이 과정에서 작가의 이름까지 바뀌는 사례도 목격된다. 이 작품들을 혼란스러운 사

품의 실체를 확인할 수 없으나, 오영식의 『해방기 간행도서 총목록』(소명출판, 2009)에 따르면, 이 작품은 김동인이 1930년부터 <동아일보>에 연재한 『젊은 그들』의 개제작으로 추정된다. 『해방기 간행도서 총목록』에 '활민숙-젊은 그들'로 소개된 점과 '활민숙'이 『젊은 그들』의 주인공 이활민이 만든 학당의 이름이라는 점을 근거로 이러한 사실을 추정할 수 있다.

회 사정과 출판 상황이 빚어 낸 해적판으로만 치부하기에는 석연찮은 구석이 있다.

본고는 이러한 문제의식에서 출발하고자 한다. 이광수, 이기영, 김기진, 채만식, 박태원 같은 작가들에 대한 연구는 전기적 차원에서부터 개별 작품론에 이르기까지 이미 엄청난 성과를 축적한 상태이다. 그런데, 위에 언급한 작품들을 온전하게 다루거나, 개제의 문제에 천착한 논의는 찾기 어렵다. 이는 많은 연구자들이 상기 작품들의 존재 자체를 인식하기 못하였거나, 혹은 인식했다 하더라도 단순한 제목 수정의 차원 혹은 원작의 해적판 정도로 받아들인 결과라 생각된다. 일반론의 관점에서 볼 때 개제는 대개 작가가 이미 발표한 작품의 제목을 바꾸어 주제를 좀 더 적절하고 선명하게 반영하기 위한 행위로 인식된다. 그러나 상기 작품들처럼 작가와 개제 행위 사이의 명확한 인과관계를 파악하기 힘든 경우 다른 방식의 접근이 필요하다. 이러한 문제의식은 식민지 시기에 발표된 장편이 이후 단행본으로 출간되는 과정에서 이루어지는 개제의 문제가 시대적 상황과 어떤 상관관계를 맺고 있는가를 분석하는 작업으로 연결될 것이다. 즉, 왜 유명 작가의 장편들이 해방을 전후로 다수 개제되었는가 라는 질문에 대한 답을 당대 출판 상황과 작가들의 사정, 그리고 사회적 맥락의 총체 속에서 재구성하여 추론해내는 것이 본 연구의 궁극적인 목적이라 할 수 있다.

본 연구는 해방기를 전후로 한 문단 및 출판업계의 상황에 대한 면밀한 이해를 바탕으로, 이 시기에 이루어진 이기영 소설의 개제 양상과 의미를 분석하고자 한다.[6] 당시 출판 사정을 짐작할 수 있는 자료를 분

6) 참고로 1940년대 출간된 이기영 소설 단행본은 다음과 같다. 『인간수업人間受業』 세창서관(1941), 서울타임스사(1946), 문우사(1948). / 『순정』 세창서관(1941). / 『봄』 박문서관 · 대

석하고, 이와 더불어 각 작가들의 창작 활동과 정치적 행보 등을 조명하여 이 시기 개제 행위에 내포된 문학적, 사회적 의미를 추출하고자 한다. 지금까지의 연구를 개관할 때 드러나는 문제점은 특정 작가를 제외하고 개제나 개작에 대한 본격적인 논의가 거의 이루어지지 않았으며, 그에 따라 참고할 만한 연구가 부족하다는 데 있다. 개작에 관한 연구가 축적된 경우로 김동인, 염상섭, 이태준, 김동리, 이호철 등을 거론할 수 있을 정도이다. 식민지시기에 발표된 작품의 개제 양상에 대한 논의는 찾아보기 어렵고, 그나마 개별 작가의 개작 문제 차원에서 일부 유사한 논의들이 있을 따름이다. 우리 문학사 전반에서도 개제의 문제를 본격적으로 조명한 논의는 거의 전무할 정도로 이 분야는 아직 미지의 영역으로 남아 있다.

본 연구를 통해 작가와 개제 행위 간 명확한 인과관계를 파악하고, 개제라는 행위를 둘러싼 작가와 출판 상황, 그리고 사회적 맥락의 총체를 읽어낼 수 있다면, 이는 개제를 통한 작가의식의 변모 혹은 출판계의 상업주의적 행태가 초래한 혼란상 등을 명료하게 이해하는 데 중요한 단서가 될 수 있으리라 기대한다. 해방을 전후로 쏟아져 나온 개제작들이 출판업자들의 상업주의 전략에 따라 탄생한 해적판에 불과한 것인지, 아니면 작가와 출판계, 문단의 공존공생을 위한 불가피한 해법이었는지

동출판사(1942). /『생활의 윤리』성문당서점(1942;1944). /『신개지』세창서관(1943;1949). /『동천홍』조선출판사(1943;1944). /『처녀지處女地』삼중당서점(1944). /『광산촌』성문당(1944). /『서화鼠火』동광당서점(1946). /『고향』아문각(상1947, 하1948) /『봄』아문각(상1947, 하1948). /『정열기』성문당서점(1948). /『어머니』영창서관(1948). /『땅』조선인민출판사(1948 1부 개간편), 조소문화협회(1949 2부 수확편). /『농막선생』조소문화협회(1950). 이 가운데『서화』는 작품집이며, 이기영이 월북 이후에 발표한 작품은『땅』과『농막선생』이다. 1939년 10월 12일부터 1940년 6월 1일까지 155회에 걸쳐 <조선일보>에 연재한 장편『대지의 아들』은 단행본 출간 기록이 확인되지 않는다.

는 아직 알 수 없다. 그러나 이들의 출현이 문단과 독자들에게 큰 혼란을 불러일으킨 것만은 분명한 사실이다. 이러한 혼란을 예상했음에도 불구하고 작가와 출판계, 문단이 '개제'라는 무리수를 통해 당면한 문제를 해결할 수밖에 없었다면, 그 인과관계를 명징하게 밝히는 작업이 반드시 필요하리라 판단된다. 본고는 해방 전후로 두 편의 개제작이 확인되는 이기영을 중심으로 이러한 현상의 의미를 분석해보고자 한다. 이기영의 경우 『신개지』와 『생활의 윤리』 등에서 작품의 일부가 누락된 상태로 게재되기도 했다.

『순정』과 『정열기』의 정체를 규명하는 데는 많은 난관이 예상된다. 그럼에도 불구하고, 본고에서 이 작품들의 정체를 규명하려는 이유는 이 작품들이 식민지시기와 해방기 문단, 더 구체적으로 창작과 출판으로 연결되는 시스템 속에 내재된 여러 가지 문제들을 압축적으로 보여주는 단서가 아닐까 생각되어서다. 당시 판권을 소유한 쪽이 대개 출판사였으니, 저자의 동의 없이 출간을 강행하는 일은 흔한 현상이었다고 하지만, 그것이 단순한 재판의 출간이 아니라, 이미 발표된 작품을 저자의 동의 없이 무단으로 심각하게 훼손하는 행위라면 그러한 행위의 원인을 분석하고 규명하는 작업이 수행되어야 한다. 물론 이 문제는 이기영의 작품에만 해당하는 것은 아니며, 주로 월북한 작가에게서 드물게 발견되기도 한다. 그런데 이기영의 경우는 그 징후가 해방 이전에도 나타났기에 주목할 필요가 있다고 판단된다.

2. 일제 말기와 해방기 개제 경향과 출판 동향

지금까지 확인된 바에 의하면 개제작들은 대부분 해방 이전에 단행본으로 출간된 유명 작가의 장편소설이 출판사나 판권 소유자가 바뀐 상태로 재출간되는 경향을 보인다. 월북 작가의 경우 월북 시점과 개제 시점을 비교할 필요가 있으며, 출판자가 판권을 양도 받아 개제 출간하는 경우도 있으리라 예상된다. 이 연구의 논증 포인트는 개제의 주체와 사유, 구체적 배경이 밝혀지지 않은 이기영의 작품들을 중심으로, 왜 저명 작가의 작품을 굳이 개제했는지, 개제의 주체가 누구인지, 해방기를 중심으로 이러한 현상들이 단발적으로 일어난 이유와 배경이 무엇인지를 탐구하는 데 있다. 이러한 의문을 해소하기 위해 개제의 배경과 계기를 당시 창작 및 출판 상황과 작가의 사적 문제에 집중하여 고찰해보고자 한다.

당시 출판계는 용지 공급 부족, 필자 부족 등으로 새로운 창작물의 출간이 아닌 식민지 시대에 이미 발행된 작품을 재출간하는 방식으로 연명하였다. 용지 부족의 문제는 식민지시기부터 해방기까지 출판 시장의 고질적인 문제였다. 해방기에는 필자 부족 문제를 해결하기 위해 번역물, 위인전, 탐정물 중심으로 출판시장이 형성되었고, 본격소설의 창작 부족을 메우기 위한 방편으로 해방 이전에 발표된 작품들이 재출간되기도 했다. 이러한 출판계와 창작계의 기근 문제를 해결하기 위한 대안으로 개제 출간이 출현했을 가능성이 있다. 해방 이전에 싼 값으로 판권을 사들인 출판업자들이 해방 이후 작가의 동의 없이 무단으로 제목을 바꾸어 출판했을 가능성을 완전히 배제할 수 없다. 한글로 쓴 책에 대한 수요가 급증한 데 비해 공급이 그에 미치지 못했던 해방기에 소설을 비롯한 각종 문예물들은 가장 잘 팔리는 상품이었다. 그렇기에 이 시기 개제의 양상을 저작권의 문제와 결부시켜 논증할 필요가 생긴다. 즉 저작권의 상당수가 작가가 아닌 출판업자에게 양도되었던 당시 출판계 상황에 비추어 이러한 문제가 작품의 무단 개제 및 누락 출간으로 이어졌을 가능성이 있다.

더불어 이 시기 작가들의 창작 활동 및 정치적 행보를 살피는 작업도 필요하다. 해방을 전후로 하여 월북한 작가들의 경우 정확한 월북 시기를 파악할 필요가 있다. 물론 원작자의 월북과 같은 정치적 행보가 개제의 직접적인 근거가 되지는 못하겠으나 이를 통해 작가 자신이 직접 개제에 관여했는가의 문제를 어느 정도 해결할 수 있다. 이기영은 해방 직후인 1945년 11월(혹은 가을)에 월북한 것으로 알려져 있고, 월북 이후 남한에서의 행적이 거의 확인되지 않는다. 이로 미루어 볼 때 이기영은 월북 이후 남한에서 창작이나 출판과 관련된 행위를 하지 않았다고 추정할 수 있다. 실제로 월북한 후 이기영은 북한에서 활발한 창작 활동과 대외 활동을 수행했고, 남한에서 그의 작품들은 점차 금서로 규정되었다. 그의 작품이 재출간된 것은 1948년이 마지막이다. 1948년 이후 그의 작품은 오랫동안 금서로 지목되어 출간되지 못한다.

별다른 설명 없이 기존에 발표된 작품의 제목이 바뀌는 경우 독자들은 혼란을 느낄 수밖에 없다. 작가나 출판업자들이 이러한 사실을 몰랐을 리 없으니, 이들이 독자들의 혼란을 무릅쓰고서라도 제목을 바꾸어야 하는 내적 필연성이 있었을 것이다. 가령, '群像' 3부작의 하나로, 토지를 빼앗긴 조선 농민의 만주 이주를 다룬 최초의 장편소설로 평가되는 이광수의 『삼봉이네 집』을 '방랑자'로 바꾸었을 경우 야기될 수 있는 문제를 상상해보자. 『삼봉이네 집』은 <동아일보>에 1930년 11월 29

일부터 1931년 4월 24일까지 84회 연재되었으며, 1941년 영창서관에서 기획한 '春園李光洙傑作選集'의 제5권으로 출간된 작품이다. 1948년 성문당서점에서 출간한 단행본 『유랑』에 수록되었으며, 1949년 '방랑자'로 개제되고 내용 일부가 수정되어 중앙출판사에서 다시 출간된다. 제목만 바뀐 것이 아니라 내용 일부가 수정되기도 했으니 이 작품은 개작에 가깝다고 보아야 할 것이다. 1941년 영창서관본 『삼봉이네 집』은 1953년에 다시 영창서관에서 재출간된다. 이 작품은 발표 당시 일제에 의해 출판 불허 판정을 받았으며, 연재 종료 후 내용 일부가 삭제된 뒤 단행본으로 출간되었다. 만약 이 과정에서 개제가 이루어졌다면, 이는 일제의 검열로 인한 불가피한 결과로 이해할 수 있다.

그런데 1949년의 상황에서 '삼봉이네 집'이 '방랑자'로 바뀐 사실에서는 선뜻 납득할 만한 내적 필연성을 발견하기 어렵다. 해방 이후 이광수의 작품들은 여러 출판사들을 통해 꾸준히 단행본으로 재출간되었고, 열악한 출판 환경 하에서도 엄청난 판매부수를 기록했다고 전해진다. 『삼봉이네 집』 또한 예외가 아닐 것인데, 해방 직후 친일 작가들의 작품 출판에 비판적이었던 출판계가 1948년 이후 점차 우경화되면서 이광수를 비롯한 친일 작가들의 작품이 출판시장을 장악하기 시작한다. 이 시기 이광수는 『꿈』, 『나의 고백』 등의 자전적인 작품들을 발표하는 한편으로 과거에 발표한 작품들의 재출간에도 주력한다. 1945년 홍문서관에서 출간된 단행본 『유랑』은 저자 이광수의 의사와 무관하게 출판사가 영리 목적으로 찍어냈을 가능성이 높은데, 당시 고서점에서 한글소설이 불티나게 팔린 현상을 이용해 출판업자가 상업적인 이익을 얻기 위해 출간했다는 것이다. 이는 『유랑』의 저작권이 이광수가 아니라 홍문서관에 있었기 때문에 가능한 일이었다. 한편 이광수의 『흙』의 판권을 갖고 있었던 박문서관은 해방 후의 재정난을 타계하기 위해 『흙』을 출간하라는 주위의 권유에 대해 친일파의 책을 출간할 수 없다며 거부했다고 한다. 또한 식민지시기 번안소설을 다수 발표했던 이상협이 해방 후 친일 행적으로 비판 받아 생계가 막막해지자 이광수가 그에게 자신의 소설 한 편의 판권을 넘겼다는 기록도 있다. 이상협이 이 작품을 동명사의 자회사 문운당에서 출판했다고 하나 이 작품의 제목이 무엇인지는 현재 확인되지 않는다.[7] 이를 통해 해방기 이광수가 자신의 작품 가운데 저작권을 보유하고 있지 않은 작품을 어림할 수 있다. 즉 『유랑』, 『흙』의 판권은 이광수가 아닌 출판사에 있었음이 확인된다. 해방 직후에 간행된 단행본들은 대개 해방 전에 작가가 판권을 출판사에 넘긴 경우에 해당한다. 이러한 배경을 토대로 출판사들은 상업적인 이익을 가져다줄 수 있는 한글소설의 재출간에 몰두하게 된다.

작품의 제목을 바꾸는 행위는 그 작품의 이미지를 전환하는 데 효율적인 방편이 될 수 있다. 작가가 사후적으로 작품 제목을 바꾸는 것은 그 자체로 변모된 작가의식을 반영하고자 하는 적극적인 행위이다. 여기에 작가와 작품 외적인 환경이 개입되기도 한다. 좀 더 상품성 있는 제목으로 대중의 인기에 영합하려는 출판사의 마케팅 전략으로 인해 제목이 바뀌는 경우도 종종 확인된다. 식민지시기 이른바 '중복출판', '표절출판' 같은 관행은 대개 동일 출판사가 원본 내용을 일부 수정하거나 제목을 바꾸는 방식으로 이루어진 관행이었고, 대부분 1920년대를 전후로 성행했다. 그것도 식민지시기에 발표된 근대소설이 아니라 주로 고소설이나 학습서를 중심이었다.[8]

7) 이중연, 『책, 사슬에서 풀리다-해방기 책의 문화사』, 혜안, 2005, 323-333면.
8) 방효순, 「일제시대 민간 서적발행활동의 구조적 특성에 관한 연구」, 이화여대 박사논문,

비창작적 저작물 혹은 저작권이 모호한 서적의 저작자는 대부분 출판업자였던 것으로 보인다. 이들은 원저자로부터 저작물의 판권을 사들여 해당 서적의 판권양도자로서의 위치를 차지하였다. 즉 저작인격권과 저작재산권 일체를 매절해 들인 출판업자는 해당 서적을 자신의 명의로 출판할 수 있는 영구적인 권리를 확보했던 것이다. 또한 판권소유자인 출판업자는 2차적 저작물 혹은 편집 저작물을 만들 권리도 확보해 임의로 저작물을 늘이고 줄여 발행하는 것이 일상적이었다. 이러한 출판사들의 권한은 해당 저작물에 대한 무제한적 중판, 중복 발행을 가능하도록 한 구조적인 요인이 되었다. 판권을 사들인 출판업자는 저작재산권은 물론 저작인격권까지 확보한 까닭에 책의 물리적 제작 과정에서 원저자의 이름을 뺄 수도 있었다. 비창작적 저작물의 경우 원저자의 권리보다는 판권을 사들인 출판업자의 권리가 더 중시되는 경향을 보였다. 반면 창작적 저작물은 원칙적으로 원저자의 저작권을 인정해주었다. 간혹 출판업자가 판권을 양도 받는 경우에도 원저자명이 출판물 상에 명기되었다. 식민지시기 발행·저작권 구조는 후반으로 오면서 점차 원저자의 권리가 강조되는 방식으로 정착되어갔다. 창작적 저작물의 경우 저작물에 대한 원저자의 저작권, 특히 저작인격권은 예외 없이 보호되었고, 저작권을 양도할 경우에도 출판사측은 원저자의 이름을 출판물 상에 명기하도록 하였다. 이러한 경향은 해방 이후의 출판 양상에서도 이어진다. 즉 원저자의 저작권을 보호하는 방향으로 정착된 것은 해방 이후에도 유지되는 현상이었다. 출판법의 제정과 시행을 통해 원저자의 권리를 보호하는 것이 근대 출판법의 핵심이라 할 수 있다.[9] 그런데, 앞

2000, 78-81면.

9) 방효순, 같은 책, 84-98면.

서 살펴본 개제작들의 사례는 이러한 경향의 예외에 속한다. 이들은 원저자의 의사와 무관하게 판권을 소유한 출판사가 임의로 무단 개제한 것임이 분명하기 때문이다.

3. 탈이데올로기화 경향: 『신개지』와 『순정』

해방 이전에 개제되어 재출간된 작품으로 김기진의 『再出發』과 이기영의 『純情』이 있다. 『재출발』은 김기진이 연재한 『前途羊羊』의 개제작이다. 김기진이 1929년부터 <중외일보>에 97회 연재 완료한 『전도양양』을 개제하여 1942년 평문사에서 단행본으로 출간한 작품이다. 1929년 9월 24일자 <중외일보> '新連載小說豫告'에 "나는 어느 때인가 이것을 실디로 영화화하려고 구성하엿든 것임이다. 종래의 조선영화의 '스토리'로써의 결함을 보충하고 새로운 경향을 지여보려고 하는 것이 나의 목뎍임니다."라는 작가의 창작 의도가 소개되었다. 어려운 성장 시절을 보낸 두 남녀가 사랑과 노동을 통해 앞날에 대한 희망을 발견한다는 내용을 담고 있다. 작중인물의 계급적 인식과 행동보다는 선악의 이분법적 갈등 구도에 기반한 통속적인 측면이 서사의 대부분을 차지하고 있다.[10)]

이기영의 『순정』은 그가 1938년 <동아일보>에 연재 종료한 『新開地』를 1941년 세창서관에서 개제하여 단행본으로 출간한 작품이다. 오영식

10) 김기진의 『재출발』은 경상대학교에 소장되어 있다.

의『해방기 간행도서 총목록』에서는『순정』이 '운정' 작으로 1941년 9월 30일에 초판이 자유신문사 인쇄부에서 인쇄되어 세창서관에서 출간되었으며 이 작품이 '이기영『신개지』의 해적판'이라고 소개했다.[11] 그런데, 같은 책 356면에는『순정』 3판이 1950년 2월에 나왔으며 이 작품이 '『신개지』의 개제판'이라고 부기하고 있다. 오영식의 저서는『순정』의 존재를 언급하고 있는 유일한 책이다. 그런데 그는 1941년본『순정』이『신개지』의 해적판이라고 썼다가, 다시 1950년본에 대해『신개지』의 개제판이라고 설명한다. 그가 '해적판'과 '개제판'의 차이를 구분하는 근거는 제시되어 있지 않다. 따라서 이러한 구분은 오영식이 자의적으로 수행한 것이라 볼 수 있다. 1941년 세창서관에서 출간된『순정』에는 이 작품이 이기영의『신개지』와 관련 있는, 가령 해적판이든 개제판이든, 어떠한 단서도 붙어있지 않기 때문이다.『신개지』는 1938년 삼문사 전집간행부에서 동일 표제로 단행본이 출간된 바 있다. 이후 1941년 세창서관에서 '순정'으로 개제되어 출간되었다. 세창서관본『순정』은 1950년 3판까지 발행되었으며, 저자명이 '雲汀'으로 표기되어 있다. 1938년 삼문사본과 1941년 세창서관본은 동일한 판본이다. 삼문사본에는『신개지』(584면) 외에 단편「나무꾼」(12),「돈」(22면)이 합철되어 있으나, 세창서관본은 580면 이후가 누락되어 이를 확인할 수 없다. 누락된 부분은 삼문사본 전체 584면 가운데 마지막 4면이다.

작품 제목과 저자명의 수정 및 작품의 누락 등을 원저자인 이기영이 사전에 인지하고 허가했을까.『신개지』의 판권은 세창서관으로 양도된

11) 오영식,『해방기 간행도서 총목록』, 소명출판, 2008. 161면. '운정'이 이기영의 필명인지 확인할 수 없으며, 이에 따라 작가 자신이 '신개지'를 '순정'으로 개제한 것인지 쉽게 단정할 수 없다. 동일한 필명을 사용하는 이로 극작가 김정진(金井鎭)이 있으나, 그는『신개지』가 발표되기 전인 1936년에 사망하였다.

것이 분명하니, 그것이 『순정』으로 바뀐 데는 온전히 출판사의 책임이 있을 것이라 추측할 수 있다. 1941년을 전후로 이기영은 활발하게 장편소설을 발표했다. 이 시기는 그가 일본의 감시와 압박을 피해 내금강으로 소개하기 전이며, 흔히 '생산소설'로 불리는 일련의 친일 성향의 작품을 발표한 때이기도 하다. 그러니 세창서관에서 '신개지'를 '순정'으로, 저자명을 '운정'으로 고치고 내용 일부를 누락하여 출간한 사실을 몰랐을 리가 없다. 그러나 판권을 소유한 쪽이 관례적으로 그 작품에 대한 전권을 행사하는 일이 용인되던 시기에 세창서관은 이기영의 『신개지』 판권을 이용해 무단으로 작품의 제목과 저자명을 바꾸고 작품 일부를 누락하여 새로운 장편소설인 양 출간했을 것이다. 판권을 소유한 출판업자가 무단으로 변개하여 출간한 판본을 해적판이라 보기 어렵다. 해적판의 기준은 저작권이나 판권 소유 여부에 있기 때문이다. 상황이 이렇다보니 당시 독자들이 보기에 『순정』은 '운정'이라는 작가가 1941년 세창서관에서 새롭게 출간한 장편소설인 셈이 된다.[12)]

『신개지』는 1938년 <동아일보>에 연재한 것으로, 이기영의 대표작 『고향』의 서사구조를 계승한 작품으로 평가된다. 세창서관은 1943년 '이기영 編', '(長篇)新開地'로 표기하여 다시 출간한다. 1941년 세창서관에서 이기영의 다른 작품 『인간수업』이 단행본으로 출간되기도 했다. 『인간수업』은 <조선중앙일보>에서 1936년 1월 1일부터 7월 28일까지 164회에 걸쳐 연재되었고, 이후 1937년 태양사에서 단행본으로 출간되었다가

12) 우리나라에서 사용되는 '저작권', '판권'은 영국 법률용어 'copyright'의 번역어이다. 유입 초기에는 '판권'으로 번역되어 사용되다가 이후 '저작권'으로 대체되었는데, 이때 저작권은 'copyright'와 더불어 '저작자의 권리'를 포괄하는 의미로 사용된다. 식민지시기에는 저작자가 대부분 출판업자였기에 copyright는 '판권'으로 통용되었다. 야마다 쇼지, 『해적판 스캔들』, 송태욱 옮김, 사계절, 2007, 313-339면.

1941년 세창서관에서 재출간되었다. 1941년 세창서관에서 출간된 『인간수업』의 간기에는 저작 겸 발행자가 이기영으로 되어 있다. 그러나 상식적으로는 이기영 스스로 제목과 저자명을 바꾸어 출판하는 데 동의했으리라 보기 어렵다. 더욱이 1943년 같은 출판사에서 원제와 저자명이 복원되어 재출간되었다는 점에서 1941년판 『순정』의 정체는 더욱 모호해진다.

『순정』을 출간한 세창서관은 주로 신소설 중심으로 딱지본 대중소설을 출판했던 곳이며, 다른 출판사의 지형(紙型)을 인수하여 유명 소설 작품을 출간하기도 했다. 1938년 삼문사본 『신개지』와 1941년 세창서관본 『순정』이 동일 판본인 이유는 세창서관이 삼문사본 『신개지』의 지형을 인수했기 때문이다. 삼문사서점은 1920년대 광익서관을 경영했던 고경상이 1930년대 새롭게 설립한 출판사로, 1930년대 말 몇 종의 소설 전집을 출간했다. 고경상은 회동서관 사주 고유상의 동생으로도 잘 알려져 있다. 삼문사서점은 고경상이 금광에 손을 대는 바람에 망하고 이후 다른 출판사에 경영권을 넘기게 되는데 아마도 세창서관이 1940년대 초 삼문사서점을 인수한 것으로 추정된다. 삼문사서점이 1933년에 개점하여 1942년까지 영업을 했고, 세창서관 사장 신태삼의 동생 신태화가 삼문사를 경영했다는 기록을 토대로 하면 1941년 전에 이미 『신개지』의 판권이 세창서관으로 넘어갔음을 알 수 있다.[13)]

세창서관은 1950년대 이후에도 지속적으로 딱지본 형태의 대중소설을 출간한 곳이다. 신파적 대중소설 출판에 앞장섰던 세창서관이 금광사업으로 인해 파산지경에 이른 고경상의 삼문사를 인수하였고, 삼문사

13) 최호석, 「영창서관의 고전소설 출판에 대한 연구」, 『우리어문연구』37, 우리어문학회, 2010, 374면.

가 소유하고 있던 이기영 소설 판권을 이용해 제목을 바꾸어 출간한 것이다. 세창서관이 『신개지』 판권을 인수한 후 이를 재출간하는 과정에서 원제인 '신개지'가 지닌 이념지향성을 제거하고자 '순정'이라는 통속적인 느낌의 제목으로 바꾸었을 가능성이 있다. 『신개지』와 『순정』 사이에 존재하는 간극은 결국 후자가 전자의 '해적판'인가 '개제판'인가의 문제로 수렴된다. 『순정』은 『신개지』의 판권을 보유한 출판사가 제목을 수정하고 저자명을 바꾼 후 내용 일부를 누락하여 출판한 작품이기에 출판업자의 윤리 문제를 제기할 수도 있겠으나, 공식적으로는 정당하게 판권을 행사한 행위로 공인된다.

4. 친일·통속과 좌익의 경계: 『생활의 윤리』와 『정열기』

1940년 중반 일본 내각의 '신체제 수립'은 중일전쟁의 발발과 전선의 확대에 따라 대동아공영권 구축을 위한 체제 변용의 의미를 지닌다. 이를 통해 조선에서의 사상 통제와 검열을 강화하고 출판 자재를 제한하는 방식으로 이른바 '출판 신체제'가 들어선다. 그 일환으로 '서적 배급 신체제'가 수립되고 다수의 신문과 잡지가 통폐합된다. 제한과 통제의 표면적인 이유는 출판 용지 공급 부족이었으나, 실질적인 이유는 작가들의 사상 검열과 통제의 강화를 통해 신체제를 확립하고 유지하는 데 있었다.[14]

14) 이종호, 「출판 신체제의 성립과 조선 문단의 사정」, 『사이間SAI』6, 국제한국문학문화학회, 2009, 195-207면.

> 新體制下의 文學的 活動은 다른 部門보다도 至難할 줄 안다. 그것은 政治나 經濟와 같이 直接性이 아니고 人生의 內面生活의 世界를 藝術的으로 創造하기 때문이다. 그런데 作品上 實踐은 理論보다도 어려운 것이다. 그것은 理性과 感性을 統一해야 되기 때문이다. 作家는 먼저 理論을 消化해야 된다. 理論을 消化치 못한 作品은 所期의 効果를 바랄 수 없다. 그러므로 나는 먼저 新體制에 對한 理論을 工夫하고 싶다. 同時에 理論을 體得하는대로 이 時代에 適應할 수 있는 새 人間型을 具象的으로 創造하고 싶다. (「新體制下의 余의 文學 活動 方針」, <삼천리> 1941.1. 473면)

'신체제 하의 나의 문학 활동 방침'은 1941년 1월 <삼천리>에 이광수, 채만식, 박태원, 이기영, 방인근 등 당대 활발한 창작활동을 보인 여러 작가들의 짧은 기고문으로 구성되었고, 그 가운데 이기영은 '時代에 適應한 새 人間型의 創造를'이라는 주제로 신체제 하의 창작 방향을 간략하게 제시했다. 그가 제시한 핵심 내용은 '이론을 체득하고 그것을 토대로 이 시대에 적응할 수 있는 새 인간형을 창조'하는 데 있다. 여기서 그가 말하는 '이론'은 고노에 내각의 '신체제'에 대한 이론이다. 이른바 '국민문학'의 지침을 충실히 체득하여 그 결과를 통해 새로운 인간형을 창조하겠다는 것이 이기영이 밝힌 신체제 하의 창작 방침이다. 이러한 선언은 곧 그의 식민지 말기 작품에 반영된다. 1942년 작 『생활의 윤리』 또한 그가 밝힌 '시대에 적응한 새 인간형의 창조'라는 창작의식의 직접적인 실험 대상의 하나이다.

『생활의 윤리』는 이기영이 발표한 소설 가운데 가장 통속성이 강한 작품으로 평가된다. 그것은 이 작품이 여주인공 석응주를 중심으로 하는 삼각연애구도를 주된 플롯으로 설정하고 있기 때문이다.[15] 이기영

15) 정종현, 「1940년대 전반기 이기영 소설의 제국적 주체성 연구」, 『한국근대문학연구』7권1호, 한국근대문학회, 2006, 130면.

소설 가운데 이례적인 통속성을 지닌 『생활의 윤리』는 해방 이후 '이기영'의 계급성과 좌파 이데올로기적 상징성, '생활의 윤리'의 통속적 애정담에 대한 부정적인 평가를 넘어서는 제목인 '정열기'로의 개제가 가능했다. 이 작품은 이기영이 1942년에 전작장편으로 출간한 『생활의 윤리』(성문당서점, 대동출판사)를 1948년 성문당서점에서 재출간하는 과정에서 개제되었다.[16] 1942년에 출간된 『생활의 윤리』 초판본 간기에는 이 작품의 판권이 출판사인 성문당서점에 있다고 명기되어 있다. 따라서 1948년에 출간된 『정열기』의 판권 역시 성문당서점에 귀속된다. 판권이란 엄밀히 말해 출판과 판매(배포)에 관한 권리로, 저작물을 무단으로 변조하거나 삭제할 수 있는 권리는 아니다. 그런데 『정열기』에서 드러나는 문제는 원작 『생활의 윤리』의 판권을 소유한 출판사가 저자의 동의 없이 무단으로 작품의 제목을 변경하고 본문 가운데 삼분의 일 정도를 누락하여 출간했다는 데 있다. 이 지점에서 출판사의 미필적 고의성이 드러난다.

이기영은 1945년 가을 무렵 월북한 것으로 알려져 있다.[17] 더욱이 1948년은 남북 분단이 고착화되기 시작할 무렵이어서 이러한 시기에 그가 직접 월남하여 『생활의 윤리』를 『정열기』로 개제하여 출간했다고 보기는 어렵다. 따라서 월북 이후 남한에서 그의 작품에 대한 판권이 누구

16) 이기영이 1942년에 출간한 장편소설은 『봄』(박문서관 · 대동출판사), 『생활의 윤리』(성문당서점, 대동출판사)이다. 『봄』은 <동아일보>(1940.6.11~8.10. 59회 미완)와 <인문평론>(1940.10~1941.2. 4회 완)에 연재했던 작품이고, 『생활의 윤리』는 전작장편이다. 이 시기에 이기영은 장편소설 『東天紅』을 <춘추>(1942.2~1943.3)에 연재하기도 하였다. 1943년 <매일신보>에 연재한 『광산촌』은 1944년 성문당에서 단행본으로 출간되었다.

17) 이성렬의 『민촌 이기영 평전』(심지, 2006)에 수록된 연보에 따르면, 이기영은 1944년 초 강원도 회양군 병이무지리로 소개한 후 칩거하다가 해방이 되자 1945년 9월 17일에 상경하여 조선프롤레타리아예술동맹 설립을 주도하였고, 1946년 11월 하순에 한설야, 안막, 최승희와 더불어 월북한 것으로 알려졌다.

에게 있었는가를 확인하는 작업이 필요하며, 이를 통해 해방 전후 이기영 작품의 개제 행위가 어떤 과정으로 이루어진 것이며 그것이 당시 사회 상황에서 어떤 의미를 지니는 것인지를 인과적으로 밝힐 수 있다. 이는 비단 이광수나 이기영에게만 국한된 문제가 아니라, 이 시기를 전후로 이루어진 개제 행위의 근본적인 원인과, 작가-출판업자의 관계 등을 종합적으로 알 수 있는 중요한 작업이다.

이기영은 해방 직후 월북하여 1945년 11월 조소문화협회 중앙위원장을 맡았고, 이어 1946년 3월 북조선문학예술총동맹 결성을 주도하였다. 1946년 4월 희곡 「해방」을, 7월에 단편 「개벽」을 발표했으며, 1947년 3월 북조선문학예술총동맹의 기관지 <문화전선>에 단편 「형관」을 발표했다. 또한 그는 1946년 8월부터 1954년까지 조소문화협회 중앙위원장 자격으로 네 차례 소련을 방문하였다. 1948년 그는 최고인민회의 상임위원이 되었고, 1944년부터 해방이 될 때까지 은둔했던 내금강에서의 농촌 경험을 토대로 장편소설 『땅』의 제1부인 '개간편'을 발표하기도 했다. 이상을 제외하고 이 시기에 이기영이 남한에서 활동한 내력은 특별히 확인되는 바가 없다. 이러한 상황에서 과연 이기영이 통속소설로 평가되는 『생활의 윤리』를 '정열기'로 바꾸어 그 일부만을 게재하여 출판하는 일이 가능했을까. 1947년부터 1948년 사이 이기영 소설 가운데 몇 편이 단행본으로 재출간된다. 『고향』과 『봄』이 아문각에서 상하권으로 출간되었으며, 『어머니』가 영창서관에서 발행되었다. 해방기의 좌우 이념 대립과 그 결과로 파생된 사상 통제는 출판과 유통 검열로 이어졌고, 이에 따라 1948년 이후 남한에서 이기영 소설은 오랫동안 재출간되지 못한다. 특히 그의 대표작으로 꼽히는 『고향』은 1948년 교과서에 수록되었으나, 이듬해인 1949년 삭제된다.[18] 이는 해방기 월북 작가들의 소설이 금서로 규정되기 시작한 시점이 1949년 전후라는 역사적 사실과도 연관된다.

이기영의 『정열기』는 1942년 성문당서점과 대동출판사에서 출간된 전작장편 『생활의 윤리』(515면) 중 앞 9장(282면)까지의 내용을 그대로 수록하여 1948년 성문당서점에서 재출간한 작품으로, 『순정』과 마찬가지의 문제인 작품 누락 현상이 발견된다. 『정열기』는 1948년 7월 20일자 <동아일보> 광고에도 소개되었다. 출간된 해 광고에 소개되었다는 사실은 성문당서점의 1948년 『정열기』가 단순한 해적판이 아님을 증명한다. 당시 동아일보의 광고 문구는 작품 내용이나 작가에 대한 별다른 설명 없이 서명 '小說 情熱記'와 저자 '李基永 作', 발행소 '盛文堂書店'이 표기되었고, 측면에 '高級紙印刷 全國各書店販賣中'으로 출판 관련 사항이 간략하게 부기되었다.[19] 1942년 간행된 『생활의 윤리』는 저작자가 이기영, 발행자가 이준열(李駿烈)로 되어 있고 1944년 4월 20일 재판을 발행한 것으로 표기되어 있다. 발행소는 성문당으로, 배급소는 일본서적배급회사조선지점이라고 표기되어 있다. 반면, 1948년 간행된 『정열기』는 저작 겸 발행자가 이종수(李鐘壽)로 되어 있다. 또한 간기에 '板權所有'라고 명기함으로써 1948년 『정열기』의 판권이 출판사에 있음을 밝혔다. 이기영의 『정열기』는 계명대학교에 소장되어 있다.

『생활의 윤리』가 이기영이 일제의 신체제 운동에 부응하여 창작된

18) 이기영의 「민촌」 7부 가운데 3부가 '마을의 밤'이라는 제목으로, 『고향』 상편 가운데 '김선달'이라는 소제목이 붙은 장이 '원터'라는 제목으로 『신편중등국어』2,3(김병제 편, 고려서적, 1948)에 수록되었다가 1949년에 삭제된다. 최현섭, 「미군정기 검인정교과서 소설제재 연구」, 『논문집』24, 인천교대, 1990, 116-117면.

19) 1948년 성문당서점에서 간행된 소설 작품으로 이광수의 『유랑』, 엄흥섭의 『봉화』(上)이 있다.

친일 성향의 소설이라는 일반적인 평가가 존재했던 탓으로, 이 작품이 누군가에 의해 개제되어 재출간되었을 가능성도 있다. 친일 성향의 작가들의 작품을 배제하고자 했던 해방기 문단의 한 경향은 무시할 수 없는 압력으로 작용했을 것이다. 1947년 조선문학가동맹에서 친일파 저술의 판매금지를 주장하고 출판인을 처벌해야 한다는 주장이 나왔고, 1948년 조선출판문화협회 총회에서 친일파 저술을 출판하지 않는다는 결의가 나오기도 했음은 이에 대한 근거라 할 수 있다. 실제 적극적인 친일 활동으로 논란이 되었던 이광수나 최남선의 저작들은 주요 출판사들의 출판 거부로 인해 군소 출판사를 중심으로 출간될 수밖에 없었고 이들은 대개 영리 목적이었다. 이는 적극적인 친일 활동을 한 것으로 입증된 작가들만의 문제가 아니라 식민지시기 창작활동을 했던 대다수 작가들에게도 영향을 미쳤고, 해방 이후 친일 잔재 청산이라는 대의에 의해 제약을 받을 수밖에 없었다.

해방기 출판업자들은 출판 용지의 절대적인 부족과 한글 조판이 가능한 인쇄소의 부족, 그리고 필자의 부족 등으로 인해 새로운 창작물의 출판보다 식민지시기에 출간된 저술을 재출간하는 방식으로 문제를 해결하였다. 또한 미군정의 언론 출판 규제 정책의 강화로 인해 좌익 관련 서적들의 출판에 제약이 따르게 된다. 이기영은 해방 직후 월북하였기에 그의 전작들이 좌익서적으로 분류되어 출판에 제약을 받았을 가능성이 있다. 이에 따라 『생활의 윤리』 초판을 간행한 성문당서점 측이 제목을 바꾸어 출판했을 것이다. '생활의 윤리'에서 '정열기'로 개제되는 과정에 개입한 것은 출판사의 상업적 전략이라 할 수 있다. 즉 프로문학의 대가로 꼽히는 이기영의 소설을 해방공간에서 재출간하여 상품성을 확보하기 위한 얄팍한 수단으로 이데올로기성과 계몽성이 강한 원제목을 좀 더 대중적이고 통속적인 제목으로 수정한 것이다. 『정열기』는 이러한 과정에서 탄생한 존재이다. 그것은 공식적으로는 '해적판'이 아니라 '개제판'이 맞다. 그것은 정당한 법의 테두리 안에서 이루어진 행위이다. 판권을 소유한 출판사가 제목을 바꾸고 내용의 일부를 삭제한 후 출판한 행위를 두고 출판업자의 윤리 문제를 제기할 수는 있겠으나, 궁극적으로 그것은 판권 소유자의 정당한 출판 행위로 인정된다.

5. 이기영 소설의 개제 양상과 그 의미

이 논문은 식민지 말기와 해방기 출판 관행 및 이기영의 월북과 그의 작품이 개제된 사실 사이에 주목할 만한 인과관계가 존재하는지를 규명하는 데 주된 목적이 있다. 결론적으로, 프로문학의 대가로 꼽히는 이기영의 소설을 개제 출간하여 상품성을 확보하고 상업적인 이익을 취하려는 수단으로 이데올로기성과 계몽성이 강한 원제목을 좀 더 대중적이고 통속적인 제목으로 수정한 것이다. 식민지시기에 발표한 이기영의 장편소설 가운데 『신개지』는 『순정』으로, 『생활의 윤리』는 『정열기』로 바뀌고 작품의 일부가 누락된 채 재출간되었다. 본 연구를 통해 작가와 개제 행위 간 명확한 인과관계를 파악하고, 개제라는 행위를 둘러싼 작가와 출판 상황, 그리고 사회적 맥락의 총체를 읽어낼 수 있다면, 이는 개제를 통한 작가의식의 변모 혹은 출판계의 상업주의적 행태가 초래한 혼란상 등을 명료하게 이해하는 데 중요한 단서가 될 수 있다. 해방을 전후로 등장한 개제작들은 분명 출판업자들의 상업주의 전략에 의해 탄생한 국적 불명의 작품이다. 그러나 작가와 출판계, 문단의 공생을 위해 기획된 불가피한 선택이기도 하다. 물론 이들의 출현이 문단과 독자들에게 큰 혼란을 불러일으킨 것은 분명한 사실이다. 이러한 혼란을 예상했음에도 불구하고 작가와 출판계, 문단이 '개제'라는 무리수를 통해 당면한 문제를 해결할 수밖에 없었던 당대 상황에 대한 고려와 이해 역시 필요하다. 본고는 해방 전후로 두 편의 개제작이 확인되는 이기영을 중심으로 이러한 현상의 의미를 분석해보고자 하였다. 이기영의 경우 『신개지』와 『생활의 윤리』 등에서 작품의 일부가 누락된 상태로 게재되기도 했다.

이기영의 『순정』은 그가 1938년 <동아일보>에 연재 종료한 『新開地』를 1941년 세창서관에서 개제하여 단행본으로 출간한 작품이다. 『순정』을 출간한 세창서관은 주로 신소설 중심으로 딱지본 대중소설을 출판했던 곳이며, 다른 출판사의 지형(紙型)을 인수하여 유명 작가의 작품을 출간하기도 했다. 1938년 삼문사본 『신개지』와 1941년 세창서관본 『순정』이 동일 판본인 이유는 세창서관이 삼문사본 『신개지』의 지형을 인수했기 때문이다. 『정열기』는 1942년 성문당서점과 대동출판사에서 출간된 전작장편 『생활의 윤리』 중 앞 9장까지의 내용을 그대로 수록하여 1948년 성문당서점에서 재출간한 작품으로, 『순정』과 마찬가지의 문제인 작품 누락 현상이 발견된다. 『생활의 윤리』는 이기영이 발표한 소설 가운데 가장 통속성이 강한 작품으로 평가된다. 그것은 이 작품이 여주인공 석응주를 중심으로 하는 삼각연애구도를 주된 플롯으로 설정하고 있기 때문이다. 1948년에 출간된 『정열기』의 판권은 성문당서점에 귀속된다. 『정열기』에서 드러나는 문제는 원작 『생활의 윤리』의 판권을 소유한 출판사가 저자의 동의 없이 무단으로 작품의 제목을 변경하고 본문 가운데 삼분의 일 정도를 누락하여 출간했다는 데 있다. 이기영은 해방 직후 월북하였기에 그의 전작들이 좌익서적으로 분류되어 출판에 제약을 받았을 가능성이 있다. 이에 따라 『생활의 윤리』 초판을 간행한 성문당서점 측이 제목을 바꾸어 출판했을 것이다. '생활의 윤리'에서 '정열기'로 개제되는 과정에 개입한 것은 출판사의 상업적 전략이라 할 수 있다. 즉 프로문학의 대가로 꼽히는 이기영의 소설을 해방공간에서 재출간하여 상품성을 확보하기 위한 얄팍한 수단으로 이데올로기성과 계몽성이 강한 원제목을 좀 더 대중적이고 통속적인 제목으로 수정한 것이다.

이기영 소설 『신개지』와 『생활의 윤리』의 개제 양상은 식민지 말기와 해방기 출판 시장의 혼탁함과 상업주의적 행태를 단적으로 증명하는 동시에, 저작권이나 판권에 대한 미숙한 인숙 수준을 보여준다. 아울러 이 작품들은 창작물에 대한 저작자의 권리를 중시하기 시작한 시기에 나타난 현상이라는 점에서 우리나라의 근대 저작권 개념을 파악하는 중요한 사례로 연구될 수 있을 것이다. 그간 이기영 소설에 관한 연구는 좁은 영역을 넘어 다층적으로 축적되어왔다. 『순정』과 『정열기』의 존재를 통해 당대 출판업계의 난맥상을 파악하고, 개제작의 출간을 통해 창작 부진과 출판 문제를 해결하려는 시도가 있었음을 기억할 필요가 있다. 이들은 단순한 '해적판'이 아니라 적법한 절차에 따라 출판된 작품이기 때문이다. 출판업자들에게 윤리적 차원의 비난을 가할 수는 있으나 이들이 출판한 개제작들을 '해적판'으로 명명할 수는 없다.

본고의 논의는 엄밀히 말해 '규명'의 차원에 이르지 못하고, 가설과 추측으로 봉합된 측면이 있다. 본고가 당초 문제 삼았던 '개제작'과 '해적판'의 간극을 설명하는 과정이 치밀한 논증으로 연결되지 못하고 문제의 변죽만 울리고 말았다는 데서 본고의 한계가 명확하게 드러난다.

이 간극을 설명하기 위해서는 개제의 원인이나 상황을 설명할 근거 자료가 필요하다. 본고의 한계는 이러한 근거 자료의 확보에 실패한 데서 기인한다. 역설적으로 이는 근대소설의 개제와 해적판 연구가 지속되어야 하는 필연성을 제기한다.

제2장 『태평천하』의 개제 양상 및 해적판 연구

1. 문제제기

본고의 목적은 이십여 년 간 진행된 『태평천하』의 개제 양상을 정리하고, 개제 과정의 문제를 탐구하는 데 있다. 이 '개제 과정의 문제'에는 채만식 자신이 직접 작품 개제에 관한 배경을 언급한 내용뿐만 아니라, 저작권자의 동의 없이 작가 사후에 출간된 해적판의 문제까지 포함된다. 『태평천하』, 『탁류』, 『어머니』 등의 작품을 통해 드러나듯 채만식의 작품세계에서 개작이나 개제의 문제는 상당히 중요한 의미를 지닌다. 개작 양상은 몇 편의 논문으로 정리된 바 있으나 개제 양상이나 해적판 문제가 중요하게 다루어진 적은 별로 없다.[1] 그 이유는 해적판이 실재하지 않아서가 아니라, 거기에 문학 텍스트로서의 가치가 없다고 보았기 때문일 것이다. 해적판은 공식적인 문학 연구의 바깥에 실재하는 텍스트이며, 연구자가 무시해도 좋거나, 혹은 무시해야 마땅한 유령 같은 존재이다. 그러나 다른 한편으로 해적판은 원전 해석에 의외의 단서를

---

1) 『탁류』의 개작과 『어머니』의 개제 및 개작 양상에 관해서는 다음과 같은 논의가 있다. 정홍섭, 「『탁류』의 개작과 『무정』 패러디」, 『어문연구』31, 2003, 신승희, 「채만식의 『여인전기』론: 『어머니』, 『여자의 일생』과의 상관관계」, 『새국어교육』81, 한국국어교육학회, 2010.

제공하거나, 그 존재 자체로 텍스트의 중심이나 질서를 위협하기도 한다. 그 위협은 대개 저작권을 둘러싼 갈등으로 구현된다.

해적판 출현은 원작의 인기를 방증하는 지표이자 한 사회가 지닌 저작권에 대한 인식 수준을 평가할 수 있는 척도이다. 우리나라 해적판은 주로 일본 대중문화의 유입, 유행과 더불어 본격적으로 활성화되었다. 대중의 호기심, 유행 등에 저작권산업이 따라가지 못해 생긴 현상 혹은, 저작권에 대한 법률적 개념이 제대로 형성되기 이전, 저작권산업이 발달하기 이전에 대중들의 호기심을 충족하는 방편으로 등장한 것이 바로 해적판이다. 물론 여기에는 해적판 발행을 통해 상업적인 이익을 추구하려는 경향이 강하게 작용한다. 우리나라에서 판권이나 저작권 개념이 등장한 것은 식민지시기이지만, 그것이 지적 재산권의 하나로 이해되고 정착되기 시작한 것은 1957년 저작권법 제정 이후라 할 수 있다. 해적판이란 저작권이나 판권 개념의 지배를 받는 용어이기 때문에, 그 개념에 대한 지각이나 이해가 부족했던 식민지시기에 비해 해방 이후 해적판의 출현이 빈번한 현상처럼 여겨지는 것도 이러한 배경 때문이다. 해적판 출현은 한 사회의 저작권 인식 수준을 가늠할 수 있는 바로미터라 할 수 있다.[2)]

본고의 논의 전개는 『태평천하』의 개제 양상을 살피는 방향으로 이루어질 것이다. 여기서 '개제'는 두 가지 의미를 포함한다. 하나는 원저자인 채만식에 의해 '천하태평춘'에서 '태평천하'로 바뀐 일을 의미하고, 다른 하나는 출판업자 등에 의해 무단으로 제목이 변경된 일을 의미한다. 이러한 논의 진행을 위해 먼저 해방 이후 우리나라의 저작권 및 출

---

2) 저작권의 역사와 개념 등에 관해서는 야마다 쇼지의 『해적판 스캔들-저작권과 해적판의 문화사』(송태욱 옮김, 사계절, 2011, 313-339면)을 참고하였다.

판 관행을 이해할 필요가 있다. 텍스트가 해적판이냐 아니냐를 판가름하는 기준은 저작권법의 적용에 있기 때문에 당시 저작권에 대한 인식과 출판 관행을 인지하는 것은 본격적인 논의에 앞서 사전 작업으로 긴요하다. 다음으로 3장에서 『태평천하』의 개제 시점이 언제인가를 밝히는 작업을 수행한다. 『태평천하』는 식민지시기에 발표된 작품 가운데 손꼽히는 거작으로 평가되어 왔지만, 정작 그 서지사항이 명료하게 정리되지 못한 측면이 있다. 이는 작가에 의한 개제, 개작이 두 차례 이루어진 탓이 크지만, 개제를 둘러싼 상황을 제대로 확인하지 않고 편의적으로 연구를 수행해온 그간의 풍토에도 책임이 있다. 본고에서는 『태평천하』를 둘러싼 개제 시점 혼란을 종식하고 올바른 서지사항을 확립하고자 이에 대한 쟁점을 제시하고 이를 해결하고자 한다. 4장에서 『태평천하』의 개제작 가운데 해적판으로 분류되는 작품들의 특징적인 면모를 통해 이 해적판들의 의미를 고찰해보고자 한다. 궁극적으로 『태평천하』의 개제 출판 양상을 종합적으로 검토하고 그 의미를 추출하는 것이 본 연구의 목적이라 할 수 있다.

2. 해방 직후 저작권 상황 및 출판 관행

'저작권(著作權)', '판권(板權)'은 영어 'copyright'의 일본식 번역에서 그 기원을 찾을 수 있다. 일본에서는 초기 '출판관허(出版官許)', '장판면허(藏版免許)' 등으로 번역되었다가 이후 '판권'('출판권'의 약어)으로 바뀌었고, 이 번역어가 식민지 초기 조선으로 유입되었다. 그 후 "'저작권'이란 용어가 일본 저작권법의 제정과 함께 법률용어로서 본격적으로 등장하면서 이전에 사용되던 '판권'은 법률용어의 반열에서 탈락된다."[3] 우리의 경우 "1908년 '한국 저작권령'(칙령 제200호)이 공포되었고, 대한제국 정부가 이를 '내각고시 제4호'로 반포함으로써 저작권법의 역사가 시작되었다. 1909년 출판법(법률 제6호)이 제정되면서 저작권자에 대한 자세한 규정을 명기하고, 저작권 보호를 위한 처벌 규정 등 저작권에 대한 규정이 본격화되었다."[4] 그러나 식민지시기의 저작권법은 일본의 법제를 조선에 그대로 적용한 것이기 때문에 "우리만의 독자적인 법률이라 보기 어렵고"[5], 이것이 "저작권의 등록을 규정하면서도 등록에 관한 규정은 별도 명령으로 정한다는 내용의 선언적 문장"[6]만을 담고 있을 뿐이어서 사실상 이 시기 "한국어 출판물의 저작권은 법적 보호에서 벗어나 있었"[7]다고도 볼 수 있다. "판권상의 저작자는 저작권법과 동일한 해당 저작물의 원저자(편집자, 번역자 등 포함), 원저자로부터 저작권을 양도받거나 상속받은 자, 원저자 · 저작권 양도자로부터 출판 승낙을 받은 출판업자 중 하나였다."[8]

식민지시기의 저작권 상황은 해방 이후 1957년 1월 독자적인 저작권법이 공포되기까지 별 다른 변화 없이 유지되었다. 이는 해방 이후에도

3) 박성호, 『저작권법의 이론과 현실』, 현암사, 2006, 4면.
4) 이봉범, 「8 · 15 해방~1950년대 문화기구와 문학-문화 관련 법제를 중심으로」, 『현대문학의 연구』44, 한국문학연구학회, 293면.
5) 김기태, 「일본 근대 저작권 사상이 한국 저작권 법제에 미친 영향」, 『한국출판학연구』 제37권 제1호(통권 제60호), 한국출판학회, 2011, 6면.
6) 최준, 「한국의 출판연구:1910~1923년까지」, 『한국연구소학보』, 서울대학교 신문연구소, 1964, 19면.
7) 남석순, 「1910년대 신소설의 저작권 연구: 저작권의 혼란과 매매 관행의 원인을 중심으로」, 『동양학』43, 단국대학교 동양학연구소, 2008, 11면.
8) 방효순, 「일제시대 저작권제도의 정착과정에 대한 연구」, 『서지학연구』21, 한국서지학회, 2001, 220면.

저작물이나 저작권을 보호하는 새로운 장치나 제도가 마련된 것은 아님을 의미한다. 식민지 말기부터 제기된 용지 부족 문제, 해방 직후의 필자 부족 문제 등으로 출판계는 새로운 출판물의 제작에 위축될 수밖에 없었고, 그에 반해 해방된 세상에서 한글 독물에 대한 대중들의 수요는 폭발적으로 증가했다. 더욱이 해방 공간에서 새롭게 재편된 문단의 상황 또한 출판시장에 악재로 작용했다. 많은 수의 기성 문인들이 월북을 감행했기 때문에, 새로운 창작물의 출판은 더더욱 어려운 과제가 되었다. 이 과정에서 이른 바 '개제 출판', '중복 출판' 등이 출판 상황을 타개할 수 있는 궁여지책으로 등장한다. 개제 출판이 문단과 출판업자의 공존공생을 위한 불가피한 해법의 하나로 인식된 것이다. 해방이 되어서도 출판 상황을 규제할 마땅한 법률이나 제도가 미비했던 탓에, 그리고 개제 출판이나 표절 등에 대한 출판계의 인식이 투철하지 못했던 탓에 이와 같은 비정상적인 형태의 출판이 성행할 수 있었다.

1957년 1월에 제정된 저작권법의 내용 가운데 주목할 것은 저작권과 출판권 사이의 갈등과 이해대립이다. 특히 당국은 "단기 4278년 8월 15일 이전에 국어 또는 한문으로 출판된 저작물에 관한 저작권 양도계약은 무효로 한다."와 같은 파격적인 조항을 신설하여 출판계의 거센 항의와 반발에 직면했다. 반면 저작자들은 이를 환영했다. 저작권법 시행 이전인 1956년 2월 8일 <동아일보> 기사를 통해 표명된 '문총'[9]의 논리를 정리하면 다음과 같다. "한국 저작가들은 왜정의 '저작권법'에 의하여 하등의 보호를 받지 못하였고, 해방 후에도 역시 저작권에 대한 법률이 없어서 상당한 침해를 받고 있다. 왜정하의 저작물들은 재산적 권

9) 전국문화단체총연합회의 약어로, 1947년 2월 12일 결성되었다. 김동인 외, 『한국문단이면사』, 깊은샘, 1983, 317면.

리의 지위에 있지 못하였으나 우리가 보호하려는 왜정하의 저작물들은 민족의식을 위하여 공헌하였다. 특히 왜정하의 불행을 아직도 계속하고 있는 저작자와 그 가족 혹은 유족을 구제하자는 것 등이라 한다." 문총은 해방 이전에 양도된 저작권 계약을 무효라 공표한 1957년 저작권법 시행령에 대해 출판업계와 달리 환영하고 지지한다는 입장을 표명했다. 이는 해방 이전 출판업계로 양도된 저작권의 수가 많았음을 의미한다. 대다수의 작가들은 생활고 등을 이유로 염가에 저작권을 출판사에 양도했고, 출판업자들은 싼값에 사들인 저작권과 지형을 이용해 해방 후에도 지속적으로 출간을 해 왔던 것이다.

해방 이후부터 1957년까지는 저작권법의 지배가 매우 느슨했던 시기라 할 수 있다. 물론 1957년 저작권법이 제정되기는 했으나 그 시행령은 1959년 4월에 이르러서야 마련되었으며, 1960년 6월에 가서야 저작권심사위원회가 발족되었기 때문에 실질적으로 저작권보호가 제대로 이루어지기 시작한 것은 1960년 이후라고 보아야 할 것이다.[10] 1948년 5월 5일자 <경향신문>에는 흥미로운 기사가 실렸다. "著作權 侵害에 告訴 金東仁 作「젊은 그들」問題化"라는 표제로 게재된 이 기사의 내용은 영화감독 이광래가 김동인의 소설『젊은 그들』을 작가의 동의 없이 영화화하여 저작권 침해로 고소를 당했다는 사실을 담고 있다. 이 기사에는 "저작권에 관한 적발은 해방 후 이번이 처음이라고 하여 공보부에서는 예술인의 권리를 옹호하기 위하여 각종 흥행 허가에는 원작자 또는 극작가의 승락서를 첨부하도록" 지시했다는 내용이 첨부되어 있다. 이무영은 "「醉鄕」,「먼동이 틀때」의 板權을 찾아 헤매이기 三時間 明洞의 三文社는 同名異社라 하니 찾을 길이 아득하다. 十年前 板權을 넘겨맡은

10) 이봉범, 앞의 글, 301면.

三文社가 轉賣하기 두번 이제는 所有者조차 알 수 없다."는 소회를 밝혀 저작권 소유와 양도를 둘러싼 혼탁상을 지적했다.[11] 염상섭이 좌담회에서, "是正되어야 하고 業者가 反省하여야 할 問題로서 同一著書의 改題無斷 出版과 著者의 檢印 詐欺 等 沒廉恥한 著作權 侵害 問題가 있"[12]다고 주장한 것도 당시의 무질서한 출판 관행에 대한 불만의 표출이라 할 수 있다. 염상섭이 말한 '동일 저서의 개제 무단 출판' 행위는 곧 해적판 출간을 지칭하는 것이다. 당시 해적판은 출판업계의 부도덕한 상술로 인식되었으나, 그것을 제재할 법규가 마땅치 않았거나 그 구속력이 미미한 상황이었다. 채만식 소설의 해적판 역시 이러한 출판 환경 하에서 비롯된 결과라 할 수 있다.

3. 『태평천하』의 개제 양상

알려진 대로 『태평천하』의 원작은 1938년 ≪조광≫에 9회 연재 완료된 『천하태평춘』이다. 『천하태평춘』은 연재 종료 후 단행본 출간 과정에서 몇 장의 소제목과 내용 일부가 수정되었고 제목이 '태평천하'로 바뀌었다. 본고의 문제의식은 두 지점에서 비롯되었다. 하나는 '천하태평춘'에서 '태평천하'로의 개제 시점이 언제인가에 대한 논자들의 인식이 나뉜다는 점이고, 다른 하나는 '『천하태평춘』의 개제 양상'의 관점으로 이 작품의 해적판 양상을 규명하고 정리할 필요가 있다는 점이다. 이 장에서는 '천하태평춘'에서 '태평천하'로의 개제 시점에 관한 선행 논의들을 검토하고, 이에 관한 서지를 확정하고자 한다.

11) 이무영, 「無題-최근의 일기에서」, <경향신문> 1949.2.1.
12) 염상섭, 「建國과 함께 자라나는 文化 紙上座談會」, <경향신문> 1949.8.15.

먼저 『태평천하』의 개제 시점을 1940년 明星出版社(社主: 丁來東 1903-1985) 『三人長篇全集』[13] 출간 때로 보는 논의들을 검토하기로 한다. 김윤식 편 『채만식』에 "1940년 장편 『天下太平春』을 『太平天下』로 개제, 『三人長篇集』(명성사刊)에 수록"한 기록이 있다.[14] 송하춘의 논저에 수록된 연보에는 "1940년 장편 『천하태평춘』을 『태평천하』로 改題하여 上梓"했다고 기술되어 있다.[15] 『탁류』(신원문화사, 2006, 690면)의 연보에는 "1940년 장편 『천하태평춘』을 『태평천하』로 개제, 『3인장편집』에 수록"했다고 기술했다. 『한국현대장편소설사전』 수록 『태평천하』 해제에는, "1940년 명성사본 『삼인장편집』에 '태평천하'로 개제된 후 수록"되었다고 기술되어 있다.[16] 김경수가 엮은 『태평천하』 연보에도 "1940년 『천하태평춘』을 개작한 『태평천하』 출간"(379면)이라고 기록되어 있다.[17] 이 밖에 많은 연구와 논의들이 1940년 명성출판사 출간 당시 표제가 '천하태평춘'에서 '태평천하'로 바뀌었음을 지적한 바 있다.[18] 이들은 공통적으로 1940년 명성출판사 간행 『삼인장편전집』 수록 작품이 『태평천하』라고 기술하고 있으나, 이에 대한 자세한 기술이나 부연 설명 없이 주로 작

13) 이 단행본의 표제가 '삼인장편집'인지 '삼인장편전집'인지도 모호하다. 채만식 연보나 연구에는 이 두 가지가 혼재되어 있다. 그런데 1940년 4월 23일 <동아일보> 1면 하단에 "自山 安廓 著 朝鮮武士英雄傳"(1940.4.3 명성출판사 간행)의 광고가 실렸고, 그 옆에 "近刊" 朝鮮名士書翰大集, 三人長篇全集, 文化常識講座(第一券), 探偵小說 二億萬圓의 사랑" 등 네 편의 출간 예고가 붙어 있다. 이러한 사실을 토대로 본고에서는 이 단행본의 표제를 '삼인장편전집'으로 사용하고자 한다.

14) 김윤식 편, 『채만식』, 문학과지성사, 1984, 202면.

15) 송하춘, 『채만식-역사적 성찰과 현실 풍자』, 건국대학교출판부, 1994, 108면.

16) 송하춘 편, 『한국현대장편소설사전』, 고려대학교출판부, 2013, 473-474, 515-516면.

17) 김경수 엮음, 『태평천하』, 현대문학, 2010, 379면.

18) 1940년대 단행본 수록 표제를 '태평천하'로 명기한 논의들은 이외에도 한형구 편, 『레디메이드인생』(문학과지성사, 2004, 380면), 이도연 편, 『정자나무 있는 삽화(외)』(범우, 2008, 475면) 등 다수가 있다.

품 연보의 형식으로 1940년 개제를 밝히고 있다.

이와 다르게 '천하태평춘'에서 '태평천하'로의 개제 시점을 1948년 동지사본 출간 때로 보는 견해도 다수이다. 하동호의 『한국 근대문학 서지연구』 중 "春園, 春海, 白綾의 合著가 있는데 <三人長篇全集 第一券>(1940.10)이다. 李光洙: 流浪 方仁根: 落照 蔡萬植: 天下太平春을 싣고 있다."와 같은 서술은 매우 구체적이다.[19] 신순철의 논문에도 "連載 당시 <太平天下春>('天下太平春'의 오기인 듯-인용자)이란 題目을 달고 있었던 이 소설이 지금과 같은 題目으로 된 것은 1948年의 일이다.", "1940年 李光洙의 <流浪>, 方仁根의 <落照>와 함께 「三人長篇全集」(明星出版社)에 실릴 때에도 <天下太平春>이었으나 1948年 再版을 내면서 改題했다."와 같은 진술이 등장한다.[20] 이태영에 의하면, 채만식은 1948년 동지사본 『태평천하』 출간 과정에서 직접 표제를 '천하태평춘'에서 '태평천하'로 고쳤고, 이것이 최초의 개제이다. 즉 1938년 ≪조광≫ 연재 종료 후 1940년 『삼인장편전집』까지의 표제는 '천하태평춘'이고, 1948년 동지사에서 새로운 단행본을 출간하면서 비로소 '태평천하'라는 표제를 달았다는 것이다.[21] 김홍기의 논저에는, "처음 연재시의 이 이름('천하태평춘'-인용자)은

---

19) 하동호, 『한국 근대문학 서지연구』, 깊은샘, 1981, 42면. 이광수와 방인근, 채만식의 인연은 1920년대 ≪조선문단≫ 시절로 거슬러 올라간다. 채만식은 1924년 ≪조선문단≫ 3호에 단편 「세 길로」가 추천되어 등단했다. 이광수의 「유랑」은 <동아일보> 1927년 1월 15일부터 1월 31일까지 16회 미완이며, 방인근의 「낙조」는 <조선일보> 1930년 9월 18일부터 10월 28일까지 29회 연재 완료되었다. 1940년 명성출판사에서 출간된 단행본의 표제는 『삼인장편전집』이지만, 채만식의 작품을 제외한 두 작가의 작품은 장편 분량에 미치지 못한다.

20) 신순철, 「『태평천하』 연구」, 『논문집』4, 서라벌대학교, 1989, 6면. 반면 김승환(「『천하태평춘』의 윤두섭 연구」, 『개신어문연구』3, 개신어문학회, 1984, 170면)은 '천하태평춘'에서 '태평천하'로의 개제 시점이 1959년 민중서관판이라고 쓰고 있다. 한국문학전집 9권으로 민중서관에서 단행본이 출간된 것은 1958년이다. 김승환은 1948년 동지사본 출간 사실을 인지하지 못한 것 같다.

『삼인장편전집』 제1권(명성출판사, 1940)에도 그대로였다. 1948년엔 『태평천하』(동지사)로 개제된다. 뒤에 명성출판사본을 도용한 『황금광시대』(중앙출판사, 1949)와 『애정의 봄』, 『아름다운 청춘』 등의 이본이 있다."라고 기술되어 있다.[22] 정홍섭 역시 "작가 생존시에 마지막으로 단행본으로 출간될 때 『태평천하』라는 제목으로 바뀐 것"이라고 기술하고 있다.[23] 이들의 논의를 종합하면, 채만식의 『천하태평춘』은 ≪조광≫ 연재 이후 첫 단행본인 『삼인장편전집』에 수록될 때까지 그 제호를 쓰다가 1948년 동지사에서 출간될 때 비로소 '태평천하'로 개제되었다는 것이다. 이러한 주장의 근거로 이들은 1948년 동지사 출간 단행본 서문과 1987년 창작과비평사에서 출간된 『채만식전집』 해제를 들고 있다.

『태평천하』의 개제와 관련된 논의를 일별한 결과 '천하태평춘'에서 '태평천하'로의 개제 시점을 확인하는 문제가 시급함을 알 수 있다. 많은 논자들이 혼동하는 사실 중 하나는 1940년 명성출판사에서 출간된 단행본 제목이 '태평천하'가 아니라 '삼인장편전집'이라는 점이다. 『천하태평춘』 연재 종료 후 처음 단행본으로 출간된 것이 명성출판사본인데, 이 단행본에는 채만식의 『천하태평춘』 외에도 이광수, 방인근의 작품이 합본되어 있다. 따라서 이 단행본의 표제를 『태평천하』라고 한 것은 오류이다. 그럼에도 불구하고, 채만식 연보의 대부분은 이 단행본의 표제를 '태평천하'(혹은 '천하태평춘')라 기재하고 있다. 이태영의 논문에는 『태

---

21) 이태영, 「채만식 소설 『천하태평춘』에 나타난 방언의 특징」, 『국어문학』32, 국어문학회, 1997, 183-187면.

22) 김홍기, 『채만식 연구』, 국학자료원, 2001, 144면. 그와 동시에 같은 책의 연보(469면)에는 "작품집 『태평천하』, 명성출판사, 1940"과 같은 내용이 등장하여 독자의 혼란을 야기한다. 김홍기의 연보 가운데 『아름다운 청춘』은 『꽃다운 청춘』의 오류이다.

23) 정홍섭, 『채만식 문학과 풍자의 정신』, 역락, 2004, 225면. 같은 책 연보(302면)에는 "1940 장편집 『태평천하』 명성사"라고 되어 있다.

평천하』의 해적판이 모두 3종(『황금광시대』, 『애정의 봄』, 『꽃다운 청춘』)이라고 밝혔다. 그러나 정홍섭의 연보에 따르면 『황금광시대』, 『애정의 봄』 두 편만이 『태평천하』의 해적판이고, 『꽃다운 청춘』(중앙출판사, 1958)은 『탁류』의 해적판이다.[24) 특히 서지 사항이 통일되지 않았다는 점에서 김홍기와 정홍섭이 작성한 연보는 부정확한 것이라고 할 수 있다. 문제는 이렇게 부정확한 서지 사항이 제대로 검증되지 않아 후속 연구자들이 혼란을 느낄 수밖에 없다는 점과, 그것이 검증된 정보인 양 인용된다는 점에 있다.[25)

이와 같은 문제의식을 바탕으로 『태평천하』의 개제 양상을 간략하게 재구성해보기로 한다. 『태평천하』의 원작인 『천하태평춘』은 1938년 1월부터 9월까지 ≪조광≫에 9회 연재 완료되었다. 1940년 명성출판사에서 『삼인장편전집』이라는 단행본이 출간되었는데, 여기에 이광수의 「유랑」, 방인근의 「낙조」와 더불어 『천하태평춘』이 합본되어 실렸다. 이것이 최초의 단행본 출간이다. 이후 1948년 동지사에서 재출간되었고, 이때 표제가 '태평천하'로 변경되었다. 채만식은 1948년 동지사본 서문을 통해 '태평천하'로의 개제를 둘러싼 배경을 설명하였다.[26)

24) 『꽃다운 청춘』은 현재 군산 채만식문학관에 소장되어 있다.

25) 채만식의 작품들이 지속적으로 단행본으로 출간되고 있는 현 시점에도 『태평천하』를 둘러싼 서지사항 확정 문제의 혼란은 계속되고 있다. 단행본의 말미에 붙은 '작가연보'나 '작품연보'는 이러한 서지사항의 혼란상을 단적으로 보여준다.

26) 현재 명성사본 『삼인장편전집』의 존재를 확인할 수 없다. 홍익대학교 중앙도서관 소장 자료 중 '1940년' 출간 『태평천하』가 있다. 이 단행본은 전체 316면으로, 판권지가 망실되어 발행소와 발행 시기를 확인할 수 없다. 그런데 이 단행본의 본문 첫 장에 동지사본 서문이 수록되었고, 뒤이어 1940년 명성출판사본 '초판서'가 실려 있다. 1948년 동지사에서 출간된 『태평천하』 서문이 첫 장에 수록된 점, 본문 전체 면 수가 동지사본(316면)과 동일한 점, 마지막으로 이광수, 방인근의 작품이 수록되지 않은 점 등으로 미루어 이는 1940년 명성출판사본이 아니라, 1948년 동지사에서 출간된 단행본임을 알 수 있다.

① ≪조광≫ 1회 연재 시(1938년 1월) 제목이 '天下平春'이었다가 2회부터 '天下太平春'으로 바뀌었다. 2회 연재분 마지막에 "전번 제1회분의 표제가 '天下平春'으로 된 것은 '天下太平春'의 잘못이기로 정정합니다."라는 부기가 있다.

② 『삼인장편전집』(명성출판사 1940)본 서문
上梓를 하면서(初版序)
이 一篇은 지나간 一九三八年 雜誌 '朝光'의 紙面을 빌어, 仐一月부터 九月號까지 連載發表했던 것을 이제 다시 한 篇의 冊子로서 刊行을 하는 것이다. 그리고 執筆은 그前年 가을에 仝篇을 完了했던 것인데 그러므로 作品에 內容된 時代는 이미 過去한 一九三八年代에 屬하는 것임을 말해둔다. 作品의 內容上 또는 發表當時의 誤校등으로하여 一但 손을 대느라고 대기는 했으나 舊作을 全體的으로 修正하기는 至難한 노릇인지라 若干의 字句를 校正하는데 그쳤을 뿐이다. 끝으로 刊行에 臨하여 두터운 友情과 幹旅해준 明星社의 畏友 鄭來東兄에게 깊은 感謝를 表해 마지않는다. 一九四0年 三月 六日 松都寓居에서 著者. (밑줄은 인용자의 것.)

③ 동지사(1948)본 서문
再版을 내면서
이 作은, 日帝時節에 三人長篇集이라고 하여, 다른 두 作家의 作品과 한 冊에다 發行을 하였던 것을, 이번에 獨立한 冊子로서 重刊을 하게 된 것이다. 소위 初版ㅅ적의 것을 보면, 校正을 하였는가 疑心이 날 만치 誤植 투성이요, 겸해서 伏字가 있고 하여, 불쾌하기 짝이 없더니, 이번에 重刊의 機會를 얻어 五識을 바로잡고 伏字를 뒤집어놓고 하게 된 것만도 作者로서는 적지 않이, 마음 후련한 노릇이다. 더욱이 表題를 제대로 곤칠 수가 있는 것은 여간 다행이 아니다. 初版의 序에도 쓰인 바와 같이, 애초에 『朝光』지에 연재를 하였는데, 그 第一回分의 原稿에 「天下太平春」이라고 表題를 붙여 보냈다가, (松都에서 寓居하고 있을 때였다) 뒤미처 「太平天下」로 곤치도록 기별을 한 것이, 書信은 중간에서 紛失이 되고, 그대로 「天下太平春」으로 第一回가 發表가 되었다. 할수없이 最終回까지 「天下太平春」으로 連載를 하였고, 初版 때에도 病席에 누었느라고, 미처 곤칠 機會와 경황을 가지지 못하였었다. [하략] 戊子十月六日 서울 旅舍에서 作者. (밑줄은 인용자의 것.)

④ 창작과비평사(1987)본 해제
"이 장편소설은 『조광(朝光)』 1938년 1월호부터 9월호까지 9회에 걸쳐 연재되었으며 15장으로 구성되어 있다. 연재될 때의 제목은 제1회는 '天下平春'이었다가 제2회부터는 '天下泰平春'으로 나왔다. 이후 1940년에 '3인장편집'(明星社)에 약간의 수정을 거쳐 수록되었다가 1948년 '太平天下'(同志社)로 개제되어 단행본으로 재간행되었다."

①을 통해 1938년 ≪조광≫ 연재 때부터 표제 문제가 시작되었음을 알 수 있다. ②의 명성사본 서문을 통해 『천하태평춘』이 1940년 첫 단행본으로 출간되었음을 알 수 있고, 이와 더불어 이 판본에서 채만식이 '약간의 자구를 교정'했을 뿐 표제는 수정하지 않았음을 알 수 있다. 또한 이때 본문 8개 장의 소제목이 수정되기도 했다. ③의 1948년 동지사본 서문에서 채만식은 이 작품의 최초 제목이 '천하태평춘'이었으나, 곧바로 '태평천하'로 수정하고자 했음을 밝히고 있다. ≪조광≫ 연재 당시 사정이 여의치 않아 제목을 수정하지 못한 것은 독자들의 혼란을 우려한 탓이라 짐작된다. 연재 종료 후 첫 단행본 출간 시 채만식은 지병으로 인해 제목을 수정할 기회와 경황이 없어 '천하태평춘'이라는 표제를 그대로 두었다고 고백하고 있다. 채만식은 자신의 뜻대로 제목을 바꿀 수 없는 상황 때문에 '천하태평춘'을 '태평천하'로 개제하는 데 오랜 시간(만약 1948년 동지사본에서 최초 개제가 이루어졌다면 10년)이 걸렸다고 술회하였다. 이때 표제의 첫 수정이 이루어졌고, 주인공 '윤장의'가 '윤직원'으로 바뀌었다. ④의 창작과비평사 해제는 동지사본 서문에 게재된 내용을 근거로 하여 작성된 것이다. 여기서는 채만식이 1948년 단행본 서

문에서 개제 과정이나 배경을 서술한 점을 토대로 1940년 단행본 수록 작품 표제가 '천하태평춘'임을 명시하고 있다. 현재로서는 1940년 명성 출판사본 『삼인장편전집』의 내용을 확인할 수 없기 때문에 이러한 간접적인 근거를 통해 이 단행본에 수록된 작품의 표제가 '태평천하'가 아니라 '천하태평춘'이라는 결론을 내릴 수 있다.

4. 『태평천하』의 해적판 출간 양상

『태평천하』의 해적판 출현 양상에 관한 논의를 시작하기 위해 해방 이후 채만식 소설의 단행본 출간 상황을 정리할 필요가 있다. 1948년 동지사에서 장편소설 『태평천하』, 민중서관에서 작품집 『잘난 사람들』이 출간되었다. 1949년 『탁류』의 초판이 민중서관에서 출간되었고, 같은 해 『태평천하』의 해적판 『황금광시대』가 중앙출판사에서 출간되었다. 1958년 1월 『태평천하』는 『애정의 봄』으로 개제되어 대동사에서 출간되었고, 같은 해 12월 『탁류』, 「레디메이드 인생」과 함께 민중서관 『한국문학전집』 9권에 수록되었다. 『태평천하』가 단독 단행본으로 출간된 것은 1948년 동지사본이 최초이다. 그 이듬해 『태평천하』의 최초 해적판 『황금광시대』가 작가 생전 출간되었다는 사실은 주목을 요한다.[27] 원저자가 생존해 있는 상황에서 해적판이 출간되어 유통될 수 있었다는 사실은, 『태평천하』의 저작권이 채만식에게 귀속되어 있지 않았음을 의미한다.[28] 채만식의 소설 두 편을 해적판으로 출간한 중앙출판사는

27) 채만식은 1950년 6월 11일에 사망하였다.

28) 식민지시기 저작권은 원고료와 인세 개념으로, 판권은 출판사에 귀속된 출판권을 의미하

1949년 이광수의 『放浪者』를 출간하기도 한 곳이다. 『방랑자』는 '군상' 3부작의 하나로 이광수가 1930년 11월 29일부터 1931년 4월 24일까지 <동아일보>에 연재한 『삼봉이네 집』의 내용 일부와 제목을 바꾼 작품으로, 해적판이 아닌 개제판이다.[29] 따라서 중앙출판사가 해적판만을 출간하는 곳이라고 보기는 어렵다. 그보다는 당시 출판업계 사정과 출판 관행 등의 맥락에서 해적판의 출현을 바라보는 것이 온당하리라 생각된다. 이 장에서는 『태평천하』의 해적판이라 불리는 작품들의 양상을 살피고, 그 특징과 차이를 간략하게 정리해보고자 한다.

『황금광시대』는 1949년 중앙출판사가 간행한 단행본으로, 지금까지 확인된 『태평천하』 해적판 가운데 가장 먼저 출간되었다.[30] 표지에 '蔡萬植 著 黃金狂時代.', 뒷면에 '中央出版社'라고 표기되어 있고, 한복 입은 젊은 여인의 입상(立像)이 그려져 있다. 본문 302면으로 이루어졌고, 판권지에 '西紀 1949年 4月 20日 發行', '定價 450圓', '發行者 金振福', '發行所 中央出版社' '등록 1947. 9. 20. No, 177'이라 하여 출판 사항이 표시되어 있다. 이 판본의 가장 큰 특징은 1940년 명성사본 『삼인장편전집』의 서

는 경우가 대부분이었고, 이러한 관행은 해방 이후에도 한동안 변하지 않았다. 식민지시기나 해방기에 판권은 대부분 저작권의 개념을 포괄하여 사용되었고, 출판사에 귀속된 경우가 많았다. 김종수, 「일제 식민지 출판시장에서 이광수의 위상」, 『한국문화』50, 서울대학교 규장각한국학연구원, 2010, 116면 참조.

29) 이금선, 「식민지 검열이 텍스트 변화양상에 끼친 영향-이광수의 영창서관판 『삼봉이네 집』의 개작을 중심으로」, 『사이間SAI』7, 국제한국문학문화학회, 2009, 293-294면. 이 논문에 의하면, 이광수는 <동아일보> 연재 완료 후 1941년 영창서관에서 단행본으로 출간될 당시 '삼봉이네 집'이라는 동일 표제로 하여 내용을 대폭 수정했다고 한다. 1948년 성문당서점에서 출간된 『流浪』이라는 표제의 단행본 속에 「유랑」(미완), 『삼봉이네 집』이 함께 수록되었다. 따라서 이 판본은 『삼봉이네 집』을 개제(改題)한 것이 아니다. 1949년 중앙출판사에서 『삼봉이네 집』을 『放浪者』로 바꾸어 재출간했고 이것이 『삼봉이네 집』 최초의 개제판이다. 성문당서점본과 중앙출판사본은 동일 판본이며, 1941년 영창서관본과는 차이가 있는데, 주로 결말 부분을 수정한 것이라 한다.

30) 『황금광시대』는 가톨릭대학교와 경성대학교에 소장되어 있다.

문이 본문 첫머리에 수록되었다는 점인데, 이는 『황금광시대』가 『삼인장편전집』을 도용한 것이라는 김홍기의 지적을 뒷받침하는 근거라 할 수 있다. 1948년 동지사에서 『태평천하』가 출간된 바 있음에도 불구하고, 『황금광시대』에는 동지사본 재판 서문이 수록되지 않았다. 『황금광시대』가 저본으로 삼은 텍스트는 1940년 명성사본이다. 불과 일 년 전에 출간된 단행본을 저본으로 삼지 않고 그 서문을 수록하지 않은 이유는 아마도 저작권 문제 때문일 것이다.

또 한 가지 눈여겨볼 대목은 간기의 '판권소유'를 공란으로 남겨 판권 혹은 저작권 소유자를 명시하지 않았다는 점이다. 판권소유를 명시하지 않은 이유는 저작권이나 판권을 중앙출판사가 소유하고 있지 않았기 때문이라 짐작할 수 있다. 다음으로 『황금광시대』의 '차례' 부분인데, 전체 15장의 구성과 각 소절 제목이 ≪조광≫본과 차이를 보인다. 구체적으로는 8장과 9장의 제목이 다르다. 이 차이는 『황금광시대』의 저본이 『삼인장편전집』이기 때문에 빚어진 결과이다. 즉 『삼인장편전집』에 이르러 채만식이 크게 수정한 부분은 8장과 9장의 소제목이다. ≪조광≫본 '윤장의'는 명성사본에서 그대로 사용되었고, 『황금광시대』는 이를 그대로 차용했다. 그리고 ≪조광≫본에 등장하는 '윤장의'라는 호칭은 동지사본에서 '윤직원'으로 수정되었다.

『황금광시대』에 수록된 서문은 전술한 대로 1940년 명성출판사본 서문을 재수록한 것이다. 그런데, 서문 말미에 특이한 점이 눈에 띈다. '上梓를 하면서'로 시작하는 이 서문의 말미에 '檀紀四二七三年 三月 六日'이라고 표기된 부분이 그것이다. 이 부분은 1987년 창작과비평사의 채만식전집에 재수록된 명성사본 서문 내용('一九四0年 三月 六日')과 다르다. 식민지시기의 일반적인 연도 표기 방식과 비교할 때 『황금광시대』에 수록된 서문의 날짜 표기 방식은 낯설다. 연도 표기 시 '단기'를 공식적으로 사용하기 시작한 것은 해방 이후, 1948년 대한민국 정부 수립 이후의 일이기 때문이다. 따라서, 『황금광시대』에 수록된 명성사본 서문 연도 표기는 적어도 1948년 이후에 수정한 것일 가능성이 매우 높다. 즉 1949년 중앙출판사에서 단행본으로 출간할 당시 초판본 서문의 연도를 서기에서 단기 표기로 수정한 것이다.

『황금광시대』는 채만식의 저술임을 표지에 명기하였으나, 그것이 『천하태평춘』이나 『태평천하』과 동일한 내용임을 알 수 있는 단서는 어디에도 없다. 이전에 발표된 작품의 내용을 알고 있는 독자만이 이 작품의 정체를 인지할 수 있을 뿐이다. 바꿔 말하면, 『천하태평춘』이나 『태평천하』를 접하지 않은 독자에게 이 작품은 채만식의 새로운 장편소설로 오인될 가능성을 내포하고 있다. 중앙출판사는 저작권 분쟁을 염두에 두고 그것을 회피하기 위한 방편으로 작품의 표제를 임의로 바꾸고, 이러한 오인의 가능성을 의도적으로 방치했다. 이는, 간기에 '판권소유'를 명시하지 않은 점과 더불어, 1949년 당시 『태평천하』의 저작권이 중앙출판사가 아닌 동지사에 귀속되어 있었음을 유추할 수 있는 단서이다. 『황금광시대』가 채만식 생존 당시에 출간된 해적판이라는 점으로 미루어 이 당시 『태평천하』의 저작권이 채만식이 아닌 동지사에 귀속되어 있었음을 유추할 수 있다.

『애정의 봄』은 1958년 대동사(大東社)에서 출간되었고, 한복을 입은 여인이 쪽 진 머리를 하고 민들레꽃을 바라보는 모습을 그린 딱지본 표지로 되어 있다. 『황금광시대』의 표지 역시 한복 입은 젊은 여인의 모습을 그린 딱지본 형태이나, 『애정의 봄』의 표지와는 다소 차이가 있다. 표지에는 "長篇小說 愛情의 봄, 蔡萬植 著"라고 표기되어 있다. 제목만 바꾸고 저자 이름은 그대로 둔 것 또한 『황금광시대』의 개제 방식과 유사하다. 전체 15장의 구성과 각 장의 제목은 『황금광시대』와 일치한다. 『황금광시대』의 본문이 302면인 반면 『애정의 봄』은 298면이다. 이 차이는 『황금광시대』의 서두 부분 두 페이지 가량이 『애정의 봄』에서 누락되었기 때문인 것으로 보인다. 두 작품의 판형이 동일하지 않다는 점까지 감안하면, 『황금광시대』와 『애정의 봄』은 사실상 동일한 판본을 차용한 것임을 짐작할 수 있다.

단행본의 간기에는 발행일이 '단기 4291년 1월 17일'로 명기되어 있다. 전체 면수는 298면이며, 값은 800환이다. 주목되는 사실은 간기에 "板權所有"라 하여 저작권이 대동사에 있음을 명시했고, "등록: 4283. 11. 1 제 90호"와 같이 저작권 등록 사실을 밝혀놓았으며, "著作權者 發行人 尹旿重"이라고 기록되어 있다는 점이다. 즉 이 작품의 '판권소유', '저작권자', 등록번호 등을 확인할 수 있는 것이다. 따라서 이 간기만으로 판단한다면 『애정의 봄』은 출판사 혹은 발행인 윤오중이 저작권을 소유한 저작물로, 해적판이 아니다. 그렇다고 해도 여전히 의문은 남는다. 같은 해 민중서관에서 『한국문학전집』9권으로 『태평천하』가 재출간되었기 때문이다. 1948년 동지사본 『태평천하』는 채만식이 직접 표제를 고치고 개작한 최후의 판본이다. 이 판본 출간 이후 동지사에서는 『태평천하』를 재출간하지 않았다. 그러다가 1958년 12월 민중서관에서 한국문학전집 9권으로 『태평천하』를 수록하여 출간했다. 1948년부터 1958년까지의 십 년 사이에 출간된 『황금광시대』나 『애정의 봄』은 저작권이나 판권을 보유하지 않은 저작물이 되는 것이다.

『애정의 봄』 간기에 표시된 '판권소유'는 실제로 이 표제의 작품을 저작물로 등록한 결과이고, 최소한 형식상으로만 판단할 때 이 작품은 저작권을 등록하는 데 아무런 문제가 없다. 저자명은 그대로 남기되 작품의 제목을 바꾸어 출간했기 때문에 법적 제재를 받지 않을 수 있었던 것이다. 애정 서사가 많은 비중을 차지하지 않는 원작을 통속적인 표제로 바꾼 것 또한 저작권 시비를 피하기 위한 전략이다. 원제 '태평천하'와 '애정의 봄'의 거리는 '천하태평춘'과 '태평천하'의 거리보다 훨씬 멀다. 대부분의 독자들은 제목만으로 이 단행본의 정체를 짐작할 수 없었을 것이며, 더욱이 이것이 『태평천하』를 원작으로 한 개제작임을 짐작하기는 어려웠을 것이다. 바로 이러한 사정에 의해 『애정의 봄』은 정상적인 출판 등록을 할 수 있었다. 즉 『애정의 봄』은 『황금광시대』와 마찬가지로 『태평천하』의 내용을 도용한 해적판이지만, 형식상으로는 정상 출간된 판본이고, 이는 1949년과 1958년의 출판 상황이 달랐기 때문에 가능했던 일이라고 할 수 있다.

≪조광≫ 연재본을 비롯하여 각 판본의 서두와 차례를 비교하면 다음과 같다.

<차례>

1장: 尹掌儀감영 歸宅之圖[31], 2장: 無賃乘車奇術, 3장: '西洋國'名唱大會, 4. "우리만 빼놓고 어서 亡합사……" 5. 마음의 貧民窟, 6장: 大小戰線 太平記, 7장: 쇠가 쇠를 낳고, 8장: 가을에 오는 봄, 9장: 말러붙은 봄, 10장: 失題篇, 11장: 老少同樂, 12장: '周公'氏行狀錄, 13장: '神仙'氏行狀錄, 14장: 해저무는 萬里長城, 15장: 亡秦者는 胡也니라. (≪조광≫)

1장: 尹直員영감 歸宅之圖, 2장: 無賃乘車奇術, 3장: 西洋國名唱大會, 4. 우리만 빼놓고 어서 亡합사, 5. 마음의 貧民窟, 6장: 觀戰記, 7장: 쇠가 쇠

31) ≪조광≫에 맨 처음 등장하는 윤두섭의 호칭은 '윤장의 감영'인데 이는 '윤장의 영감'의 오기로 보인다.

를 낳고, 8장: 常平通寶 서푼과, 9장: 節約의 道樂情神, 10장: 失題錄, 11장: 人間滯貨와 同時에 品不足問題其他, 12장: 世界事業半折記, 13장: 도끼자루는 썩어도(卽當世神仙노름의 一齣), 14장: 해저무는 萬里長城, 15장: 亡秦者는 胡也니라.(동지사)

1장: 尹掌儀영감 歸宅之圖, 2장: 無賃乘車奇術, 3장: 西洋國名唱大會, 4. 우리만 빼놓고 어서 亡합사, 5. 마음의 貧民窟, 6장: 觀戰記, 7장: 쇠가 쇠를 낳고, 8장: 常平通寶 서푼과, 9장: 節約의 道樂情神, 10장: 失題錄, 11장: 人間滯貨와 同時에 品不足問題其他, 12장: 世界事業半折記, 13장: 도끼자루는 썩어도(卽當世神仙노름의 一齣), 14장: 해저무는 萬里長城, 15장: 亡秦者는 胡也니라.(『황금광시대』)

1장: 尹掌儀영감 歸宅之圖, 2장: 無賃乘車奇術, 3장: 西洋國名唱大會, 4. 우리만 빼놓고 어서 亡합사, 5. 마음의 貧民窟, 6장: 觀戰記, 7장: 쇠가 쇠를 낳고, 8장: 常平通寶 서푼과, 9장: 節約의 道樂情神, 10장: 失題錄, 11장: 人間滯貨와 同時에 品不足問題其他, 12장: 世界事業半折記, 13장: 도끼자루는 썩어도(卽當世神仙노름의 一齣), 14장: 해저무는 萬里長城, 15장: 亡秦者는 胡也니라.(『애정의 봄』)

1장: 尹直員영감 歸宅之圖, 2장: 無賃乘車奇術, 3장: 西洋國名唱大會, 4. 우리만 빼놓고 어서 亡합사, 5. 마음의 貧民窟, 6장: 觀戰記, 7장: 쇠가 쇠를 낳고, 8장: 常平通寶 서푼과, 9장: 節約의 道樂情神, 10장: 失題錄, 11장: 人間滯貨와 同時에 品不足問題其他, 12장: 世界事業半折記, 13장: 도끼자루는 썩어도(卽當世神仙노름의 一齣), 14장: 해저무는 萬里長城, 15장: 亡秦者는 胡也니라.(『채만식전집』4)

<서두>

① 추석도 지나 저윽히 짙어가는 가을해가 저물기 쉬운 어느날 석양. 계동(桂洞) 윤장의 영감은 출입을 했다가 일력거를 잡숫고 돌아와 방금 댁의 대문 앞에서 내리는 참입니다.(≪조광≫)

② 추석을 지나 이윽고 짙어가는 가을해가 저물기 쉬운 어느날 석양.
저 계동(桂洞)의 이름난 장자(富者) 윤직원(尹直員) 영감이 마침 어디 출입을 했다가 방금 인력거를 처억 잡숫고 돌아와 마악 댁의 대문 앞에서 내리는 참입니다.(동지사)

③ 추석을 지나 이윽고, 짙어가는 가을해가 저물기 쉬운 어느날 석양.
저 계동(桂洞)의 이름난 장자(富者) 윤장의(尹掌儀) 영감은 마침 어디 출입을 했다가 방금 인력거를 처억 잡숫고 돌아와, 마악 댁의 대문 앞에서 내리는 참입니다.(『황금광시대』)

④ 인력거에서 내려선 윤장의 영감은 제절로 떠억 벌어지는 두루막이 앞섶을 여미려고 하다가 모두 걷어 제치고서 간드라지게, 허리띠에가 매달린 새파란 엽랑끈을 풀읍니다. "인력거 쌕이(삯이) 몇푼이랑가?" 이 이야기를 쓰고 있는 당자 역시 전라도 태생이기는 하지만, 그 전라도 말이라는 게 좀 경망스럽습니다.(『애정의 봄』)

⑤ 추석을 지나 이윽고 짙어가는 가을해가 저물기 쉬운 어느날 석양.
저 계동(桂洞)의 이름난 장자(富者) 윤직원(尹直員) 영감이 마침 어디 출입을 했다가 방금 인력거를 처억 잡숫고 돌아와 마악 댁의 대문 앞에서 내리는 참입니다.(창작과비평사, 밑줄은 인용자의 것임.)

전술한 대로 『황금광시대』와 『애정의 봄』은 서두에서 확연한 차이를 보인다. 전자의 경우 별 다른 누락이 없으나, 후자의 경우 ≪조광≫ 연재본 중 앞 두 페이지 정도의 분량을 누락한 다음부터 본문이 시작된다. 구체적으로는 ≪조광≫ 1938년 1월호 168~170면이 누락되었다. 이 가운데 한 페이지는 삽화이고, 소설 본문으로는 두 페이지 정도가 삭제된 것이다. 『애정의 봄』은 최초 연재본 중 앞 두 페이지 분량을 의도적으로 누락했기 때문에 『삼인장편전집』, 동지사본 『태평천하』, 그리고 『황금광시대』와도 다른 판본이 된다. 서두 누락의 이유를 알기는 어려우나, 이 역시 저작권과 관련된 문제로 환원할 수 있을 것이다. 기 출간된 작품의 일부를 누락하고 제목을 바꾸어 출간한 사례는 채만식뿐만 아니라 이기영의 경우에도 발견된다. 이기영의 작품 가운데 『신개지』(1938)와 『생활의 윤리』(1942)는 이 작품의 판권을 소유한 출판사가 무단으로 작품 제목을 『순정』(1941)과 『정열기』(1948)로 바꾸고, 본문 일부를 누락하여 출간한 바 있다.[32] 『애정의 봄』 역시 이와 비슷한 사례라고 볼 수 있다.

일단 각 판본간의 차이는 ≪조광≫ 연재본의 '윤장의'가 '윤직원'으로 수정되었는가 여부를 통해 확연히 드러난다. 채만식이 『천하태평춘』의 중심인물 '윤장의'를 '윤직원'으로 고친 것은 1948년 동지사에서 단행본을 출간할 때이다. ≪조광≫ 연재본과 1940년 명성출판사 『삼인장편전집』까지는 '윤장의'로, 1948년 동지사본 출간 이후부터 '윤직원'으로 수정되었다. 창작과비평사 전집본 해제에는 "동지사본을 대본으로 삼고 잘못된 곳은 『조광』에 연재된 것을 참고하여 바로잡았다."는 서술이 있다. 따라서 동지사본과 창작과비평사본은 거의 동일하다고 할 수 있다. 다음으로, 해적판으로 분류되는 『황금광시대』는 동지사본, 창작과비평사본과 거의 동일하다. '윤장의'와 '윤직원'의 차이, 문장부호(쉼표)의 유무를 제외하면 이들 세 판본의 서두는 거의 같다. 이 사실은 채만식에 의해 이루어진 두 차례의 개작 가운데 첫 번째인 1940년 『삼인장편전집』 출간 시 본문 8개 장의 소제목을 변경한 이외에 별다른 수정이 이루어지지 않았음을 증명한다. 구체적으로는 ≪조광≫ 연재 내용 중 1, 6, 8, 9, 10, 11, 12, 13장의 소제목이 수정되었다. 1948년 동지사본에 이르러서

32) 김영애, 「이기영 소설의 개제 양상과 그 의미」, 『한국문학이론과 비평』58, 한국문학이론과 비평학회, 2013, 14, 18면.

야 비로소 '태평천하'로의 개제가 이루어졌고, 주인공의 호칭도 '윤직원'으로 수정되었다. 1940년 『삼인장편전집』 수록 작품과 1948년 『태평천하』의 중요한 차이는 주인공의 호칭이 '윤장의'에서 '윤직원'으로 변경된 것이다. 『태평천하』의 두 해적판이 1940년 명성출판사본을 도용했음에도 불구하고 1948년 동지사본, 1987년 창작과비평사본과 큰 차이가 나지 않는 이유도 여기에 있다.

민중서관본 『한국문학전집』의 발행일은 1958년 12월 5일로, 『애정의 봄』 출간은 이보다 빨랐다.[33] 민중서관본에 수록된 『태평천하』의 '차례'는 내용상 동지사본과 동일하나 각 장을 구분하는 번호가 생략되었다. 또한 본문 앞에 '再版을 내면서'와 '上梓를 하면서(初版序)'를 모두 수록한 점과 서두 서술도 동지사본과 동일하다. 따라서 민중서관에서 출간한 『한국문학전집』 9권에 수록된 『태평천하』는 동지사본을 토대로 한 것임을 알 수 있다. 동지사에서는 1948년 이후부터 1958년 민중서관본이 출간될 때까지 십 년 동안 『태평천하』를 재출간하지 않았다. 만일 『태평천하』가 해방 후 독자들에게 많은 인기를 끌었다면 동지사에서 『태평천하』 재판을 발행했을 수도 있다. 그런데 동지사는 그 후 다른 단행본 출간을 지속하면서도 『태평천하』의 재판을 발행하지 않았다. 1948년

33) 1958년 민중서관본에 첨부된 연보에는 '1937년 ≪조광≫에 『天下太下』 발표'라 되어 있고, 1940년 명성출판사 단행본에 관한 기록은 찾아볼 수 없다. 참고로, 민중서관본 차례와 서두는 다음과 같고, 이는 동지사본 내용과 동일하다.
<차례> 尹直員영감 歸宅之圖, 無賃乘車奇術, 西洋國名唱大會, 우리만 빼놓고 어서 亡합사, 마음의 貧民窟, 觀戰記, 쇠가 쇠를 낳고, 常平通寶 서푼과, 節約의 道樂精神, 失題錄, 人間滯貨와 同時에 品不足問題其他, 世界事業半折記, 도끼자루는 썩어도(卽當世神仙노름의 一齣), 해저무는 萬里長城, 亡秦者는 胡也니라.
<서두> "추석을 지나 이슥고 짙어가는 가을해가 저물기 쉬운 어느날 석양. 저 계동(桂洞)의 이름난 장자(富者) 윤직원(尹直員) 영감이 마침 어디 출입을 했다가 방금 인력거를 처억 잡숫고 돌아와 마악 댁의 대문 앞에서 내리는 참입니다."(밑줄은 인용자의 것.)

동지사에서 『태평천하』로 개제 출간된 이후부터, 1958년 12월 민중서관에서 『한국문학전집』 9권에 수록되어 출간될 때까지의 십년간 『태평천하』의 저작권은 동지사에 귀속되어 있었고, 그렇기 때문에 1949년 중앙출판사와 1958년 대동사에서 출간된 『황금광시대』, 『애정의 봄』은 1940년 명성출판사에서 간행한 『삼인장편전집』의 판본을 도용한 '해적판'이라는 결론을 도출할 수 있다.

5. 『태평천하』의 개제 양상 및 해적판 출간의 의미

이 장에서는 『태평천하』의 개제 및 해적판 출간 양상에 관해 본고가 도달한 결론과 한계 등을 간략하게 정리하고자 한다. 먼저, '천하태평춘'에서 '태평천하'로 개제된 것은 1948년 동지사 출간 『태평천하』부터이다. 1940년 명성출판사에서 간행된 『삼인장편전집』은 현재 확인이 불가능하기에 2차 자료들을 분석·검토하였고, 그 결과 이때의 표제는 '천하태평춘'임을 확인할 수 있었다. 또한 『태평천하』의 해적판으로 분류되는 『황금광시대』와 『애정의 봄』 두 편을 실증적으로 검토하여 이들의 서지사항과 저작권 문제를 다루었다. 두 해적판은 저작권자의 동의 없이 출간된 텍스트이며, 그 저본은 1940년 간행된 명성출판사의 『삼인장편전집』 수록 『천하태평춘』이다. 본고가 지닌 한계는 1940년 명성출판사본 『삼인장편전집』의 존재를 확인하지 못한 데서부터 이미 내재되어 있었다. 따라서 논의의 많은 부분이 추정에 의지해 진행되었음을 인정하지 않을 수 없다. 현재까지는 1948년 동지사 출간 『태평천하』에 수록된 채만식의 서문에 근거해 1940년 명성출판사 출간 『삼인장편전집』

수록 작품의 표제가 '천하태평춘'이라고 보는 것이 가장 타당하고 신뢰할 수 있는 결론이다.

『태평천하』의 해적판으로 분류되는 두 편은 우리나라의 저작권법 적용이 느슨했던 해방 이후에 출간되었다. 그러나 저작권법의 적용이 느슨했다고 해서 출판업자가 이를 무시하기만 했던 것은 아니다. 저작권자의 권리는 해적판의 존재를 통해 오히려 부각되거나 강조된 측면이 있다. 즉, 해적판 출간업자들은 『태평천하』의 저작권자를 의식하여 그와의 저작권 갈등이나 시비를 피하기 위한 방책을 모색했던 것이다. 이 과정에서 해적판 출간업자들은 1948년 동지사본 『태평천하』가 아니라 그보다 먼저 출간된 1940년 명성출판사본 『삼인장편전집』을 저본으로 삼음으로써, 발생할 수 있는 저작권 시비를 사전에 차단하고자 했다. 그렇다면, 1940년 출간된 명성출판사본 『삼인장편전집』의 저작권은 어떻게 되었을까. 이 판본의 저작권은 당시 명성출판사 사주였던 정래동이 소유하고 있었다. 그런데 정래동은 1941년 무렵 출판사 경영을 접고 자신이 보유하고 있던 작품들의 판권 대부분을 다른 출판사에 양도한 후 대학 중국어 강사로 위촉된다.[34] 정래동의 명성출판사가 1940년 『삼인장편전집』을 출간한 이후부터 1941년 폐업할 때까지 이 단행본의 저작권은 정래동에게 귀속되어 있었다. 그 이후부터 1948년까지의 저작권 소유자는 현재로서는 불분명하다. 그러나 한 가지 사실만은 확인 가능하다. 1941년 이후 『삼인장편전집』의 저작권은, 적어도 명성출판사나 정래동에게는 없었다는 점이다. 『황금광시대』와 『애정의 봄』의 저본이, 상대적으로 저작권 분쟁을 불러일으킬 소지가 적은 『삼인장편전집』

34) 정래동, 『정래동전집』1, 금강출판사, 1971, 426면. "1941년 동아일보가 폐간당하여 신문사를 그만두고, 五月에 보성전문학교 중국어 전임강사로 나가다."

수록 텍스트인 이유가 여기에 있다.

이러한 사실은 몇 가지 시사점을 던진다. 해적판은 명백히 원작을 훼손하거나 그 법률적 권리를 침해하는 텍스트이지만, 역설적으로 원작이 지닌 미적 가치와 법률적 권리를 도드라지게 하는 역할을 담당하기도 한다. 또한 해적판의 존재 자체로 원작의 인기와 문학적 가치를 방증하는 근거가 되기도 한다. 마지막으로, 해적판이 출현했다는 사실은 해방기의 무질서한 출판 관행을 그대로 보여주는 현상이라 할 수 있으며, 동시에 그것들이 저작권자와의 마찰이나 갈등을 피하기 위해 개제, 누락 등을 비롯한 여러 가지 교묘한 수법을 동원했다는 점을 통해 당시 저작권에 대한 출판업계의 인식이 미미하지 않았음을 확인할 수도 있다. 『태평천하』의 해적판은 끊임없이 원작과 그 저작권자를 의식하는 과정에서 출간되었다. 그렇다면 출판업자들은 왜 해적판이라는 방식으로 출판을 감행했을까. 그 답은 의외로 간단하다. 정상적인 경로로 단행본을 출간할 경우 출판업자는 응당 그 작품의 저작권자에게 저작권료를 지불해야 하기 때문이다. 그러나 경제적인 문제가 전부는 아니다. 저작권을 소유한 출판업자가 10년 간 『태평천하』의 재판을 출간하지 않았다는 점도 고려 대상이 되어야 한다. 앞서 『태평천하』가 두 편의 해적판으로도 출간될 만큼 이 작품에 대한 대중의 수요가 높았다는 점을 언급했다. 그럼에도 동지사는 1948년 초판 발행 이후 1958년 민중서관 『한국문학전집』 출간까지 『태평천하』를 더 이상 출간하지 않았다. 그렇기에, 당시 이 작품에 대한 대중들의 수요와 요구를 충족할 수 있는 방법의 일환으로 해적판이 등장한 것이다. 이와 같은 맥락까지 통합적으로 고려해야 『태평천하』 해적판 출현의 의미를 온전하게 파악할 수 있다.

제3장 『최후의 승리』 판본 연구

1. 문제제기

김기진이 발표한 번역 번안소설은 1926년 6월 박문서관에서 출간된 『녀자의 한평생』과 같은 해 11월 중외일보에 연재한 「번롱」, 그리고 1953년 세창서관에서 출간된 『최후의 심판』 등 세 편이 확인된다. 『녀자의 한평생』은 기 드 모파상(Guy de Maupassant)의 『여자의 일생Une vie』을 완역한 것이고, 「번롱」은 토마스 하디(Thomas Hardy)의 『더버빌 가의 테스(Tess of the D'Urbervilles)』를 줄거리 중심으로 번안한 경개역이다. 그리고 『최후의 심판』은 모리스 르블랑(Maurice Leblanc)의 『수정마개(Le Bouchon de Cristal)』를 번안한 작품으로 알려져 있다. 이들 중 앞 두 편은 김기진의 번역 번안작임이 확실하나, 『최후의 심판』은 그 정체가 다소 모호하다. 일단 김기진 작품 연보에서 『최후의 심판』을 찾을 수 없다. 또한 김기진에 관한 선행 연구뿐만 아니라 번역 번안소설 및 탐정 추리소설 연구에서도 이 작품이 언급된 대목을 찾을 수 없다. 그러나 실제 『최후의 심판』 단행본을 살펴보면 이 작품이 '김팔봉'을 번안자로 하여 1953년 세창서관에서 출간된 탐정소설임을 확인할 수 있다. 그렇다면 『최후의 심판』은 김기진이 1953년 세창서관을 통해 발표한 새로운 번안소설일까? 판본 연구의 차원에서 이러한 의문은 매우 중요한 상징성과 의미를 갖는다. 그와 더불어 이 의문의 답을 구하기 어려운 배경에는 원본과 이본 간 판본 분화의 난맥상이 놓여 있다.

『최후의 심판』을 김기진의 번안소설로 받아들이기에는 몇 가지 석연치 않은 문제가 눈에 띈다. 그 가운데 특히 주목을 요하는 지점은 표제 '최후의 심판'과 번안자 '김팔봉', 그리고 '1953년 세창서관 출간'이다. 먼저 『최후의 심판』의 표제와 번안자가 석연치 않은 이유는, 이것이 1928년 중외일보 연재 『최후의 승리』와 동일 작품이기 때문이다. 『최후의 승리』는 1928년 1월 30일부터 5월 15일까지 105회에 걸쳐 연재 완료되었다.[1] 『최후의 승리』는 연재 종료 후 단행본으로 출간된 기록을 찾아볼 수 없다. 물론 『최후의 승리』의 표제가 '최후의 심판'으로 수정된 것 자체가 중요한 문제는 아니다. 연재 완료 후 단행본 출간 시 작품의 표제가 바뀌는 현상은 그리 드문 일이 아니기 때문이다. 문제는, 1953년 세창서관본 출간 당시 단순히 표제만 수정된 것이 아니라 번안자의 이름까지 바뀐 데 있다. 연재 당시 『최후의 승리』의 번안자는 '김낭운(金浪雲)'(1-35회)과 '단정(丹鼎)'(36-105회)이었고 이때 김기진의 이름은 어디에도 없었다. 그랬던 것이 1953년 세창서관본에서 '최후의 심판'으로 개제되고 번

1) 『최후의 승리』 연재 종료 후 5월 16일부터는 프랑스 작가 르루(Gaston Leroux)의 「노란 방의 비밀(Le Mystère de la Chambre Jaune)」(1907)을 번안한 최서해의 『사랑의 원수』가 그 뒤를 이었다. 이를 통해 1920년대 중후반 중외일보를 중심으로 번역번안소설의 소개와 연재가 활발하게 이루어졌음을 짐작할 수 있다. 오혜진의 「1930년대 한국 추리소설 연구」(중앙대 박사논문, 2008) 부록에는 『최후의 승리』 서지사항이 '김낭운 역, 중외일보 1928.1.30-5.3'로 되어 있는데 이는 '김낭운, 단정 역, 중외일보 1928.1.30-5.15'의 잘못이다. 최애순의 「식민지시기부터 1950년대까지 모리스 르블랑 번역의 역사」(『조선의 탐정을 탐정하다』, 소명출판, 2011, 211면)에는 『최후의 승리』의 번안자 김낭운과 단정이 동일인이며 이 '단정'은 1929년 『신민』에 탐정번안소설 『겻쇠』를 연재한 '단정학'과 동일인일 가능성이 있다고 보았다. 그러나 확인 결과 김낭운과 단정은 다른 인물이며, 『최후의 승리』의 '단정'과 『겻쇠』의 '단정학' 역시 다른 인물일 가능성이 높다. 이는 본문에서 보다 상세하게 다룰 것이다.

안자가 '김팔봉'으로 바뀌었다. 정리하면, 『최후의 승리』를 최초로 번안 연재한 사람은 김낭운이고, 연재 도중 번안자가 단정으로 바뀌었으며, 1953년 세창서관에서 단행본 출간 시 표제가 '최후의 심판'으로 수정되고 번안자가 김기진으로 바뀌었다는 것이다.

표제 및 번안자를 둘러싼 혼란과 더불어 이 작품에 관해 제기할 수 있는 또 다른 문제는 '1953년 세창서관 출간'과 관련된 것이다. 현재 중외일보 연재 『최후의 승리』와 1953년 세창서관 출간 『최후의 심판』 두 편만 확인이 가능하고, 그 사이 출간되었을 단행본의 소재는 확인이 불가능하다. 그런데 『최후의 심판』이 1953년 세창서관에서 출간되었다는 사실은 이 판본이 초판이 아닐 것이라는 추측에 어느 정도 개연성을 부여한다. 즉 『최후의 심판』은 적어도 해방 이전에 초판 출간된 작품이며 1953년 세창서관이 이를 토대로 재출간한 판본이 문제의 '1953년 세창서관 출간'본이라는 것이다. 세창서관이 소설 작품 출간에 관심을 보인 시기가 주로 1930년대 중반 이후부터 1940년대 초반 사이임을 상기하면 『최후의 심판』의 초판 역시 이 시기에 출간되었으리라 짐작할 수 있다. 물론 『최후의 심판』의 초판이 '최후의 심판'과 '최후의 승리' 가운데 어느 것을 표제로 삼았는지는 확인이 필요하다.

본고는 판본 연구 차원에서 원본 『최후의 승리』와 이본 『최후의 심판』을 분석하고자 한다. 본고의 논점 및 연구 방향은 크게 두 가지 차원에서 구성된다. 첫 번째 논점은 『최후의 승리』 연재 이후 최초 단행본 출간이 언제, 어디에서, 어떤 형태로 이루어졌는가를 확인하는 작업과 관련된 것이다. 이는 『최후의 승리』와 『최후의 심판』의 단행본 초판 양자를 실증적으로 조사해야 확인 가능한 작업이 될 것이다. 특히 1953년 출간본 『최후의 심판』의 초판 출간 시점을 적어도 해방 이전으로 보아 그 서지사항을 확인하는 작업이 핵심이다. 이 작업은 『최후의 승리』 판본 분화 기점이 되는 초판 출간 시점과 서지사항을 밝히는 데 집중될 것이다. 현재 '최후의 승리'라는 표제에 번안자 '김낭운, 단정'으로 출간된 단행본은 남아있지 않다. 또한 '최후의 심판'이라는 표제로 해방 이전에 출간된 단행본 역시 남아있지 않다. 본고의 연구 방향은 해방 이전, 특히 1930년대에 출간되었으리라 짐작되는 두 단행본의 존재 가능성을 염두에 두고 이 시기 출판사들의 도서목록을 살펴 이들의 실재 여부를 파악하고자 한다. 만약 『최후의 승리』의 단행본과 『최후의 심판』의 초판 출간 사실이 확인된다면 두 작품을 둘러싼 혼란의 많은 부분이 해소되리라 기대한다.

다음은 두 차례에 걸쳐 이루어진 번안자 교체와 관련된 문제이다. 『최후의 승리』의 번안자는 1928년 중외일보 연재 도중 김낭운에서 단정으로 바뀌었고, 단행본 『최후의 심판』으로 오면서 김팔봉으로 최종 수정되었다. 그 사정이나 이유에 관해서는 알려진 바가 없고, 이와 관련된 논의도 찾아보기 어렵다. 이에 따라 연재본 번안자인 김낭운과 단정이 동일인인지 아닌지, 만약 두 사람이 동일인이 아니라면 연재 도중 갑자기 번안자가 바뀐 이유가 무엇인지, 그리고 이들과 김기진의 관계는 무엇인지 등을 살펴볼 필요가 있다. 그래야 『최후의 심판』으로 개제된 후 번안자가 김기진으로 바뀐 사정이 무엇인지를 파악할 수 있다. 단순하게 보아 『최후의 심판』은 『최후의 승리』의 해적판처럼 여겨지기도 하는데, 이 단행본의 정체를 밝히기 위해서라도 번안자 교체 배경과 사정을 확인하는 일은 필수 불가결하다.

본고는 『최후의 승리』에서 『최후의 심판』으로의 분화 과정에서, 동일 작품이 연재 이후 단행본 출간 시 개제되고 번안자가 바뀐 정황을 명료하게 파악하고 두 판본 간 상관관계를 밝혀 그 의미를 분석하고자 한다. 본고의 논점은 궁극적으로 판본 분화 양상과 그 의미에 관한 연구로 귀결될 것이다. 이를 위해 본고는 연재본 『최후의 승리』와 단행본 『최후의 심판』을 비교분석하여 두 텍스트 간 차이를 밝히고, 『최후의 심판』이 어떤 과정을 거쳐 탄생했는지를 고찰하고자 한다.

2. 『최후의 승리』와 『최후의 심판』의 판본 비교

1) 판본 분화 시점-초판 출간 시기

1950년대 초반 세창서관에서 쏟아져 나온 수많은 딱지본들은 대부분 해방 이전에 출간된 판본의 재판이다. 한국전쟁기 혹은 그 직후에 세창서관에서 출간된 딱지본 형태의 소설들이 다수 있는데, 이들은 새로운 창작물이 아니라 해방 이전 지형을 그대로 써서 재출간한 것들이다. 한국전쟁 중 세창서관은 부산으로 피난했고[2], 이런 와중에도 기록적인 수의 단행본을 출간할 수 있었던 것은 세창서관이 이전에 보유하고 있던 단행본 지형(紙型)이 많았음을 의미한다. 실제 이 기간에 출간된 단행본들은 새로운 창작물이 아니라 대부분 식민지시기에 출간된 것들의 재판이다.[3] 1953년판 『최후의 심판』 역시 새로운 창작물이라기보다는 그 이

2) 이창경, 「세창서관과 신태삼」, 『문화예술』113호, 한국문화예술진흥원, 1987.

3) 한국교육학술정보원 학술연구정보서비스(RISS) 검색 결과에 따르면, 1951년부터 1953년 사이 3년 간 세창서관에서 출간된 단행본의 수는 361편에 이른다. 이 수는 한국교육학술정보원 수록 세창서관 출간 단행본 전체 790여 편의 절반에 육박한다. 단행본의 종류는 딱지본 고대소설, 딱지본 신소설, 장편소설, 천자문 등의 교본류, 의학서적류 등 다양하게 분포되어 있다.

전에 이미 출간된 단행본의 재판일 가능성이 높다. 표지와 분량 등을 토대로 판단할 때 『최후의 심판』은 엄밀한 의미에서 딱지본은 아니나, 지형과 표기법 등은 식민지시기에 흔히 볼 수 있던 형태를 띠고 있다.

세창서관의 출판 경향에 관해서는 좀 더 면밀한 접근이 필요하다. 강의영이 경영하던 영창서관으로부터 독립해 세창서관을 차린 신태삼[4]은 1930, 40년대에 이르러 딱지본뿐만 아니라 장편소설이나 단편집 같은 본격소설의 출간에도 관심을 보였다. 대표적인 것이 이기영의 『인간수업』(1941), 『신개지』(1943), 함대훈의 『폭풍전야』(1949) 등이다. 그런데 흥미로운 사실은 『최후의 심판』처럼 1940년대 초반 세창서관에서 이미 단행본으로 출간된 작품의 표제를 수정하고 작가명을 바꿔 재출간한 사례가 있다는 점이다. 대표적으로 이기영의 『신개지』가 있다. 『신개지』는 1938년 동아일보에 연재된 이기영의 장편소설로, 연재 종료 후 같은 해 삼문사에서 단행본으로 출간되었다. 그런데 1941년 세창서관에서 『신개지』의 표제를 '순정(純情)'으로, 저자명을 '이기영'에서 '운정(雲汀)'으로 바꾸어 재출간했다. 이 『순정』은 1938년 삼문사 출간 『신개지』와 동일한 지형인데, 둘의 다른 점은 세창서관본이 삼문사본의 일부를 누락한 것뿐이다. 그러다 1943년 세창서관은 어쩐 이유에서인지 표제를 다시 '신개지'로, 저자명을 '이기영'으로 정정해서 출간했다. 만약 1941년판 『순정』이 출판사측의 단순한 실수나 오류에 의한 것이었다면 별 다른 문제가 되지 않을 수도 있다. 그러나 『순정』은 초판 출간 이후 세창서관에서 1950년 3판까지 발행되었다. 이는 1941년판 『순정』이 단순한

4) 세창서관은 1914년 강의영과 왕세창이 공동 설립한 출판사였다. 이후 강의영은 영창서관을 차렸고(1917년), 신태삼은 외숙인 그로부터 출판업을 배워 1926년 세창서관을 인수했다. 최호석, 「영창서관의 고전소설 출판에 관한 연구」, 『우리어문연구』37, 우리어문학회, 2010, 353-357면.

출판사측의 실수나 오류에서 나온 것이 아니라는 의미이다. 어떤 의미로 『순정』은 『신개지』의 이본, 좀 더 정확하게 이야기하자면 해적판에 가까운 판본이다.[5)]

『최후의 심판』이 『최후의 승리』의 해적판일 가능성 또한 전적으로 배제할 수는 없다. 1928년에 연재되었고 해방 이전 이미 초판이 출간되었을 확률이 높은 『최후의 승리』가 1953년 세창서관에서 '최후의 심판'으로 개제되고 저자명이 김기진으로 바뀌어 출간된 배경에는 『신개지』와 유사한 상황이 존재할 가능성이 있다. 『최후의 심판』 간기에는 발행시기와 발행자, 저자 및 저작권 관련 사항('판권소유') 등이 빠짐없이 명기되어 있다. 이에 따라 1953년 세창서관 출간 『최후의 심판』은 원본 『최후의 승리』나 최초 번안자 김낭운 · 단정과 무관하며, 독자적인 저작권을 인정받을 수 있는 김기진의 새 '탐정소설'로 부활한 것이다. 그러나 이 저작권이 기존 출간물의 무단 도용 및 변개를 통해 획득된 것일 경우, 1953년 세창서관본 『최후의 심판』은 원본 『최후의 승리』의 해적판이 된다.[6)]

해적판에 대해서는, 그것이 저작권과 연동하는 개념이기에 단순 접근을 경계해야 한다. 그러나 저작권이 명시된 출판물이라고 해서 모두 합법적인 저작물로 보기도 어렵다. 우리의 저작권법이 그 실효성을 발휘

5) 김영애, 「이기영 소설의 개제 양상과 그 의미」, 『한국문학이론과비평』58, 한국문학이론과비평학회, 2013, 14-16면.

6) 이 판본이 해적판일 가능성을 제기하는 근거의 하나로, 채만식의 『태평천하』를 제시할 수 있다. 1938년에 연재 완료된 『태평천하』는 해방 이후 세 차례 해적판으로 출간된 바 있다. 김기진의 『최후의 심판』과 비슷한 유형으로 『태평천하』는 각각 '채만식 저 『황금광시대』'(중앙출판사 1949), '채만식 저 『애정의 봄』'(대동사 1958), '채만식 저 『꽃다운 청춘』'(중앙출판사 1958)이라는 해적판으로 출간되었다. 이에 관해서는 김영애, 「『태평천하』의 개제 양상 및 해적판 연구」(『어문논집』69, 민족어문학회, 2013) 참조.

하기 시작한 것은 1960년 이후라 할 수 있고, 그 이전까지 저작권 개념은 실상 매우 모호한 상태에 놓여 있었다. 그에 따라 무엇이 합법적인 출판물이고 해적판인지를 구분할 수 있는 실질적인 기준이 없었다고도 할 수 있다. 저작권법이나 출판물 보호와 관련된 법령은 분명 식민지시기부터 존재했으나 유명무실했다.[7] 『최후의 심판』이 1930년대에 출간된 단행본의 판권을 인수하여 재출간한 것이라면 사전적인 의미로 해적판은 아니다. 그러나 전술한 바와 같이 그것이 합법적인 테두리 안에서 재출간되었다 할지라도 기존 작품의 무단 도용과 변개를 통해 획득한 것이라면 문제가 다르다. 본고에서 『최후의 승리』 및 『최후의 심판』의 초판 발행을 문제 삼는 이유는 궁극적으로 1953년 세창서관 출간 『최후의 심판』이 원본 『최후의 승리』의 판권을 이용해 무단 도용한 판본인지 아닌지를 판단하기 위해서이다.

『최후의 심판』이 언제 처음 개제(改題)되고 번안자명이 바뀌었는지를 확인하기 위해서는 해방 이전 단행본 출간 현황을 면밀히 검토해야 한다. 해방 이전에 출간된 단행본 목록을 확인하기 위해서 본고에서는 영창서관 발행 "新刊圖書目錄"과 중앙인서관 발행 "分類同業者圖書目錄-昭和 十四年版"을 확인했다. 영창서관 "新刊圖書目錄" 상에는 『최후의 승리』와 『최후의 심판』이 모두 수록되어 있다. 이 목록은 영창서관에서 출간했거나 판매 중인 단행본들로 보이며, 그 작성 시기는 정확히 알 수 없으나 수록된 작품들을 토대로 추정할 때 대략 1935년 전후로 보인다.[8] 영창서관 목록 가운데 "萬人期待의 傑作인 文藝新小說이 始出現"

7) 이봉범, 「8·15해방-1950년대 문화기구와 문학: 문화 관련 법제를 중심으로」, 『현대문학의 연구』44, 한국문학연구학회, 2011, 293-301면.

8) 추정의 근거로, 이 목록에 수록된 몇 작품의 단행본 출간 시기를 살펴보면 『이순신』(1932), 『단종애사』(1935), 『신역서유기』(1934), 『대도전』(1931), 『선풍시대』(1934), 『달밤』(1934) 등

"梁夏葉 譯 世界名作小說 最後의 勝利 原名 헬만과 도로데아"라고 표기된 것이 있다. 이 『최후의 승리』는 괴테의 『헬만과 도로데아』를 양하엽이 번안한 것(1924)으로, 1928년 김낭운 · 단정이 번안한 『최후의 승리』와는 다른 작품이다. 흥미로운 것은 이 목록 중 "朝鮮文新刊 夜學及書堂敎科書" 부문에 『흙』, 『대도전』, 『단종애사』, 『달밤』 등과 더불어 『最後의 審判』이 수록되어 있다는 사실이다. 다만 '최후의 심판'이라는 제목과 '1원'의 정가만 제시되어 있고 저자명과 출판사가 명시되지 않아 정확한 서지사항을 확인할 수 없다는 점이 아쉽다. 그나마 1935년을 전후로 『최후의 심판』이라는 표제의 단행본이 출간된 사실은 확인할 수 있다. 즉 『최후의 심판』은 1953년 세창서관에서 출간되기 이전 1935년 전후에 이미 단행본이 출간되었음을 알 수 있다.

1939년 "中央印書館 分類同業者圖書目錄-昭和 十四年版"을 참고하면 좀 더 정확하고 구체적인 정보를 얻을 수 있다. 여기에는 1939년 당시 중앙인서관에서 발매되었거나 판매 중인 단행본 목록과 그 가격이 기재되어 있다. 이 목록 중 '金末峯 『찔레꽃』', '金南天 『大河』' 다음 항에 "金基鎭 最後의 審判 一 · 00 並 70"이라는 항목이 나온다. 중앙인서관의 목록에는 저자명, 도서명, 그리고 정가 및 할인가가 제시되어 있을 뿐 출판사항에 관련된 내용은 없다. 그럼에도 불구하고 이 목록은 『최후의 승리』와 『최후의 심판』의 판본 분화를 둘러싼 인과의 고리를 설명해준다. 일단 중앙인서관 목록은 앞서 살펴본 영창서관의 그것보다 더 많은 정보를 제공하고 있다는 점을 지적할 수 있다. 영창서관 목록을 통해 '최후의 심판'이라는 표제와 책가만 확인할 수 있었다면, 중앙인서관 목

과 같다. 이들은 1920년대에 초판이 나온 경우도 간혹 있으나 대개 1930년대 초중반에 초판이 출간된 단행본들이다.

록상에서는 그와 더불어 저자명까지 확인할 수 있기 때문이다. 이 목록이 말해주는 바는, 1928년 중외일보 연재 종료 후 늦어도 1939년 이전에, 표제 '최후의 심판', 번안자 '김기진'으로 표기된 단행본이 이미 출간되었다는 사실이다. 즉 1939년 이전에 이미 『최후의 승리』는 '최후의 심판'으로 개제되고 번안자가 김기진으로 수정된 상태로 단행본 출간이 이루어졌던 것이다.

영창서관과 중앙인서관의 도서목록을 살펴본 결과 1935년 전후 혹은 최소한 1939년 이전에 이미 『최후의 심판』으로 개제되고 번안자가 김기진으로 표기된 판본이 출간되었음을 확인할 수 있었다. 가장 높은 가능성은 1939년 이전에 세창서관이나 영창서관, 중앙인서관 등에서 '최후의 심판'으로 개제되고 번안자가 김기진으로 수정된 판본이 출간되었으리라는 것이다. 물론 1939년 중앙인서관 도서목록에 수록된 김기진의 『최후의 승리』가 초판본인지, 출판사가 어디인지에 대해서는 좀 더 확인이 필요하다. 그러나 이를 통해 1953년 세창서관본이 단순한 해적판이나 출판업자의 비윤리적 행태에 따라 출간된 개작본이 아님이 증명되었다.

2) 복수(複數)의 번안자

1953년 세창서관본 『최후의 심판』이 해적판이 아니라는 사실을 확인했다 하더라도 문제는 여전히 남아 있다. 그것은 김낭운에서 단정, 그리고 김기진으로 이어지는 세 번안자와 관련된 문제이다. 『최후의 승리』에서 『최후의 심판』으로 이행하는 과정에서 번안자는 두 차례 바뀌었다. 『최후의 승리』의 번안자가 연재 도중 김낭운에서 단정으로 바뀌었고, 단행본 『최후의 심판』으로 오면서 김기진으로 수정되었다. 본고가 주목하는 부분은 『최후의 승리』 연재 당시 번안자였던 김낭운과 단정이 누구인지, 최초 번안자 김낭운이 무슨 사정으로 연재를 중도에 그만두었는지, 그리고 단행본 출간 당시 왜 김기진이 새로운 번안자로 바뀌었는지이다. 비단 판본 연구의 차원에서만이 아니라 김기진 연구, 번안소설 연구의 차원에서도 이 문제는 반드시 해명되어야 할 과제이다. 번안자 교체는 『최후의 승리』와 『최후의 심판』의 판본 분화 과정에서 발생한 이례적인 사건이기에, 그 배경과 사정을 살피는 작업은 판본 연구에서 매우 중요한 의미를 지닌다. 또한 김기진, 번안소설에 관한 선행 연구에서도 이 문제는 제대로 거론되거나 실증적으로 확인된 바가 없어 후속 연구에 걸림돌이 되어온 것이 사실이다.

먼저, 『최후의 승리』 최초 연재자이자 번안자인 '김낭운'은 누구인가? 그의 본명은 '김광배(金光培)'로[9] 『긔인긔연(奇人奇緣)』(『조선일보』 1924.10.30.-1925.2.23., 박문서관 1926), 『청의야차(青衣夜叉)』(『조선일보』 1925.8.31-1926.2.2), 『고성(古城)의 비밀(秘密)』(조선도서주식회사 1928) 같은 번안소설을 발표한 바 있다. 또한 그는 문학지 『生長』(1925.1-5)의 창간 멤버이자 시인으로도 알려져 있다. 김낭운은 주로 1920년 중반 창작활동과 문단활동을 벌인 작가이다. 『긔인긔연』, 『청의야차』, 『고성의 비밀』 세 편은 모두 번안 추리소설이다.[10] 이를 통해 김낭운이 1920년대 추리소설 번안에 깊은 관심을

9) 김낭운의 본명이 김광배임을 짐작케 하는 자료로는 1926년에 박문서관에서 출간된 『긔인긔연』의 표지에 '金光培 著'라고 표기된 것과, 1928년 작 『고성의 비밀』(조선도서주식회사) 본문 첫 장에 '金浪雲 譯案', 간기에 '著作者 金光培'라 표기된 부분, 그리고 최수일의 『개벽 연구』(소명출판, 2008) 부록 '필명 색인' 등이다.

10) 『긔인긔연』은 추리서사 구조를 차용하고 있으나 연애물에 가깝고, 『조선일보』 연재 예고에서 원작이 영국 유명 작가의 작품이라 밝히고 있으나 정확히 누구의 작품인지 알 수 없다. 『청의야차』는 불가리아 황태자 살인사건의 비밀을 풀어나가는 전형적인 추리

가지고 있었음을 알 수 있다. 그런데 그의 문학활동 이력은 1930년대 이후로는 더 확인되는 것이 없다. 흥미로운 사실은 그가 『최후의 승리』 연재 당시 중외일보 기자였던 석송(石松) 김형원의 매부라는 점이다. 김형원은 김낭운과 더불어 『생장』을 만들었고, 파스큘라(PASCULA) 창간에도 참여했다. 『생장』은 파스큘라 동인들이 주로 작품을 발표한 지면이었다. 또한 김낭운과 김기진 사이에도 활발한 교류가 있었으리라 짐작된다. 김기진 역시 파스큘라 동인이며 당시 중외일보 기자였고 『생장』에 글을 게재한 적이 있다. 따라서 김낭운과 김기진은 1920년대 중반 상당히 겹치는 이력의 소유자들이며 대내외적으로 친분이 있었으리라 짐작할 수 있다.

김형원이 1929년 『삼천리』에 게재한 「嗚呼薄明의 文士들-浪雲의 性格과 生涯」에 김낭운의 행적과 성격을 짐작할 수 있는 내용이 수록되어 있다.

> **그가 문단인으로 진출하기는 「生長」을 창간할 때부터이니 곳 1925년 1월부터이다. 「生長」은 명의와 경영이 나에게 속하엿섯스나 실상 일을 하기는 浪雲이 전부하엿다. 편집은 물론이오 인쇄교정으로부터 발송 판매에 이르기까지 잡무를 통으로 마터서 하엿다.** 「生長」이 生長하지 못하고 5호로써 夭折한데 대하야는 나의 책임이 크지만은 5호잡지라도 이것이 문단에 기여한 바가 잇다고 가정하면 이것은 순전히 浪雲의 공적으로 돌닐 것이다. 浪雲이 이 세상에 와서 하고 간 일이 무엇이냐 하면 나는 「生長」ㅅ밧게 들을 것이 업슴을 못내 恨한다. [중략] 몸이 차남으로 태어낫슴으로 가정에는 원래부터 책임이 업지만은 **31세를 일기로 세상을 떠날때까지 처자가 업섯다.** 잠시 결혼생활을 한일은 잇스

서사물로 역시 원작과 원작자를 알 수 없다. 『고성의 비밀』은 형사가 등장해 살인사건의 열쇠를 찾아나가는 추리소설이다.

나. 浪雲의 결혼은 역시 浪雲식으로 우연히 맛낫다가 우연히 헤어지고 말엇다. 그에게 유산이 업슬 것은 말할 것도 업는 일이오, 그에게는 묘조차 업다. 나는 그의 유언에 의하야 그의 제2고향이라 할 釋王寺 深谷松林 중에서 그의 遺骸를 불살느고 말엇다. [중략] 그러나 여기서 내가 한가지를 부언할 것은 그의 집착성이다. 그는 언제든지 좌우를 정결히 하고 방안을 정돈하는 것이 특색이오 자기가 마튼 일은 죽어도 자기가 하여내는 성격의 소유자이다. **그가 죽기 전까지 籍을 두고 잇든 中外日報**에서는 同人間에 정평이 잇으니 「浪雲은 마튼 일을 다하는 사람」이라 하는 것이다. 실로 우리는 구하기 어려운 事務家 한 사람을 일허 바리엇다. 그리고 그는 어대까지든지 情廉의 士이엇스니 **작년 3월에 불치의 중환에 걸니자마자 아모 경제상 여유가 업는 몸이나 곳 신문사에 사직원을 제출하엿다.**[11)]

김형원의 회고에 의하면 김낭운은 1928년 31세로 박명한 생을 마감했다. 회고 말미에 "고인의 一週忌를 40일을 압두고 7월 9일 씀."이라고 기록된 것으로 미루어 그의 생몰시기를 각각 1898년과 1928년 8월 19일로 추정할 수 있다. 또한 김낭운이 죽기 전, 정확하게는 "불치의 중환에 걸리"기 직전까지 적을 두었던 곳이 바로 중외일보라는 사실도 확인된다. 이에 따라 김낭운, 김형원, 김기진 세 사람이 1928년 『최후의 승리』 연재 당시 모두 중외일보에 적을 두고 있었음을 알 수 있다. 김낭운은 불치병에 걸리자 곧 중외일보를 사직했는데 그 시기는 1928년 3월 초순이다. 『최후의 승리』의 연재자가 단정으로 교체된 날짜는 1928년 3월 6일이다. 그로부터 불과 오 개월여 만에 그는 사망한 것이다. 정리하면, 김낭운은 1928년 3월 5일까지 중외일보에 근무하면서 『최후의 승리』를 번안 연재했으나 3월 6일 이후 연재를 중단하고 신문사를 사직했고 8월

11) 金石松, 「嗚呼薄明의 文士들: 浪雲의 性格과 生涯」, <삼천리> 1929.9. 인용문 강조 표시는 인용자의 것이다.

중순에 사망했다.

『최후의 승리』는 1928년 1월 30일부터 5월 15일까지 『중외일보』에 연재된 장편 번안소설이다. 연재 시작에 앞서 1월 29일 중외일보 지면에는 '新小說 豫告- 事情으로 三十日부터'라는 제목의 연재 예고기사가 게재되었다. 이 연재 예고에 따르면 이종명의 영화소설 『유랑』 연재 종료 후 『최후의 승리』가 후속작으로 연재되는데, 그 번안자는 김낭운이며, 원작은 프랑스 소설가 모리스 르블랑의 작품이라는 것이다. 실제 『최후의 승리』는 1928년 1월 30일부터 3월 5일까지는 김낭운을 번안자로 표기하여 연재되었다. 그런데 1928년 3월 6일 중외일보에는 36회 『최후의 승리』 연재분이 실렸고, 번안자가 '단정'으로 바뀌었다. 연재 말미에는 번안자가 바뀐 사정을 설명하는 짧은 '謹告'가 부기되어 있다.

> **本 小說의 執筆者 浪雲君이 身病으로 因하야 執筆을 못하게 되얐으므로 不得已 今日부터 丹鼎군이 代身하게 되얐기에 讀者 諸氏에게 謹告합니다-編者**

이 근고는 최초 번안자 '낭운 군'이 신병으로 인해 집필을 못하게 되어 '단정 군'이 『최후의 승리』를 대신 연재한다는 사실을 독자들에게 알려준다. 이로써 김낭운과 단정은 동일 인물이 아니고, 연재 도중 번안자가 바뀐 것은 김낭운의 병 때문임을 확인할 수 있다. 그러나 '단정 군'이 누구인지 그 정체를 알 수 있는 정보는 아무 것도 제시되지 않았다. 또한 단순히 번안자의 이름만 바뀐 것인지, 실질적인 번안자가 교체된 것인지도 확인할 수 없다. 다만 하루 사이에 번안자가 바뀐 경우라면 이 작품의 연재 상황과 번안자 교체의 사정을 소상히 알고 김낭운과도 친분이 있는 인물이 후속 연재를 맡았을 확률과 이미 일정 수준으로 번역 초안이 완성된 상황일 가능성이 높다고 짐작할 뿐이다.

다음으로 『최후의 승리』의 후속 번안자 '단정(丹鼎)'과 관련하여, 이 시기 문인이나 언론인 가운데 '단정'이라는 필명을 사용한 사람은 신경순(申敬淳)과 단정학(丹頂鶴), 김단정(金丹鼎) 등 세 명이 있다. 먼저 신경순은 1929년부터 중외일보 편집주임 겸 사회부 차장으로 있다가 1933년 조선일보 사회부 기자로 1936년까지 근무했다.[12] 그는 1930년대 초부터 여러 잡지에 시와 소설 등을 발표하기도 했는데, 그가 발표한 소설로는 「幻想雙奏曲」(『철필』 1930. 8-9 이후 연재사항 확인불가), '怪奇實話' 「피무든 수첩」(『별건곤』 1933.3-5, 3회 완료), '長篇探偵小說' 『第2의 密室』(『조광』 1935.10, 12,1936.1, 3회 미완) 등이 있다. 김기진은 한 수필에서 신경순과의 인연과 언론인으로서의 비상한 재능에 관해 술회하고 그의 죽음을 추모하기도 했다.[13] 그러나 신경순의 호 '단정'의 한자표기는 '丹丁'으로, 『최후의 승리』에 등장하는 번안자의 한자표기 '丹鼎'과는 다르다.

'단정학'은 그 본명이 무엇인지 알 수 없으나 1929년 11월부터 1932년 6월까지 『겻쇠』라는 추리소설을 『신민』에 연재한 작가이다.[14] 『겻쇠』에 관해서는 민족주의 색채가 강한 작품이라는 평가가 일반적이다. 이러한 평가는 작중 탐정이 악인이며, 범인이 민족주의 단체의 수장이라는 설정 때문에 비롯된 것으로 보인다. 『겻쇠』 외에 '단정학'의 정체를 알 수 있는 근거나 자료가 없어서 섣불리 판단하기 어렵지만, 그의 필명으로

12) 조선일보사 사료연구실, 『조선일보 사람들: 일제시대 편』, 랜덤하우스중앙, 2004, 253-259면.

13) 김기진, 「독견 최상덕과 단정 신경순」, 홍정선 편, 『김팔봉문학전집5: 논설과 수상』, 문학과지성사, 1989, 198-199면.

14) 단정학의 『겻쇠』는 『신민』 1929.11-1932.6까지 13회 연재 후 중단되었다. 이와 관련하여 송하춘 편 『한국현대장편소설사전1917-1950』(고려대출판부, 2013, 23면)에는 『겻쇠』의 서지사항이 '『신민』 1929.11-1931.12(6회 미완)'으로 잘못 기재되었다.

보이는 한자표기 '丹頂鶴'이 『최후의 승리』의 '丹鼎'과 다르다는 사실로 보아 두 사람을 동일인이라고 간주하기에는 무리가 따른다. 이에 따라 신경순과 마찬가지로 '단정학' 역시 『최후의 승리』의 '단정'과 다른 작가라 할 수 있다.

김단정(金丹鼎)은 1927년 3월부터 6월까지 중외일보에 『괴적(怪賊)』이라는 번안소설을 연재한 적이 있다. 『괴적』은 영국 작가 스티븐슨(Robert Louis Stevenson)의 소설 『지킬박사와 하이드(The Strange Case of Dr. Jekyll and Mr. Hyde)』를 번안한 작품이다. 『괴적』의 '김단정(金丹鼎)'과 『최후의 승리』의 '단정(丹鼎)'은 한자 표기가 동일하며 이로 미루어 두 사람은 동일인일 가능성이 크다. 『괴적』의 '김단정'과 『최후의 승리』의 '단정'이 동일인이라면, 그는 1927년 중외일보에 『괴적』을 연재한 뒤 1928년 동지에 『최후의 승리』를 연재한 것이다. 이로 미루어 그가 중외일보 연재 기회를 손쉽게 얻을 수 있는 위치에 있었거나 중외일보 관계자와 친분이 있었으리라 추측할 수 있다.

마지막으로 1953년 세창서관에서 출간된 『최후의 심판』에서 번안자가 김기진으로 바뀐 정황을 살펴보도록 한다. 한 가지 가능성은, 『최후의 승리』의 번안에 김기진이 직 · 간접적으로 관여했을 수도 있다는 점이다. 김기진은 1926년 11월 창간 때부터 『최후의 승리』 연재 당시까지 중외일보에 적을 두고 있었다. 또한 그는 1926년 동지(同紙)에 번안소설 「번롱」을 발표한 이력이 있다. 이를 토대로 『최후의 심판』의 원본이라 할 수 있는 『최후의 승리』의 번안 및 연재 과정에 김기진이 관여했을 가능성을 제기할 수 있다. 이러한 정황과 관련해 주목을 요하는 부분은, 김기진이 1926년 12월 24일 중외일보에 번안소설 「번롱」을 연재 종료한 이후부터 영화소설 『전도양양』을 연재한 1929년까지 자신의 이름으로 작품을 발표하지 않았다는 점과, 전술한 바와 같이 그가 『최후의 승리』 연재 당시 중외일보 기자로 재직 중이었다는 점이다. 1926년 첫 장편소설 『약혼』의 연재와 번역소설 『녀자의 한평생』, 그리고 번안소설 「번롱」까지 세 편을 발표하거나 연재한 것과 비교할 때 김기진이 1927년에 한 편의 소설도 발표하지 않은 것은 다소 의아한 일이다. 만약 (김)단정이 김기진이라면 이 의혹은 쉽게 풀린다. 그가 1926년 「번롱」 연재 이후 1927년 『괴적』, 1928년 『최후의 승리』, 1929년 『전도양양』까지 연재했다면 큰 공백 없이 왕성한 작품 활동을 이어간 것이기 때문이다.[15)]

최초 연재자였던 김낭운이 중병으로 집필을 중단하게 되자 급하게 대체 작가를 구하기가 매우 곤란한 상황에서 당시 중외일보 기자이자 작가였던 김기진이 그를 대신해 연재를 맡았을지도 모른다. 그가 자신의 정체를 숨기고 '단정'이라는 생소한 필명을 사용한 이유는 신문사 기자로 재직 중인 상태에서 다른 작가가 연재 중단한 작품을 이어받아 연재하는 데 따른 부담 때문으로 추측된다. 실제로 식민지시기 많은 문인들이 신문이나 잡지기자를 겸직했고, 필자난에 허덕이던 매체들은 이들을 필자로 쓰되 본명을 숨기고 필명을 사용하도록 했다.[16)] 이렇게 본다면 '단정(丹鼎)'은 '동초(東初)', '팔봉(八峯)', '팔봉산인(八峯山人)', '구준의(具準儀)', '여덟뫼' 외에 김기진의 또 다른 필명으로 추가되고, 그의 번역 번안소설은 1926년 『녀자의 한평생』, 「번롱」 외에 1927년 『괴적』, 1928년 『최후의 승리』까지 모두 네 편에 이른다. 이 가운데 앞 두 작품은 여성 수난사를 다룬 것이고, 뒤 두 작품은 탐정 추리물이다. 이로써 1920년대

---

15) 김기진은 1929년 5월 중외일보를 퇴사한 후 1930년 조선일보에 입사했다. 조선일보사 사료연구실, 앞의 책, 275-279면.

16) 김병익, 『한국문단사1908-1970』, 문학과지성사, 2001, 124-128면.

후반 김기진이 누구보다 열성적으로 번역 번안 작업에 몰두했음을 확인할 수 있으며, 특히 탐정 추리소설을 두 편이나 번안했다는 점에서 이 장르에서의 김기진의 업적은 재평가될 필요가 있다. 대다수 탐정 추리소설 연구에서 김기진이 배제된 것은 『괴적』과 『최후의 승리』 같은 작품 발굴과 이들에 대한 확인이 이루어지지 않은 탓이다.

김낭운에서 단정으로 바뀌고, 최종적으로 김기진으로 수정된 『최후의 승리』, 『최후의 심판』의 번안자 문제는 이와 같은 배경이나 상황 하에서 비롯되었을 가능성이 크다. 이러한 맥락에서 볼 때 본고의 서론에서 제기했던 의혹은 대부분 해소된다. 김낭운은 『최후의 승리』 1회부터 35회까지, 그 이후인 36회부터 105회까지는 김기진이 번안을 맡았으므로 연재 종료 후 단행본 출간 시 김기진의 이름이 번안자로 표기된 것은 그리 이상한 일이 아니다. 또한 영창서관과 중앙인서관의 도서목록을 살펴본 결과 1935년 이후부터 1939년 이전에 이미 '최후의 심판'으로 개제되고 번안자가 '김기진'으로 표기된 판본이 출간되었음을 확인할 수 있었다. 비록 목록 확인에 그쳤으나, 이 판본의 존재 자체가 원본 『최후의 승리』와 김기진 사이의 깊은 관련성을 말해준다. 만약 그가 『최후의 승리』의 원 번안과 아무 관련이 없다면 1930년대와 1953년 단행본 출간 시 번안자명이 '김기진'으로 수정된 사실을 설명해 줄 근거는 전무하다. 따라서 『최후의 승리』의 두 번째 연재자 '단정'은 곧 김기진이고, 1930년대 단행본 출간 시 '최후의 심판'으로 개제되었으며, 김기진의 번안소설은 이미 알려진 『녀자의 한평생』, 「번롱」 외에 『괴적』, 『최후의 승리』(『최후의 심판』)까지 모두 네 편에 이른다.

3. 『최후의 승리』 판본 분화와 김기진

『최후의 승리』와 『최후의 심판』은 근현대 장편소설의 판본 분화의 한 양상을 상징적으로 보여주는 텍스트이다. 일단 연재된 원본의 형태를 유지하지 못한 채 단행본으로 출간되었다는 점에서 이들이 보인 분화 양상은 그리 특별해 보이지 않는다. 여기서 『최후의 승리』가 연재 당시 원본을 그대로 유지하지 못했다는 말은 단순히 개작만을 의미하지 않는다. 두 판본 사이에 내용상의 차이는 없다. 두 판본의 차이는 표제와 번안자명을 중심으로 표면화된다. 물론 표제 '최후의 승리'를 '최후의 심판'으로 수정한 것은 개작의 범위에 포함될 수 있다. 김기진의 장편소설 가운데 개제 출간된 대표적인 작품이 『전도양양』과 『심야의 태양』이다. 김기진은 1929년 중외일보에 연재한 영화소설 『전도양양』을 1942년 평문사에서 단행본으로 출간하면서 표제를 '재출발'로 수정했다. 또한 『전도양양』이나 『최후의 승리』와 동일한 경우는 아니나 『심야의 태양』(1934) 또한 연재 후 단행본 출간 시 '청년 김옥균'으로 개제되기도 했다. 따라서 『최후의 승리』를 '최후의 심판'으로 개제한 일이 김기진에게 그리 이례적인 것은 아니다.[17] 김기진은 대부분의 작품을 단행본 출간 과정에서 어느 정도 손보아 냈는데 이는 『최후의 승리』의 경우에도 해당된다. 그러나 두 판본의 결정적인 차이는 표제가 아니라 번안자에 있다고 판단된다. 그렇기에 얼핏 특별할 것 없어 보이는 이들의 판본

---

17) 김기진은 『전도양양』 연재 종료 후 1942년 평문사에서 단행본 출간 시 표제를 '재출발'로 고치고, 원본에서 사용한 특정 단어 '남산신궁', '일본'을 '조선신궁', '내지'로 모두 수정하기도 했다. 또한 원본의 결말 가운데 상당 부분을 삭제하여 작가의식의 변모를 노골적으로 드러냈다. 김영애, 「『전도양양의 개작 연구」, 『우리어문연구』49, 우리어문학회, 2014, 467-465면.

분화 과정은 여타의 개작 사례와 비교할 때 상당히 이례적이다.

일반적으로 원본의 내용과 형태가 바뀌는 이유는 작가의식의 변모 때문이며, 이러한 변모 양상이 구체화되는 시점은 대부분 원본 연재 종료 후 단행본 출간 시이다. 이때 단순히 원본의 오탈자를 바로잡는 교정의 수준에 머무는 경우도 있지만, 원본에 비해 대폭 수정된 새로운 판본이 만들어지기도 한다. 수정의 수준은 대개 제목 변경, 내용 첨삭, 주제 변화 등의 차원으로 세분화될 수 있으며 그 편차는 매우 다양하다. 그런데 『최후의 승리』와 『최후의 심판』 사이에는 이와 같은 일반적인 양상이 아닌, 매우 특이한 차이가 발견된다. 앞장에서 살펴본 바 『최후의 승리』와 『최후의 심판』 사이에 존재하는 차이는 표제 및 번안자명의 변화로 압축된다. 이 중 문제가 되는 부분은 저자명에 해당하는 번안자명이 바뀐 것이다.

본고가 도달한 결론은 『최후의 승리』 연재 당시 번안자 중 한 명인 '단정'이 바로 김기진이며, 연재 종료 후 최소 1939년 이전에 표제가 '최후의 심판'으로 수정된 단행본이 출간되었다는 것이다. 중외일보 연재 당시 '단정'이라는 필명 뒤에 숨었던 김기진은 단행본 출간 시 자신의 본명을 밝히고 표제를 수정했다. 이 과정에서 최초 번안자 김낭운의 이름이 사라진 것도 흥미를 끈다. 연재 분량 상으로 따져볼 때 김낭운의 이름으로 게재된 것이 전체 105회 중 35회(1-35회)이고, 단정의 이름으로 게재된 것이 70회(36-105회)이다. 그러나 아직도 많은 논의들에서 『최후의 승리』의 번안자를 '김낭운'으로 표기하고 있으며, 『최후의 심판』의 번안자는 '김기진'으로 검색된다. 『최후의 승리』와 『최후의 심판』이 제목과 번안자명만 다를 뿐 실상 동일 작품, 곧 원본과 이본의 관계라는 사실을 아는 사람이 많지 않기 때문이다. 단행본 출간 과정에서 김낭운의 이름이 삭제되고 김기진의 이름만 남은 것은 아마도 두 번안자에게 할당된 연재 분량 차이에서 비롯된 결과가 아닐까 짐작된다. 그럼에도 불구하고 어떤 이유에서든 명백히 인정되어야 할 것은, 『최후의 승리』의 최초 연재자가 김낭운이며, 단행본으로의 분화 과정에서 그의 이름이 삭제되었다는 사실이다. 단행본 『최후의 심판』이 저작권법 상 해적판이 아님은 명확하나, 이 과정에서 최초 연재자명이 누락된 부분에 관해서는 개작 주체(출판업자 혹은 저작권자)가 그 윤리적 책임을 면하기 어렵다.

연재 도중 번안자가 바뀌고, 단행본으로 분화되는 과정에서 번안자가 바뀌는 경우는 흔치 않다. 만약 '단정'이 김기진의 필명이 맞다면 그는 무슨 이유로 원본 연재 당시에 필명 뒤에 숨었다가 단행본 출간 시 자신의 정체를 밝히게 되었을까? 『최후의 승리』 연재 상황과 유사한 다른 사건으로부터 문제 해결의 단서를 구해볼 수 있다. 그것은 이기영의 『고향』 연재와 관련된 김기진의 대필사건이다. 이기영의 『고향』은 1933년부터 1934년까지 조선일보에 252회 연재 완료된 장편소설로 '프로문학 최대의 성과'라 평가되는 작품이다. 그런데 그 문학사적 성취나 의의와는 별개로, 이 소설의 연재 과정에는 흥미로운 일화가 숨어 있다.

> 이기영은 그때 조선일보에 『고향』이라는 장편소설을 쓰고 있는 중이었으므로 만일 자기가 나보다 먼저 붙잡혀 가게 되거든 『고향』의 원고를 나더러 계속해서 써주는 동시에 신문사에서 주는 원고료를 자기집에서 찾아가도록 해 달라는 부탁이었다. 그래서 나는 이것을 승낙하였었다. 그러자 과연 이기영이 먼저 붙들려 가고(9월 하순경) 나는 12월 7일에 검거되었었는데 이 동안에 나는 이의 집으로부터 『고향』의 신문 절취집을 가져다가 처음부터 읽어보고서 그 소설을 끝맺어 주기에 신문

> 횟수로 35,6회를 매일 계속해서 집필하였던 것이다. 나는 병원에 누워 있었고 내 원고는 이의 처남이 날마다 신문사에 날라 갔었으므로 신문사에서도 내가 쓰는 것임을 알지 못했다. 그후 이것이 상, 하 두 권으로 출판되었을 때, 이때 나는 이더러 『고향』의 최종 35,6회분을 본인이 다시 집필하여 고쳐 가지고서 출판하라 하였건만 이는 그럴 필요를 느끼지 못한다고 하고서 그대로 단행본을 내놓았다. 그런 까닭으로 지금도 『고향』의 말단은 내가 쓴 대로 그대로이다.[18]

김기진의 회고에 따르면 그는 『고향』 후반부 중 삼십 여회 정도를 대필했고, 이기영은 김기진이 대신 연재한 부분을 수정하지 않은 채 단행본으로 출간했다. 김기진은 『고향』 대필과 관련된 이야기를 언론 지면에서 수차례 공개했고, 이 회고 내용에 대해 이기영의 차손(次孫) 이성렬이 이미 문제를 제기한 바 있다.[19] 김기진이 대필 연재한 부분이 정확하게 어디부터 어디까지인지는 아직도 논란거리지만 분명한 것은 그가 이기영을 대신해 『고향』의 '말단' 부분을 썼다는 사실이다. 불시의 검거로 인해 생긴 공백에 김기진이 매우 기민하게 대처한 것, 후속 연재를 위해 그가 다만 『고향』의 이전 연재분만을 읽고 다음 이야기를 집필했다는 대목에서는 김기진의 순발력과 창작력을 엿볼 수 있다. 이로부터 『최후의 승리』의 번안자 교체 과정과 배경을 추론해볼 수도 있다. 개연성 높은 추론은, 김낭운의 와병으로 인해 김기진(단정)이 실제로 『최후

---

18) 김팔봉, 「한국문단측면사」, 『사상계』, 사상계사, 1956. 12.

19) 이성렬은, 회고 내용대로 김기진이 최종 35,6회 정도 대필한 것이 맞다면 그 연재 일자가 1934년 8월 8일경이 되어야 하는데, 실제로 이기영이 카프 제2차 검거 사건으로 인해 전주로 압송된 날짜는 그해 8월 25일이기 때문에 김기진의 기억에 문제가 있다고 보고, 실제로 김기진이 대필 연재한 분량은 후반 20여 회 정도일 것이라 추측했다. 이성렬, 『민촌 이기영 평전』, 심지, 2006, 402-418면. 반면 이기영은 『고향』 대필 문제를 한 번도 언급한 적이 없었다고 한다.

의 승리』를 36회부터 연재했으나, 자신의 실명이 거론되어 불거질 여러 가지 논란을 피하기 위해 생소한 필명을 내세웠으리라는 것이다. 이는 『고향』 연재 당시 대필 사실을 신문사에서도 알지 못했다는 회고 내용처럼 매우 은밀하게 이루어진 행위였으리라 짐작된다.[20]

그러다 단행본 『최후의 심판』으로 오면서 김기진이 돌연 자신의 이름을 내세운 이유는 무엇일까? 첫 번째 이유로 김낭운의 신변 문제를 들 수 있다. 전술한 바와 같이 김낭운은 『최후의 승리』 연재 초반 불치병에 걸려 연재를 중단했고 그로부터 얼마 지나지 않은 1928년 8월에 사망했다. 사망 당시 김낭운은 처자식 없는 혈혈단신이었다고 하니 그에게 귀속될 수도 있었을 저작권은 소멸되었거나 유명무실해졌고, 그렇기에 후속 번안자 '단정(김기진)' 명의로 단행본을 출간하는 일이 가능했을 것이다. 두 번째 이유로 김기진의 변화를 들 수 있다. 『최후의 승리』 연재 당시 김기진이 자신의 정체를 드러내지 않은 채로 김낭운의 후속 작업에 참여한 것은 당시의 불가피한 사정 탓이었고, 1935년 전후 단행본 출간 시점에서 제반 사정이나 환경이 변해 기명 출간을 결정한 것이라 판단된다. 1935년 카프는 해산했고, 이후 김기진은 매일신보로 옮겨 이전과 다른 행보를 보이기 시작한다. 공동 번안자 김낭운이 사망한 이후 『최후의 승리』의 저작권은 김기진에게 귀속되었고, 그는 자신에게 귀속된 저작권을 이용해 표제를 수정하고 단행본을 출간했다. 결과적으

20) 참고로, 김기진은 『황원행』이라는 연작소설을 연재한 적도 있다. 『黃原行』(<동아일보> 1929.6.8-10.21. 131회)은 최독견, 김팔봉, 염상섭, 현진건, 이익상의 연작소설이다. 김기진의 회고에 따르면 1회부터 25회 최독견, 26회부터 50회 김기진, 51회부터 75회 염상섭, 76회부터 100회까지 현진건, 그 이후부터 이익상이 맡았다. 당시 동아일보 학예부장이었던 이익상이 이 기획을 주도한 것으로 보이며, 이야기를 마무리할 수 있는 마지막 부분의 저술을 그가 맡은 것도 이와 무관하지 않은 것으로 보인다. 원래 125회로 기획되었으나, 이익상이 6회분을 초과하여 131회로 끝을 맺었다. 송하춘 편, 앞의 책, 575-576면.

로 김기진은 애초 김낭운이 기획한 『최후의 승리』를 초반 이후부터 최종회까지 연재 완료했고 그것을 수합하여 단행본으로 출간했다. 이러한 이유로 김낭운과 단정의 『최후의 승리』는 연재 종료 후 김기진의 『최후의 승리』로 개제되었다. 이로써 『최후의 승리』와 『최후의 심판』은 근현대 장편소설의 판본 분화 양상을 상징적으로 보여주는 텍스트라 할 수 있다. 원본이 이본으로 분화할 때 드러나는 가장 일반적인 차이가 텍스트 내용 변화(개제, 개작)라면, 『최후의 승리』와 『최후의 심판』의 경우는 저자의 수정이라는 특징을 보인다는 점에서 판본 분화의 새로운 양상으로 눈여겨볼 필요가 있다.

4. 판본 연구의 성과와 한계

근현대소설의 판본 분화 과정 연구는 결국 원본과 이본의 관계 및 이본의 존재 양태를 확인하는 작업으로 귀결된다. 본고는 1920년대 연재 번안소설 『최후의 승리』와 단행본 『최후의 심판』 사이의 판본 분화 과정과 양상을 살피는 것을 목적으로 두 텍스트의 특징과 차이를 분석하였다. 『최후의 승리』와 『최후의 심판』은 근현대 장편소설의 판본 분화 양상을 상징적으로 보여주는 텍스트라 할 수 있다. 원본이 이본으로 분화할 때 드러나는 가장 일반적인 차이가 텍스트 내용 변화라면, 『최후의 승리』와 『최후의 심판』의 경우는 저자의 수정이라는 특징을 보인다는 점에서 이를 판본 분화의 새로운 사례로 주목할 필요가 있다. 두 텍스트의 비교 분석을 통해 본고가 확인한 바는 크게 두 가지이다. 하나는 1935년 이후부터 1939년 이전 사이 『최후의 심판』으로 개제되고 번안자가 김기진으로 수정된 단행본이 출간되었다는 사실이다. 다른 하나는 원본 『최후의 승리』의 번안자 김낭운과 단정이 다른 인물이고, 연재 도중 번안자가 바뀐 것은 김낭운의 병 때문이며, 단정은 김기진의 필명이라는 사실이다. 이러한 비교분석을 통해 본고에서 다룬 내용을 간략히 정리하면 다음과 같다.

『최후의 승리』는 1928년 중외일보에 처음 연재되었고, 당시 번안자는 김낭운(김광배)이었다. 첫 번째 번안자 김낭운이 병으로 연재를 중단하게 되자 36회 연재부터 번안자가 단정으로 바뀌어 105회까지 연재되었다. 연재 분량 상 김낭운이 35회, 단정이 70회를 맡은 셈이다. 1935년 이후 1939년 이전 사이 『최후의 승리』는 『최후의 심판』으로 개제되고 번안자가 김기진으로 수정된 채 단행본으로 출간되었다. 1935년 전후에 작성된 것으로 추측되는 영창서관 목록과 1939년에 작성된 중앙인서관 도서목록을 통해 이러한 사실을 확인할 수 있었다. 이 단행본을 토대로 하여 1953년 세창서관에서 김기진의 『최후의 심판』 재판본이 출간되었다. 1953년 세창서관본 『최후의 심판』은 단순한 해적판이 아니라 1930년대 출간된 판본의 재판이다. 또한 '단정'은 김기진의 다른 필명이며, 『최후의 승리』와 『괴적』은 김기진의 또 다른 번안소설이다. 『최후의 승리』와 『최후의 심판』은 동일한 내용으로, 표제와 번안자명에서 뚜렷한 차이를 보였고 이로 인해 독자나 연구자들이 혼란을 느낄 수밖에 없었다. 본고의 논의를 통해 판본 분화 과정에서 빚어진 혼란이 어느 정도 정리될 수 있으리라 기대한다.

그러나 본고가 끝내 확인하지 못한 부분도 있다. 『최후의 승리』와 『최후의 심판』의 초판이 정확히 몇 년도에 어디에서 출간되었는지 확인하지 못했다. 『최후의 심판』의 경우 해방 이전에 이미 단행본으로 출간된 사실을 확인했으나, 『최후의 승리』가 단행본으로 출간된 내력은 알 수 없었다. 또한 번안자 '단정'이 김기진의 새로운 필명이라고 결론지었으면서도 그에 대한 직접적이고 명확한 근거를 제시하지 못했다. 이에 따라 논의 진행이 상당 부분 당시 정황을 중심으로 한 추론에 의지할 수밖에 없었고, 이는 본고의 분명한 한계이자 후속 연구로 이어져야 할 과제이다.

제4장 해적판의 계보와 『태평천하』의 계통

1. 기존 논의 검토와 문제제기

지금까지의 근현대소설 논의에서 해적판이 학술 연구의 주된 대상이었던 적은 없었다.[1] 그러나 해적판은 근대 이후 저작 및 출판환경 변화의 징후로서 충분한 의미와 가치를 지닌다. 특히 해방 이후의 왜곡된 출판환경은 저작권법의 구속력 정도와 긴밀한 상관관계를 맺으며 길항해왔고, 해적판 소설은 이러한 상황을 가장 입체적으로 조망할 수 있는 대상으로 떠올랐다. 본고는 채만식 소설 가운데 특히 원본에 대한 이본으로서 해적판 출현이 가장 구체적으로 드러난 텍스트인 『태평천하』를 분석 대상으로 하여, 그 판본 분화 과정을 재검토하고 해적판들이 지닌 사회·문화적 위상에 대해 고찰하고자 한다. 이러한 연구는 『태평천하』라는 텍스트의 문학사적 가치에 비할 때 상당히 늦은 감이 있다. 채만식 소설의 해적판이 출현한 배경과 상황에 대한 인식 없는 연구들로 인

1) 목록상으로나마 해적판의 존재를 파악한 논의들로는 권영민, 『한국문학50년』(문학사상사, 1995), 이태영, 「채만식 소설 『천하태평춘』에 나타난 방언의 특징」(『국어문학』32. 국어문학회, 1997.1), 김홍기, 『채만식 연구』(국학자료원, 2001), 정홍섭, 『채만식 문학과 풍자의 정신』(역락, 2004), 김영애, 「『태평천하』의 개제 양상 및 해적판 연구」(『어문논집』69, 민족어문학회, 2013) 등이 있다.

해 이들의 존재 자체가 지니는 의미 역시 연구자들에게 관심 대상이 되지 못했다. 이에 따라 해적판들은 오랫동안 정체를 알 수 없는 유령, 지엽말단으로 원본의 가치를 훼손하는 탈법적인 존재로 치부되거나 본격적인 연구 대상에서 배제되는 등 푸대접을 받았다.

본고가 문제 삼는 대상인 판본, 해적판 등은 기존 문학 연구 범위에서 중요하게 다루어지지 못했는데, 그 이유 중 하나는 기존 연구가 오랫동안 텍스트 의미 분석에 치중해왔기 때문이다. 연구 대상, 범위의 제한은 새로운 연구 방법론에 대한 모색으로 이어진다. 그럼에도 불구하고 텍스트의 의미라는 연구 대상은 변하지 않는다. 그렇다면 새로운 연구 방법론을 적용할 때마다 텍스트의 의미 역시 무한히 새롭게 추출될 수 있는가? 분석자 혹은 해석자의 태도와 세계관, 방법론에 따라 다양한 의미 추출이 가능한 것은 분명하나, 그렇다고 해서 한 텍스트의 의미가 무한히 새롭게 확장될 수 있다고 보는 것은 지나치게 순진한 생각이다. 십분 양보해 텍스트의 의미가 완전히 고정된 것이 아니라 어느 정도 유동적인 것이라는 데 동의한다 하더라도, 이 의미의 유동성을 제약하는 고정된 틀은 항상 존재한다. 텍스트를 둘러싼 고정불변의 형식이 바로 판본 연구의 핵심이 된다. 이에 따라 판본 연구 자체가 기존의 지배적인 연구 경향에 대한 비판적 문제제기로서의 의미를 지닌다. 문제는, 이러한 고정된 틀에 관한 명료한 정리조차 제대로 이루어지지 않았다는 데 있다.

『태평천하』라는 텍스트의 고정성과 비고정성을 이야기할 때 본고가 문제 삼는 부분은 고정성의 차원과 관련된다. 『태평천하』라는 텍스트의 고정성이란 무엇인가? 그것은 일차적으로 1938년 1월부터 9월까지 『조광』에 '天下太平春'이라는 표제로 9회 연재되었으며, 1940년 명성출판사에서 출간된 단행본 ≪三人長篇全集≫에에 수록되어 초판이 나왔고, 1948년 동지사에서 '太平天下'로 최초 개제된 후 재판이 출간되었다는 따위의 서지적 사실을 의미한다. 여기에 1949년 중앙출판사에서 해적판 『黃金狂時代』가, 1958년 대동사에서 『愛情의 봄』과 중앙출판사에서 『꽃다운 靑春』이 각각 출간된 사실까지 더해 본고의 관심은 『태평천하』의 판본 분화 과정과 그 과정에서 드러나는 특징을 살피는 데 집중될 것이다. 이러한 서지적 사실의 확인과 더불어 본고가 중요하게 다룰 부분은 각 판본 간의 차이이다. 작가에 의해 개작된 부분을 포함해 출판환경 및 저작권[2] 문제와의 관련성까지 검토해야 각 판본 간 차이가 어떤 의미를 지니는지를 파악할 수 있을 것이다. 특히 해적판을 해방 이후 출판환경과 저작권법의 구속력이 어떠했는가를 단적으로 드러내는 징후로 보아 본고에서는 『태평천하』의 판본 분화 과정과 해적판 출간을 주된 논의 대상으로 삼는다.

채만식 장편소설 『태평천하』가 해방 이후 해적판으로 출간된 사실이 알려진 것은 이십여 년 전이다. 이태영은 『태평천하』의 해적판이 모두 3종(『황금광시대』, 『애정의 봄』, 『꽃다운 청춘』)이라고 밝혔다.[3] 김홍기는 『태평천하』의 해적판에 대해 "명성출판사본을 도용한 『황금광시대』(중앙출판사, 1949)와 『애정의 봄』, 『아름다운 청춘』 등의 이본이 있다."라고 기술했다.[4] 정홍섭은 김홍기의 기술 내용 가운데 『황금광시대』, 『애정의

2) 본고에서 사용하는 저작권 개념은 통상적으로 저작권과 판권을 아우르는 것으로, 야마다 쇼지의 『해적판 스캔들-저작권과 해적판의 문화사』(송태욱 옮김, 사계절, 2011)에서 그 정의를 빌어왔다. 야마다 쇼지는 일본법에서 '저작권'이란 용어가 '카피라이트(copyright)'와 '저작자의 권리(author's right)'를 포괄하는 의미로 사용된다고 밝혔다. 우리의 저작권 개념은 근대 초기 일본을 통해 유입되어 정착되었고 해방 이후에도 그 영향이 계승되었다.

3) 이태영, 「채만식 소설 『천하태평춘』에 나타난 방언의 특징」, 『국어문학』 32. 국어문학회, 1997.1. 183-187면.

봄』 두 편만이 『태평천하』의 해적판이고, 『꽃다운 청춘』은 『탁류』의 해적판이라고 반박했다.[5] 김영애 역시 『꽃다운 청춘』을 『탁류』의 해적판으로 기술했다.[6]

이태영의 논문은 해적판의 표제 및 편수, 저본까지 정확하다. 그럼에도 이 논문은 해적판이나 판본이 아닌 방언 연구라는 점에서 해적판에 대한 본격적인 논의로는 부족하다. 김홍기는 『태평천하』의 이본이 『아름다운 청춘』이라 했으나 이는 『꽃다운 청춘』의 잘못이다. 이태영과 김홍기는 『태평천하』의 해적판이 모두 세 편이며 그 표제가 무엇인지까지 확인했다. 그러나 정홍섭은 『황금광시대』, 『애정의 봄』 두 편만이 『태평천하』의 해적판이고 『꽃다운 청춘』은 『탁류』의 해적판이라 잘못 기술했다. 이러한 오류는 김영애의 논문에서 그대로 반복되는데, 이는 『꽃다운 청춘』의 실물을 확인하지 않은 데서 비롯되었다고 할 수 있다. 특히 김영애의 논의는 가장 최근의 것으로 『태평천하』의 개작 과정과 해적판을 직접적으로 다루었다는 점에서 의의가 있으나, 『꽃다운 청춘』을 『탁류』의 해적판으로 여겨 이 작품을 분석 대상에서 배제했다는 치명적인 오류와 한계를 드러냈다. 이와 더불어 기존 연구자들이 간과한 것은 『태평천하』의 해적판들이 어떤 배경에서 출현했는가에 대한 천착이다. 이들 중 대다수는 해적판이 해방 이후의 출판환경 및 저작권의 구속력과 어떤 상관관계 하에 놓였는가를 진지하게 묻지 않았다.

이러한 문제의식을 바탕으로 본고는 『태평천하』의 해적판 출간 양상

4) 김홍기, 『채만식 연구』, 국학자료원, 2001, 144면.

5) 정홍섭, 『채만식 문학과 풍자의 정신』, 역락, 2004, 225면.

6) 김영애, 「『태평천하』의 개제 양상 및 해적판 연구」, 『어문논집』69, 민족어문학회, 2013, 280-283면. 이와 관련해 본고는 이 논의의 후속 연구이자 수정론의 성격을 갖는다. 이전 논의에서 이미 확인한 사실들을 다시 언급할 경우 인용이나 주석으로 표시할 것이다.

과 의미에 관한 논의를 다시 시작하고자 한다. 본고의 구체적인 목적은 그간 알려진 『태평천하』의 해적판에 관한 판본 및 서지적 오류를 바로잡고, 『태평천하』의 해적판 출간 관련 사항을 재정리하는 데 있다. 『태평천하』의 판본 분화 과정에 대해서는 이미 한 차례 논의가 이루어졌기에, 여기서는 주로 해적판 소설을 분석 대상으로 한정한다. 특히 기존 논의에서 배제되었던 『꽃다운 청춘』에 주목하여 해방 이후 채만식의 『태평천하』가 해적판 출간을 통해 어떤 방식으로 소비되었는지, 그 문학사적 의의는 무엇인지 살펴볼 것이다. 『태평천하』의 계통을 수립하는 작업은 원본, 정본뿐만 아니라 이본인 해적판까지 수용해야 온전해진다. 판본 분화 과정의 서지적 정리와 더불어 본고는 『태평천하』의 해적판들이 당대 출판환경 및 저작권과 어떻게 연동하였는지를 살펴볼 것이다. 이들 간 상관관계를 밝히는 작업은 비단 『태평천하』라는 단일 텍스트 혹은 채만식이라는 단일 작가의 차원을 넘어 실제 사례를 통해 해방 이후 우리의 출판환경과 저작권 문제의 맨얼굴을 확인하는 계기가 될 것이다.

2. 해적판의 계보

해적판 출현 양상에 관한 논의를 시작하기 위해 『태평천하』의 판본 분화 과정 및 해방 이후 채만식 소설의 단행본 출간 상황을 간단히 정리할 필요가 있다. 『태평천하』는 1938년 1월부터 9월까지 9회 『조광』에 '천하태평춘'이라는 표제로 연재된 후 1940년 명성출판사 출간 ≪삼인장편전집≫에 이광수의 「유랑」, 방인근의 「낙조」와 함께 수록되어 초판이 나왔다. 1948년 동지사에서 재판『태평천하』가 출간되었고 이때 표제가 '천하태평춘'에서 '태평천하'로 개제되었다. 1949년『탁류』의 삼판이 민중서관에서 출간되었고, 같은 해『태평천하』의 해적판『황금광시대』가 중앙출판사에서 출간되었다. 1958년 1월『애정의 봄』이 대동사에서, 9월『꽃다운 청춘』이 중앙출판사에서 출간되었고, 같은 해 12월『태평천하』,『탁류』,「레디메이드 인생」이 합본된 민중서관 ≪한국문학전집≫ 9권이 출간되었다. 이 장에서는『태평천하』의 해적판 가운데 지금까지 논의된 바 없는『꽃다운 청춘』을 중심으로 해적판들 간 상호텍스트성 및 저작권 문제를 살펴보고자 한다. 텍스트의 변형이 발생한 가장 근본적인 원인이 바로 저작권에 있기 때문에 이 문제를 중심으로 해적판 출현 양상과 특징을 살피는 것은 의미 있는 작업이 될 것이다. 이 과정을 통해 최초 해적판『황금광시대』부터『애정의 봄』과『꽃다운 청춘』에 이르기까지 해방 이후『태평천하』라는 텍스트가 어떻게 재생산되고 소비되었는가를 추적하는 논의가 이 장에서 주력할 바이다.

현재까지 확인된『태평천하』의 해적판은『황금광시대』,『애정의 봄』,『꽃다운 청춘』 등 모두 세 편이다. 그 중 두 편이 1949년과 1958년 중앙출판사에서 출간되었다.[7] 나머지 한 편은 1958년 대동사에서 출간되었

7) 중앙출판사는 1945년 전후 민명선, 김진복 등을 중심으로 하여 설립 · 운영된 것으로 보인다. 중앙출판사에서 출간된 단행본으로는 민명선의『신랑의 보쌈』(1945),『용문장군전』(1945), 김진복의『최후의 복수』(1946),『동몽필습』(1946), 정벽해 작『(해방신판)조선역사』(1946), 김춘배 저『기독교생활철학』(1947), 이광수의『방랑자』(1949), 월파의『무궁화』(1949),『남풍』(1950), 방인근의『정조와 여학생』(1949),『(청춘남녀서간집)사랑의 편지』(1949),『괴시체』(1950), 김송규의『(청춘남녀서간집)사랑의 편지』(1952), 방인근의『새벽길-일명 情波濤』(1957), 모리스 르블랑『女賊』(1957), 아가사 크리스티 작 석해조 역『豫告殺人』(1957), 박영준 작『애정의 계곡』(1957), 석해조 작『孤島의 女王』(1957), 조병화 저『밤이 가면 아침이 온다』(1958), 김춘광『검사와 여선생』(1958), 김정식『소월시집』(1959) 등이 있다. 1960년대 이후에는 출판물이 거의 없는 것으로 보아 중앙출판사는 해방 직후 설립되어 1950년대까지 왕성한 활동을 벌인 곳으로 추측된다. 상기 단행본들 중 해방 이후 창작된

다. 흥미로운 점은 『태평천하』의 해적판 중 두 편이 중앙출판사에서 나왔음에도 두 판본이 서로 다르다는 사실이다. 중앙출판사본 해적판은 1949년 출간 『황금광시대』와 1958년 출간 『꽃다운 청춘』이다. 그런데 1958년 출간 『꽃다운 청춘』은 같은 출판사에서 나온 해적판 『황금광시대』가 아닌, 같은 해 1월에 출간된 대동사본 『애정의 봄』과 동일한 판본이다. 즉 『꽃다운 청춘』의 저본은 『애정의 봄』이다. 두 판본은 면수와 가격이 같고 발행일만 다르다. 중앙출판사는 자신의 기 출간본이 아닌, 같은 해 발행된 대동사본을 저본으로 새로운 해적판을 출간했다. 유가족의 증언에 의하면, 채만식은 생전 해적판 출간으로 인해 발생한 저작권 침해 문제를 해결하기 위해 애썼다고 한다. 그 대상이 된 작품이 바로 『태평천하』의 해적판 『황금광시대』였다. 채만식이 사망한 것이 1950년 6월이므로 그 생전에 출간된 해적판은 『황금광시대』가 유일하다. 그러한 노력이 무색하게도 채만식 사후인 1958년 두 편의 해적판이 또 다시 출간된 것은 심히 유감스러운 일인 동시에, 『태평천하』가 최초 발표된 1930년대 말부터 작가 사후인 1950년대 말까지도 대중적인 인기와 출판물로서의 가치를 지닌 작품으로 평가되었음을 방증하는 사건이다.

1949년 중앙출판사에서 출간된 『황금광시대』는 1940년 명성출판사에서 간행된 ≪삼인장편전집≫ 수록 텍스트인 『천하태평춘』을 저본으로 한 해적판이다. 1940년 ≪삼인장편전집≫ 출간 당시 채만식은 원본에 "若干의 字句를 校正"했다고 밝혔다.[8] 1948년 동지사에서 『태평천하』가

것은 거의 없고 대부분 해방 이전 출간물을 재간행한 것들이다.

8) 참고로 1940년 명성출판사 ≪삼인장편전집≫ 수록 초판의 서문은 다음과 같다.
"上梓를 하면서(初版序)- 이 一篇은 지나간 一九三八年 雜誌 '朝光'의 紙面을 빌어, 仝一月부터 九月號까지 連載發表했던 것을 이제 다시 한 篇의 冊子로서 刊行을 하는 것이다. 그리고 執筆은 그前年 가을에 全篇을 完了했던 것인데 그러므로 作品에 內容된 時代는 이미

출간되었을 당시 채만식은 원작의 표제를 '태평천하'로 고치고 본문 소제목 일부와 표현을 수정했다.[9] 이것이 『태평천하』의 최종 개작본이다. 그런데 그 다음 해 중앙출판사에서 '황금광시대'라는 생소한 표제의 단행본이 채만식의 이름으로 출간되었다. 『황금광시대』가 저본으로 삼은 텍스트는 동지사본 『태평천하』가 아니라 명성출판사본 『천하태평춘』이었다. 중앙출판사가 1940년 명성출판사본을 선택한 이유는 저작권 침해 논란 때문이다.

이어 1958년 1월 대동사에서 『애정의 봄』이라는 통속적인 표제의 단행본이 채만식의 이름으로 출간되었다. 이 단행본은 채만식 사후에 출간된 것이기에 더욱 문제가 될 수밖에 없다. 작가 생전에 이러한 표제의 작품이나 단행본은 발표된 적이 없기 때문이다. 그 내용을 살펴보면 이것이 1940년 명성출판사본 『천하태평춘』임을 알 수 있다. 즉 『애정의 봄』은 1949년 중앙출판사본 『황금광시대』의 뒤를 이은 『태평천하』의

過去한 一九三八年代에 屬하는 것임을 말해둔다. 作品의 內容上 또는 發表當時의 誤校등으로하여 一但 손을 대느라고 대기는 했으나 舊作을 全體的으로 修正하기는 至難한 노릇인지라 若干의 字句를 校正하는데 그쳤을 뿐이다. 끝으로 刊行에 臨하여 두터운 友情과 幹旅해준 明星社의 畏友 鄭來東兄에게 깊은 感謝를 表해 마지않는다. 一九四○年 三月 六日 松都寓居에서 著者."

9) 1948년 동지사 『태평천하』 수록 서문은 다음과 같다.
"再版을 내면서- 이 作은, 日帝時節에 三人長篇集이라고 하여, 다른 두 作家의 作品과 한 冊에다 發行을 하였던 것을, 이번에 獨立한 冊子로서 重刊을 하게 된 것이다. 소위 初版ㅅ적의 것을 보면, 校正을 하였는가 疑心이 날 만치 誤植 투성이요, 겸해서 伏字가 있고 하여, 불쾌하기 짝이 없더니, 이번에 重刊의 機會를 얻어 五識을 바로잡고 伏字를 뒤집어놓고 하게 된 것만도 作者로서는 적지 않이, 마음 후련한 노릇이다. 더욱이 表題를 제대로 곤칠 수가 있는 것은 여간 다행이 아니다. 初版의 序에도 쓰인 바와 같이, 애초에 『朝光』지에 연재를 하였는데, 그 第一回分의 原稿에 「天下太平春」이라고 表題를 붙여 보냈다가, (松都에서 寓居하고 있을 때였다) 뒤미처 「太平天下」로 곤치도록 기별을 한 것이, 書信은 중간에서 紛失이 되고, 그대로 「天下太平春」으로 第一回가 發表가 되었다. 할수없이 最終回까지 「天下太平春」으로 連載를 하였고, 初版 때에도 病席에 누었느라고, 미처 곤칠 機會와 경황을 가지지 못하였었다. [하략] 戊子十月六日 서울 旅舍에서 作者."

두 번째 해적판이고, 이 두 해적판이 저본으로 삼은 것은 『태평천하』의 최종 개작본인 1948년 동지사 출간 『태평천하』가 아닌, 1940년 명성출판사 발행 초판 ≪삼인장편전집≫본이다. 『황금광시대』와 『애정의 봄』은 본문 면수와 내용에서 차이가 있는데, 이는 『황금광시대』의 서두 두 페이지 정도가 『애정의 봄』에서 누락되었기 때문이다.

마지막으로 1958년 9월 중앙출판사가 발행한 『꽃다운 청춘』은 『애정의 봄』과 마찬가지로 원작이 무엇인지 짐작하기 어려운 표제를 사용했다. 이 역시 채만식 사후에 출간된 것으로 『태평천하』의 해적판이다. 이 작품은 1949년 이미 『태평천하』의 해적판 『황금광시대』를 최초 출간한 중앙출판사에서 나왔다. 전술한 바와 같이 『꽃다운 청춘』이 저본으로 삼은 텍스트는 1949년 중앙출판사본 『황금광시대』가 아닌, 같은 해 대동사에서 출간된 『애정의 봄』이다. 이에 따라 『애정의 봄』에서 누락된 본문 일부가 『꽃다운 청춘』에서도 동일하게 누락된 사실을 확인할 수 있다.

> 추석을 지나 이윽고, 짙어가는 가을해가 저물기 쉬운 어느날 석양. 저 계동(桂洞)의 이름난 장자(富者) 윤장의(尹掌儀) 영감은 마침 어디 출입을 했다가 방금 인력거를 처억 잡숫고 돌아와, 마악 댁의 대문 앞에서 내리는 참입니다.(『황금광시대』 도입부)

> 인력거에서 내려선 윤장의 영감은 제절로 떠억 벌어지는 두루막이 앞섶을 여미려고 하다가 모두 걷어 제치고서 간드라지게, 허리띠에가 매달린 새파란 엽랑끈을 풀읍니다. “인력거 쌕이(삯이) 멫푼이랑가?” 이 이야기를 쓰고 있는 당자 역시 전라도 태생이기는 하지만, 그 전라도 말이라는 게 좀 경망스럽습니다.(『애정의 봄』, 『꽃다운 청춘』 도입부)

‘중앙출판사–대동사–중앙출판사’로 이어지는 『태평천하』 해적판 출간의 연쇄를 두고 해방 이후 출판업계의 혼탁과 난맥상을 보여주는 사례라 말해도 지나치지 않을 것이다. 중앙출판사는 『황금광시대』의 재판을 출간하는 방법을 버리고 표제와 판형을 바꾸면서까지 새로운 해적판을 출간한 셈이다. 그렇다면 『꽃다운 청춘』이 『황금광시대』가 아니라 『애정의 봄』을 저본으로 삼은 이유는 무엇일까? 대동사 해적판 『애정의 봄』은 저작권 보호 대상이 아니기 때문일까? 저작권 문제에 접근하기 위해서는 좀 더 포괄적인 조망이 요구된다. 먼저, 『천하태평춘』과 『태평천하』의 저작권 귀속에 관해 살펴보자.

주지하듯 『천하태평춘』은 『태평천하』의 원작이고, 1938년 『조광』에 9회 연재 완료된 후 1940년 명성출판사에서 초판이 출간되었다. 이때의 표제는 여전히 ‘천하태평춘’이었고 이 단행본에 이광수의 「유랑」, 방인근의 「낙조」와 함께 묶였다. 명성출판사본 『천하태평춘』의 저작권은 1941년을 전후로 소멸되었거나 그 근거가 불분명해졌다. 그 무렵 명성출판사 사주였던 정래동이 출판사를 폐업한 후 대학으로 적을 옮기면서 명성출판사 소유 판권이 소멸되거나 근거가 모호해진 것이다. 1949년 『황금광시대』가 저본으로 삼은 것이 바로 명성출판사본이다. 중앙출판사가 1948년 동지사본이 아닌 1940년 명성출판사본을 선택한 이유는 바로 이러한 저작권과 관련된 마찰을 피하기 위해서였다. 『천하태평춘』이 1948년 동지사에서 출간될 당시 ‘태평천하’로 개제되었기에 『태평천하』의 저작권은 동지사로 이전되었고, 1940년 초판의 저작권은 소멸된 상황이었다. 즉 1949년 당시 『태평천하』가 아닌 『천하태평춘』의 저작권 및 판권 소유자가 매우 불분명한 상황이었던 것이다. 초판을 출간한 명성출판사는 사주 정래동의 사정에 의해 문을 닫았기에 『황금광시대』가

≪삼인장편전집≫ 수록 텍스트를 재출간하는 과정에서 발생할 저작권 시비를 면할 수 있었던 것이다. 이를 의식한 탓인지 『황금광시대』는 간기에 '저작권자'를 명시하지 않고 "發行者 金振福"으로 발행자명만 기재했다.

이러한 상황은 1958년에 와서도 크게 변하지 않았거나 출판업자의 비윤리성은 좀 더 과감해지는 경향을 보인다. 1958년 1월 대동사 역시 1940년 명성출판사본을 저본으로 하여 『애정의 봄』을 출간했다. 이 또한 저작권 갈등을 피하기 위한 수단이었다. 『태평천하』의 저작권은 1948년 이후 동지사에 귀속되었고, 1958년 말 민중서관으로 이관되었다. 그러나 대동사가 선택한 텍스트는 1940년본이기 때문에 적어도 법적으로는 저작권 시비에 휘말릴 여지가 별로 없었다. 『애정의 봄』은 1948년 동지사본 『태평천하』, 1949년 중앙출판사본 『황금광시대』가 아닌 1940년 명성출판사본을 저본으로 삼았으나 본문 중 서두 일부를 누락하여 출간함으로써 어떤 판본과도 다른 판본이 되었다. 『황금광시대』가 해적판임에도 불구하고 1940년 『천하태평춘』 초판을 원문대로 수록한 것과 비교할 때 『애정의 봄』은 상당히 이례적인 판본이라 할 수 있다. 그것이 고의적인 누락인지 단순한 편집 오류인지는 알 길이 없으나, 이후 다른 판본으로의 분화 과정에서 새로운 저본이 되기도 했다는 점에서 문제가 된다. 서두의 누락과 더불어 『애정의 봄』 간기에 "著作權者 發行人 尹昨重"이라 명시된 사실 또한 문제가 된다. 『황금광시대』와 달리 『애정의 봄』에서는 '저작권자'를 명시하였다. 이는 출판업자의 비윤리적 행태가 극명하게 드러난 대목이라 할 수 있다.

『애정의 봄』 출간 이후 같은 해 9월 중앙출판사가 『꽃다운 청춘』을 낸 것 또한 이러한 맥락에서 이해할 수 있다. 『황금광시대』는 저자 동의 없이 출판사가 무단으로 작품의 표제를 바꾸어 출간한 것이기 때문에 명백한 해적판이다. 따라서 출간 이후 많은 비난을 받을 수밖에 없었다. 중앙출판사가 『황금광시대』의 재판을 출간하지 않고 또 다른 해적판 『애정의 봄』을 저본으로 선택한 데에는 이 같은 배경이 존재한다. 그런데 해적판을 저본으로 했다는 비난을 의식한 탓인지 중앙출판사는 『애정의 봄』을 원본대로 재출간하지 않고 표제를 교묘하게 바꾸어 출간했다. 표면적으로 대동사의 『애정의 봄』과 중앙출판사의 『꽃다운 청춘』은 전혀 다른 작품처럼 보인다. 그러나 내용을 살펴보면 『꽃다운 청춘』은 『애정의 봄』이 본문 중 서두 일부를 누락한 부분까지 그대로 베꼈음을 알 수 있다. 중앙출판사는 『태평천하』의 해적판 두 편을 출간했으나, 흥미롭게도 그 두 편은 각각 다른 텍스트를 저본으로 하여 만들어졌다.

『꽃다운 청춘』 겉표지에는 "長篇小說 꽃다운 靑春 蔡萬植 著"라고 표기되어 있다. 속표지는 "蔡萬植 著 長篇小說 꽃다운 靑春"이라 하여 채만식의 작품임을 재차 밝혔다. 그러나 표지만으로는 이 작품의 정체가 정확히 무엇인지 전혀 알 수 없다. 해적판 두 편을 제외하고 중앙출판사에서 채만식의 작품을 출간한 적이 없기에 독자들은 이 단행본의 정체가 무엇인지 의구심을 가질 수밖에 없다. 『꽃다운 청춘』의 차례는 『황금광시대』, 『애정의 봄』과 동일하며 서두와 본문 면수(298면), 가격(800환)은 『애정의 봄』과 동일하다. 간기에는 "檀紀 4291年 9月 20日 印刷 檀紀 4291年 9月 21日 發行"이라고 하여 인쇄 및 발행시기가 명기되었고, "著作權者 發行人 金振福"이라 하여 저작권 소유를 명시했다. 이는 『애정의 봄』 간기에 "著作權者 發行人 尹昨重"이라 명시된 것과 동일한 방식이다. 『애정의 봄』과 『꽃다운 청춘』은 저자명 '채만식'을 당당히 내세웠으나, 실상 저자와 무관하게 출간된 판본들이다. 이에 비해 『황금광시대』의 경우는 조금 다르다. 『황금광시대』의 간기에는 "發行者 金振福"이라 하여 발행자명만 기재했을 뿐 저작권 소유를 명시한 내용은 없기 때문이다.

『태평천하』의 해적판 텍스트들을 살펴보면, 저작권 시비로부터 벗어나기 위해 출간된 최초 해적판 『황금광시대』를 시작으로, 원본 내용 일부를 누락하여 출간한 『애정의 봄』, 그리고 해적판을 저본으로 출간된 마지막 해적판 『꽃다운 청춘』으로 이어지는 계보를 파악할 수 있다. 해적판 출현에 대해, 그 비윤리성을 지적하고 비판하는 일은 당연하고도 쉽다. 그러나 비윤리적 출판 행태를 비판하는 것과 더불어 간과하지 말아야 할 것은, 그것들이 왜 출현했고 어떤 과정을 거쳐 대중들에게 소비되었는가를 따져보는 일이다. 다른 상품과 마찬가지로 책은 대중적인 매체이고, 따라서 대중의 수요에 근거하여 출간된다. 해적판이 세 편이나 나왔다는 사실은 해방 이후 『태평천하』의 대중적 수요가 높았음을 증명하는 동시에, 적법한 방식으로는 그 수요를 모두 충당할 수 없었음을 에둘러 말해주는 근거가 된다. 이러한 관점에서 볼 때, 『태평천하』의 저작권을 소유한 출판업자의 사정으로 더 이상 그 판본의 재출간이 불가능한 상황에서 그에 대한 대중들의 수요를 충족시킬 수 있는 방편의 하나로 해적판이 출현했다는 가설[10]은 그 타당성을 획득하는 데 별다른 무리가 없어 보인다.

10) 김영애, 앞의 논문, 293-294면.

3. 『태평천하』의 계통

차례와 서두를 중심으로 『태평천하』의 판본 분화 양상 및 각 판본 간 차이를 정리하면 다음과 같다.

[표 1] 『태평천하』 판본별 차례와 서두-밑줄은 인용자의 것[11]

판본	차례	서두
조광 『천하태평춘』	1장: 尹掌儀감영 歸宅之圖[12], 2장: 無賃乘車奇術, 3장: '西洋國'名唱大會, 4. "우리만 빼놓고 어서 亡합사……" 5. 마음의 貧民窟, 6장: 大小戰線 太平記, 7장: 쇠가 쇠를 낳고, 8장: 가을에 오는 봄, 9장: 말러붙은 봄, 10장: 失題篇, 11장: 老少同樂, 12장: '周公'氏行狀錄, 13장: '神仙'氏行狀錄, 14장: 해저무는 萬里長城, 15장: 亡秦者는 胡也니라.	추석도 지나 저윽히 짙어가는 가을해가 저물기 쉬운 어느날 석양. 계동(桂洞) 윤장의 영감은 출입을 했다가 일력거를 잡숫고 돌아와 방금 댁의 대문 앞에서 내리는 참입니다.
≪삼인장편전집≫[13]	1장: 尹掌儀영감 歸宅之圖, 2장: 無賃乘車奇術, 3장: 西洋國名唱大會, 4. 우리만 빼놓고 어서 亡합사, 5. 마음의 貧民窟, 6장: 觀戰記, 7장: 쇠가 쇠를 낳고, 8장: 常平通寶 서푼과, 9장: 節約의 道樂情神, 10장: 失題錄, 11장: 人間滯貨와 同時에 品不足問題其他, 12장: 世界事業半折記, 13장: 도끼자루는 썩어도(卽當世神仙노름의 一齣), 14장: 해저무는 萬里長城, 15장: 亡秦者는 胡也니라.	추석을 지나 이윽고, 짙어가는 가을해가 저물기 쉬운 어느날 석양. 저 계동(桂洞)의 이름난 장자(富者) 윤장의(尹掌儀) 영감은 마침 어디 출입을 했다가 방금 인력거를 처억 잡숫고 돌아와, 마악 댁의 대문 앞에서 내리는 참입니다.
동지사 『태평천하』	1장: 尹直員영감 歸宅之圖, 2장: 無賃乘車奇術, 3장: 西洋國名唱大會, 4. 우리만 빼놓고 어서 亡합사, 5. 마음의 貧民窟, 6장: 觀	추석을 지나 이윽고 짙어가는 가을해가 저물기 쉬운 어느날 석양. 저 계동(桂洞)의 이름난

11) 이 표는 김영애의 논문 「『태평천하』의 개제 양상 및 해적판 연구」(『어문논집』69, 민족어문학회, 2013, 288-290면)의 내용을 토대로 일부를 수정 · 보완한 것이다.

12) 1938년 1월 『조광』 1회 연재 서두의 '윤장의 감영'은 '윤장의 영감'의 오기로 보인다. 김영애, 앞의 논문, 288면.

13) 현재 1940년 명성출판사 ≪삼인장편전집≫을 확인할 수 없기에 이것을 저본으로 삼은 『황금광시대』의 차례와 서두를 통해 짐작하였다.

판본	차례	서두
	戰記, 7장: 쇠가 쇠를 낳고, 8장: 常平通寶 서푼과, 9장: 節約의 道樂情神, 10장: 失題錄, 11장: 人間滯貨와 同時에 品不足問題其他, 12장: 世界事業半折記, 13장: 도끼자루는 썩어도(卽當世神仙노름의 一齣), 14장: 해 저무는 萬里長城, 15장: 亡秦者는 胡也니라.	장자(富者) 윤직원(尹直員) 영감이 마침 어디 출입을 했다가 방금 인력거를 처억 잡숫고 돌아와 마악 댁의 대문 앞에서 내리는 참입니다.
『황금광시대』	1장: 尹掌儀영감 歸宅之圖, 2장: 無賃乘車奇術, 3장: 西洋國名唱大會, 4. 우리만 빼놓고 어서 亡합사, 5. 마음의 貧民窟, 6장: 觀戰記, 7장: 쇠가 쇠를 낳고, 8장: 常平通寶 서푼과, 9장: 節約의 道樂情神, 10장: 失題錄, 11장: 人間滯貨와 同時에 品不足問題其他, 12장: 世界事業半折記, 13장: 도끼자루는 썩어도(卽當世神仙노름의 一齣), 14장: 해 저무는 萬里長城, 15장: 亡秦者는 胡也니라.	추석을 지나 이윽고, 짙어가는 가을해가 저물기 쉬운 어느날 석양. 저 계동(桂洞)의 이름난 장자(富者) 윤장의(尹掌儀) 영감은 마침 어디 출입을 했다가 방금 인력거를 처억 잡숫고 돌아와, 마악 댁의 대문 앞에서 내리는 참입니다.
『애정의 봄』	1장: 尹掌儀영감 歸宅之圖, 2장: 無賃乘車奇術, 3장: 西洋國名唱大會, 4. 우리만 빼놓고 어서 亡합사, 5. 마음의 貧民窟, 6장: 觀戰記, 7장: 쇠가 쇠를 낳고, 8장: 常平通寶 서푼과, 9장: 節約의 道樂情神, 10장: 失題錄, 11장: 人間滯貨와 同時에 品不足問題其他, 12장: 世界事業半折記, 13장: 도끼자루는 썩어도(卽當世神仙노름의 一齣), 14장: 해 저무는 萬里長城, 15장: 亡秦者는 胡也니라.	인력거에서 내려선 윤장의 영감은 제절로 떠억 벌어지는 두루막이 앞섶을 여미려고 하다가 모두 걷어 제치고서 간드라지게, 허리띠에가 매달린 새파란 엽랑끈을 풀읍니다. "인력거 쌕이(삯이) 몇푼이랑가?" 이 이야기를 쓰고 있는 당자 역시 전라도 태생이기는 하지만, 그 전라도 말이라는 게 좀 경망스럽습니다.
『꽃다운 청춘』	1장: 尹掌儀영감 歸宅之圖, 2장: 無賃乘車奇術, 3장: 西洋國名唱大會, 4. 우리만 빼놓고 어서 亡합사, 5. 마음의 貧民窟, 6장: 觀戰記, 7장: 쇠가 쇠를 낳고, 8장: 常平通寶 서푼과, 9장: 節約의 道樂情神, 10장: 失題錄, 11장: 人間滯貨와 同時에 品不足問題其他, 12장: 世界事業半折記, 13장: 도끼자루는 썩어도(卽當世神仙노름의 一齣), 14장: 해 저무는 萬里長城, 15장: 亡秦者는 胡也니라.	인력거에서 내려선 윤장의 영감은 제절로 떠억 벌어지는 두루막이 앞섶을 여미려고 하다가 모두 걷어 제치고서 간드라지게, 허리띠에가 매달린 새파란 엽랑끈을 풀읍니다. "인력거 쌕이(삯이) 몇푼이랑가?" 이 이야기를 쓰고 있는 당자 역시 전라도 태생이기는 하지만, 그 전라도 말이라는 게 좀 경망스럽습니다.

판본	차례	서두
민중서관 『태평천하』	1장: 尹直員영감 歸宅之圖, 2장: 無賃乘車奇術, 3장: 西洋國名唱大會, 4. 우리만 빼놓고 어서 亡합사, 5. 마음의 貧民窟, 6장: 觀戰記, 7장: 쇠가 쇠를 낳고, 8장: 常平通寶 서푼과, 9장: 節約의 道樂情神, 10장: 失題錄, 11장: 人間滯貨와 同時에 品不足問題其他, 12장: 世界事業半折記, 13장: 도끼자루는 썩어도(卽當世神仙노름의 一齣), 14장: 해저무는 萬里長城, 15장: 亡秦者는 胡也니라.	추석을 지나 이윽고 짙어가는 가을해가 저물기 쉬운 어느날 석양. 저 계동(桂洞)의 이름난 장자(富者) 윤직원(尹直員) 영감이 마침 어디 출입을 했다가 방금 인력거를 처억 잡숫고 돌아와 마악 댁의 대문 앞에서 내리는 참입니다.
창작과비평사 『채만식전집』4	1장: 尹直員영감 歸宅之圖, 2장: 無賃乘車奇術, 3장: 西洋國名唱大會, 4. 우리만 빼놓고 어서 亡합사, 5. 마음의 貧民窟, 6장: 觀戰記, 7장: 쇠가 쇠를 낳고, 8장: 常平通寶 서푼과, 9장: 節約의 道樂情神, 10장: 失題錄, 11장: 人間滯貨와 同時에 品不足問題其他, 12장: 世界事業半折記, 13장: 도끼자루는 썩어도(卽當世神仙노름의 一齣), 14장: 해저무는 萬里長城, 15장: 亡秦者는 胡也니라.	추석을 지나 이윽고 짙어가는 가을해가 저물기 쉬운 어느날 석양. 저 계동(桂洞)의 이름난 장자(富者) 윤직원(尹直員) 영감이 마침 어디 출입을 했다가 방금 인력거를 처억 잡숫고 돌아와 마악 댁의 대문 앞에서 내리는 참입니다.

각 판본 간의 차이는 원작자에 의해 이루어진 개작 외에 출판업자의 무단 변개와 수정, 누락까지 포함한다. 채만식에 의해 두 차례 이루어진 개작과 교정은 지금까지 몇몇 연구자들에 의해 그 전모가 자세히 알려졌으나, 출판업자에 의해 이루어진 무단 변개와 수정, 누락 내용은 제대로 밝혀진 바가 없었다. 이 표는 『태평천하』의 각 판본 간 차이를 일목요연하게 정리하여, 그것이 어떤 과정을 거쳐 발생했으며 어떤 의미를 지니는지를 제시한다.

이와 더불어 『태평천하』의 판본 분화 과정을 간단한 계통도로 정리하면 다음과 같다.

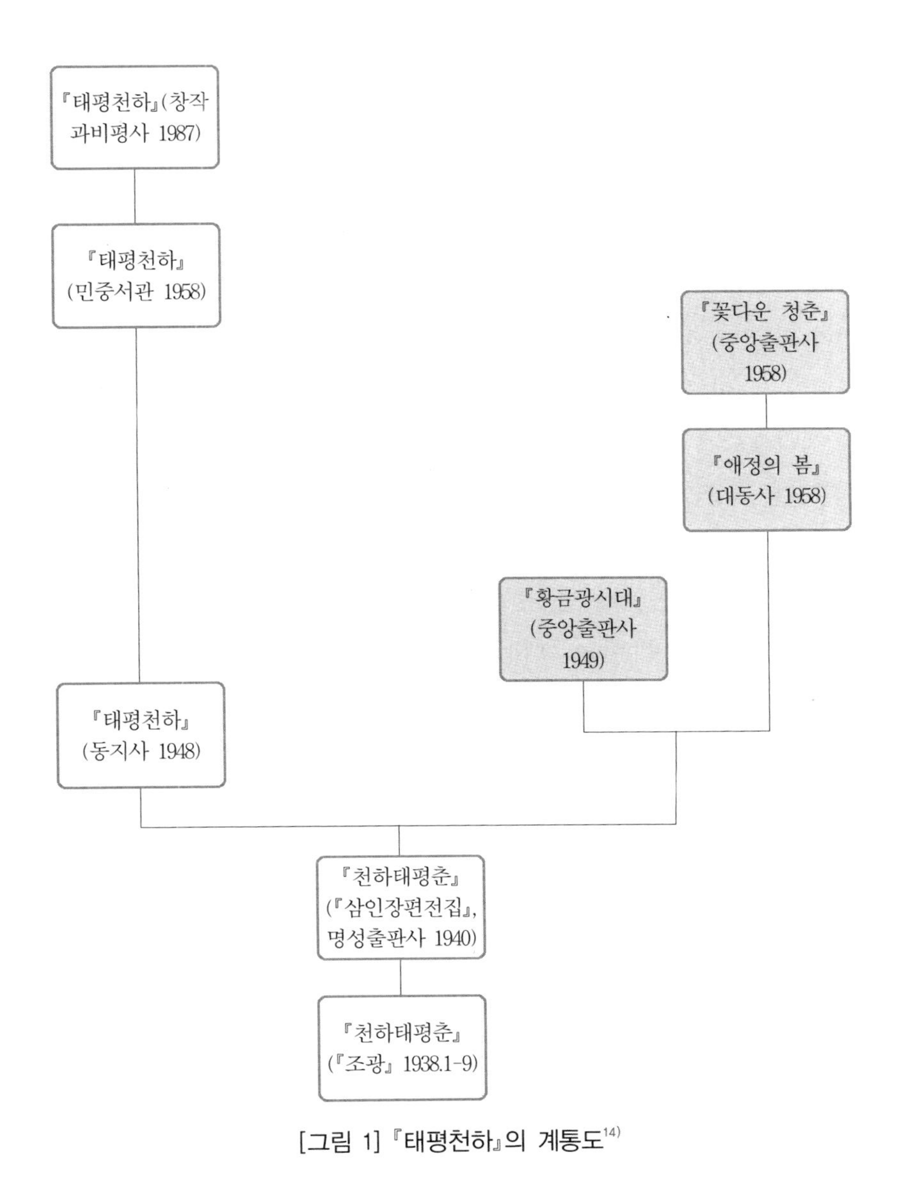

[그림 1] 『태평천하』의 계통도[14]

14) 『태평천하』의 계통도는 김영애의 「근현대소설의 판본과 해적판 연구를 위한 시론」(『근대서지』9, 2014.6, 445면)의 내용 일부를 수정 · 보완한 것이다.

1938년 『조광』 연재본 『천하태평춘』에서 시작된 『태평천하』의 계통은 이후 두 갈래 줄기를 형성하면서 각각 다른 의미와 영역을 구축해나간다. 하나는 '정본의 계통'이라 할 수 있고, 다른 하나는 '이본의 계통'이라 할 수 있다. 정본은 『조광』 연재본을 시작으로 1940년 명성출판사본 ≪삼인장편전집≫ 수록 『천하태평춘』, 그리고 1948년 동지사본 『태평천하』와 1958년 민중서관본 『태평천하』와 1987년 창작과비평사본 『태평천하』로 이어지는 계보를 형성한다. 이와 달리 이본은 『조광』 연재본을 시작으로 ≪삼인장편전집≫ 수록 『천하태평춘』, 그리고 1949년 중앙출판사본 『황금광시대』로 이어지는 계보와, 1958년 대동사본 『애정의 봄』과 중앙출판사본 『꽃다운 청춘』으로 이어지는 계보로 이분된다. 지금까지 『태평천하』에 관한 연구가 주로 정본의 계보 중심으로 이루어졌음을 인정한다면, 이는 『태평천하』라는 텍스트를 절반만 다룬 것이 된다. 이본의 계보가 연구 대상에 포함되어야 『태평천하』에 관한 온전한 이해가 가능할 것이다.

4. 해적판 소설의 위상과 의의

일본 저작권법령의 의용(依用)에 의해 1908년 조선에 저작권법이 도입된 이래 일본 저작권법은 해방 이후로도 한동안 그 영향력을 행사했다. 우리의 독자적인 저작권법이 제정된 것은 1957년 1월 28일이었다. 이때 저자 사후 30년까지 저작권을 보호한다는 조항이 만들어졌다. 그러나 이 법제의 실 시행은 1960년이 되어서야 가능했기에 일본 저작권법이 실효적으로 우리의 출판계를 지배한 것은 1908년부터 1950년대까지로 보아야 한다.[15] 그 후로 저작권법은 몇 차례 개정되어 현재는 저자 사후 70년까지 저작권을 보호하는 방향으로 수정되었다. 우리뿐만 아니라 전 세계적으로도 저작권 보호가 강화되는 추세이다. 저작권법의 강화란 구체적으로 무엇을 의미하는가? 단순히 '저자의 권리를 보호한다'는 측면에서 이해하자면 이는 매우 당연하고 합당한 변화라 할 수 있다. 그러나 통상적으로 '저작권'이란 용어가 '카피라이트(copyright)'와 '저작자의 권리(author's right)'를 포괄하는 의미로 사용된다는 점에서, 또 저작권의 강화가 일정 기간 특정 창작물과 관련된 모든 것을 누군가가 독점할 수 있도록 합법적으로 허용한다는 점에서 많은 문제점을 양산할 수 있다. 그 대표적인 사례가 바로 해적판의 출현이다.

해방 직후는 '모든' 책이 잘 팔리는 책의 시대였고, 출판은 이익 창출의 가능성이 큰 영역으로 각광을 받았다.[16] 이에 일명 '모리 출판'을 목적으로 한 군소 업체들이 난립했고 다양한 종류의 책들이 생산 혹은 재생산되었다. 그러나 주지하듯 해방 이후 출판계는 여러 가지 난관에 직면했다. 그 가운데 한글로 된 독물(讀物) 부족은 출판업계의 사활이 걸린 문제라 해도 과언이 아니었다. 해방 이후 재편된 문단과 그로 인한 작가의 부족, 난립하기 시작한 군소 출판사들과 그에 비해 상대적으로 부족한 출판물로 인해 출판업계의 내부 경쟁이 치열할 수밖에 없었다. 게다가 식민지말기 대부분의 작가가 절필하거나 친일로 선회했던 상황에서 해방이 되었다고 창작열이 금세 살아날 수는 없는 노릇, 여기에 더해 많은 작가들의 월북으로 인한 문단 공백 또한 지속되었다. 일본어가

15) 이봉범, 「8 · 15해방~1950년대 문화기구와 문학-문화관련 법제를 중심으로」, 『현대문학의 연구』44, 한국문학연구학회, 2011, 293, 301면.

16) 이중연, 「해방기 출판의 지향」, 『책, 사슬에서 풀리다-해방기 책의 문화사』, 혜안, 2005, 148면.

아닌 한글로 된 독물에 대한 대중 수요가 급증했으나, 이를 충족시킬 만한 책이 제대로 공급되지 못했다. 대중들이 접할 수 있는 한글 책은 뻔했고 그나마 쉽게 구하기조차 어려웠다. 친일 작가로 낙인찍힌 이광수와 최남선의 식민지시기 저술들이 불티나게 팔려 나간 현상 또한 이러한 상황 탓이 컸다. 출판사 수는 늘었으나 마땅히 출판할 책이 부족했기 때문이다. 이러한 상황에서 저작권을 가진 출판업자들 또한 여러 가지 사정을 이유로 적극적으로 출판에 뛰어들지 못했다.[17] 해적판이 출현한 것은 바로 이러한 배경 하에서였다.

『태평천하』가 해방 이후 유독 많은 수의 해적판으로 재출간된 것은 이 시기 달라진 문단 상황, 출판환경 및 대중들의 수요라는 측면에서 이해해야 할 것이다. 본고의 서론에서도 언급한 바 있듯이 그간 『태평천하』의 해적판이 출현한 배경과 상황에 대한 인식 없는 연구들로 인해 이들의 존재 자체가 지니는 의미 역시 연구자들에게 큰 관심 대상이 되지 못했고, 이에 해적판들은 오랫동안 정체를 알 수 없는 국적 불명의 작품, 혹은 원본의 가치와 저작권자의 권리를 훼손하는 탈법적인 존재로 치부되어왔다. 해적판을 부정적인 대상으로만 볼 경우 이들에게 문학적 가치가 있다고 말하기 어렵다. 그런데 이와 같은 단순한 이분법으로는 해결할 수 없는 문제들이 있다. 해방 이후의 출판환경과 저작권 상황을 고려해서 보자면 이 시기 해적판 출간은 그저 원본에 대한 비합법적인 훼손 행위이거나, 출판시장을 교란하고 상업적인 이익을 취하기 위한 절도 행위로만 그 의미가 국한되지 않기 때문이다. 미약하게나마 해적판은 저작권자가 해결하지 못한 출판물 공급 문제를 해소하여 당

17) 같은 책, 29, 135, 152-155, 220면.

시 독자 대중들의 한글 책에 대한 요구를 충족시키고 출판물 수급 불균형 문제를 해결하는 데 일조했음을 인정하지 않을 수 없다. 당시 저작권 보유를 통해 상업적인 이익을 취득하는 주체가 저자가 아닌 출판사였음을 감안하면 해적판은 저자의 권리보다 출판사의 권리를 침해한 혐의가 더 크다. 1958년 12월에 이르러서야 동지사에 귀속되어 10년 간 발목 잡혀있던 『태평천하』가 정식으로 재출간되었다는 사실은 해적판 출현과 관련해 중요한 의미를 지닌다.

『태평천하』의 해적판들은 공통적으로 원작자 채만식의 이름을 밝혔고, 1940년 출간 초판 ≪삼인장편전집≫ 수록 텍스트를 저본으로 삼았다. 1949년 중앙출판사에서 『태평천하』의 첫 해적판 『황금광시대』가 출간되었을 때 『태평천하』의 저작권은 동지사에 귀속되어 있었다. 『황금광시대』는 저작권 논란을 피하기 위한 방법으로 동지사본이 아닌 ≪삼인장편전집≫본을 선택하고 표제를 임의로 수정했다. 1958년 대동사 출간 『애정의 봄』 역시 ≪삼인장편전집≫을 저본으로 했으나 서두 일부를 누락하고 표제를 수정함으로써 기 출간된 어떤 판본과도 다른 판본이 되었다. 부연하면 『애정의 봄』은 1940년 초판, 1948년 재판, 그리고 1949년 『황금광시대』 어느 것과도 다른 판본이라는 것이다. 이 역시 출판업자의 고의성에 따라 저작권 시비를 비껴가기 위한 선택이었다. 마지막으로 『꽃다운 청춘』은 최초 해적판 『황금광시대』를 출판한 중앙출판사에서 나왔으나 이와는 다른 판본이다. 『꽃다운 청춘』의 대본은 같은 해 출간된 해적판 『애정의 봄』이다. 『꽃다운 청춘』은 1차 저본으로 ≪삼인장편전집≫ 수록 『천하태평춘』을, 2차 저본으로 『애정의 봄』을 택하되 표제를 수정했다. 결론적으로 세 해적판은 저자명을 제외하고 모두 다른 텍스트가 된 것이다. 『태평천하』의 세 해적판이 모두 다른 텍스트가 된 것은 많은 부분 출판업자의 비윤리성 탓이지만, 그 이면에 저작권 독점과 이로 인한 재판 출간 지연, 출판시장의 교란과 무질서 등에서도 이유를 찾을 수 있다.

『해적판 스캔들』의 저자는 최초의 해적판 스캔들인 '도널드슨 대 베케트 재판'의 내용과 의미를 소개하는 '머리말'에서 해적판에 대해 다음과 같이 이야기한 바 있다. "정확히 말하자면, '해적 행위'란 법령으로 보호받고 있는 작품을 누군가가 멋대로 출판하는 것을 말한다. 그러나 권리를 가진 자는 왕왕 기득권을 위협하는 모든 것에 '해적'이라는 오명을 뒤집어씌운다. 그것이 정말 위험한 행위인지 아닌지를 진지하게 따져보지 않는 경우도 있다. '해적'이라는 비난은 기득권을 지키기 위한 정치적 슬로건이기도 한 것이다. [중략] 그러나 책의 출판을 영구적으로 독점하는 것이 사회에 좋은 일인가 아닌가 하는 것 역시 묻지 않으면 안 된다." 저자의 주장은 곧 "저작권은 영구적이지 않고 저작권을 독점하는 것은 바람직하지 않다"라는 문장으로 압축된다. 이는 저작권을 보유한 기득권자의 입장에서 볼 때 상당히 불만스러운 내용일 수밖에 없다. 그러나 콘텐츠의 다양화 및 공유 측면에서 그의 주장은 기득권자의 저작권 독점이 비합리적이고 비민주적임을 지적한 것으로 이해된다. 『해적판 스캔들』이 논거로 삼은 '도널드슨 대 베케트 재판'과 『태평천하』의 해적판 출현을 아무런 전제나 바탕 없이 동일시하기는 어렵다. 그럼에도 불구하고 이 책의 저자가 저작권 분쟁을 바라보는 관점은 해방 이후 『태평천하』의 해적판이 난무한 현상의 이면을 이해하는 데 도움이 될 것이다.

제5장

김기진 번역 번안소설 연구

1. 문제제기

김기진에 관한 논의의 대부분은 카프 활동의 일환으로 그가 발표한 시와 소설, 비평이론 및 창작방법론에 집중되어 있다.[1] 그러나 이러한 연구 경향에는 한 가지 모순점이 존재한다. 대부분의 김기진 연구는 시기적으로 1920년대 중후반부터 1930년대 초반까지 보인 문학활동에 집중되어 있다. 그럼에도 불구하고 1920년대 중후반 그가 발표한 번역 번

1) 이 가운데 김기진 소설에 대한 선행연구의 대략적인 목록은 다음과 같다.
서광제, 「김팔봉 작 영화소설 『전도양양』 독후감」, <중외일보> 1930.5.24.
이주형, 「김기진의 통속소설론」, 『국어교육연구』15권1호, 국어교육학회, 1983.
정낙식, 「김기진 소설 연구: 1920-30년대 작품을 중심으로」, 서울대 석사논문, 1986.
양애경, 「김기진의 해조음 분석」, 『문예시학』2, 문예시학회, 1989.
송경빈, 「팔봉 김기진 소설 연구: 1920-30년대 작품을 중심으로」, 충남대 석사논문, 1990.
류덕제, 「카프의 대중소설론과 대중소설」, 『국어교육연구』23권1호, 국어교육학회, 1991.
신철하, 『한국근대문학의 이상과 현실』, 한양대출판부, 2000.
박용찬, 「한국전쟁기 팔봉 김기진의 문학활동연구」, 『어문학』108, 한국어문학회, 2010.
최동호, 「백석의 1940년 『테스』 번역본에 대한 비교 검토」, 『한국학연구』47, 고려대한국학연구소, 2013.
정혜영, 「역사담물의 시대와 역사소설의 새로운 가능성 모색-김기진의 『심야의 태양』을 중심으로」, 『한중인문학연구』42, 한중인문학회, 2014.
김영애, 「『전도양양』의 개작 연구」, 『우리어문연구』49, 우리어문학회, 2014.
김영애, 「『최후의 승리』 판본 연구」, 『현대문학의 연구』54, 한국문학연구학회, 2014.
김영애, 「김기진과 『중외일보』」, 『근대서지』10, 근대서지학회, 2014.

안소설에 관한 논의는 찾아보기 어렵다. 본고는 지금까지의 김기진 연구가 카프라는 외연에 의해 구성된 결과라 보아 그들이 보인 모순을 극복하고, 김기진 문학에 대한 이해의 지평을 넓히고자 한다. 본고의 문제의식은 카프활동과 직접적인 연관이 없어 보이는 그의 번역 번안소설을 지엽적인 것, 연구 가치가 없는 것이라 배제해 온 기존의 논의 경향을 극복하려는 데서 출발한다. 물론 그의 번역 번안소설에 관한 선행연구가 불충분하다는 사실만으로 이러한 논의에 어떤 필연성이나 당위성이 부여되는 것은 아니다. 그러나 근대문학사 형성 과정에서 "내로라하는 작가치고 번역에 손대지 않은 경우가 거의 없"[2]다는 지적처럼, 김기진 역시 창작활동 초기에 내보인 문학적 관심은 시, 비평과 더불어 번역 번안소설에 있었다. 본고는 김기진의 번역 번안소설이 지닌 서사적 특징을 분석하여, 1920년대 중후반 그의 문학적 관심이 무엇이었는가를 고찰해보고자 한다. 특히 지금까지 알려지지 않은 그의 번안소설 두 편을 소개하고 분석하려는 시도는 그가 보여준 번안소설에 대한 관심을 재평가하는 데 필수적인 작업이라 할 수 있다.

김기진의 번역 번안소설에 관한 선행 연구가 충분히 이루어지지 않은 이유는 두 가지다. 하나는 대상 텍스트에 대해 연구자들이 제대로 인지하지 못했기 때문이고, 다른 하나는 대상 텍스트의 존재를 인지했더라도 연구자들이 거기에 문학적인 의미가 없다고 판단했기 때문이다.

---

2) 박진영, 「근대 번역문학사 연구와 번역 주체」, 『현대문학의 연구』50, 한국문학연구학회, 2013, 244면. 박진영은 이 글에서 김기진이 나도향과 더불어 "프랑스문학에 매혹되었다"고 서술했다.(같은 논문, 246면) 그러나 김기진이 실제로 번역 번안한 작품들의 원작 가운데 프랑스 작가의 작품은 모파상의 『여자의 일생』과 르블랑의 『수정마개』 두 편이며, 하디의 『테스』와 스티븐슨의 『지킬박사와 하이드』는 영국 작가의 작품이므로 상기와 같이 일반화하기는 조심스럽다.

홍정선 편 『김팔봉 문학 전집』에 그의 번역 번안소설 텍스트는 수록되지 않았고, 심지어 작품 연보에도 그와 관련된 내용을 찾을 수 없다. 이러한 배제는 김기진과 번역 번안소설의 상관성에 대한 무시나 몰이해로 이어져 오랫동안 기존 연구 경향만 반복 · 재생산하는 결과를 초래했다. 이렇듯 선행 연구의 부족이 텍스트에 대한 몰이해에서 기인한 것이라면, 이러한 논의는 김기진 연구와 번역 번안소설 연구 양자를 위해 반드시 필요하다. 본고는 김기진의 번역 번안소설이 모두 1920년대 중후반에 집중적으로 발표된 사실에 주목하여 이들이 그 초기 작품세계의 한 경향을 드러내며, 나아가 후기작들의 특성을 형성한 전사(前史)로서의 의미를 갖는다고 판단해 그의 번역 번안소설 연구의 필요성을 제기한다. 김기진이 본격적인 장편소설 창작에 매진한 기점이 『약혼』(1926)이며 그 후속 작품이 연작소설 『황원행』(1929)과 영화소설 『전도양양』(1929)이다. 그리고 그가 번역 번안소설을 발표한 시기는 1926년부터 1928년에 걸쳐 있다. 이 시기에 그가 순수 창작과 더불어 번역 번안 작업을 시도한 데는 분명 어떤 문학적인 영향관계나 계기가 존재할 것이다. 이것을 김기진의 창작세계 형성 과정과 결부시킬 수 있다면 그에 대한 이해와 공감의 폭이 넓어질 것이고, 비평과 카프를 중심으로 이루어졌던 그의 작품세계에 대한 논의가 확장될 것이다. 또한 그의 번역 번안소설이 품은 지향이 무엇인지를 살펴봄으로써 그의 작품세계를 온전히 이해하는 데 기여할 것이다.

1926년부터 1928년까지 김기진이 번역 번안한 소설은 모두 네 편이다. 구체적으로 모파상(Guy de Maupassant)의 『여자의 일생』을 번역한 『녀자의 한평생』(박문서관 1926)과 하디(Thomas Hardy)의 『더버빌 가의 테스』를 번안한 「繡弄」(『중외일보』 1926), 스티븐슨(Robert Louis Stevenson)의 『지킬박사와 하이드』를 번안한 『怪賊』(『중외일보』 1927)과 르블랑(Maurice Leblanc)의 『수정마개』를 번안한 『最後의 勝利』(『중외일보』 1928)가 그들이다.[3] 이들 중 뒤 두 작품은 지금까지 김기진의 번역 번안소설로 다루어진 적이 없다. 그 이유는 『괴적』의 경우 번안자명이 '金丹鼎'이라 표기되어 있고, 『최후의 승리』 역시 번안자명이 '김낭운', '丹鼎'으로 표기되어 있어 이들과 김기진의 상관관계가 구체적으로 규명되지 않았기 때문이다. 최근 연구에 의하면 『괴적』의 '김단정'과 『최후의 승리』의 '단정'은 모두 김기진의 필명이다. 김기진의 번역 번안소설은 1920년대 중후반에 발표되었고, 그 수는 네 편에 이르며, 그 중 세 편이 『중외일보』에 게재되었다.[4]

본고는 『녀자의 한평생』, 「번롱」이 여성해방의 서사를, 『괴적』, 『최후의 승리』가 '탐정 추리서사'를 주된 내용으로 삼고 있다는 점에 주목하여 김기진이 번역 번안을 통해 표출하고자 한 바가 무엇인지를 추론해보고자 한다. 이는 그의 창작의식을 엿볼 수 있는 단서가 된다는 점에서도 중요하게 다루어져야 한다. 본고는 김기진이 1928년~1929년 사이에 내보인 이른 바 '새로운 통속소설론'의 방향성이 그가 번역 번안소설을 통해 표출하고자 했던 바와 긴밀히 연결된다고 보아 이들이 지닌 서사적 특징을 고찰할 것이다. 이를 위해 본고는 김기진 번역 번안소설의 서사적 특징을 '새로운 통속의 창조'라는 그의 창작 기조와 결부시켜 두 가지로 유형화하고자 한다. 먼저 '여성수난의 서사'를 통해 김기진이

3) 본고의 분석 대상 네 편 가운데 『녀자의 한평생』은 번역소설이며, 나머지 세 편은 모두 번안소설로 분류할 수 있다. 김기진은 각 작품마다 '譯(飜譯)', '飜案' 문구를 명시하여 번역과 번안을 구분하였다.

4) 이에 관해서는 김영애 「『최후의 승리』 판본 연구」(『현대문학의 연구』54, 한국문학연구학회, 2014), 「김기진과 『중외일보』」(『근대서지』10, 근대서지학회, 2014) 참조.

실험적으로 선보이고자 한 바가 무엇인지를 고찰하고, '탐정 추리서사'의 도입을 통해 그가 내세운 '대중화론'의 방향성이 구체적으로 무엇인지 살펴보고자 한다. 이를 통해 김기진 번역 번안소설의 의의를 재조명할 수 있을 것이다. 김기진 연구를 넘어 1920년대 번역 번안소설에서 그의 작품이 차지하는 비중이 적지 않은 만큼 이에 관한 본격적인 논의와 분석이 반드시 필요하리라 판단된다.[5)]

2. '새로운 통속'의 두 축

1) 여성수난의 서사

모파상의 『여자의 일생』은 귀족계급 여성인물의 삶을 통해 19세기 프랑스 여성의 성역할(딸, 아내, 어머니)과 종속성을 고발한 작품으로 평가된다.[6)] 본고는 김기진이 모파상의 원작을 번역한 것이 자신의 창작의식과 깊은 관련을 맺고 있다고 판단하였다. 모파상의 원작이 여성의 삶 일반에 대한 무미건조한 서사를 다룬 것이 아니라, 어느 수준까지 현실 고발에 이르는 문제의식을 보여준 것이기에 김기진이 번역이라는 행위를 빌어 원작에 담긴 메시지를 조선 사회에 전달하고자 했던 것이다. 삼종지도(三從之道)에 얽매인 조선의 구여성뿐만 아니라 신여성들도 전환기 조선에 불어 닥친 새로운 성 문화에 예민하게 반응할 수밖에 없었던

5) 본고에서 다룰 작품들의 서지사항은 송하춘의 『한국근대소설사전』(고려대출판부, 2015)을 참고했으며, 김기진이 『중외일보』를 중심으로 발표한 번역 번안소설에 관해서는 김영애 「김기진과 『중외일보』」(『근대서지』10, 근대서지학회, 2014)에서 간략히 정리한 바 있다.

6) 박혜영, 「모파상의 *Une vie*에 나타난 여성과 여성성」, 『불어불문학연구』40, 한국불어불문학회, 1999, 126-127면.

점을 상기하면 원작이 지닌 문제의식은 그 자체로도 충분히 조선의 현실에 대한 비판의 메시지로 수용될 수 있었을 것이다. 단순히 대중적인 흥미만을 추구하려는 의도가 아니라, 사회 개혁과 현실 비판의 무기로 원작의 주제가 동원된 것이다.

『녀자의 한평생』은 일역본을 저본으로 하였기에 모파상의 원작과 어느 정도 표현의 차이가 존재하나, 당시 흔했던 축역이나 경개역, 초역이 아니라 완역이라는 점에서 비슷한 시기 다른 번역 번안작들과 변별된다. 등장인물의 이름, 지명 등 고유명사는 원문 표기를 최대한 살렸고, 원작에 등장하는 인물이나 사건이 빠짐없이 모두 기술되었다. 이러한 형식의 측면뿐만 아니라 주제의식의 측면에서도 김기진이 원작의 메시지를 자신의 창작세계 내부로 포섭하려는 의도를 지니고 있었음을 짐작하는 것은 그리 어려운 일이 아니다. 딸, 아내, 어머니로서의 정체성만을 강조하는 사회에서 여성인물이 느끼는 부조리와 모순을 사실적으로 그린 모파상의 『여자의 일생』은 그 주제의 전위성만으로도 충분히 도발적인 문제제기일 수 있다. 1926년 조선의 상황에서 여성의 삶 또한 모파상의 원작에 묘사된 세계와 크게 다를 바 없으니 김기진이 번역을 통해 이러한 주제의식을 피력한 것은 조선 내에서의 여성의 위치와 현실에 대해 직설적이고 도발적인 문제제기를 한 셈이다.[7] 이렇듯 『녀자

7) 1915년 『청춘』 6호에 수록된 「金鏡」에서 이광수가 모파상의 이름을 처음 언급했고, 1917년 6월 『청춘』에 진학문이 그의 소설 「더러운 면포*Le pain maudit*」를 번역 게재한 것이 모파상 번역 번안의 효시이다. 1919년 김억이 『태서문예신보』에 「孤獨」이라는 번역소설을 게재하기도 했다. 1920년대로 접어들면서 모파상 소설 번역 번안 작업이 이전에 비해 좀 더 활발해졌다. 이 시기 홍명희, 홍난파, 박영희, 조춘광, 양주동, 김소월 등 여러 문인들에 의해 그의 작품이 번역 번안되어 소개된다. 박진영, 『번역과 번안의 시대』, 소명출판, 2011, 442-443면, 김준현, 「'번역 계보' 조사의 난점과 의의: 벽초 홍명희의 경우」, 『프랑스어문교육』39, 한국프랑스어문교육학회, 2012, 279-280면. 모파상의 작품이 근대문학 초기부터 작가나 문인들에 의해 빈번하게 번역・소개된 정황으로 미루어볼 때 당대 그의 대중

의 한평생』에서 김기진은 원작의 충실한 반영을 시도했다. 그런데 본문 중간 중간 성적 묘사가 등장하는 부분이 삭제된 것을 발견할 수 있다. 검열을 의식한 탓인지, 대부분 남성인물과 여성인물 간 성행위를 직접적으로 묘사한 대목에서 '以下 三行 削除', '以下 四行 削除'와 같은 방식으로 원문에서 삭제된 부분을 일일이 표시하고 있다. 이는 두 번째 번안작 「번롱」에서 드러나는 '번안자의 봉건적 윤리적 태도'와도 연관되는 특징이라 할 수 있다.

하디의 『더버빌가의 테스』는 남성인물에 의해 구축된 '성녀와 창녀의 이분법'으로부터 고통 받고 농락당하는 여성인물을 형상화하였다. 김기진은 원작이 무엇인지를 짐작하기 어려운 '번롱'이라는 표제를 선택하는 방식으로 이미 이러한 주제의식을 수용했다. 「번롱」은 김기진이 1926년 『중외일보』 창간호부터 연재된 것으로, 김기진과 『중외일보』의 첫 번째 번안소설이다. 최동호는 김기진의 「번롱」과 백석의 『테스』를 비교 분석하는 논의를 보인 바 있다. 그 주된 내용은 「번롱」이 축역 혹은 경개역인데 비해 『테스』는 완역이라는 점에서 두 작품의 차이가 발생한다는 것과, 바로 그 때문에 『테스』에 비해 「번롱」에는 번안자의 윤리적, 봉건적 태도가 확연하게 드러난다는 것이다. 가령 「번롱」이 신문 연재 형식이라는 제약으로 인해 독자들의 호기심을 자극하기 위한 서술을 표면에 배치하거나 사건 전개를 매 회 발단-전개-결말의 단락으로 구성하는 방식을 취했다면, 『테스』의 경우 원작의 실감을 살리기 위해 표현에 신중을 기했다는 점에서 구별된다는 것이다. 또한 「번롱」

적 인지도나 인기를 짐작할 수 있다. 이들 중 『여자의 일생』은 김기진뿐만 아니라 심향산인(心鄕山人), 김자혜 등에 의해 번안되기도 했다. 심향산인의 『여자의 한평생』(『조선일보』 1929.10.27-10.30)과 김자혜의 『여자의 일생』(『신가정』 1933.2)은 양자가 모두 경개역(梗概譯)이라는 점에서 김기진의 완역과 구별된다. 송하춘, 앞의 책, 366면.

에서 여성인물 '테스'를 '요부'로 표현한 대목이나 '테스'와 '앤젤'의 키스 장면에서 행위 주체를 뒤바꾼 부분은 원작과 상이한 번안이며, 이는 번안자 김기진의 봉건적인 태도가 개입된 해석이라는 것이다. 최동호는 이를 "번안과 정식 번역 사이의 차이"에서 기인한 결과로 보았다.[8]

번역 번안소설의 경우 원작과의 비교 분석보다는 텍스트 선택이 지니는 의미를 분석하는 것이 더 생산적일 수 있다. 그 의미는 두 가지 차원의 문제제기를 통해 추론되어야 한다. 우선, 왜 김기진이 모파상의 『여자의 일생』과 하디의 『더버빌가의 테스』를 번역 번안 텍스트로 선택했는가 라는 의문에 대한 답이 마련되어야 한다. 그리고 그의 번역번안소설이 어떤 주제의식을 표출하기 위한 행위였다면 그것이 무엇인지를 되묻는 작업이 필요하다. 김기진이 『약혼』, 『전도양양』 등에서 경향적 통속성 추구의 한 방법으로 여성해방의 서사를 선택한 것 또한 우연이 아니다. 두 원작에서 여성인물은 남성인물의 성적, 경제적 착취에 일방적으로 희생당하는 존재로 묘사된다. 『여자의 일생』은 여성인물 '쟌느'를 중심으로 그녀와 그녀의 남편 '쥴리안' 사이의 갈등을 서사구조의 핵심으로 설정했고, 『테스』는 남성인물에 의해 구축된 '성녀와 창녀의 이분법'으로부터 고통 받고 농락당하는 여성인물을 형상화했다. 김기진은 두 원작에 공통되는 여성 수난의 서사를 이후 그가 제시한 '경향성과 통속성의 조화'라는 창작방법론에 효과적으로 적용할 수 있다고 보

8) 최동호에 따르면, 「번롱」은 토마스 하디의 『테스』를 우리나라에 최초로 소개한 작품이며, 토마스 하디는 당시 일본에서 매우 인기 있는 작가였고 이로 인해 조선 유학생들도 그에게 깊은 관심을 가지게 되었다고 한다. 최동호, 「백석의 1940년 『테스』 번역본에 대한 비교 검토」, 『한국학연구』47, 고려대한국학연구소, 2013, 13-19면. 하디의 『테스』는 김기진의 「번롱」을 시작으로 심향산인의 『따바뷰의 테스』(1929), 최활의 『두 야심의 비극』(1930), 백석의 『테스』(1940) 등으로 꾸준히 조선 문단에 소개되었다. 이 또한 모파상과 마찬가지로 조선 문단 내에서 그의 대중적 인기를 실감할 수 있는 근거가 될 수 있다.

았다. 여성 수난의 서사가 경향성과 통속성의 조화라는 창작방법론의 적용에 효과적이라고 판단한 것은 1920년대와 1930년대 다수의 작가들이 합의한 부분이다. 채만식, 강경애, 이광수, 현진건 등 많은 작가들이 즐겨 여성수난사를 서사의 핵심요소로 등장시킨 바 있다. 따라서 이러한 서사 전략을 김기진만의 고유한 것이라 보기는 어렵다. 다만 그의 전략은 '창작방법론의 구축과 그 실천'이라는 차원에서 진지한 문학적 시도로 평가될 수 있다.

1920년대 중반 김기진이 새로운 통속소설의 한 축으로 여성수난의 서사를 채택한 배경을 이해하기 위해, 그가 당대 비평이나 수필에서 드러냈던 여성관을 검토할 필요가 있다. 1924년 수필 「눈물의 순례」[9]에서 김기진은 "생리적으로 차이를 가졌다는 이유 아래서, 신성한 영성이 짓밟혀버리면 어떻게 하느냐. 인류의 어머니인 그네들에게, 생리적 기능으로 말미암아 활동의 휴가를 갖게 되는 때는, 우리는 더한층 그네들을 우대하여야 하겠다. 그때를 제(除)한 그 외의 모든 시간에는 사내와 여편네의 사이에 무엇이 다름이 될까보냐. 조선에 있어서 여성해방이 먼저 되어야 하겠다."와 같은 표현을 통해 모성 보호의 문제와 더불어 조선에서 여성해방의 필요성을 역설하기도 했다. 「소위 신여성 내음새」[10]에 이르러 그는 "머리만 속발(束髮)로 짓고 치마만 짧게 해 입고 긴 양말에 굽 높은 구두만 신고 일본말이나 좀 알고 영어나 좀 알아들을 수 있고 길에 나서면 걸음걸이나 좀 뚜벅뚜벅 활발하게 걸을 수 있고", "천박한 아메리카니즘(亞米利加主義)을 노골하게 나타내놓는 자동차만 타고 달리는 것이 전부의 절반이 넘는 비속한 활동사진만 보러 다니고 모양 잘

9) 김기진, 「눈물의 순례」, 『개벽』 1924.1, 233면.
10) 김기진, 「소위 신여성 내음새」, 『신여성』 1924.9, 20-21면.

내고 키스 잘하는 여자"를 신여성의 왜곡된 내 · 외형이라 보아 신랄하게 비판하였다. 이러한 비판과 더불어 그는 "오늘의 시대를 똑똑히 보고 우리의 살림을 반듯이 깨닫고 '나'라는 의식(意識)을 넓혀서 그것을 세계의 끝까지 확장하고 오늘날의 온세계를 통틀어서의 여자라는 처지에서 또는 다만 조선 안의 여자라는 처지에 서서 자기네의 할 바 일이 무엇인가를 즉 자기의 사명(使命)이 무엇인가를 밝히 알고서 실행"하는 동시에 "굳은 의지력(意志力)과 불길같이 타오르는 반역의 정신(叛逆精神)과 철저한(徹底) 모성의 자각(母性自覺)과 현실생활(現實生活)에 대한 깊은 성찰(省察)이 있는 여성"이 진정한 의미의 신여성이라 주장했다. 또한 「시사소평」[11]에서 그는 여성해방운동에 대해 "그것은 소작인과 노동자의 이익을 소작인과 노동자 자신이 옹호함과 같이 여성 자신의 이익을 여성 자신들이 옹호하고 획득하자 하는 생각에 그 출발점을 둔 인간 운동 중에 그 하나"이며, "무산계급적 훈련과 전술과 교양을 가진 여성"이 곧 새로운 시대에 필요한 새로운 여성이라고 보았다.

그런데 신여성의 정체성 및 여성해방운동에 대해 취한 진보적인 태도와 달리 그는 여성의 정조에 관해서는 상당히 보수적인 입장을 보이기도 했다. 김기진의 초기 비평 가운데 「김명순씨에 대한 공개장」과 「김원주씨에 대한 공개장」[12]은 흔히 '제1세대 여류문사'로 불리는 김명순, 김원주(김일엽)에 대한 김기진의 비판의식이 직설적으로 제시된 텍스트로 종종 인용된다. 특히 「김명순씨에 대한 공개장」은 발표 당시나 이후 꾸준히 논쟁의 대상이 되었는데, 예컨대 다음 인용문과 같은 표현이나 그 속에 내재된 태도의 문제가 많은 논란을 불러일으킨 것이라 생각된다.

11) 김기진, 「시사소평」, 『개벽』, 1925.3, 71면.

12) 두 편은 모두 '新女性 人物評'이라는 코너로 1924년 11월 『신여성』에 연속 게재되었다.

그러나 不幸히 나는 그의 過去를 잘 알지 못한다. 다만 그는 平壤 胎生이라는 것과 그의 母親이 曖昧女性(半 妓生?)이엇섯든 것과 그의 姑母들도 亦是 그러타는 것과 자기는 어부子息이고 어머니는 일즉이 도라갓다는 것과 딸하서 어려서는 가정에서 귀염을 바드며 자라낫스나 장성한 뒤에는 어부자식으로 설음을 만히 바닷다는 것밧게는 알지 못한다. 그래서 그런지 그의 혈관 속에는 그의 어머니의 피와 또는 그의 고모들의 피가 흘느는 것 갓다. 그로 하여금 '일개의 메란코릭크한 여성'을 맨든 것이 어부자식이라는 처지이엿스며 얼마간 頹廢적 기분을 가지고 잇게 한 것이 그의 가정 안의 환경이 아니엿슬가. 그리하야 그 憂鬱과 퇴폐가 相合하여가지고 나아논 것이 아마 히스테리인 모양이다. 〔중략〕 그러나 그가 東京서 林蘆月군과 동서하고 잇슬 때에는 蘆月君의 唯美主義에 共鳴하고 조선 나와서는 이 사람 만나서는 이 사람 따라가고 저 사람 만나서는 저 사람을 따라가든 그임을 생각할 때엔 지금인들 무슨 獨特한 主觀이 있을 듯 싶지 않다. 이렇게 말하면 너무 人格을 無視한 것 같지만 대체로 女子라는 것은 國粹主義者에게 가면 國粹主義者가 되고 共産主義者에게 가면 共産主義者가 되는 모양이니까 별로 特히 金氏를 無視한 것은 아닐 것이다. 全世界 女性同盟會에서 攻擊한다면 그때에는 愉快하게 應戰이나 해볼테지만.[13]

이미순과 서정자[14] 등 많은 논자들이 이 글에서 직설적으로 제시된, 혈통과 인격의 상관성에 대한 정당화 논리나, 가정사 및 개인사를 근거로 한 인신공격성 발언 등을 문제 삼았다. 그러나 이 글에서 눈여겨볼 대목은 그뿐만이 아니다. 인용의 마지막 "대체로 女子라는 것은 國粹主義者에게 가면 國粹主義者가 되고 共産主義者에게 가면 共産主義者가 되는 모양이니까"라고 언급한 부분도 주목해볼 필요가 있다. 이 대목에서

13) 김기진, 「김명순씨에 대한 공개장」, 『신여성』 1924.11, 49-50면. 밑줄은 인용자의 것이다.

14) 이미순, 「팔봉 김기진의 여성론에 대한 일 고찰」(『개신어문연구』18, 개신어문학회, 2001), 서정자, 「축출, 배제의 고리와 대항서사: 디아스포라 관점에서 본 김명순의 문학」(『세계한국어문학』4, 세계한국어문학회, 2010).

김기진의 무의식에 가까운 여성관이 가감 없이 드러나기 때문이다. 의도의 진지성 여부와는 별개로 그는 여성을, 주체성이 결여된 존재'로 인식하고 있으며, 그 대표적인 예로 당대 신여성의 대명사 김명순과 김원주를 들고 있다. 그런데 여성의 주체성을 강조하는 내용과 이들이 비주체적인 존재인 이유를 설명하는 내용은 인과론적으로 연결되지 못한다. 즉 여성에게 주체성이 결여된 데는 특별한 이유가 없다는 것이다.

또 다른 예로 1933년 10월 『삼천리』에서 주관한 한 좌담회[15]에서 그가 밝힌 여성의 정조관은 그의 여성해방론에 대한 불신과 매도로 이어질 정도로 많은 비판을 받았다. 이광수, 김억, 나혜석, 김동환 등이 참여한 이 '만혼타개 좌담회'에서 김기진은 생물학적 차원에서 여성의 정조 문제를 논하며, 그것이 '혈통'에 영향을 미친다는 주장을 펼쳤다. 여성의 정조는 궁극적으로 '혈통 보존'이라는 가부장제 이데올로기를 공고하게 하기 위한 도구일 뿐이라는 식의 주장은 그가 견지한 여성해방론이나 낭만적 연애론과 배치된다는 점에서 그의 여성의식이 지닌 이중성과 한계를 명확하게 보여주었다. 1924년 신여성 김명순을 비판한 '공개장'에서 이미 김기진은 혈통의 문제와 더불어 여성의 주체성 결여 문제를 지적했는데, 이러한 문제의식은 1933년에도 동일하게 유지되었음을 확

15) 「晩婚打開 座談會, 아아 靑春이 아가워라!」, 『삼천리』, 1933.10, 84-89면. 참고로 논란의 대상이 되었던 좌담회 내용 일부를 소개하면 다음과 같다. "記者—결혼난 완화책으로 리혼한 남성을 환영하도록 하는 풍조를 놉힐 수 잇다면 미혼 녀성을 만히 해소 식힐 수 잇슬 줄 아러요. 남자 편에서도 일단 시집 갓다가 도라온 녀자라도 색시와 가튼 태도로 마저 준다면 훨신 결혼난이 해소되지 안켓서요. / 金岸曙 —결국 그것은 「氣持ち」(마음, 기분) 문제인데 암만하여도 어느 구석엔가 께름한 점이 잇슬걸요. / 金基鎭 —어느 생물학자의 말을 듯건대 일단 딴 남성을 접한 녀자에게는 그 신체의 혈관의 어느 군대엔가 그 남성의 피가 석겨잇지 안을 수 업대요. 그러기에 혈통의 순수(血統の純粹)를 보존하자면 역시 초혼이 조흔 모양이라 하더군요. / 金岸曙 —제 자식 속에 딴 녀석의 피가 석겨거니 하면 상당히 불쾌한 일일걸요. 녀자측은 엇더케 생각하는지 몰라도."(89면) 밑줄은 인용자의 것이다.

인할 수 있다. 혈통이 불순하다는 점을 지적하면서 그것이 김명순과 그의 문학에 지대한 영향을 끼쳤다고 보는 태도와, 여성의 정조가 생물학적 차원에서 혈통 보존에 영향을 끼친다는 주장에는 일관된 논리가 내재되어 있다.

그에 따르면, 여성은 남성과 생물학적인(혹은 생리적인) 차이로 인해 차별을 받아서는 안 되며, 여성해방운동은 계급해방운동의 일부여야 한다. 동시에 여성은 남성에 비해 "독특한 주관"이 없고, 혈통 보존을 위해 정조를 지켜야 한다. 이 두 가지 시선 간의 거리를 어떻게 설명할 수 있을까? 문제는 이러한 이중적 시선이 그의 의식 내부에 공존하고 있다는 데 있다. 결국 그가 긍정적으로 평가하는 신여성이란 "무산계급적 훈련과 전술과 교양을 가진 여성", "굳은 의지력과 불길같이 타오르는 반역의 정신과 철저한 모성의 자각과 현실 생활에 대한 깊은 성찰이 있는 여성"이며, 이 모든 조건을 충족시키더라도 부정하고 문란한 생활을 하는 여성은 신여성이 될 수 없다. 부정하고 문란한 여성은 주체성이 없고 혈통의 순수를 보존하지 못하기 때문이다. 여기서 20세기 초 전 세계를 지배한 우생학의 논리를 엿볼 수 있다. 일본을 통해 유입된 우생학의 위력은 김기진에게도 영향을 끼쳤고, 당대 다른 지식인들과 마찬가지로 그는 자신이 신봉한 여성해방론과 우생학 사이에 존재하는 괴리와 모순을 인지하지 못했던 것이다.

『녀자의 한평생』과 「번롱」의 주제의식이란 결국 여성의 핍박과 수난을 소재로 한 것이기에 여성주의 문학의 반열에 놓인다. 이들은 여성의 삶과 수난 자체를 공론화했다는 점에서 특히 문제작이라 할 수 있다. 물론 이러한 주제의식은 원작자가 표방한 바를 김기진이 그대로 승계한 것이다. 따라서 이를 김기진의 고유한 여성의식이라고 단정 짓기 어렵다. 그러나 김기진이 당대 유행했던 많은 유럽 작가들의 작품 가운데 굳이 모파상과 하디의 작품을 번역 번안의 대상으로 선택한 것은 궁극적으로 그의 작가의식 또한 원작자의 그것과 크게 다르지 않았음을 방증한다. 그가 비평이론으로 설파한 여성해방론이나 조혼 폐지를 골자로 하는 낭만적 연애론 등은 소설이라는 장을 통해 시험되었고, 1920년대 중후반 당시 조선의 상황에서 그것은 강한 설득력을 지닌 담론이 될 수 있었다. 이후 그는 본격적인 장편소설 창작으로 나아가는 한편으로 탐정 추리물의 번안을 통해 지속적으로 '새로운 통속소설론'을 정립해나갔다.

2) 탐정 추리서사

1926년에 두 편의 번역 번안소설을 발표한 김기진은 다음 해 장르를 바꾸어 탐정 추리소설의 번안에 착수하였다. 그 첫 번째가 『怪賊』이다. 『괴적』의 원작은 추리소설의 고전이자 초기 SF문학의 대표 작품으로 평가되는 『지킬박사와 하이드』이다.[16] 『괴적』은 김기진이 '김단정(金丹鼎)'이라는 필명으로 1927년 3월 말부터 6월 12일까지 『중외일보』에 75회 연재한 번안 탐정소설이다. 『중외일보』 1927년 5월 16일 연재분이 48회인 것으로 보아 『괴적』의 연재 시작일은 대략 1927년 3월 30일경이다. 『괴적』은 '박 형사'가 탐정처럼 등장하여 '경찰부장이든 김부자 김

16) 원작 『지킬박사와 하이드』는 1921년 언더우드 부인에 의해 『쎼클과 하이드』로, 1926년 게일과 이원모에 의해 『일신량인기(一身兩人記)』로 번역된 바 있다. 『괴적』은 『지킬 박사와 하이드』의 세 번째 번안소설인 셈이다. 그런데 『쎼클과 하이드』, 『일신량인기』가 주로 외국인 선교사에 의해 번역된 작품이라는 사실을 감안할 때 김기진의 『괴적』은 그 의미가 다르다고 할 수 있다. 김영애, 「김기진과 『중외일보』」, 『근대서지』10, 근대서지학회, 2014, 228-229면.

명환'과 '괴적 장대진'의 관계 및 그와 관련된 의혹을 풀어나가는 과정으로 진행된다. 원작 『지킬박사와 하이드』에서 변호사로 설정된 '어터슨'이 『괴적』에서 '박 형사'로, 과학자로 설정된 '지킬'은 원로 형법학자 '김명환'으로, 범죄자이자 악의 화신으로 설정된 '하이드'는 대도(大盜) '장대진'으로 각색된다. 김명환은 일본제국대학 법과 출신이면서 의학에도 많은 취미가 있어 '인신개조제'와 '신인간제조제'를 개발하려고 여러 해 실험을 계속해왔고 결국 성공했다. 실험의 성공은 그가 김명환과 장대진이라는 두 인격을 넘나드는 일을 의미한다. 의혹의 해소라는 서사 구조는 결국 탐정이 미궁에 빠진 사건을 해결하는 과정으로 진행된다. 『괴적』은 박 형사가 '당대 일류의 형법학자인 백만장자' 김명환과 천하의 괴적 장대진의 관계를 파헤치는 내용이다. 경찰부 소속 박 형사는 김명환과 장대진이 모종의 관계를 맺고 있음을 눈치 채자 경찰부를 사직하고 사립탐정이 되어 이들을 추적한다. 약물 실험으로 인해 선인 김명환이 천하의 악인 장대진으로 변신하고, 그로 인한 사회적 파장이 커지자 김명환은 자신의 전 재산을 사회에 환원한다는 내용의 유서를 써 놓고 죽는다.

이중인격자의 비극적 최후를 그린 『괴적』은 1927년 『중외일보』에 연재된 이후 단행본으로 출간되지 않았다. 원작 『지킬박사와 하이드』가 이미 수차례 국내에서 번역 번안된 만큼 그 인기는 검증된 것이라 할 만한데도 김기진의 『괴적』이 단행본으로 출간되지 않은 점은 다소 의아하다. 『괴적』은 『중외일보』 연재 전반부 이상의 분량을 실제로 확인할 수 없다는 난점도 가지고 있다. 『괴적』의 전체 분량이 75회이며 그 가운데 47회까지를 확인할 수 없다는 것은 온전한 텍스트 분석이 어려움을 의미하며, 이것이 『괴적』 이해의 가장 큰 걸림돌이다. 『중외일보』

자료가 온전하게 보존되지 못한 이유가 무엇인지는 단정 짓기 어려우나, 이로 인해 다수의 『중외일보』 연재소설이 제대로 연구・평가되지 못한 것이 사실이다. 이러한 탓인지 『괴적』은 아직까지 그 원작이 무엇인지, 번안자 '김단정'이 구체적으로 누구의 필명인지 알려지지 못했다. 최근 송하춘의 『한국근대소설사전』(2015)에 수록된 내용에 따르면, 『괴적』의 원작은 스티븐슨의 『지킬박사와 하이드』이고, 연재 종료 일자와 총 연재 횟수는 확인 가능하나 연재 시작 일자는 『중외일보』 자료의 망실로 인해 확인 불가능하다.[17] 『한국근대소설사전』에 명기된 『괴적』의 원작은 연재 지면을 통해 확인된 것이 아니라 작품의 내용으로 미루어 짐작한 바이다. 또한 송하춘의 저술에서 누락된 사실 중 하나는 번안자 '김단정'이 김기진의 필명이라는 점이다. 지금까지 '단정'이 김기진의 또 다른 필명임이 알려지지 않았기에 이와 같은 사실의 누락은 어쩌면 당연한 결과일지도 모른다. 김기진은 『괴적』 연재 다음 해인 1928년 또 다시 '단정'이라는 필명을 써서 『최후의 승리』라는 번안소설 연재에 참여하기도 했다.[18]

『최후의 승리』는 1928년 1월 30일부터 5월 15일까지 『중외일보』에 105회 연재 완료되었으며, 식민지시기 가장 많이 번역된 작가의 한 사

17) 송하춘, 앞의 책, 47면.

18) 1926년 『시대일보』에 연재한 장편영화소설 『약혼』에서 김기진은 '팔봉'이라는 필명을 사용했고, 1926년에 발표한 『녀자의 한평생』, 「번롱」에서는 본명을 사용한 데 비해, 1927년과 1928년에 발표한 『괴적』, 『최후의 승리』의 번안자는 '단정'이라는 낯선 이름을 내걸었다. 1929년 김기진은 『동아일보』에 릴레이 연작소설 『황원행』을, 『중외일보』에 장편영화소설 『전도양양』을 연재했는데, 이때는 '단정'이 아닌 '김팔봉'이라는 필명을 썼다. 「번롱」, 『괴적』, 『최후의 승리』, 그리고 『전도양양』은 모두 『중외일보』에 연재되었고, 김기진은 동지(同紙)에 재직 중이었다. 필명의 교체 사용이 지시하는 이면적인 의미나 작가가 필명과 본명을 구분하여 사용하는 데 어떤 일관된 지침을 가지고 있었는지에 관해서는 알 길이 없다.

람인 모리스 르블랑의 『수정마개』를 원작으로 한 탐정소설이다. 원작 『수정마개』는 파나마운하 스캔들을 모델로 한 작품이다. 원작 속 탐정 '루팡'은 『최후의 승리』에서 협객 '류방'으로, '도브레크' 의원은 '대의사 김대성'으로 각색되었다. 『최후의 승리』의 공동 번안자는 김낭운(김광배)과 단정(丹鼎)인데, 김낭운은 『최후의 승리』를 35회까지 연재한 이후 병으로 집필을 중단하고 그로부터 약 5개월 후 사망하였다. 애초 공동 번안으로 기획된 작품이 아니라 최초 연재자 김낭운의 갑작스러운 발병으로 인해 연재가 중단될 위기에 처하자 김기진이 '단정'이라는 필명으로 후속 연재를 맡은 것이다. 전작 『괴적』이 단행본으로 출간되지 않은 것에 비해 『최후의 승리』는 1930년대 중반과 1953년 두 차례 단행본으로 출간되었다. 『최후의 승리』는 단행본 출간 과정에서 표제가 '최후의 심판'으로, 번안자가 김기진으로 수정되었다. 첫 단행본은 『중외일보』 연재가 종료된 후 1930년대 중반을 전후로 출간되었다. 이때 표제가 '최후의 심판'으로 수정되고 번안자가 김기진으로 표기되었다. 이러한 사실은 1930년대 중반 영창서관 "新刊圖書目錄"과 1939년 "中央印書館 分類同業者圖書目錄-昭和 十四年版"을 통해 확인할 수 있다. 두 번째 단행본은 1953년 세창서관에서 출간되었으며, 역시 표제 '최후의 심판', 번안자 '김기진'으로 표기되었다. 세창서관본은 1930년대 중반에 출간된 『최후의 심판』의 재판으로 추정된다.

김기진이 탐정 추리소설을 번안한 배경에 대해서는 구체적으로 알려진 바가 없다. 다만 1929년 8월 『조선지광』에 게재된 윤기정의 「문단시언」을 통해 당시 문단 상황이나 김기진의 사적인 정황을 유추해볼 수 있다.

> 우리는 팔봉이 발표욕이나 명예욕이 없으리라는 것을 믿느니만큼 원고료와 친분관계를 말할 줄 안다. 그러나 생활을 위하여 원고료를 받지 않지 못할 경우라 하더라도 그 작품이 반동적이라면 단연히 집필을 거절해야만 한다. 또한 친분관계는 더구나 문제가 되지 않는다. 반드시 싸워야만 할 것과의 친분관계란 있을 리 없다. 그러므로 원고료나 친분관계는 처음부터 문제도 되지 않는 것이다. [중략] 먼저도 말한 바이지마는 금번 동지 팔봉의 근본적 과오를 범한 것은 소위 연작소설이라는 작품에 있다느니보다도 저들 의식 부동한 작가들과 합류하여 공동제작에 집필한 데 있는 것이다. 「여류음악가」가 그리하고 「황원행」이 치욕적 반동의 작품이 되고 만다면 부분적 책임이 있지 않으면 안 된다.

대표적인 카프 이론가 윤기정의 비판은 김기진이 릴레이소설 『황원행』 집필에 참여한 동기에 집중되어 있다. 윤기정의 추측대로라면, 김기진이 『황원행』 집필에 참여한 이유는 작가로서의 발표욕이나 명예욕 때문이 아니라 '원고료'라는 경제적 문제와 더불어 집필에 참여한 다른 작가들(최독견, 염상섭, 현진건, 이익상)과의 '친분관계' 때문이다. 김기진이 '원고료'와 '친분관계' 때문에 『황원행』의 필자로 참여했다는 윤기정의 추측을 완전히 신뢰할 수는 없겠지만, 적어도 김기진의 범상치 않은 행보를 설명할 일말의 단서를 제공했다고는 볼 수 있다. 1926~1927년 사이 조선 문단의 가장 뜨거운 화두는 계급문학의 내용과 형식에 관한 것이었고, 이는 1928년에 이르러 문학예술의 대중화 문제로 구체화된다. 1928년 두 차례 조선공산당 검거 사건이 발발하자 문단의 토론과 창작열은 급속도로 냉각된다. 작가들은 자신들의 입지가 좁아지는 현실을 타개하고 대중적, 저항적 서사의 도입을 통해 사회적 지위 유지와 경제 문제를 동시에 해결할 수 있는 방법으로 『황원행』 같은 저항적 대중소설의 창작을 선택한 것이다.[19] 이 시기 김기진은 박영희, 임화, 윤기정 등 당대 카프 이론가들과의 논쟁과 토론을 통해 자신의 대중화론을 수립, 검증해나간다. 이 과정에서 도입된 것이 가장 대중적인 장르의 하나인 탐정 추리서사이다. 김기진은 카프 동료들의 비판을 의식해선지, 본명이나 익숙한 필명을 쓰지 않고 생소한 이름으로 두 편의 탐정 추리소설을 번안하여 발표했다. 이는 김기진이 1927년을 전후로 본격적인 대중화 노선에 진입했음을 뒷받침하는 근거라 할 수 있다.

『황원행』의 집필 배경에는 김기진이 평소 이상적인 대중소설가의 모델로 생각한 최독견의 참여가 한 요인으로 작용했으리라 짐작된다. 김기진은 이광수, 최독견 같은 작가들처럼 대중적인 파급력을 가진 소설을 창작해야 한다고 주장했다. 이는 김기진이 "카프 맹원들 가운데서 현실 감각이 가장 뛰어났던 작가"[20]라는 인식과도 맥락을 같이한다. 1926년 박영희와의 논쟁을 시작으로 김기진은 끊임없이 예술대중화론을 주장해왔고, 카프 내부에서 이와 관련해 신랄한 비판에 직면했다. 예술의 내용과 형식에 관한 논쟁의 핵심은 계급주의라는 내용뿐만 아니라 소설로서의 형식 또한 중요하다는 것이다. 형식의 중요성은 소설이 곧 프롤레타리아 대중을 위해 소비되는 양식임을 강조하는 태도와 연결된다. 김기진은 대중성을 강화시키는 서사전략을 통해 카프 예술이 당면한 두 가지 위기-검열 통과와 독자 확보-를 극복할 수 있다고 믿었다. 그러나 1920년대 후반에 이르러 문예작품에 대한 일제의 검열은

19) 이효인, 「연작소설 『황원행』의 집필 배경과 서사 특징 연구」, 『한민족문화연구』38, 한민족문화학회, 2011, 226-229면. 이효인은 『황원행』이 탐정서사를 기반으로 했다는 점, 대중소설가 최독견의 명성을 이용해 '개인의 명예와 생존이라는 실리', '문화적 계몽을 통한 주권 회복'이라는 명분을 얻고자 했다는 점 등을 이 소설의 특징으로 서술하였다.

20) 조성면, 「1930년대 대중소설론의 전개양상」, 『한국학연구』 제6,7합집, 인하대한국학연구소, 1996, 133면.

한층 강화되었고, 이에 맞서 계급성의 강화를 내세운 카프 급진파에 의해 김기진의 대중화론은 기회주의적 발상으로 치부되어 맹렬한 비난의 대상이 되었다.

그렇다면 김기진이 주장한 '새로운 통속소설', '대중소설'이란 무엇인가. 김기진이 「문예시대관 단편-통속소설소고」(『조선일보』 1928.11.9-20)에서 정의하는 '통속소설'은 구체적으로 이광수, 최독견의 작품을 이르는 것이었다. 김기진은 이 글에서 이들의 소설이 대중의 기호를 강하게 의식하여 창작되고 이에 대중들의 열렬한 호응이 뒤따르는 것을 대중추수주의라 비판하되, 이들이 대중과 소통하기 위해 내세운 서사전략은 어느 정도 참고하거나 따를 필요가 있다고 보았다. 김기진은 이광수와 최독견의 작품이 당대 통속소설의 표본이라 여기고, 그 특징을 '보통인의 견문과 지식, 감정, 사상, 그리고 문장 취미' 등 네 가지로 정리하였다. 이와 동시에 김기진은 이들의 대중추수적이고 저급한 통속소설과 구별하기 위해 '새로운 통속소설'의 필요성을 제기하였다. 김기진이 내세운 '새로운 통속소설'의 요건이란 무엇인가. 그는 이광수, 최독견처럼 보통인의 견문과 지식의 범위 내에서 재제를 취하되, 단순히 대중의 흥미를 유발하는 데서 그치지 않고 재제의 근저에 놓인 역사적, 사회적, 물질적 원인을 규명하여 독자들을 계몽할 수 있는 작품을 써야 하며 그것이 진정한 의미의 '새로운 통속소설'이라고 설명했다. 그리하여 그는 "기성 작가 무산파의 소설은 소설이 아니다.", "그들은 표현을 모른다."[21]와 같은 비 카프계열 작가들의 비판으로부터 벗어나 작품을 통해 대중과 소통하고 그들을 계몽할 수 있다고 판단했다.[22]

21) 홍정선 편, 『김팔봉문학전집2-회고와 기록』, 문학과지성사, 1988, 47면.
22) 이주형, 「김기진의 통속소설론」, 『국어교육연구』15-1, 국어교육학회, 1983, 28-34면.

'새로운 통속소설' 개념은 이후 '대중소설'이라는 명칭으로 진화했다. 김기진은 다음 해 「대중소설론」이라는 글에서 "大衆小說이란 단순히 大衆의 享樂的 要求를 일시적으로 滿足시키기 위한 것이 결코 아니요, 그들의 향락적 요구에 應하면서도 그들을 모든 痲醉劑로부터 救出하고 그들로 하여금 世界史의 現段階에 主人公의 任務를 다하도록 끄을어 올리고 結晶케 하는 작용을 하는 소설"(「대중소설론」, 『동아일보』 1929.4.15)이라 정의한 바 있는데, 이는 그가 「문예시대관 단편-통속소설소고」에서 밝힌 '새로운 통속소설'의 개념을 재정의한 것이다. 그 내용을 간단히 요약하면, 작품의 소재는 가장 대중적인 차원에서 취하되 그를 통해 독자가 역사와 현실을 제대로 인식할 수 있도록 서사를 조직해야 한다는 것이다. 그렇다면 김기진이 1920년대 후반에 이르러 탐정 추리소설이라는 양식을 통해 '새로운 통속소설', '대중소설'의 가능성을 시험했다는 추측이 가능하다. 주지하듯 탐정 추리소설은 오랫동안 창작 · 향유되어 그 대중성이 입증된 장르이다. 특히 '문제의 제기와 해결'이라는 서사구조는 탐정 추리소설이 대중적인 인기를 얻는 가장 기본적인 코드이다. 이러한 탐정 추리서사가 '새로운 통속소설'로서 대안이 될 수 있는 근본적인 자질은 대중성과 더불어 권선징악의 주제가 지닌 교훈성, 계몽성에 있다. 대부분의 탐정 추리물이 취하는 선/악 대결구도는 종국에 선의 승리와 악의 응징으로 귀결된다. 『괴적』은 인격의 양면성을 김명환과 장대진이라는 선인과 악인의 대결로 구체화시켜 궁극적으로 악의 소멸이라는 결말로 귀착되며, 『최후의 승리』는 탐정 류방이 악의 화신 김대성의 정체, '수정마개'의 비밀을 파헤쳐 악을 응징하는 결말로 마무리된다. 이러한 서사구조는 '문제의 제기와 해결'이라는 탐정 추리소설의 전형적인 방식이면서, 동시에 악인으로 등장하는 범죄자가 파국을 맞는 권선징악의 주제를 구현하는 가장 손쉬운 장치이기도 하다.

김기진이 탐정 추리서사의 도입을 통해 달성하고자 한 바는 이로써 매우 분명해진다. 그는 탐정 추리소설의 '문제 제기와 해결', '선인과 악인의 대결구도'라는 단순하고 익숙한 서사구조를 빌어 대중성 확보와 계몽이라는 목표를 동시에 달성하고자 했던 것이다. 여성해방의 서사가 좀 더 강한 경향성을 지닌 텍스트인 반면, 탐정 추리서사는 대중성 강화에 치중한 텍스트이다. 대중성의 강화는 때때로 저항성의 약화를 동반한다. 저항성이 약화되고 대중성이 강화된 서사로 독자의 흥미를 끌 수는 있으나 대중들의 계급 역사의식 고취와 같은 목적을 달성하기는 쉽지 않다. 그의 '새로운 통속소설론'과 '대중소설론'이 카프 맹원들에 의해 기회주의적 발상이라는 식의 비판을 받은 것도 당연히 이러한 맥락에서 비롯된 결과이다. 김기진은 번역 번안소설을 통해 경향성과 대중성의 동시 확보라는 당면 과제를 해결하고자 노력했다. 카프예술이 견지해야 할 당위로서의 경향성 위에, 당대 독자들의 관심을 유도할 대중적인 서사를 조직하는 것이 김기진 번역 번안소설의 지향점이었다. 그는 소설이, 대중을 취하게 하여 그들의 냉철한 현실인식을 불가능하게 만드는 '마취제'의 역할에서 벗어나야 한다고 주장했으나, 그러한 주장은 현실에서 온전히 실현되기 어려웠다.

3. 김기진 번역 번안소설의 의의

1920년대 중후반의 김기진 연구는 관습적으로 카프(KAPF)를 중심에 두었다. 그러나 그의 카프 활동은 '예술의 대중화'라는 아젠다의 부분을 구성할 따름이라 보아도 지나치지 않다. 이러한 문제제기는 상당히 조심스럽고 따라서 신중할 필요가 있겠지만, '카프-친일-반공'으로 이어지는 김기진의 파격적인 행보를 설명할 수 있는 거의 유일한 원리처럼 생각되기도 한다. 김기진을 카프작가로만 한정하는 것으로는 그의 이후 행적들을 설명할 일관된 원리를 찾기 어렵고, 그의 작품세계를 부분적으로만 이해할 수 있게 할 뿐이다. 문학의 대중화를 위해 김기진은 무엇보다 소설이라는 양식에 주목했다. 그는 "소설에 있어서 독자의 확보, 현실 반영 및 비판, 검열의 통과 등 제 문제를 동시에 해결할 수 있는 구체적이고 현실적인 방안"[23]을 제시하고자 노력했다. 여기서 독자의 확보와 현실 반영, 검열의 통과는 개별적으로 중요한 것이 아니라 '예술의 대중화'라는 단일 목적으로 수렴되어야 의미를 지니는 문제들이다. 1920년대 중후반 김기진이 『중외일보』를 중심으로 번역 번안소설을 다수 발표한 것은 이러한 제반 문제들을 해결하고 '예술의 대중화'를 구현하기 위한 의도 하에 이루어진 행위였으리라 판단된다.[24] 곧 카프예술이 견지해야 할 당위로서의 경향성 위에 당대 독자들의 관심을 유도할 대중적인 서사를 조직하는 것이 김기진 번역 번안소설의 지향점이었다.

본고는 김기진이 1928년~1929년 사이에 내보인 이른 바 '새로운 통속소설론', '대중소설론'의 방향성이 그가 번역 번안소설을 통해 표출하고자 했던 바와 긴밀히 연결된다고 보아 이들이 지닌 서사적 특징을 고찰하였다. 이를 위해 본고는 김기진 번역 번안소설의 서사적 특징을 '새로운 통속의 창조'라는 그의 창작 기조와 결부시켜 두 가지로 유형화했다. 먼저 '경향적 통속'의 여성수난사를 통해 김기진이 실험적으로 선보

23) 이주형, 앞의 글, 38-39면.
24) 김영애, 「김기진과 『중외일보』」, 앞의 책, 221-222면.

이고자 한 바가 무엇인지를 고찰하고, '대중적 통속'의 탐정 추리서사의 도입을 통해 그가 내세운 '문학 대중화론'의 방향성이 구체적으로 무엇인지 살펴보았다. 이를 통해 김기진 번역 번안소설의 의의를 재조명할 수 있으리라 판단했다. 김기진의 번역 번안소설은 개별 작가론의 차원을 넘어 식민지시기 번역 번안소설 연구의 차원에서도 반드시 구명되어야 하는 텍스트이다. 본고는 1920년대 중후반 김기진의 문학적 관심이 어디에 놓였는가를 추적하는 과정에서 그가 발표한 번역 번안소설의 존재를 확인할 수 있었다.

본고는 『녀자의 한평생』, 「번롱」이 여성해방의 서사를, 『괴적』, 『최후의 승리』가 '탐정 추리서사'를 주된 내용으로 삼고 있다는 점에 주목하여 김기진이 번역 번안을 통해 표출하고자 한 바가 무엇인지를 추론해보고자 하였다. 이를 위해 본고는 김기진이 1928년~1929년 사이에 내보인 이른 바 '새로운 통속소설론'의 방향성이 그가 번역 번안소설을 통해 표출하고자 했던 바와 긴밀히 연결된다고 보아 이들이 지닌 서사적 특징을 고찰하였다. 본고는 김기진 번역 번안소설의 서사적 특징을 '새로운 통속의 창조'라는 그의 창작 기조와 결부시켜 두 가지로 유형화하고 여성해방의 서사, 탐정 추리서사의 도입을 통해 그가 내세운 '문학 대중화론'의 방향성이 구체적으로 무엇인지 살펴보고자 하였다. 그가 비평이론으로 설파한 여성해방론이나 조혼 폐지를 골자로 하는 낭만적 연애론 등은 소설이라는 장을 통해 시험되었고, 1920년대 중후반 당시 조선의 상황에서 그것은 강한 설득력을 지닌 담론이 될 수 있었다. 그러나 여성해방의 서사를 주축으로 하는 번역 번안소설의 메시지는 당대 김기진의 여성의식과 괴리되는 모순을 드러내기도 했다. 또 다른 축인 탐정 추리서사의 경우 김기진은 '문제 제기와 해결', '선인과 악인의 대결구도'라는 익숙하고 단순한 서사구조를 빌어 대중성 확보와 독자의 계몽이라는 목적을 동시에 달성하고자 했다. 여성해방의 서사가 좀 더 강한 경향성을 지닌 텍스트인 반면 탐정 추리서사는 대중성 강화에 치중한 텍스트이다. 1920년대 중후반 김기진은 번역 번안소설을 통해 경향성과 대중성의 동시 확보라는 당면 과제를 해결하고자 노력했다.

제6장 『행복에의 흰손들』의 판본 분화 양상과 의미

1. 기존 논의 검토와 문제제기

이태준의 『幸福에의 흰손들』은 1942년 1월부터 1943년 1월까지 『조광』에 12회 연재 완료된 장편소설이다. 본고는 이 작품이 연재 종료 후 여러 편의 이본[1]으로 출간된 정황에 주목하여 『幸福에의 흰손들』의 판본 분화 양상을 면밀히 살펴보고자 한다. 근현대소설사에서 하나의 원본이 이처럼 여러 편의 이본으로 출현한 사례는 매우 드물고, 더욱이 이들 대부분이 원본의 표제를 바꾸어 출간된 것이라는 점에서 연구 가치가 충분하다고 판단된다. 본고는 기존 이태준 소설 연구에서 제대로 규명되지 못한 개작 및 판분 분화의 문제를 집중적으로 탐구하여 이태준 소설 연구의 지평을 확대하고자 한다. 특히 1942년부터 1949년 사이 7년간 저작권[2]의 소재(所在)가 다섯 차례 이상 바뀐 현상에 대한 고찰은 지금까지 이루어진 바 없으나, 이는 이태준 소설 연구에서 반드시 규명

1) 기존 이태준 연구에 언급된 이본은 『삼인우달』, 『세동무』(남창서관 1943), 『행복에의 흰손들』(박문서관 1945), 『세동무』(범문사 1946), 『신혼일기』(광문서림 1949), 『신혼일기』(평범사 1949) 등 여섯 편이다.

2) 여기서의 저작권은 기존에 사용되던 '판권'과 '저작자의 권리'를 동시에 이르는 개념으로 사용된다.

되어야 하는 문제이다. 저작권의 소재가 바뀐 것이 표면적으로 문제 될 일은 아니다. 다만 이 과정에서 원본 수정과 변형이 병행되었다는 점에서 『幸福에의 흰손들』은 개작 및 저작권 문제를 동시에 고찰할 수 있는 텍스트라 할 수 있다.

『幸福에의 흰손들』의 개작 문제를 다룬 논의로는 민충환, 이병렬, 안남연, 정현기, 이명희, 송명희 등의 연구를 들 수 있다.[3] 이들 중 본격적인 작품론은 이병렬, 안남연, 송명희의 논의이고, 나머지는 참고문헌, 작품연보, 목록 등을 참고할 만하다.[4] 민충환은 이태준의 단편소설 중 개작된 38편의 원문과 개작본을 대조하여 제시했으나 그 대상이 단편에 한정되어 있다.[5] 이병렬은 이태준이 장단편 11편의 제목을 바꾼, 꾸준한 개작의 작가임을 언급하며, "『행복에의 흰손들』(『조광』 1942.1-1943.1)→『三人遇達』(『삼인우달』, 1943)→『세동무』(『세동무』, 1946)→『신혼일기』(『신혼일기』, 1949)"로 『행복에의 흰손들』의 개제과정을 정리하여 제출하였다.[6] 안남

3) 대부분의 논의는 본격적인 장편소설론인 경우가 드물고, 참고문헌이나 작품 연보, 목록을 참고할 만하다. 이밖에, 판본 문제와는 무관하나 임종국의 『친일문학론』(평화출판사, 1963, 476면)에는 이태준의 『행복에의 흰손들』이 친일문학으로 평가되어 있다.

4) 『행복에의 흰손들』의 텍스트 분석을 시도한 논의로는 한지현의 「여성의 시각에서 본 이태준의 장편소설 연구-『딸삼형제』와 『행복에의 흰손들』을 중심으로」(『인문과학』80, 연세대학교 인문과학연구소, 1999), 송명희의 「이태준 소설의 여성 이미지 연구-『신혼일기』를 중심으로」(『한국문학이론과 비평』22, 한국문학이론과 비평학회, 2004), 한민주의 「일제 말기 소설 연구-파시즘의 소설적 형상화를 중심으로」(서강대 박사논문, 2005), 김다혜의 「여학생 수다와 전쟁: 잡담의 기능-『행복에의 흰손들』을 중심으로」(『상허학보』41, 2014), 배개화의 「이태준의 여성교양소설과 가부장제 비판」(『국어국문학』166, 2014. 3) 등이 있다. 이들 중 한지현(405면)과 한민주(145면), 김다혜(10면)는 『조광』 연재 종료 시기를 '1943년 6월'로 잘못 표기했다. 배개화(288면)는 판본 문제를 직접적으로 다루지 않았으나, 이 작품이 여러 차례 개제된 이유가 "여성문제에 대한 해결책을 종합적으로 제시했기 때문"이라 짐작했다. 그러나 구체적으로 어떤 이유에서 이태준이 이 작품의 제목을 수차례 수정했는지에 관해서는 다루지 않았다.

5) 민충환, 『이태준연구』, 깊은샘, 1988.

6) 이병렬, 「이태준 소설의 텍스트 문제-작품의 개작 양상과 관련하여」, 『이태준소설 연구』,

연은 그의 저서 『이태준 장편소설 연구』에서 『행복에의 흰손들』이 "남창서관(1943)에서 『삼인우달』로 개제하여 출간한 바 있고, 범문사(1946)에서 『세동무』로 개제하여 출간했다."고 언급하고, '참고문헌'에서 '이태준 중장편소설집'으로 "1943년 『삼인우달』(남창서점, 1943)"과 "『세동무』(범문사, 1946)"를 제시하였다.[7] 이 논의에는 『신혼일기』의 존재가 누락되었다. 정현기의 연보 중에는 "1946년 범문사 『세동무』, 1949년 평범사 『신혼일기』"라는 새로운 서지사항이 제시되어있다.[8] 정현기의 연보는 그 출처가 제시되어 있지 않으나, 만약 이것이 사실이라면 1949년 광문서림본 이외에 또 다른 판본이 존재하는 셈이다.

이명희는 연보에서 "『삼인우달』, 남창서관, 1943.11(『행복에의 흰손들』 개제)", "『세동무』, 법문사, 1946.5(『행복에의 흰손들』 개제)", "『신혼일기』, 광문서림, 1949.2(『행복에의 흰손들』 개제)"라 명시했으나, 『세동무』의 출판사명을 '법문사'로 잘못 표기했다.[9] 이기인 편 『이태준』 연보에는 "『삼인우달』, 남창서관, 1943.11 장편. 『행복에의 흰손들』 개제", "『세동무』, 범문사, 1946.5 장편. 『행복에의 흰손들』 개제", "『신혼일기』, 광문서림, 1949.2 장편. 『행복에의 흰손들』 개제"로 제시되어 있다.[10] 비교적 최근 연구서인 상허학회 편 『이태준과 현대소설사』[11]에 수록된 작품 목록은 기존에 이병렬이 제시한 것과 크게 다르지 않다. 송명희는 "『신혼일기』는 처음 『조광』지에 발표(1942.1-1943.1)할 당시에는 『행복에의 흰손들』이라

평민사, 1990, 52면.

7) 안남연, 『이태준 장편소설 연구』, 대영현대문화사, 1993, 172, 293면.

8) 정현기, 『이태준』, 건국대출판부, 1994, 105면.

9) 이명희, 『상허 이태준 문학세계』, 국학자료원, 1994, 356-357면.

10) 이기인 편, 『이태준』, 새미, 1996, 306면.

11) 상허학회 편, 『이태준과 현대소설사』, 깊은샘, 2004, 408-409면.

는 제목으로 발표되었다. 하지만 그후 단행본으로 출판되면서 제목이 여러 차례 바뀌었다. 가령 『행복에의 흰손들』(박문서관, 1945)에서 『세동무』(범우사, 1946)로, 다시 『신혼일기(新婚日記)』(광문서림, 1949)로 바뀌었다."[12] 고 정리했다. 송명희의 논문에는 『세동무』의 출판사가 '범우사'로 잘못 기재되었다.

그 외 최근 『행복에의 흰손들』의 서지사항 및 이본의 존재를 확인한 연구서로 오영식과 송하춘의 저술이 있다. 이들은 『행복에의 흰손들』의 판본 분화 양상을 실증적으로 밝혀 놓았다. 가령 오영식의 『해방기 간행도서 총목록』에는 해방기에 출간된 이본 중 『세동무』("전편, 범문사, 1946.5.30. 202쪽 25원")와 『신혼일기』("일명 세동무, 광문서림 1949.2.15. 384쪽 550원")가 수록되어 있으며, 이중 『신혼일기』의 표지 사진이 첨부되어 있다. 송하춘의 사전에는 다음과 같이 기록된 부분이 있어 주목을 요한다. "1942년 『조광』 연재 후 단행본 출간되었다. 연재 당시에는 '長篇連載 幸福에의 흰손들'이라는 표제로 소개되었다. 『행복에의 흰손들』(박문서관, 1945), 『세 동무』(범문사, 1946), 『新婚日記-일명 세 동무』(광문서림, 1949) 세 판본 모두 이명동작 관계의 단행본이다.", "(『삼인우달』은) 『조광』에 연재된 장편연재 『행복에의 흰손들』과 동일작일 가능성이 있으나 남창서관본이 확인되지 않는 상태이다."[13]

기존 논의 검토를 통해 민충환, 정현기 등을 제외한 대부분의 논자들이 1943년 남창서관본 『삼인우달』의 존재를 인정하고 있음을 확인할 수 있다. 그러나 모든 판본을 정확하게 확인하여 제시하지 못한 점, 각

12) 송명희, 「이태준 소설의 여성 이미지 연구-『신혼일기』를 중심으로」, 『한국문학이론과 비평』22, 한국문학이론과 비평학회, 2004, 35면.
13) 송하춘 편, 『한국현대장편소설사전1917-1950』, 고려대출판부, 2013, 231, 544-545면.

판본 간의 차이에 무관심했다는 점에서 기존 논의는 일정한 한계를 드러냈다. 『조광』 연재본과 단행본들 간 차이를 무시하고 이들을 동일 텍스트로 간주하거나, 판본 간 차이를 간과하고 표제의 변화에만 주목했다는 점 등이 기존 연구가 노정한 대표적인 문제점이라 할 수 있다.[14) 이에 따라 본고에서 규명하고자 하는 바는 대략 네 가지로 압축된다. 첫째, 『조광』 연재 이후 첫 단행본 출간 시점과 출판사 및 표제 확인이다. 기존 연구를 검토한 결과 많은 논자들이 1943년 남창서관본을 『행복에의 흰손들』의 첫 단행본으로 언급해왔음을 확인할 수 있다. 본고의 첫 번째 논점은 1943년 남창서관본의 실체가 구체적으로 무엇인지를 밝히는 데 있다. 두 번째는 1946년 범문사본의 실체를 확인하고 그것이 남창서관본과 어떤 관련성이 있는지를 밝히는 것이다. 세 번째는 1949년 광문서림본, 평범사본의 실체 및 관계 규명이다. 네 번째는 전집 및 영인본 수록 텍스트의 양상과 이들에 내재된 문제점을 고찰하는 것이다. 이와 같은 사실관계 규명을 바탕으로 『행복에의 흰손들』의 판본 문제가 여전히 미해결의 상태에 있음을 지적하고, 이로 인해 야기된 오류와 혼란을 바로잡고자 한다.[15)]

14) 한민주의 논문에는 『행복에의 흰손들』이 매우 중요한 분석 대상으로 선정되었음에도 불구하고, 이 작품의 서지사항을 확인하는 데에는 매우 소홀했음을 짐작할 수 있는 부분이 등장한다. 그 예로 그가 참고문헌에서 제시한 이 작품의 서지사항은 "『조광』 1942.1 ~ 1943.6"(145쪽), "『이태준문학전집』11, 단음출판사, 1988"(192면)으로, 이는 "『조광』 1942.1 ~1943.1", "『이태준문학전집』11, 서음출판사, 1988"로 수정되어야 한다. 또한 그는 『조광』 연재본 『행복에의 흰손들』이 어떤 과정을 거쳐 1988년 서음출판사본 『이태준문학전집』 11로 재출간되었는지를 전혀 고려하지 않았기에 둘 간의 차이는 물론, 그 과정에서의 변모 양상 또한 제시하지 않았다.

15) 본고의 한계는 명확하다. 1945년 박문서관에서 출간되었다고 언급된 『행복에의 흰손들』과 1946년 범문사본 『세동무』 후편을 확인하지 못했기 때문이다. 만약 이들이 실제로 출간되었다면, 이에 대한 확인은 추후에도 반드시 이루어져야 하는 과제이다.

본고는 1942년 『조광』 연재본을 시작으로 1943년 남창서관본, 1946년 범문사본 『세 동무』, 1949년 광문서림본 『신혼일기-일명 세 동무』, 평범사본 『신혼일기』에 이르는, 원본 『행복에의 흰손들』의 판본 분화 과정을 탐색해 식민지 말기부터 해방기에 걸친 이태준 소설의 출판 환경과 거기에 작동한 여러 요인들을 분석하고자 한다. 특히 이본들 중 해적판이 존재할 가능성을 염두에 두면서, 각 판본들의 특징을 살피고자 한다. 1942년 연재된 이래로 1949년까지 『행복에의 흰손들』은 최소 네 차례 이상 다른 판본으로 출간되었다. 판본이 다르다는 것은 각 단행본의 형태와 내용, 출판 사항 등에 차이가 있다는 말이다. 『행복에의 흰손들』의 원본과 이본들 간의 관계를 밝히는 것, 그리고 식민지 말기부터 해방기에 걸쳐 이태준의 『행복에의 흰손들』이 다양한 형태로 분화된 배경을 인지하는 것은 매우 중요하고 의미 있는 작업이다. 이는 이태준 소설의 계보를 완성하기 위해, 더불어 식민지 말기부터 해방기 사이 우리 문단의 굴절과 변모 양상을 파악하기 위해 반드시 규명되어야 하는 문제이다.

2. 『행복에의 흰손들』 판본에 관한 몇 가지 논점

1) 1943년 남창서관본의 실체

1942년 1월부터 이태준이 『조광』에 연재한 작품의 원제는 '幸福에의 흰손들'이다. 『행복에의 흰손들』의 첫 단행본이 무엇인지에 관한 기존 논의를 종합하면, 이것은 1943년 남창서관에서 '세동무' 혹은 '三人友達'

이라는 표제로 출간되었다. 여기서, 1943년 남창서관에서 출간된 판본의 표제가 '세동무'인지 '三人友達'인지에 대한 확인이 필요하다. 많은 논의에서 1943년 남창서관에서 출간된 단행본을 『三人友達』이라 지칭하고 있기 때문이다. 본고의 첫 번째 논점은, 1943년 남창서관본의 실체를 밝히는 것이다.

첫 번째 논점에 관해 필자가 확인한 결과 『행복에의 흰손들』의 첫 단행본은 소화 18년 10월 10일 남창서관(南昌書館)에서 '세동무'라는 표제로 출간되었다. 이 판본은 전체 384면, 정가 2원 50전의 단권으로, 단편 「결혼」, 「코스모스이야기」와 합철되어 있다.[16] 표지에 '세동무'라고 표기되어 있으며, 전체 384면 중 『세동무』는 339면이다. 이는 표제와 1장 소제목이 수정된('흰손의 세사람'→'세동무') 첫 판본이다. 이 단행본의 '목차'는 총 9장으로 구성되어 있다. 이후 다시 논의하겠지만, 이 목차는 실제 본문과 다르다. 실제 본문은 모두 12장으로 구성되어 있으며, 남창서관본 '목차' 페이지에는 이 중 세 장(4, 8, 9장) 소제목이 누락되었다. 따라서 표지 다음 페이지에 소개된 '목차'만으로 본문 구성을 파악할 경우 텍스트의 실제 내용을 오해할 소지가 있다. 『조광』 연재본에 나온 소제목을 그대로 옮기지 않고 누락한 것이 출판업자의 고의에 의한 결과인지는 아직 알 수 없다.

이 판본에서 주목을 요하는 또 다른 지점은 원작자 이태준의 이름이 누락된 부분이다. 이 단행본의 간기에는 출판 일자 및 저작권 관련 기록이 있으며('複製不許'), 저작 겸 발행자의 이름이 '남창희(南昌熙)'로 표기되어 있다. 원작자의 이름이 누락된 것이다. 비교를 위해 1943년 박문서

16) 단편 「결혼」의 원제는 「결혼의 악마성」(<혜성> 1931.4-6)이며, 「코스모스 이야기」는 1932년 10월 <이화>에 발표되었다.

관에서 출간된 『돌다리』의 경우를 들어보자. 『돌다리』의 간기에는 이태준의 필명 중 하나인 '賞必樓'가 인지로 찍혀 있고, 저작자 이름에도 '이태준'이라는 표기가 등장한다. 『돌다리』와 비교할 때 같은 해 출간된 남창서관본 『세동무』는 원작자를 알 수 있는 어떤 표기도 없다. 또 비슷한 시기에 같은 곳에서 출간된 『왕자호동』(남창서관, 1945)의 경우를 살펴보자. 『왕자호동』 상권에는 원작자인 이태준의 이름이 명시되어 있다. 본문 첫 장에 '이태준 저'라는 표기가 있고, 간기에도 '저자 이태준, 발행자 남창희'로 표기되어 있다. 『왕자호동』의 경우 같은 출판사에서 비슷한 시기에 출간되었으나, 저자의 존재를 명시하고 저자와 발행자를 구분해 놓았다. 그러나 1943년 출간된 『세동무』에는 저자 표기가 없다. 이로 인해 이 판본의 정체가 정본이 아닌 해적판일 가능성을 배제할 수 없다. 표지, 본문, 간기 모두를 포함해 이 판본에서 원작자의 이름은 단 한 차례도 등장하지 않는다.

다만, 당시 이태준이 남한에서 작품 활동을 계속하고 있었다는 점, 표제와 1장 소제목이 바뀐 점 등을 토대로 이 판본의 출간에 이태준이 개입했을 가능성 역시 무시할 수 없다. 이태준이 『행복에의 흰손들』의 저작권을 남창서관에 양도했을 가능성도 있다. 이에 해당 출판사가 자의로 표제를 수정하고 본문 일부를 누락하여 출간했을 수도 있다. 이렇듯 1943년 남창서관본 『세동무』의 정체에 관해서는 다양한 추측이 가능하다. 그러나 당시 관행 상 판권이나 저작권을 무시하고 출간된 단행본이 드물지 않았던 점을 고려하더라도, 저자의 이름을 어느 곳에도 밝히지 않은 것은 매우 드문 경우에 해당한다. 궁극적으로, 표면에 드러난 사실과 정황들은 이 판본이 해적판임을 가리킨다. 이는 저작권 시비를 피하기 위해 출판업자가 저자명 삭제, 표제 수정, 목차 누락 등의 부정

한 방식으로 출간한 판본이라 할 수 있다.[17)]

현재 1943년 남창서관에서 『三人友達』이라는 표제로 출간된 작품은 그 존재 및 실체를 확인할 수 없다. 표제 '三人友達'은 '세 동무'의 일본어 표기이다. 즉 '三人友達'이라는 표제의 작품이 별개로 존재하는 것이 아니라, 1943년 남창서관에서 출간된 '세 동무'를 일본어로 표기한 것이다. 따라서 1943년 남창서관에서 출간된 『행복에의 흰손들』의 첫 단행본은 『세동무』 하나뿐이다. 『세동무』가 일본어판으로 출간되었을 가능성도 있으나 현재 일본어 판본은 확인이 불가능하다. 같은 해 남창서관에서 각각 '세동무', '삼인우달'로 표제를 달리하여 출간했을 가능성 또한 희박하다. 따라서 1943년 남창서관에서 출간된 『행복에의 흰손들』의 첫 단행본은 『세동무』이다.[18)]

2) 1946년 범문사본의 위치

본고의 두 번째 논점은 1946년 범문사본 『세동무』에 관한 것이다. 1946년 범문사본 『세동무』는 전후 편으로 분권되어 출간되었다. 이 가

---

17) 남창서관본은 해방기 이기영의 장편소설 출간 사례와 매우 유사한 경우이다. 이기영의 장편소설 중 『신개지』(동아일보, 1938)와 『생활의 윤리』(성문당서점, 1942)는 각각 『순정』(세창서관, 1941), 『정열기』(성문당서점, 1948)로 개제되었다. 또한 『신개지』가 『순정』으로 바뀌는 과정에서 저자명도 '이기영'에서 '운정'으로 바뀌었다. 1948년 성문당서점에서 출간된 『정열기』의 경우 저작 겸 발행자가 '이종수'로 표기되었다. 두 작품 모두 본문 일부를 누락하여 수록했고 표제를 수정했으며 저자명을 삭제했다는 점에서 이태준의 『행복에의 흰손들』과 유사한 출판 경향을 보인다고 볼 수 있다. 이기영 소설의 개제에 관해서는 김영애, 「이기영 소설의 개제 양상과 그 의미」(『한국문학이론과 비평』58집, 한국문학이론과 비평학회, 2013)를 참고했다.

18) '三人友達'이라는 표제가 왜 등장했는지는 정확히 알 수 없으나, 일문 사용이 전면적으로 확대 시행된 당시 상황을 토대로 짐작컨대 '세동무'라는 국문 표기 대신 일문 표기를 썼기 때문이 아닐까 한다.

운데 전편은 현재 확인이 가능하나, 후편은 확인할 수 없다.[19] 전편은 1946년 5월 30일 발행되었고, 발행자는 김영욱(金永昱), 인쇄자는 김시달(金是達)이다. 표제가 '세동무'이며, 저자명 '이태준'이 표기되었다. 이태준이 1946년 8월 10일경 월북한 사실[20]을 토대로 할 때 이 판본은 그가 월북하기 전 마지막으로 출간한 것이다. 물론 월북 이후의 행적을 정확하게 확인할 수 없고, 당시 남북간 교류가 전혀 불가능한 상황이 아니었다는 사실을 감안할 때 이 판본 이후에 출간된 판본들에 대해 이태준이 관여하지 않았을 것이라고 단정할 수는 없다. 그러나 월북 이후 이태준이 남쪽 출판계와 직접적인 소통을 했을 가능성 역시 그리 많지 않다. 이는 월북 이후 그의 행보를 통해 충분히 짐작할 수 있는 부분이다.

1946년에 출간된 범문사본『세동무』는 전편(前篇)이 7장 202면으로 출간된 판본만 확인할 수 있고 후편은 확인이 불가능하다. 표면적으로만 따졌을 때 범문사본과 남창서관본은 전혀 다른 판본처럼 보인다. 범문사본은 전후 편 분권된 판본이고, 남창서관본은 단권이기 때문이다. 또한 두 판본의 표지도 다르다. 남창서관본에 따로 마련된 목차는 범문사본에 없다. 그러나 이러한 차이를 제외하면 두 판본은 본문의 구성과 판형이 동일하다. 남창서관본 목차에서 누락된 4장 소제목 '소춘이가 서로 본 선'이 범문사본 전편에서 복원되었다. 여러 가지 정황을 토대로 짐작컨대, 1946년 범문사본 후편에는 1943년 남창서관본 목차에서 누락된 8장과 9장 소제목도 모두 복원되었을 것이다. 다음 항에서 본격적으로 논의하겠지만, 범문사본은 남창서관본을 계승했고 광문서림본은 범

19) 현재 범문사본『세동무』의 후편을 언급한 논의는 없다.

20) 유임하,「월북 이후의 이태준 문학의 장소 감각」,『돈암어문학』28, 돈암어문학회, 2015, 328면.

문사본을 계승했다. 이는 본문 판형의 동일성을 토대로 알 수 있는 사실이다. 그렇기 때문에 현재 범문사본 후편을 확인할 수는 없으나, 광문서림본의 본문을 토대로 추측할 때 후편이 『세동무』의 나머지 8, 9, 10, 11, 12장과 두 단편 「결혼」, 「코스모스이야기」로 구성된 판본임을 짐작할 수 있다. 결국 남창서관본과 범문사본의 표제와 본문 구성 및 판형이 동일하다는 사실이 말해주는 바는, 두 판본 사이에 계통적 연속성이 존재한다는 것이다. 범문사본은 이전 판본인 남창서관본을 그대로 베끼지 않고 약간의 변형을 가해 출간함으로써 두 판본 간의 연속성과 차이를 보이고자 했다.

또한 범문사본과 남창서관본 간 계통적 연속성이 존재한다는 사실은, 일부 연구자들이 언급한 1945년 박문서관본 『행복에의 흰손들』이 실제 출간되지 않았을 가능성을 제기한다. 만약 박문서관본이 실제로 출간되었다면 1946년 범문사본은 1943년 남창서관본이 아니라 1945년 박문서관본이 저본이 되었을 확률이 매우 높기 때문이다. 1943년 남창서관본과 1946년 범문사본 사이에 존재하는 유사성과 연속성을 토대로 추측할 때 1945년 박문서관본은 출간되지 않았을 가능성이 있다. 남창서관본은 저자명과 목차 일부를 누락한 판본이기에, 만약 박문서관에서 이를 보완한 판본을 출간했다면, 1946년 범문사본은 남창서관본이 아니라 박문서관본을 토대로 새로운 단행본을 출간했을 것이기 때문이다. 물론 이러한 서술은 추측에 불과하며, 이를 뒷받침할 만한 결정적인 근거는 별로 없다. 그러나 현재 확인되지 않는 박문서관본의 실재(實在)를 뒷받침할 만한 근거 역시 없다. 박문서관본이 남창서관본의 오류를 보완하여 더 완성도 있는 판본으로 출간되었을 수도 있다. 그러나 박문서관본의 표제가 '행복에의 흰손들'이라는 점에서, 그것이 1943년 남창서관본을 저본으로 한 것이라고 보기에는 무리가 있다. 따라서 남창서관본과 범문사본의 표제가 '세동무'로 동일한 것 등을 토대로 볼 때 범문사본의 저본은 박문서관본이 아니라 남창서관본이며, 둘 사이에 존재하는 것으로 알려진 박문서관본은 실제 출간되지 않았을 가능성이 높다.

3. 1949년의 두 판본-광문서림본과 평범사본

본고의 세 번째 논점은 1949년에 출간된 두 판본에 관한 것이다. 먼저 광문서림본 『新婚日記-一名 세동무』는 전체 384면으로 된 단권이며, 난외서명이 '세동무'로 되어 있다. 1943년 남창서관본과 마찬가지로 단편 「결혼」, 「코스모스이야기」와 합철되어 있으며, 전체 384면 중 『신혼일기』는 339면이다. 1949년 2월 15일 고려인쇄소에서 인쇄되었고, 장정은 김호성(金胡星)이 맡았다. 이 판본 표지에 저자명 '이태준'이 표기되어 있다. 1949년 광문서림본에서 표제가 '신혼일기-일명 세동무'로 수정된 것은 이태준의 월북 시기를 고려할 때 저자에 의해 이루어진 것이라 보기 어렵다.[21] 광문서림본은 표제가 '신혼일기-일명 세동무'로 수정된 판본이며 남창서관본과 동일한 판형의 단행본이다. 표지와 표제의 차이가

21) 해방 직후 이태준의 행보는 거의 정치와 조직의 영역에 집중되어 있다. 그는 1945년 문화건설중앙협의회, 문학가동맹, 남조선민전 등의 조직에 참여했고 문학가동맹 부위원장, <현대일보> 주간 등을 역임했고, 1946년 민주주의 민족전선 문화부장, 남조선 조소문화협회 이사를 맡았다. 1946년 8월 경 월북하여 8월 10일부터 10월 17일까지 '방소문화사절단'의 일원으로 소련의 모스크바, 레닌그라드 등지를 여행했다. 1949년에는 북조선문학예술총동맹 부위원장, 국가학위수여위원회 문학분과 심사위원으로 활약했다. 이러한 배경을 토대로 추측해 볼 때 1949년 광문서림본 『신혼일기』는 저자가 직접 관여해 출간한 개작본이라 보기 어렵다.

두 판본 간 다른 점이다. 두 권으로 분책된 판본인 범문사본과 다르게 광문서림본은 남창서관본처럼 단권 체제이다. 두 판본은 모두 전체 12장 384면으로, 두 단편과 함께 실려 있다. 광문서림본 표지에는 '長篇小說 新婚日記 李泰俊'이라고 표기되어 있으며, 속표지에 '新婚日記(一名 세동무) 李泰俊 著 서울 廣文書林 刊'이라고 표기되어 있다.

전술한 바와 같이 1946년 범문사본 『세동무』의 체제가 1949년 광문서림본에서도 그대로 사용되었을 가능성이 높다. 1946년 범문사본 『세동무』 전편이 7장 '신혼일기' 202면으로 끝나고, 1949년 광문서림본 『신혼일기』 역시 7장 '신혼일기' 202면으로 편집된 점으로 미루어 볼 때 광문서림본은 범문사본 전후편을 그대로 합본한 것이라 판단된다. 비록 범문사본 후편을 확인할 수 없으나, 광문서림본이 범문사본을 저본으로 한 것이 확인된 만큼 두 판본 사이에 연속성이 존재함을 알 수 있다. 범문사본은 남창서관본을 계승했다. 따라서 1943년 남창서관본, 1946년 범문사본, 1949년 광문서림본 사이에 계통적 연속성이 존재한다고 볼 수 있다. 또한 광문서림본이 범문사본을 저본으로 삼았기 때문에 현재 확인되지 않은 범문사본 후편 역시 실제 출간되었을 가능성이 매우 높다. 추측컨대 범문사본 후편은 남창서관본, 광문서림본의 8장~12장과 두 단편으로 구성되었을 것이다.

남창서관본과 광문서림본의 체제는 표제, 표지, 간기, 저자명 표기 정도를 제외하고 동일하다. 표제의 경우에도, 남창서관본이 '세동무'이고, 광문서림본이 '신혼일기-일명 세동무'이니 둘 사이에 공통점이 전혀 없는 것이 아니다. 두 판본의 전체 면수 또한 384면으로 동일하다. 전체 분량 중 장편소설 『세동무』(남창서관)와 『신혼일기』(광문서림)의 면수는 모두 339면이다. 두 단편이 함께 묶인 것도 같다. 그런데 남창서관본에는 '목차'가 따로 마련된 반면 범문사본과 광문서림본에는 목차를 명시한 페이지가 따로 없다. 남창서관본 '목차'는 전체 9장 체제로, 광문서림본과 비교할 때 4, 8, 9장 소제목이 누락되었다. 범문사본과 광문서림본이 남창서관본을 계승했음에도 불구하고 이 판본의 목차 페이지를 삭제한 데는 이유가 있다. 남창서관본 목차가 전체 12장 중 3장을 누락하고 9장만 수록되었기 때문이다. 두 판본에서는 남창서관본 목차의 오류를 인식하고 독자들의 오해를 없애기 위해 목차 페이지를 삭제했다. 결국 광문서림본은 남창서관본의 오류를 보완한 판본이며, 그런 의미에서 범문사본과 동일하다고 볼 수 있다.

[표 1] 『행복에의 흰손들』의 판본 간 표제 및 목차 비교

	조광 연재본	남창서관본	범문사본	광문서림본	평범사본
제목		세동무	세동무	新婚日記	新婚日記
1장	흰손의 세사람	세동무	세동무	세동무	세동무
2장	화옥의 저이집이야기	화옥의저이집이야기	화옥의 저이집이야기	화옥의 저이집이야기	화옥의 저희집 이야기
3장	순남의 그동안	순남의그동안	순남의 그동안	순남의 그동안	순남의 그동안
4장	**누락**	**누락**	소춘이가 서로 본 선	소춘이가 서로 본 선	소춘이가 서로 본 선
5장	종잡을 수 없는 심리들	종잡을수없는심리들	종잡을수없는심리들	종잡을 수 없는 심리들	종잡을 수 없는 심리들
6장	남은 알고 당자는 모르는 것	남은알고당자는모르는 것	남은알고 당자는모르는것	남은알고 당자는모르는것	남은 알고 당자는 모르는 것
7장	신혼일기	신혼일기	신혼일기	신혼일기	신혼일기
8장	흰손이 가진 義憤	**누락**	**미확인**	흰손이 가진 의분(義憤)	흰손이 가진 의분
9장	달러지는 세상	**누락**	**미확인**	달러지는세상	달라지는 세상
10장	화옥의 싀집사리	화옥의싀집사리	**미확인**	화옥의 싀집사리	화옥의 시집살이
11장	어떤 敎授의 化粧說	어떤敎授의化粧說	**미확인**	어떤 敎授의 化粧說	어떤 교수의 화장설
12장	붙잡은 幸福들	붙잡은幸福들	**미확인**	붙잡은 幸福들	붙잡은 행복들

이 표는 『행복에의 흰손들』 판본 간 소제목 차이를 보여주기 위한 것이다. 『조광』 연재본의 1장 소제목은 원래 '흰손의 세사람'이었다. 1장 소제목이 '세동무'로 바뀐 것은 남창서관본부터이다. 이후에 출간된 판본들은 모두 남창서관본에서 바뀐 소제목을 사용했다. 또 『조광』 연재본에는 본문 4장의 소제목이 누락되었다. 본문이 누락된 것이 아니라 4장 소제목만 누락된 것인데, 이는 잡지 조판 과정에서 빚어진 실수로 보인다. 『조광』 연재본에서 누락된 4장 소제목은 이후 범문사본, 광문서림본 등에서 '소춘이가 서로 본 선'으로 복원된다. 남창서관본 목차에도 누락된 4장 제목은 등장하지 않는다. 그런데 의아한 것은 남창서관본이 전체 9장의 목차로 구성되어 있다는 점이다. '목차'를 기준으로 광문서림본과 비교할 때 남창서관본은 총 세 장이 누락된 셈이다. 그러나 실제 본문은 이와 다르다. 남창서관본 '목차'에 누락된 4, 8, 9장 소제목은 모두 본문 속에 등장한다. 따라서 남창서관본과 광문서림본의 본문은 동일하다. 광문서림본은 범문사본을 저본으로 한 것이기에 범문사본의 본문 역시 남창서관본과 동일하다고 볼 수 있다. 이들의 차이는 전술한 바대로 범문사본이 두 권으로 분책되어 있다는 점뿐이다.

평범사본은 현재 소장처를 알 수 없어 실체 확인이 어렵다. 다만 한 웹 사이트[22]에서 일부 정보를 확인할 수 있다. 이 판본의 표제는 '新婚日記'이며 부제는 없다. 목차는 12장으로 광문서림본과 동일하다. 다만 띄어쓰기나 현대어표기 등이 다르고 부제가 누락된 것이 두 판본 간 차이점이다. 평범사본 목차는 모두 현대어표기로 바뀌었고 한자표기가 한글표기로 대체되었다. 웹사이트에서 제공하고 있는 정보로는 이 판본이

22) www.kdata.co.kr/db/pdfarticle/title-1849.

1949년에 발행된 172쪽의 단권이라 표기되어 있다. 이 정보에 의하면 1949년 평범사본은 같은 해 출간된 광문서림본과 다른 판본이다. 광문서림본은 전체 384쪽으로, 장편 『신혼일기』와 단편 두 편이 합철된 판본이기 때문이다. 그러나 이러한 기록이 원본과 동일한 것인지, 사후 웹사이트 업로드 과정에서 임의로 변경된 결과인지는 알 수 없다. 또한 정확한 발행일자를 확인할 수 없고 텍스트의 실체를 알 수 없기에 이 판본이 같은 해 2월 15일에 출간된 광문서림본 『신혼일기』와 어떤 연관이 있는지도 알 수 없다. 그러나 두 판본의 표제가 모두 '신혼일기'인 점과, 두 판본이 같은 해 출간되었다는 점에서 이들은 분명 어떤 상관관계를 지니고 있으리라 추측된다.[23)]

두 판본은 적어도 순차적으로 발행되었을 것이기에 둘 중 하나는 해적판일 가능성이 높다. 지금까지 광문서림본 『신혼일기』가 정본으로 여겨져 왔기에 평범사본이 광문서림본의 해적판일 가능성이 높다. 만약 광문서림본에 앞서 평범사본이 출간되었다면 전자가 해적판이겠지만, 광문서림본은 이미 1943년에 출간된 남창서관본을 계승한 판본이기 때문에 해적판일 가능성이 상대적으로 낮다. 따라서 1949년 평범사본 『신혼일기』는 비슷한 시기에 출간된 광문서림본 중 본문 일부인 『신혼일기』만을 수록한 해적판일 가능성이 매우 높다. 광문서림본의 '신혼일기-일명 세동무'라는 표제 중 일부인 '신혼일기'만을 취했다는 점에서도

---

23) 광문서림은 1947년 9월에 설립된 출판사로, 이광수의 『문장독본』, 홍효민의 『인조반정』 같은 문예물을 주로 출간한 것으로 알려져 있다. 평범사는 1948년 9월에 설립되어 김남천, 김기림, 방인근의 단행본을 출간했다. 특히 방인근의 『새출발』이 1948년 12월 18일에, 김기림의 『바다와 육체』가 12월 25일에 출간되었고, 김남천의 『사랑의 수족관』이 1949년 2월 22일에 출간된 사실을 고려할 때, 평범사본 『신혼일기』 역시 1949년 초반에 출간되었으리라 짐작된다.

여타 해적판 출간 사례와 유사한 경향이 발견된다. 그러나 이 판본이 남창서관본과 다른 지점은 저자의 이름을 표기한 부분이다. 1949년 평범사본 『신혼일기』는 저자명을 밝히고 표제를 일부 수정했으며 본문 일부를 누락했다는 점에서 비슷한 시기에 출간된 해적판들과 닮았다고 볼 수 있다.[24)]

4. 전집 및 영인본 텍스트

『행복에의 흰손들』이라는 텍스트의 판본에 관한 문제의식의 부재는 지금까지도 많은 혼란을 양산하고 있다. 그 대표적인 사례가 1988년에 출간된 두 편의 전집과 두 편의 영인본이다. 본고의 네 번째 논의는 이들에 관한 것이다. 먼저 1988년에 출간된 두 전집 『이태준문학전집11-행복에의 흰손들』(서음출판사, 1988.8.10)과 『이태준전집4-구원의 여상, 신혼일기』(깊은샘, 1988.8.21)의 경우를 들 수 있다. 서음출판사 『이태준문학전집11』에 수록된 판본은 『조광』 연재본 『행복에의 흰손들』을 저본으로 삼았다. 소제목 한자 표기가 한글 표기로 대체되었다는 점이 『조광』 연재본과 다르고, 깊은샘본과 달리 현대어 표기로 바꾸지 않았다. 그러나 서음출판사본은 『조광』 연재본을 수록했음에도 불구하고 작품 말미에 '「조광」 1942년 1월~43년 6월'로 연재 서지사항을 잘못 표기하였다. 이에 비해 깊은샘 『이태준전집4』에 수록된 판본은 1949년 광문서림본

24) 이와 유사한 사례로 1949년, 1959년 채만식의 『태평천하』가 세 편의 해적판으로 출간된 사실을 들 수 있다. 이에 관해서는 김영애의 「해적판의 계보와 『태평천하』의 계통」(『현대소설연구』57, 한국현대소설학회, 2014)를 참고할 수 있다.

『신혼일기-일명 세동무』를 저본으로 삼았다. 깊은샘본에는 "1942년 1월부터 1943년 1월까지 『조광』지에 12회 연재된 장편", "1945년 박문서관에서 『행복에의 흰손들』, 1946년 범문사에서 『세동무』, 1949년 광문서림에서 『신혼일기』로 각각 제목을 바꾸어 발행되었다. 이 책에서 텍스트로 삼은 것은 1949년 2월 광문서림에서 간행된 『신혼일기』이다."라는 부기가 있다. 이 전집 수록 텍스트는 광문서림본을 저본으로 하여 현대어 표기, 한글표기로 바꾸었다. 또한 이 전집에는 광문서림본에서 합철되었던 두 단편이 빠지고 『신혼일기』만 수록되었다.

표제만 놓고 볼 때 서음출판사본 『행복에의 흰손들』과 깊은샘본 『신혼일기』가 동일 작품임을 알아차릴 일반 독자는 많지 않을 것이다. 비슷한 시기에 출간된 두 전집의 수록 텍스트가 다르다는 점은, 당시 정본에 대한 기존의 인식이 극히 다양했거나 혹은 치밀하지 못했음을 드러낸 결과라 할 수 있다. 서음출판사본과 깊은샘본의 차이는 결국 1942년 『조광』 연재본과 1949년 광문서림본 사이의 거리를 의미한다. 서음출판사본은 최초 연재본을 일부 고쳐 수록했다는 점에서 원본에 가깝고, 깊은샘본은 최종 개작본을 수록했다는 점에서 가장 완성된 텍스트에 가깝다. 이들의 차이는 결국 '무엇을 정본(定本)으로 볼 것인가'라는 논점에 대해 각각 다른 기준을 제시하고 다른 결론을 내린 결과이다.

또한 1988년 태학사에서 출간된 두 권의 영인본도 이와 유사한 문제점을 노출했다. 『조광』 연재본을 그대로 영인한 것이 1988년 태학사 편 『한국단편소설대계』 25권(1988.11.20)에 수록된 『행복에의 흰손들』이다. 이 영인본에 수록된 작품은 '단편'으로 분류되었다. 그런데 같은 시기에 태학사 편 『한국장편소설대계』 19권(1988.11.20)에는 『신혼일기-일명 세동무』가 '장편'으로 분류되어 실렸다. 이 영인본 수록 텍스트는 1949년 광문서림본을 저본으로 했으나, 그중 단편 「결혼」까지만 합철되었고, 「코스모스이야기」는 빠졌으며, 간기도 누락되었다. 이 영인본에는 광문서림본 전체 384면 중 352면만 수록되었다. 따라서 『한국장편소설대계』 19권에 수록된 판본은 광문서림본의 일부이다. 이 영인본이 단편 「결혼」까지 수록한 것은 『신혼일기』 본문이 종결되는 부분을 착각한 결과라 짐작된다. 이렇듯 같은 시기, 같은 곳에서 동일 작품이 다른 표제로 영인된 것은, 『조광』 연재본과 1949년 광문서림본이 각각 다른 작품으로 오인된 대표적인 사례라 할 수 있다. 이들은 앞서 살핀 두 전집과 유사하게 동일한 시기에 출간되었다는 점에 주목할 수 있으며, 영인 과정에서 판본의 중요성을 간과한 결과 이와 같은 오류를 범한 것이 아닌가 짐작된다. 많은 연구자들이 전집본이나 영인본 텍스트를 통해 이태준의 작품세계에 손쉽게 접근한다는 점을 고려해 차후 텍스트 및 서지사항 수정이 이루어져야 한다.

지금까지의 분석과 논의 내용을 표로 정리하면 다음과 같다.

[표 2] 『행복에의 흰손들』의 판본 분화 양상

제목	출판사	출판년도	기타	비고
幸福에의 흰손들	조광	1942.1-1943.1	12회 연재	저자 표기
세동무	남창서관	1943.10.10	단권 384면. 「결혼」, 「코스모스이야기」 합철	**저자 미표기**
행복에의 흰손들	박문서관	1945	단권	**미확인**
세동무	범문사	1946.5.30	전후편 분권 전편 202면	저자 표기 **후편 미확인**
新婚日記-一名 세동무	광문서림	1949.2.15	단권 384면. 「결혼」, 「코스모스이야기」 합철	저자 표기
新婚日記	평범사	1949	단권 172면	저자 표기 **원본 미확인**
행복에의 흰손들	서음출판사	1988.8.10	전집. 『조광』 연재본	저자 표기

제목	출판사	출판년도	기타	비고
新婚日記	깊은샘	1988.8.21	전집. 광문서림본	저자 표기
幸福에의 흰손들	태학사	1988.11.20	영인본. 『조광』 연재본	저자 표기
新婚日記	태학사	1988.8.21	영인본. 광문서림본 일부 수록	저자 표기

5. 저작권의 이동과 저자의 지위

앞장에서 살펴본 바와 같이 『행복에의 흰손들』은 1942년 『조광』 발표 이후 지속적으로 개제, 개작되어 다양한 이본으로 출간되었다. 『행복에의 흰손들』의 저작권 소재를 살피는 작업이 중요한 이유는, 이 작품의 많은 이본들이 실제 합당한 절차와 과정을 거쳐 출간된 판본인지를 확인하기 위해서이다. 주지하듯 해방 전후 우리 문단은 매우 혼란했고, 특히 출판시장의 혼란은 더욱 심각했다. 이 과정에서 기성작가들의 작품이 무단으로 출간되는 이른바 해적판이 출현하기도 했다. 또한 비록 해적판이라 단정하기 어렵다 하나, 저자의 의도에 따라 출간된 것인지 확인하기 어려운 개제판, 개작본이 쏟아져 나오기도 했다.[25] 이는 저작권에 관한 명료한 인식이 전제되지 않은 상황에서 비롯한 현상들이라 할 수 있다.

1942년 『조광』에 연재된 『행복에의 흰손들』은 1949년까지 수차례 저

25) 대표적으로 이기영, 김기진, 채만식 등이 해방 이전에 발표했던 장편소설이 해방기에 개제판 혹은 해적판의 형태로 다수 출간된 바 있다. 또한 이병렬의 연구(「이태준 소설의 텍스트 문제」, 『국어국문학』111, 국어국문학회, 1994, 286면)에도 이러한 지적이 나온다. 그는 『행복에의 흰손들』 개제가 작가에 의한 것이라기보다 출판관계자에 의한 것일 가능성이 높다고 말하고, 그 근거로 이태준의 월북 시기를 들었다. 이러한 지적은 월북 이후에 출간된 개작본을 대상으로 한 것이다.

작권 소재지를 옮겨 출간되었다. 이태준의 많은 작품 가운데 『행복에의 흰손들』은 상대적으로 덜 알려졌거나 덜 연구된 소설이다. 비교적 최근에야 이 작품의 의미를 분석한 연구가 시작되었다고 평가할 수 있을 정도로 이 작품은 이태준 연구에서 큰 비중을 지니지 않는 편에 속한다. 그럼에도 불구하고 이 작품이 식민지 말기를 거쳐 해방기에 이르기까지 적게는 세 차례, 많게는 다섯 차례 이상 다른 판본으로 출간되었다는 사실은 충분히 주목할 만하다. 세 여성을 중심인물로 삼아 전개되는, 다분히 통속적인 색채의 '여학생소설'로 평가되는 이 작품이, 해방기를 전후로 빈번하게 출간된 배경은 무엇일까? 또한 이 과정에서 저자명 누락, 본문 누락, 표제 수정 등의 현상이 발견되는데, 이러한 현상과 저작권 소재 사이에 인과관계가 있을까?[26]

엄밀하게 말해 '판권'은 저작물의 출판 및 복제, 판매에 관한 권리로 제한된다. 식민지시기에 통용된 판권 개념 또한 이러한 범주에서 크게 벗어나지 않는다. 저작권은 판권 및 저작자의 권리까지 아우르는 개념이지만, 판권은 저작권 중 일부만을 행사할 권리로 제한된다. 그런데 이태준을 비롯한 많은 작가들의 경우 출판에 관한 권리인 '판권'이 저작자의 권리까지 포함하는 경우가 많다. 저작자 혹은 저자 개념의 범주가 모호했던 것이다. 방효순에 따르면, 이 시기 "판권상의 저작자는 저작권

26) 이러한 의문을 해결하기 위해 작가의 전기적 사실과 출판 상황을 동시에 고려할 필요가 있다. 물론 전기적 사실이 모든 의문을 해결하는 근거가 되지는 못하겠지만, 적어도 사실관계 확인을 통해 불필요한 추측을 없애는 데 도움이 될 것이다. 1943년 10월 남창서관본 『세동무』를 출간할 무렵 이태준은 강원도 철원으로 낙향하여 해방이 될 때까지 이곳에서 지냈다. 이 시기를 전후로 이태준은 장편 『왕자호동』을 매일신보에 연재했고(1942.12.22.-1943.6.16), 단편 「석교」(<국민문학> 1943.1), 「뒷방마님」(1943.12)과 일본어소설 「제1호 선박의 삽화」(<국민총력> 1944.9) 등을 발표했으나, 1930년대 후반과 비교하면 거의 절필 수준으로 창작활동을 유지했을 따름이다. 1943년 남창서관본 『세동무』에 이태준의 이름이 등장하지 않는 것은 당시 이태준의 행보와도 관련이 깊어 보인다.

법과 동일한 해당 저작물의 원저자(편집자, 번역자 등 포함), 원저자로부터 저작권을 양도받거나 상속받은 자, 원저자 · 저작권 양도자로부터 출판 승낙을 받은 출판업자 중 하나"였기 때문이다.[27] 즉 이 시기 저작권법은 유명무실한 것이었고, 저자의 지위 또한 충분히 보장받기 어려운 상황이었다. 저자의 개념이 불확실한 출판물의 대표적인 예가 딱지본 소설이다. 박문서관, 영창서관, 남창서관 등 식민지시기에 설립된 다수의 출판사들은 서적의 판매와 출판을 겸하면서 동시에 사주의 지위를 '저작자'로 올려 실제 저자의 위치를 애매모호하게 만들었다. 이들 출판사에서 나온 딱지본 소설들은 대부분 저작자의 이름 대신 발행자 혹은 출판사 사주의 이름을 표기하고 있다.

딱지본 소설의 경우 저자가 누구인지 정확히 알기 어려운 특정 상황 때문에 저자 대신 출판업자를 내세웠다고 할 수 있다. 그러나 본격소설의 경우 저자가 누구인지 분명하게 드러난다. 이러한 상황에서 고의든 아니든 원저자의 이름을 누락하고 대신 출판업자를 저자로 표기하는 행위는 부적절하며 비윤리적인 것이다. 문제는 식민지시기뿐만 아니라 해방 이후에도 이러한 출판 행위가 빈번하게 발견된다는 점이다. 이태준의 『행복에의 흰손들』이 수차례 저작권 소재를 옮겨 출간된 배경 또한 이와 같은 상황을 통해 짐작할 수 있다. 최초 연재 이후 출간된 단행본 가운데 1943년 남창서관본은 유일하게 저자의 이름 대신 출판사 사주의 이름을 저작자로 표기했다. 나머지 판본들에는 저자 이태준의 이름이 등장한다. 이태준이 언제 이 작품의 판권을 출판업자에게 양도했는지는 알 수 없다. 그러나 최초 단행본인 1943년 남창서관본이 출간

27) 방효순, 「일제시대 저작권제도의 정착과정에 대한 연구」, 『서지학연구』21, 2001, 220면.

된 이래 그 후속 간행물들은 모두 이 판본을 저본으로 삼았다. 이를 통해 이태준이 1943년 남창서관에 이 작품의 판권을 양도했을 가능성이 있음을 짐작할 수 있다. 따라서 이 판본을 해적판으로 단정하기도 어렵다. 그러나 저자의 이름을 밝히는 행위는 저작권 보호의 최소한이다. 저자 표기가 전혀 등장하지 않는다는 사실만으로도 이 판본은 정상적인 출판물로 인정될 수 없다.

이 가설을 확장하면, 남창서관으로 양도되었던 『행복에의 흰손들』의 판권은 이후 범문사, 광문서림 등으로 이전되었을 것이다. 이 과정에 이태준이 직접 개입했을 확률은 낮다. 오영식의 지적처럼, 해방 이후 이태준의 작품들 다수가 단행본으로 출간되었고 많은 독자들에게 읽혔다. 국문 서적이 귀했기 때문이기도 했고, 이태준이라는 작가의 명성 때문이기도 했다.[28] 그러나 이들은 대부분 판권 없이 출간되었다.[29] 저자의 이름을 누락한 사례와 마찬가지로, 판권 없이 출간된 단행본이 저자의 지위와 권리를 보장해줄 수 있을까? 그런 의미에서, 이태준의 월북은 결과적으로 남한에서 그의 저자로서의 지위를 포기한 행위나 다름없다. 해방기를 전후로 이태준이라는 '저자'는 사라지고, 출판업자들이 책을

28) 이태준의 작품들은 해방 이후에도 꾸준히 출간, 재출간되었다. 해방 이후 출간된 이태준의 단행본으로는 『왕자호동』(남창서관, 1945.9), 『세동무』(범문사, 1946.5), 『황진이』(동광당서점, 1946.8), 『사상의 월야』(을유문화사, 1946.11), 『돌다리』(박문출판사, 1946), 『해방전후』(조선문학사, 1947.1), 『복덕방』(을유문화사, 1947.5), 『농토』(삼성문화사, 1948.8), 『구원의 여상』(영창서관, 1948.9), 『신혼일기』(광문서림, 1949.2), 『제2의 운명』(한성도서, 1948), 『이태준단편집』(박문출판사, 1946), 『소련기행』(조선문학가동맹, 1947.5), 『상허문학독본』(백양당, 1946;1949), 『문장강화』(박문출판사, 1947;1949), 『서간문강화』(박문출판사, 1948.1) 등이 있다. 오영식, 『해방기 간행도서 총목록』, 소명출판, 2009, 377-378면.

29) 오영식은 『해방기 간행도서 총목록』의 서문에서, 이태준의 저작들이 해방기 베스트셀러에 속한다고 밝히면서, "당시 상허의 일부 저작들은 판권 자체가 없이 출판된 경우가 많아 얼마나 많이 팔렸는지 통계 자체가 잡히지 않는다."라고 서술하였다. 오영식, 앞의 책, 29면.

팔아 남긴 수익은 고스란히 자신들에게 돌아갔다. 저자가 아니라 출판업자 간에 이루어진 저작권 양도를 통해 『행복에의 흰손들』은 수차례 새로운 판본으로 재탄생했다. 남창서관본을 제외한 나머지 판본들이 저자 이태준의 이름을 명기했다고는 하나, 이것만으로 저자의 권리를 보장한 것이라 보기 어렵다. 『행복에의 흰손들』은 저자가 아닌 출판업자에 의해 여러 차례 다른 판본으로 출간되었고, 이 과정에서 저자의 지위나 권리는 제대로 보장되지 않았다. 결국 『행복에의 흰손들』이 여러 판본으로 분화되어 출간되는 과정에서 주체적인 위치를 점한 것은 저자가 아니라 출판업자였다. 해방 전후 이태준을 비롯한 월북 작가의, 저자로서의 지위는 약화 혹은 소멸된 반면 출판업자의 위치는 상대적으로 강화되었고, 이러한 상황 하에서 식민지시기에 발표된 작품들이 꾸준히 출판, 판매되었다는 사실은 아이러니가 아닐 수 없다.

6. 판본 분화의 의미

본고는 이태준의 장편소설 『행복에의 흰손들』의 판본 분화 양상을 면밀히 고찰하고자 하였다. 그 결과를 간략히 요약하면 다음과 같다. 첫째, 1943년 남창서관에서 출간된 단행본은 『세동무』이다. '三人友達'이라는 표제의 작품은 존재하지 않는다. 둘째, 표제 '세동무'로 출간된 판본은 두 편이다. 하나는 1943년 남창서관본이고 다른 하나는 1946년 범문사본이다. 셋째, 1949년 광문서림본 외에 같은 해 평범사에서 '신혼일기'를 표제로 한 판본이 존재한다. 넷째, 평범사본을 제외한 나머지 세 판본은 모두 같은 판형이다. 다른 점은 표제, 목차, 간기 등이다. 세 판본의 본문 면수는 339면이다. 이들 중 범문사본만 전후편 분권이고 나머지는 단권이다. 1988년 서음출판사에서 나온 『이태준문학전집』 11권 수록 『행복에의 흰손들』은 『조광』 연재본을 저본으로 했다. 같은 해 깊은샘에서 나온 『이태준전집』 4권 수록 『신혼일기』의 저본은 1949년 광문서림본 『신혼일기』이다. 태학사 간행 『한국단편소설대계』 25권 수록 『幸福에의 흰손들』(1988.11.20)은 『조광』 원문 영인본이며, 같은 곳에서 나온 『한국장편소설대계』 19권 수록 『新婚日記--名 세동무』(1988.11.20.)는 1949 광문서림본을 저본으로 삼았다.

본고는 1943년 남창서관본의 실체를 확인하고, 그 표제가 '삼인우달'이라 본 기존 논의나 연보가 틀렸음을 밝혔다. 또한 이후에 출간된 단행본들이 이 판본을 저본으로 삼았음을 밝혔다. 1946년 범문사본 『세동무』와 1949년 광문서림본 『신혼일기-일명 세동무』는 모두 1943년 남창서관본을 토대로 만들어졌다. 그리고 남창서관본에서 저자 표기가 등장하지 않은 점을 확인하고 이 단행본의 정체를 해적판으로 규정했다. 이와 더불어 판권 양도 가능성을 염두에 두면서 이러한 해적판이 출간된 배경을 고찰했다. 1949년 평범사본 『신혼일기』는 그 실체를 확인하지 못했으나, 여러 가지 정황 상 같은 해 출간된 광문서림본 『신혼일기-일명 세동무』를 도용한 판본이라 판단된다. 광문서림본이 남창서관본, 범문사본을 계승한 판본인 반면, 평범사본은 판형, 쪽수 등이 이들과 다르기 때문이다.

1988년 『행복에의 흰손들』은 네 차례 전집과 영인본에 수록되었다. 이중 전집 수록 텍스트(서음출판사본과 깊은샘본)의 차이는 1942년 『조광』 연재본과 1949년 광문서림본 사이의 거리이다. 서음출판사본은 최초 연재본을 일부 고쳐 수록했다는 점에서 원본에 가깝고, 깊은샘본은 최종 개작본을 수록했다는 점에서 가장 완성된 텍스트에 가깝다. 이들의 차이는 결국 '무엇을 정본(定本)으로 볼 것인가'라는 논점에 대해 각각 다른 기준을 제시하고 다른 결론을 내린 결과이다. 또 영인본의 경우 동일 작품이 다른 표제로 영인된 것은, 『조광』 연재본과 1949년 광문서림본이 각각 다른 작품으로 오인된 결과라 할 수 있다. 이들은 두 전집과 마찬가지로, 판본의 중요성을 간과한 결과 이와 같은 오류를 범한 것이 아닌가 짐작된다. 많은 연구자들이 전집본이나 영인본 텍스트를 통해 이태준의 작품세계에 손쉽게 접근한다는 점을 고려해 차후 텍스트 및 서지사항 수정이 이루어져야 한다. 이와 같이 본고는 『행복에의 흰손들』의 단행본 출간 과정을 고찰하고 각 판본들의 특징을 비교 분석하여 판본 분화의 양상을 살펴보았다.

마지막으로 본고는 저작권 문제와 판본 분화 사이의 인과관계를 고찰하였다. 이태준의 『행복에의 흰손들』이 수차례 저작권 소재를 옮겨 출간된 배경에는 저작권 문제가 걸려 있다. 『조광』 연재 이후 출간된 단행본 가운데 1943년 남창서관본은 유일하게 저자의 이름 대신 출판사 사주의 이름을 저작자로 표기했다. 최초 단행본인 1943년 남창서관본이 출간된 이래 그 후속 간행물들은 모두 이 판본을 저본으로 삼았다. 이를 통해 이태준이 1943년 남창서관에 이 작품의 판권을 양도했을 가능성이 있음을 짐작할 수 있다. 남창서관으로 양도된 판권은 이후 범문사, 광문서림 등으로 이전되었을 것이다. 이 과정에 저자가 개입할 여지는 많지 않다. 저자가 아니라 출판업자 간에 이루어진 저작권 양도를 통해 『행복에의 흰손들』은 수차례 새로운 판본으로 재탄생했다.

제7장 해방기 해적판 소설의 유형과 위상

1. 해적판 소설 출현 배경

본고는 해방기 출판 시스템 변화와 해적판 소설 출현 간 인과관계를 고찰하고, 해적판 소설의 사회 · 문화적 의미와 위상을 정립하는 것을 목적으로 한다. 이를 위해 본고는 해방기 출판 관련 법제 변화와 해적판 소설의 출현 양상을 분석하고, 저작권법 개정을 중심으로 하여 이들의 사회 문화적 의미를 탐색하고자 한다. 또 해방기 해적판 소설 양상을 실증적으로 고찰하여 이 시기 해적판 소설의 구체적인 면모를 제시하고자 한다. 분석 대상을 해방기 소설로 한정한 일차적인 이유는 이 시기에 해적판 소설의 출현이 괄목할 만한 결과로 드러났기 때문이다. 물론 이러한 결과는 당시 저작권 문제, 출판 시장 및 시스템 변화와 깊은 관련이 있다. 해적판 소설의 출현이라는 결과와 긴밀한 인과관계 하에 놓인 출판 관련 사항들을 분석하는 작업은 지금까지 미지의 영역으로 남아 있었던 해적판 소설의 문학사적 가치와 의미를 조명하는 데 도움을 줄 것이다.[1)]

1) 본고에서 사용하는 '해적판 소설'은 보편적으로 통용되는 개념으로, 한국문학사만의 예외적인 개념은 아니다. 통상 '해적판 소설'은 '해적 행위'에 의해 출간된 소설을 의미하며,

해적판 소설이 본격적으로 논의되기 시작한 것은 비교적 최근 일이다. 주로 영화, 음반, 게임 등과 관련된 해적판 논의는 드물게 제시되었으나, 해적판 소설에 관한 논의는 찾기 어렵다. 강대영의 「해적판 서적의 제작 · 유통 과정 추적」(『광장』 173호, 1987)에서 당시 해적판 서적의 제작과 유통 과정의 불법성을 지적한 것을 제외하면, 야마다 쇼지의 『해적판 스캔들-저작권과 해적판의 문화사』(송태욱 옮김, 사계절, 2011)가 최근 번역 소개되면서 문학 작품의 해적판 관련 논의가 본격적으로 시작되었다고 볼 수 있을 정도로, 지금까지 우리의 해적판 소설은 문학 연구 대상으로서의 가치를 인정받지 못했다.[2]

해적판 소설이 문학사적 가치가 없는 텍스트라는 인식은 여전히 완고하다. 본고는 이러한 인식이 지닌 맹점을 지적하고, 해방기 해적판 소설이 저작권을 침해한 비윤리적인 행위의 결과라는 식의 일차원적이고 평면적인 시각에 대해 문제를 제기하고자 한다. 해방기라는 시공간적 특수성과 문화사적 맥락을 고려할 때 해적판 소설 출현 문제는 이러한 인식을 넘어서는 지점에서 논의되어야 한다. 저작권법이나 출판법 같은 법제 문제, 출판시스템 및 시장의 이합집산과 교란 문제, 작가 이동 문제, 물자 부족 문제, 언어 문제 등 다양한 차원을 고려해야 왜 해방기에 해적판 소설이 다수 출현했는지에 관한 충분하고 설득력 있는 이유를 제시할 수 있을 것이다. 또한 이러한 고려를 통해 해적판 소설의 출현

'해적 행위'란 "법령으로 보호받고 있는 작품을 누군가 멋대로 출판하는 것"을 말한다. 야마다 쇼지, 『해적판 스캔들-저작권과 해적판의 문화사』, 송태욱 옮김, 사계절, 2011, 11면.

2) 노수인의 「한국 순정만화와 일본 소녀만화의 관계 연구: 순정만화가들과의 심층인터뷰를 중심으로」(이화여대 석사논문, 2000), 박자영의 「영화 불법복제와 문화: 중국과 한국의 사례를 중심으로」(『중국현대문학』, 한국중국현대문학학회, 2009), 김병오의 「1960-1980년대 해적판 레코드 대중화 과정 연구」(『공연문화연구』24, 한국공연문화학회, 2012) 등이 해적판을 키워드로 하는 연구들이다.

및 존재 가치를 확인할 수 있다면, 이 시기 해적판 소설이 저작권을 침해한 비윤리적 행위의 결과라는 평가를 넘어 문학사적으로 의미 있는 현상임을 설명할 수 있으리라 판단된다.

본고는 해적판 소설 출현에 해방기 출판시장 변화가 중요한 동인으로 작용했다고 보고 이들 사이의 상관성을 실증적으로 규명하고자 한다. 또한 최근 시작된 해적판 소설 관련 논의[3]를 일목요연하게 정리하여 제시하고, 아울러 후속 연구가 나아가야 할 방향을 고민하고자 한다. 해적판 소설을 분석 대상으로 한 기존 논의는 각론으로서 의미를 지니나, 해방기 전반에 대한 고찰로 보기에는 미흡하다. 이에 따라 본고는 선행 연구 결과를 종합하여 해방기 해적판 소설에 나타난 공통적인 특징을 추출하여 유형화하고, 해적판 소설의 문학사적 의미를 고찰할 것이다. 이러한 종합적인 논의를 통해 해적판 소설의 위상과 가치를 실증적으로 제시할 수 있기 때문이다. 본고의 논의 대상은 해방기 출판물 전체가 아니라 소설이며, 그 가운데에서도 식민지시기에 발표되었다 해방기에 재출간된 작품들 중 표제나 내용에 변화의 징후가 보이는 것들로 한정된다. 특히 이들 중 해적판으로 볼 근거가 충분한 판본들을 중점적으로 살피고, 해적판 출간 과정에서 파생된 다양한 문제들이 어떻게 문학 장 내부로 수용되었는지를 고찰할 것이다. 특히 문단, 출판시장 등 주변 상황과의 관계 속에서 해적판 소설이 출현하고 소비될 수밖에

3) 해적판 소설 관련 논의로 김영애의 「이기영 소설의 개제 양상과 그 의미」(『한국문학이론과 비평』58, 한국문학이론과 비평학회, 2013), 「『태평천하』의 개제 양상 및 해적판 연구」(『어문논집』69, 민족어문학회, 2013), 「해적판의 계보와 『태평천하』의 계통」(『현대소설연구』57, 한국현대소설학회, 2014), 「『행복에의 흰손들』의 판본 분화 양상과 의미」(『국어문학』62, 국어문학회, 2016), 「김동인 장편소설의 판본과 계보-표제 수정을 중심으로」(『돈암어문학』31, 돈암어문학회, 2017.6) 등을 참조 인용했다. 본고는 해방기 해적판 소설에 관한 선행 연구를 재검토하고 종합하는 것을 주된 목적으로 삼았다.

없었던 현상이 지닌 문학사적 의의를 중심으로 해적판 소설의 의미와 가치를 도출하고자 한다.

2. 해방기 출판 환경 변화와 저작권 갈등

1945년부터 1949년의 4년 간 우리 출판시장은 전례 없는 부흥을 경험한다. 통계자료를 통해 그 구체적인 면모를 확인할 수 있는데, 연구자에 따라 약간의 차이가 존재하나 공통적으로 이 시기 출판시장의 급성장세를 확인할 수 있다. 먼저 김창집의 자료[4]에 따르면 군정법령 제19호에 의해 등록한 출판사는 1945년 45개소, 1946년 150개소, 1947년 581개소, 1948년 792개소, 그리고 1949년 847개소이다. 이두영의 「유형별로 본 우리 출판 100년」 역시 김창집의 통계와 동일한 근거를 통해 동일한 자료를 제시한 바 있다.[5] 정진석은 1947년 무렵 남한 소재 출판사 수가 519개소이며 이중 서울 소재 출판사는 441개소라 제시했다. 또한 그는 이 당시 신문, 통신, 잡지사가 334개소에 이른다고 소개했다. 정진석이 제시한 통계는 1948년 출간된 『조선연감』을 근거로 한 것이다.[6] 오영식 『해방기 간행도서 총목록』에는 1945년 출판사 수를 최대 120개소까지 제시했다.[7] 그는 김창집의 1945년 통계자료에 누락된 자료 및 잡지 출판사까지 포함해 이 시기 출판사 수를 재산정해야 한다고 주장했다. 그

4) 김창집, 「출판계의 사년」, 『출판대감-해방 후 사년 간』, 조선출판문화협회, 1948, 4면.

5) 이중한 외, 『우리출판 100년』, 현암사, 2001, 94면.

6) 정진석, 「문화의 대중화와 문화정책」, 『한국의 문화 70년』, 한국학중앙연구원출판부, 2015, 35-36면.

7) 오영식, 「우후죽순의 보석들」, 『해방기 간행도서 총목록』, 소명출판, 2009, 19면.

의 주장은 실증적인 자료를 토대로 구성된 것이기에 신빙성이 높다. 그의 주장대로 기존 통계에 누락된 지방 출판사, 잡지 등의 자료를 추가한다면 실제 출판사 수는 김창집의 자료보다 월등히 많을 것이다.

흔히 식민지시기 출판계의 어려움을 통틀어 '삼난(三難)'이라고 하는데, 이는 "검열난, 원고난, 용지난"을 의미한다. 해방 이후 검열 문제는 비교적 완화되었다고 볼 수 있으나, 원고 확보의 어려움이나 용지 부족 문제는 여전하거나 더 심각해졌다. 해방기 출판 환경에서 추가된 어려움은 '인쇄난'이다. 갑작스런 해방으로 인해 용지 생산이 거의 중단되다시피 한데다, 식민지 말기 한글 활자 자체가 거의 사라졌기 때문에 한글 책을 인쇄하는 일은 난관에 봉착했다. 여기에 더해 제대로 된 한글로 책을 쓸 수 있는 작가가 많지 않았고 그나마 해방기를 전후로 월북하거나 사망했기 때문에 한글 책 수요를 충족하기 어려웠다. 이러한 환경 변화에 역행하여 출판사 수는 앞서 살핀 바와 같이 기하급수적으로 증가했다. 둘 사이의 간극을 좁히기 위해 출판업자들은 우선 식민지시기에 출간된 단행본의 복원 및 재출간에 주력했다. 또 이들은 번역서, 문고판 등 비교적 출판이 용이한 텍스트들과 일부 베스트셀러를 중심으로 출판시장의 빈곤을 해소하기 위해 노력했다.[8)]

오영식의 자료에 의하면 해방기 가장 많이 출간된 것은 문학 관련 서적이었다. 그 이유는 "일제강점기 문예물의 복간이 많았고, 출판사 입장에서는 과거 보유한 지형(紙型)이 남아 있는 경우가 많아 상대적으로 출간이 용이"[9)]했기 때문이다. 여기서 '복간(復刊)'이란 사전적인 의미로 폐간된 출판물을 다시 간행하는 일을 뜻한다. 그러나 해방기 문학작품의

8) 오영식, 같은 책, 24-29면.
9) 오영식, 같은 책, 25면.

복간은 재출간(再出刊) 개념과 크게 다르지 않다. 식민지시기 출간 단행본 중 대다수는 재판(再版)을 내지 못했기에 사실상 절판된 상황이나 마찬가지였다. 오히려 이광수의 『무정』처럼 수차례 재출간된 사례는 예외적인 경우다. 『무정』은 1917년 매일신보 연재 후 1918년 신문관과 동양서원에서 초판 단행본이 출간된 이래 1938년 8판까지 출간된 기록을 보유하고 있다.[10] 독자들에게 인기가 많은 일부 베스트셀러를 제외한 대다수 작품들은 초판 발행 이후 아예 재판을 내지 못하거나 재판 발행 시기가 해방 이후로 늦춰지는 경향을 보인다. 이때 저자보다는 출판업자의 의지 때문에 재판 출간이 지연되거나 무산되는 경우가 대부분이다. 출판업자는 단행본을 출간하거나 재출간하는 과정에서 손익계산을 무시할 수 없고, 본격소설 가운데 이러한 계산 하에서 이익을 창출할 만한 사례는 많지 않다. 이에 따라 출판업자들은 저작권료를 지불하지 않고 책을 출간할 수 있는 대책으로 식민지시기에 출간된 작품을 재출간하는 방식을 선호했다. 비용을 줄이고 이익을 취할 수 있는 방법 가운데 재출간 혹은 복간이 제시된 것이다.

출판업자들이 해방기 출판 기근 문제를 해결하기 위해 식민지시기 출간되거나 발표된 작품들을 재출간하는 과정에서 저작권 문제를 둘러싼 갈등이 구체적으로 드러나기 시작했다. 주지하듯 근대적인 의미의 저작권 역사는 식민지 초기로 거슬러 올라간다. 1908년 일본이 도입한 저작권법이 전격적으로 시행되면서 우리 저작권 역사가 시작되었다. 이

10) 송하춘 편, 『한국현대장편소설사전 1917-1950』(고려대출판부, 2013, 156-157면)에 따르면 『무정』 초판 단행본은 1918년 7월 신문관, 동양서원에서 나온 이래 1920년 1월 재판, 1922년 2월 광익서관에서 3판, 1922년 5월 광익서관, 회동서관에서 4판, 1924년 1월 5판, 1925년 12월 회동서관, 홍문관서점에서 6판, 1934년 8월 7판, 1938년 11월 박문서관에서 8판이 출간되었다.

저작권법은 해방 이후까지 적용되다 1957년에 이르러서야 비로소 새 저작권법으로 대체된다. 따라서 우리 문단과 출판계는 50년 간 일본 저작권법의 지배하에 있었던 셈이다. 식민지시기 저작권법의 위용이나 지배력은 그리 높지 않았다는 것이 일반적인 견해다. 그런데 유독 해방기에 저작권을 침해하는 구체적인 사건들이 발생했다는 사실과 그 원인, 배경에 대해서는 추가적인 설명이 필요하다. 앞서 살핀 출판 환경 변화 및 한글책 수요 증가 등을 해적판 소설 출현의 가장 중요한 원인으로 꼽을 수 있다. 책 수급 불균형이라는 결과는 출판사의 급증, 작가, 물자 및 콘텐츠 부족, 인쇄환경의 문제 등 다양한 원인으로부터 초래되었다. 해적판 소설은 이러한 배경 하에서 파생된 현상이었다. 이들은 당시 저작권법의 지배력이 약화되었거나 혼란에 빠진 틈을 타 출판시장에 진입했다. 해적판 소설의 존재 자체가 당시 저작권법의 지배력 약화를 증명하는 현상이기 때문이다.

해방기를 전후로 해적판 소설이 출현한 것은 바로 이러한 사회 문화적 변화와 무관하지 않다. 특히 1948년을 기점으로 다수의 해적판 소설이 출현한 것은 이 시기 출판문화의 난맥상을 반영하는 결과라 해석할 수 있다. 채만식의 『태평천하』 해적판 『황금광시대』(중앙출판사, 1949), 『애정의 봄』(대동사, 1958), 『꽃다운 청춘』(중앙출판사, 1958) 등과 김동인의 『젊은 그들』 해적판 『활민숙』(수문사, 1950) 등, 이기영의 『생활의 윤리』 해적판 『정열기』(성문당서점, 1948) 등이 이 시기에 출간된 대표적인 해적판 소설이다.[11] 이에 더해 이광수의 『삼봉이네 집』 개작본 『방랑자』(중앙출판사, 1949)와 박태원의 『愚氓』 개작본 『금은탑』(한성도서주식회사, 1949) 등도 이

11) 송하춘의 『한국현대장편소설사전 1917-1950』(고려대출판부, 2013) 출간을 계기로 이들 해적판 소설의 구체적인 면모가 드러났다고 할 수 있다.

시기에 제목과 내용 일부를 수정한 작품이다. 지금까지의 연구는 이들을 단순한 개작본으로 다루어왔는데, 이들을 원작자에 의해 수정된 개작본으로 볼 것인지, 아니면 출판업자 등 제3자에 의해 무단 출간된 해적판으로 볼 것인지에 대해서는 제대로 된 논의가 없었다. 이들을 개작본으로 볼 경우 그것을 뒷받침할 충분한 근거가 필요하다. 곧, 원작자가 작품을 수정했다는 구체적인 자료나 근거가 있어야 이들을 해적판이 아닌 개작본으로 인정할 수 있는 것이다.

물론 이런 방식의 개제가 드문 일은 아니다. 앞서 언급한 채만식, 이광수, 이기영 등의 경우에도 원작의 제목과 개작본의 제목 간 의미 상 상당한 괴리가 느껴지는 작품들이 있으며, 이들 외에도 많은 개작본들이 원작과는 사뭇 다른 분위기의 새로운 표제를 취하기도 했다. 개작의 유형은 크게 세 가지로 분류된다. 첫째 원작의 표제가 수정되지 않은 채 내용만 수정된 개작본이 있다. 강경애의 『인간문제』, 이광수의 『무정』, 홍명희의 『임거정전』 같은 작품들이 첫 번째 유형에 해당한다. 둘째 제목과 내용이 모두 바뀐 작품 중 원작자에 의해 수정된 개작본이 있다. 김기진의 『전도양양』(『재출발』로 개작), 『최후의 승리』(『최후의 심판』으로 개작) 등과 김동인의 『거목이 넘어질 때』(『제성대』, 『견훤』으로 개작), 『거인은 음즈기다』(『대수양』, 『수양대군』으로 개작) 등이 여기에 해당한다. 마지막으로 원작자가 아니라 출판업자 등 제3자에 의해 표제와 내용이 수정된 해적판이 있다. 이기영의 『신개지』, 『생활의 윤리』, 채만식의 『태평천하』 등이 마지막 유형에 해당한다. 문제는 개작본과 해적판을 구별할 명확한 기준이 제시되지 않았거나 모호한 작품을 어떻게 분류할 것인가이다. 이 경우는 대부분 해적판이 아니라 개작본으로 인식되었다.

식민지시기 이후의 특수한 출판 환경도 개작본과 해적판의 구별을 모호하게 만드는 한 요인이라 할 수 있다. 출판 영역은 저자를 배제한 채 구성되는 공간이라 해도 과언이 아닐 정도다. 그만큼 단행본 출간 과정에서 저자는 중요한 역할을 맡지 못했다. 이광수조차 『무정』 출간과 관련해 인세를 전혀 받지 못했다고 알려졌다.[12] 식민지시기 최고 베스트셀러의 하나로 꼽히는 『무정』의 저자조차 인세를 받지 못했다는 사실은 다른 작가들의 사정까지 짐작 가능하게 해준다. 이는 '板權所有'라는 명분으로 책을 둘러싼 권력이 주로 출판업자에게 집중되어 왔음을 증명한다. 출판 과정에서 벌어지는 저자 소외 현상은 궁극적으로 책이 상업적인 이익 추구의 대상이었음을 보여준다. 저자가 출판사에 판권을 넘기면 그때부터 벌어지는 모든 행위는 출판사에 귀속된다. 책을 팔아 남은 이익 역시 출판사 소유가 된다.

이러한 문제는 저작권 개념이 모호했기 때문이거나 당시 출판 관행이 그랬기 때문이 아니라, 판권 거래 방식의 차이에서 비롯된 것이라는 견해가 있다. 이 견해에 따르면, 앞서 언급한 『무정』 초판 판권지에 저작자 이광수의 이름이 누락되고 대신 신문관 사주 최창선(崔昌善)의 이름이 저작 겸 발행자로 표기된 것 역시 당시 실정법에 따라 판권 소유자를 표기한 것에 지나지 않는다. 즉 저작 겸 발행자의 지위는 대개 해당 단행본의 판권 소유자, 법적 권한이나 책임을 지는 주체를 가리킨다. 판권지에 저자의 이름이 별도로 명기되는 경우와 그렇지 않은 경우로 나누어 볼 때, 전자는 책 판매 수익 일부를 인세로 돌려받는 것이고, 후

12) 박진영, 『책의 탄생과 이야기의 운명』, 소명출판, 2013, 234-235면. 저자의 말에 의하면, 이광수는 『무정』 연재 직후인 1918년 신문관에서 첫 단행본이 나온 이후 8판까지 찍을 동안 한 푼의 인세조차 받지 못했다고 한다. 뿐만 아니라, 『무정』의 판권이 수차례 양도되는 과정에서 저작자 이광수의 허락조차 받을 필요가 없었다고 한다. 이는 당시 저자와 출판업자 간의 관계 및 저작권법 상 보호 대상이 누구인지를 알 수 있는 대목이다.

자는 소위 매절(賣切)이라 불리는 것이다.[13] 그런데 저자가 별도의 지위로 판권지에 표기되는 사례는 그리 많지 않고 오히려 후자가 더 흔하다. 『무정』도 후자에 해당하는 사례이다. 이러한 현상이 법률적인 차원에서 크게 문제 될 것이 없다 하더라도 그 자체로 저자의 소외나 배제를 의미하기에 심중하게 다룰 필요가 있다. 저작권법의 보호 대상은 저자라기보다 판권 소유자였다.

단행본 출판 과정에서 저자가 소외, 배제되는 현상은 해적판 출현과도 연관된다. 해적판의 존재 자체가 저자의 지위를 무시한 결과이기 때문에 출판업자가 출판을 통해 자기 이익을 극대화하기 위해서는 저자의 존재가 걸림돌이 될 수밖에 없다. 대부분의 출판업자는 출판 행위의 윤리성을 지키기 위해 저자의 지위를 인정했지만, 해적판의 경우는 사정이 다르다. 물론 해적판 출판업자라고 해서 저작권법을 대놓고 무시할 수는 없었다. 이들은 다른 방식으로 저작권 지배 구조를 비켜갔다. 예를 들면, 초판 출판사가 폐업한 경우, 저자가 사망하거나 월북한 경우 등 주로 저작권이 소멸되었거나 애매모호한 상태에 놓였던 작품들이 해적판의 저본이 되었다. 초판을 낸 출판사가 폐업하면 이곳이 보유한 판권은 다른 곳으로 이전된다. 그런데 판권 이전 과정에서 새로운 소유자가 그 권리를 실질적으로 행사해 재판을 내기까지는 보통 상당한 시간이 소요된다. 이 기간 초판본의 판본은 판권 불명 상태로 남는다. 해적판 출간 대상이 된 작품들은 대개 이런 판본들이다.

저자 사망이나 월북 등의 이유로 저작권 지배력이 상대적으로 약화된 작품들 역시 해적판 출간의 대상이다. 해방기 다수 작가들이 사망하

13) 같은 책, 245-247면.

거나 월북했고, 이로 인해 이들이 남긴 작품들은 저자의 직접적인 관리를 받지 못했다. 저자의 지배력이 약화된 틈을 타 이들의 작품은 표제가 무단 수정되거나 저자 이름이 바뀐 채 해적판으로 출간되었다. 저작권 시비를 피하기 위해 작품 본문 일부를 누락한 사례도 있다. 딱지본 신소설의 경우처럼 해적판 소설 역시 저자의 권리가 소멸되고 출판업자의 권리만 강조된 형태의 출판물이었다. 저자의 지위라는 측면에서 보면 딱지본 신소설과 해적판 소설은 매우 닮았다. 딱지본 소설의 저자는 대개 판권을 소유한 출판업자였고, 이때 실제 저자의 지위는 명분이나 경제적 차원에서 거의 보장되지 못했다. 해적판 소설에서 저자는 자신의 이름을 지키긴 했으나 저자로서의 지위를 보장받지 못한 점은 딱지본 소설의 사례와 크게 다를 바 없었다.

3. 해적판 소설의 유형

이 장에서는 해방기를 전후로 출현한 해적판 소설의 구체적인 양상을 정리하고 이를 유형화하고자 한다. 유형화의 기준은 해적판을 규정하는 기준과 동일하다. 저자명, 제목, 텍스트의 세 가지를 기준으로 해방기 해적판 소설 양상을 유형화할 수 있다. 이를 위해 채만식, 이기영, 이태준, 김동인 등의 작품이 해적판으로 출간된 사실과 정황을 중점적으로 다루어 이 시기 해적판 소설의 면모를 분석할 것이다. 지금까지의 해적판 소설 관련 논의를 집약적으로 제시하되 실증적인 접근을 통해 텍스트 변모 과정을 살피고, 해적판 소설이 어떤 과정을 통해 생산되었는지를 구체적으로 논의하고자 한다. 이러한 논의를 통해 해적판 소설이 당시 출판시장과 문단에 끼친 영향을 뒷받침할 근거를 확보할 수 있으리라 판단된다.

1) 저자명

해적판 소설 유형화의 첫 번째 기준은 새로운 단행본이 출간되는 과정에서 원작자 이름이 남아 있는가 아니면 삭제되었는가 여부이다. 원작자의 이름을 밝히지 않거나 새로운 이름을 대신 삽입하는 사례는 창작자의 의지와 저작권 지배를 무력화하는 대표적인 해적 행위라 할 수 있다. 이기영, 이태준의 작품이 여기에 해당한다.

이기영의 『순정』은 그가 1938년 동아일보에 연재 종료한 『新開地』를 1941년 세창서관에서 개제하여 단행본으로 출간한 작품이다. 오영식의 『해방기 간행도서 총목록』에서는 『순정』이 '雲汀' 작으로, 1941년 9월 30일에 초판이 자유신문사인쇄부에서 인쇄되어 세창서관에서 출간되었으며 '이기영 『신개지』의 해적판'이라고 소개했다.[14] 그러나 실제 1941년 세창서관에서 출간된 『순정』에는 이기영이나 『신개지』와 관련된 어떤 언급도 찾아볼 수 없다. 따라서 표제나 저자명만으로 『신개지』와 『순정』의 관계를 유추하기는 불가능하다. 세창서관본 『순정』은 1941년 처음 출간된 이후 1950년 3판까지 발행되었으며, 저자명이 '운정'으로 표기되어 있다. 참고로 1943년 세창서관에서 『신개지』의 단행본이 출간되기도 했다. 해적판을 낸 출판사에서 2년 후 다시 정본을 출간한 셈이다. 이를 두고 해적판 출판업자가 오류를 바로잡아 정본을 출간한 것이라 추측할 수도 있다. 그러나 세창서관에서 출간된 두 판본인 『신개지』와 『순

14) 오영식, 앞의 책, 161면.

정』은 해방 이후에도 지속적으로 출간되었기에 이러한 추측을 정당화하기는 어려워 보인다.

이태준의 『행복에의 흰손들』은 1942년 <조광> 연재 이후 1943년 남창서관에서 첫 단행본 『세동무』로 출간되는 과정에서 저자명이 삭제되었다. 원작자 이태준의 존재를 알 수 있는 표기는 전혀 등장하지 않고, 대신 간기(刊記)에 저작 겸 발행자로 남창서관 사주 '남창희'의 이름이 올라 있다.[15] 남창서관 『세동무』에서 <조광> 원본 중 본문 소제목 등 내용 일부가 수정되기도 했다. 따라서 이를 『행복에의 흰손들』의 개작본으로 볼 수도 있다. 그러나 딱지본 소설에서 발견되는 저자명 누락 현상이 여기서도 발견된다는 점에서 남창서관 『세동무』는 문제적이다. 개작본이라면 저자명이 누락될 리가 없으며, 저자명을 밝히는 것은 창작자를 존중하고 저작권을 인정하는 최소한의 태도이기 때문이다.[16] 이후에 출간된 단행본에는 모두 저자명이 명기되어 있다. 따라서 『행복에의 흰손들』의 첫 단행본인 1943년 남창서관본 『세동무』는 해적판일 가능성이 매우 높다.

15) 김영애, 「『행복에의 흰손들』의 판본 분화 양상과 의미」, 『국어문학』62, 국어문학회, 2016, 244면.

16) 비교를 위해 1943년 박문서관에서 출간된 『돌다리』의 경우를 들어보자. 『돌다리』의 간기에는 이태준의 필명 중 하나인 '賞必樓'가 인지로 찍혀 있고, 저작자 이름에도 '이태준'이라는 표기가 등장한다. 『돌다리』와 비교할 때 같은 해 출간된 남창서관본 『세동무』는 원작자를 알 수 있는 어떤 표기도 없다. 또 비슷한 시기에 같은 곳에서 출간된 『왕자호동』(남창서관, 1945)의 경우를 살펴보자. 『왕자호동』 상권에는 원작자인 이태준의 이름이 명시되어 있다. 본문 첫 장에 '이태준 저'라는 표기가 있고, 간기에도 '저자 이태준, 발행자 남창희'로 표기되어 있다. 『왕자호동』의 경우 같은 출판사에서 비슷한 시기에 출간되었으나, 저자의 존재를 명시하고 저자와 발행자를 구분해 놓았다. 김영애, 「『행복에의 흰손들』의 판본 분화 양상과 의미」, 『국어문학』62, 국어문학회, 2016, 244-245면.

2) 제목

해적판 소설의 특징 중 하나가 표제 수정이다. 해적판 소설은 공통적으로 원본 제목을 수정하되 원래 제목과 전혀 다른 분위기와 의미를 지닌 표현으로 교체했다. 독자는 바뀐 제목만으로 원작이 무엇인지 짐작하기 어려울 수밖에 없다. 출판업자들이 해적판을 출간함으로써 얻는 주된 효과가 여기에 있다고 보아도 과언이 아닐 것이다. 여기서는 하나의 원작이 여러 개의 표제로 수정된 작품 가운데 해적판 소설로 판단할 근거가 충분한 『태평천하』, 『행복에의 흰손들』, 『젊은 그들』 등 세 편의 특징을 정리하고자 한다.

먼저, 채만식의 『천하태평춘』은 1938년 <조광>에 연재 완료된 후 1940년 명성출판사에서 첫 단행본이 나왔다. 이후 표제를 수정해 1948년 동지사에서 『태평천하』로 다시 출간되었고, 1958년 동지사본을 계승한 민중서관본 『태평천하』가 출간되었다. 이른 바 '정본의 계보'라 할 수 있는 『태평천하』의 단행본 출간 이면에는 '이본의 계보'도 존재한다. 명성출판사본을 도용한 『황금광시대』(중앙출판사, 1949), 『애정의 봄』(대동사, 1958), 『꽃다운 청춘』(중앙출판사, 1958) 등이 그것이다. 『천하태평춘』을 『태평천하』로 수정한 것은 채만식이지만, 이본이라 불리는 작품들은 저자와 무관하게 출간되었다. 1949년 중앙출판사에서 나온 『황금광시대』는 1940년 명성출판사본 『천하태평춘』을 저본으로 한 것이기에 1948년 동지사본 『태평천하』와 다른 판본이다. 1958년 대동사에서 나온 『애정의 봄』 역시 명성출판사본을 도용했다. 마지막으로 1958년 중앙출판사에서 나온 『꽃다운 청춘』은 같은 출판사의 해적판 『황금광시대』가 아니라 『애정의 봄』을 저본으로 했다. 1958년 출간된 두 해적판 소설은 본문 면수, 가격이 같은 판형이며, 표제와 발행일만 다르다.[17)]

독자 대부분은 이본들이 내세운 새로운 표제로부터 『태평천하』와의 관련성을 유추해내기 어려웠을 것이다. 『태평천하』의 해적판은 저자 생전뿐만 아니라 사후에도 활발히 출간되는 양상을 보였다. 해방기부터 1950년대 말까지 세 편의 해적판이 나왔다는 사실보다 더 놀라운 점은, 그 세 편의 표제가 모두 다르고 원작과의 연관성이 전혀 없다는 데 있다. 다만 세 해적판 모두 채만식이라는 이름을 누락하지 않고 제대로 표기했다는 점에서 앞서 살핀 이기영이나 이태준의 경우와는 구별된다고 볼 수 있다.

이태준의 『행복에의 흰손들』 또한 연재 종료 이후 단행본 출간 과정에서 수차례 표제가 수정되었다. 1942년 <조광>에 연재된 『행복에의 흰손들』은 1943년 남창서관에서 '세동무'로 최초 개제되었고, 1945년 박문서관에서 '행복에의 흰손들'로 돌아갔다가, 1946년 범문사에서 다시 '세동무'로 바뀐 후 1948년 광문서림, 평범사에서 '신혼일기'로 최종 수정되었다.[18] 『행복에의 흰손들』의 단행본 중 '세동무'라는 표제로 출간된 판본은 두 편이다. 하나는 1943년 남창서관본이고 다른 하나는 1946년 범문사본으로, 두 판본은 표제를 제외하고 동일한 판본이나 범문사본이 전후 두 편으로 분책된 점이 다르다. '신혼일기'를 표제로 한 판본 역시 두 편으로, 1949년 광문서림본과 평범사본이다. 광문서림본 표제는 '신

17) 김영애, 「해적판의 계보와 『태평천하』의 계통」, 『현대소설연구』57, 한국현대소설학회, 2014, 246-257면.

18) 이 중 1945년 박문서관 출간본 『행복에의 흰손들』은 서지사항만 확인 가능하고 실제 작품은 확인할 수 없다. 또한 1949년 평범사 출간본 『신혼일기』 역시 실제 작품을 확인하지 못했다. '三人友達'이라는 표제의 작품은 존재하지 않는다. '세 동무'의 일본어 표기가 '三人友達'임을 고려하면, 1943년에 출간된 단행본의 표제가 '三人友達'이라는 일부 연구자들의 언급은 오인에 의한 결과라 할 수 있다. 김영애, 「『행복에의 흰손들』의 판본 분화 양상과 의미」, 『국어문학』62, 국어문학회, 2016, 244면.

혼일기-일명 세동무'이고, 평범사본 『신혼일기』는, 그 실체를 확인하지 못했으나, 여러 가지 정황 상 같은 해 출간된 광문서림본을 도용한 판본이라 판단된다. 왜냐하면, 이후 출간된 이태준 전집 수록 텍스트 대부분이 광문서림본이기 때문이며, 평범사본은 초판 발행 이후 더 이상 출간되지 않았기 때문이다. 이를테면 평범사본 『신혼일기』는 광문서림본이나 그 이전 판본을 도용한 해적판이라 볼 수 있다.

『젊은 그들』은 김동인이 1930년 9월 2일부터 1931년 11월 10일까지 동아일보에 327회로 연재 완료한 작품으로, 그의 첫 장편역사소설로 평가된다. 연재 후 1936년 삼문사에서 '장편소설 젊은 그들'이라는 표제로 첫 단행본이 출간되었다. 또한 1948년 영창서관에서 상하권으로 분책되어 재출간되기도 했다. 1930년 동아일보 연재본, 1936년 삼문사본 그리고 1948년 영창서관본에 이르기까지 원제 '젊은 그들'은 단 한 차례도 수정된 적이 없었다. 1936년 삼문사본은 단권으로, 1948년 영창서관본은 두권으로 출간된 점이 다르다. 그런데 『활민숙-젊은 그들』이라는 생소한 작품이 1950년 2월 13일 수문사에서 정가 100원의 단행본으로 출간되었다. 오영식의 저서에 따르면, 이 작품은 김동인이 1930년부터 『동아일보』에 연재한 『젊은 그들』의 개제작 혹은 해적판으로 추정된다.[19] 오영식의 저술에 『활민숙-젊은 그들』로 소개된 점과, '활민숙'이 『젊은 그들』의 주인공 이활민이 만든 학당 이름이라는 점을 근거로 이러한 사실을 추정할 수 있다.[20]

『젊은 그들』은 첫 단행본 출간 당시 단권 형태로 제작되었다가 이후

---

19) 오영식, 앞의 책, 294면.

20) 송하춘의 『한국현대장편소설사전 1917-1950』 573면에 소개된 내용은 오영식의 저서를 토대로 한 것이다. 송하춘의 저서에는 『활민숙』이 『젊은 그들』의 개제작으로 소개되어 있다.

영창서관에서 상하권으로 분책된 형태로 바뀌었다. 1950년 수문사 『활민숙』은 단권 형태라는 점에서 그 저본이 영창서관본이 아닌 1936년 삼문사본임을 짐작할 수 있다. '활민숙'이라는 표제는 이 시기 단 한차례 등장한 이후 사라졌다. 이후 출간된 김동인 전집류에도 이 표제는 등장하지 않는다. 김동인이 1948년부터 이미 숙환으로 투병생활을 하고 있었고, 1951년 1월에 사망한 사실을 토대로 추정하면, 『활민숙』은 저자가 직접 개제 출간한 『젊은 그들』의 개작본이 아니라, 저작권 효력이 소멸된 1936년 삼문사본을 저본으로 하여 출간된 해적판이다.[21]

3) 텍스트

유형화의 마지막 기준은 원본 텍스트를 온전히 수록했는가 여부이다. 저작권 시비를 피하기 위한 사전 기획으로 일부 출판업자들은 원작 텍스트 중 일부를 고의로 누락한 후 단행본으로 출간하기도 했다. 본 논의에서는 그 징후가 뚜렷하게 드러난 작품을 중심으로 이기영의 『신개지』와 『생활의 윤리』, 채만식의 『태평천하』를 살펴보고자 한다.

『신개지』는 <동아일보> 연재 종료 직후 1938년 삼문사에서 동일 표제로 첫 단행본이 출간된 바 있다. 1938년 삼문사본과 1941년 세창서관본은 동일한 판본이다. 삼문사본에는 신개지(584면) 외에 단편 「나무꾼」(12면), 「돈」(22면)이 합철되어 있으나, 세창서관본은 580면 이후가 누락되어 이를 확인할 수 없다. 누락된 부분은 삼문사본 『신개지』 전체 584면 중 마지막 4면이다. 요약하면, 1941년 세창서관본 『순정』은 1938년 삼문사

21) 『젊은 그들』의 판본 문제에 관해서는 김영애의 「김동인 장편소설의 판본과 계보-표제 수정을 중심으로」(『돈암어문학』31, 돈암어문학회, 2017.6)를 참고, 인용하였다.

본『신개지』본문 중 일부를 누락한 후 표제와 저자명을 고쳐 출간한 것이다. 이는 저작권 갈등을 피하기 위해 출판업자가 의도한 기획의 결과라 할 수 있다. 한편『신개지』는 1943년 세창서관에서 단행본으로 재출간되기도 했다. 1941년 같은 출판사에서 정체불명의『순정』이 나온 지 2년 후 정본이 재출간된 것이다. 이를 통해 세창서관에서『순정』출간의 오류를 바로잡아 정본『신개지』를 재출간한 것이라고 추측할 수 있다. 그러나 세창서관에서 출간된 두 판본은 해방 이후에도 지속적으로 출간되었기에 1943년 세창서관에서『신개지』가 재출간된 사실만으로 이러한 추측을 뒷받침하기는 어렵다.

『생활의 윤리』는 1942년 성문당서점, 대동출판사에서 출간된 전작 장편소설이다. 이 소설은 이후 재판 출간이 계속 지연되다 1948년 '정열기'라는 표제로 수정된 후 성문당서점에서 재출간되었다. 이기영은 해방 직후인 1945년 11월에 월북하여 다양한 활동을 한 것으로 알려져 있다. 따라서 해방 이후 남한에서 개작본의 형태로 출간된 작품들의 경우 저자가 직접 수정한 결과물일 가능성은 매우 낮다.『생활의 윤리』역시 저자가 월북한 이후인 1948년에 개작되어『정열기』로 재출간되었다. 출간 당시 일간지 광고로 소개되기도 했다.[22] 특이점은 또 있다. 첫 단행본을 출간한 출판사 중 한 곳에서 해적판으로 추정되는 개작본이 나왔다는 사실이 그것이다. 또한『정열기』는『생활의 윤리』본문 515면 중 앞 282면만 수록하여 저작권 시비를 비켜가고자 했다. 즉『정열기』는 출판업자가 저작권 문제를 교묘하게 벗어나 상업적인 이익을 추구하기 위해 기획한 해적판이라 할 수 있다.[23]

22) <동아일보> 1948년 7월 20일자에『정열기』광고가 게재되었다.
23) 이기영 소설의 개작 및 텍스트 문제에 관해서는 김영애,「이기영 소설의 개제 양상과 그

『태평천하』가 세 편의 해적판 소설로 굴절된 과정에는 표제 수정뿐만 아니라 본문 내용의 변화도 포함된다. 첫 해적판 『황금광시대』는 1940년 명성출판사본 『삼인장편전집』을 도용한 판본이기 때문에 1948년 동지사본에서 채만식이 수정한 내용이 반영되지 않았다. 동지사본에서 채만식이 수정한 내용 중 대표적인 부분이 제목과 주인공 직함이다. 주지하듯 원제 '천하태평춘'은 1948년 동지사본에서 '태평천하'로, 주인공 '윤장의'는 '윤직원'으로 수정되었다. 1949년 『황금광시대』에는 이러한 수정사항이 반영되지 않았고, 이는 『애정의 봄』, 『꽃다운 청춘』도 마찬가지였다. 『황금광시대』가 명성출판사본 본문을 그대로 수록한 것과는 달리, 『애정의 봄』, 『꽃다운 청춘』은 본문 내용 일부를 고의로 누락하여 수록했다. 대표적으로 『천하태평춘』 도입부 첫 문장을 누락한 사실을 들 수 있다.

덧붙여 1958년 12월 민중서관에서 동지사본을 계승한 『태평천하』가 출간되기도 했다. 1958년 한해에만 『태평천하』의 세 판본이 등장한 것이다. 이 시기는 『태평천하』의 정본과 해적판이 공존했던 때로, 이는 해방 이후 출판 상황을 상징적으로 보여준 사건이라 할 수 있다. 정본의 계통은 이후 각종 전집 출간으로 계승되었고, 이본의 계통이라 할 수 있는 해적판은 이후 더 이상 출간되지 못하고 소멸되었다.[24] 『태평천하』의 해적판이 특정 시기에 출현했다가 사라진 현상은 다른 해적판 소설에서도 동일하게 발견되는 특징이다. 이는 저작권 보호가 점차 강화되는 출판 시장 변화가 반영된 결과라 할 수 있다.

의미」(『한국문학이론과 비평』58, 한국문학이론과 비평학회, 2013)를 참고, 인용하였다.

24) 『태평천하』의 해적판과 텍스트 굴절에 관해서는 김영애의 「『태평천하』의 개제 양상 및 해적판 연구」(『어문논집』69, 민족어문학회, 2013)와 「해적판의 계보와 『태평천하』의 계통」(『현대소설연구』57, 한국현대소설학회, 2014)을 참고, 인용하였다.

4. 해적판 소설의 위상

해방기 문학을 논의하는 과정에서 무시할 수 없는 요소 중 하나가 출판 환경 변화이다. 특히 물자나 기술 부족과 더불어 저작권 문제는 이 시기 문학인들이 당면한 중요 과제였다. 일부 문인들이 저작권 침해에 대해 공식적으로 문제를 제기했으나, 미군정-정부 수립-전쟁으로 이어지는 격동의 혼란으로 인해 이 문제제기는 제대로 공론화되지 못하다 1960년에 이르러서야 법 제정 등으로 일단락되었다. 해적판 출간 대상이 된 작품의 양상을 살펴보면 대부분 저작권 지배력이 약화되었거나 소멸된 경우였다. 여기서 저자의 지배력이 아니라 저작권 지배력이 약화되었다는 것은 달리 말하면, 당시 판권을 소유한 출판사가 사정상 재출간을 하지 못하게 된 상황을 의미한다.

해적판 소설을 어떻게 볼 것인가에 관한 문제는 저작권과 긴밀히 얽혀 있기 때문에 간단하지 않다. 분명한 점은, 해적판 소설이 저작권을 침해한 비윤리적, 상업적 의도에 따른 결과물이라는 사실이다. 그러나 그러한 사실과 더불어 그것이 출현한 역사적 배경에도 관심을 두어야 한다. 『태평천하』를 예로 들면, 첫 단행본이 나온 것이 1940년이고, 재판은 1948년에야 나왔다. 해방기 채만식 소설에 대한 대중적 수요가 적지 않았을 것을 감안하면 재판 출간 시기는 매우 늦은 편이라 할 수 있다. 재판이 나온 이후에는 무려 10년이 경과한 뒤인 1958년에 민중서관에서 재출간되었다. 다른 작가들의 사정도 채만식과 크게 다르지 않다. 물론 한글책 공급이 원활하지 못한 것을 전적으로 출판업자의 탓이라 고만 할 수는 없고, 이들이 손익계산을 따져 책 출간에 소극적이었다고 단정하는 태도 역시 논란의 소지가 있다. 그럼에도 이들이 적극적으로 자신들의 권리와 의무를 행사하지 못했기 때문에 많은 작품들의 재출간이 지연되는 결과를 낳은 것은 부인하기 어려운 사실이다.

출판업자가 저작권을 독점함으로써 책 수급 불균형 문제를 야기한 것 또한 사실이다. 저작권을 소유한 출판업자가 해방기 해적판 소설 출현으로 인한 일방적인 피해자라고 보기 어려운 이유도 이 때문이다. 이 시기 많은 작가들이 출판업자가 식민지시기부터 사 모은 저작권 독점 문제로 인한 고충을 토로했다는 점 역시 이러한 주장을 뒷받침한다. 해적판 출판업자들이 해적판 소설을 통해 비윤리적인 방법으로 이익을 추구하고자 했다면, 그 외 다른 출판업자들은 저작권을 독점적으로 운용하여 출판시장 위축과 같은 부정적인 영향을 끼쳤다고 할 수 있다. 저작권은 저자의 권리를 이르는 개념을 포함하지만, 일반적으로는 판매와 유통을 독점하는 권리를 의미한다. 즉 저작권법이 보호하고자 하는 대상은 저자나 저작물 자체라기보다 저작물의 판매와 유통에 관한 독점권을 소유한 출판업자이다. 이 과정에서 저자의 지위는 상대적으로 약화될 수밖에 없고, 저작물을 통해 손익을 얻는 주체는 저자가 아니라 출판업자가 된다.

저자의 권리나 지위가 제대로 보장 받지 못한 것은 정본이나 해적판이나 큰 차이가 없었다. 해적판 소설이 텍스트 자체의 가치를 훼손하는 형태로 출간, 소비된 사실 역시 저작권 보호와 출판물 보급 사이의 거리를 말해준다. 당시 해적판 소설은 저작권을 침해하지 않고 작품을 출간할 수 있는 거의 유일한 방법이었다. 해적판 소설을 출간한 주체는 '무단 복제'나 '무단 전제' 금지 원칙을 지켜 저작권자의 권리를 보호하려는 역설적인 태도를 취하기도 했다. 본고 3장에서 살펴 본 바와 같이 해적판 소설은 원작의 표제, 저자명, 본문 등을 왜곡하거나 수정하는 양상으로 유형화할 수 있었다. 이러한 왜곡과 수정은 해적판 소설이 저작권을 침해하지 않고 출간될 때 취할 수 있는 불가피한 방식이었다.

저작권을 강화하는 추세는 지금도 유지되고 있다. 저자 사후 70년까지 저작권의 배타적, 독점적 지위를 인정하는 현행 저작권법 상 저작물의 보급과 유통은 제한적일 수밖에 없다. 저작권법이 보호하는 대상이 저자가 아니라 저작권자임을 인정한다면, 결국 저작권법이 저작물의 수급과 공유를 제한하는 근거가 된다는 점에서 문제는 그리 간단치 않아 보인다. 그러나 저작물의 유통과 공유 문제는 현대 사회의 주된 변화 방향과 긴밀하게 연관되어 있다. 특히 콘텐츠 개발 및 공유와 관련된 기술 발전을 경험하고 있는 현대 사회에서 저작물 독점권은 이미 유명무실해졌다고 볼 수도 있다. 저작권의 독점적 지위를 인정하는 현행법 상 저자의 지위를 보장하는 것과 콘텐츠 유통 및 공유를 활성화하는 것은 양립 불가능한 일처럼 보인다. 이른바 '카피레프트(copyleft)'처럼 저작권의 배타적 지위를 부정하고 저작물을 포함한 모든 콘텐츠의 비영리적 공유를 주장하는 움직임 또한 기존 저작권 보호의 맹점을 극복하려는 노력의 일환이다. 이러한 관점에서 해적판 소설은, 그 비윤리성이라는 비난에도 불구하고, 해방기 출판 시스템의 변화와 당면 문제를 출판계 내부에서 해결하고자 한 노력의 결과라 평가할 수 있다. 또한 해적판의 출현은 저작권의 존재 가치와 이유를 근본에서 묻는 유의미한 현상이라 할 수 있다.

부록: 〈참고문헌〉

강영희, 「일제강점기 신파 양식에 대한 연구」, 서울대 석사논문, 1989.
강용훈, 『비평적 글쓰기의 계보: 한국 근대문예비평의 형성과 분화』, 소명출판, 2013.
강옥희, 「식민지 시기 영화소설 연구」, 『민족문학사연구』32, 민족문학사학회, 2006.
강옥희, 「딱지본 대중소설의 형성과 전개」, 『대중서사연구』15, 대중서사학회, 2006.
강진호, 「현대소설사와 이태준의 위상-이태준 연구와 향후의 과제」, 『상허학보』13, 상허학회, 2004.
강헌국, 「김동인의 창작방법론과 그 실천」, 『국어국문학』177, 국어국문학회, 2016.
강현구, 「대중문화시대의 영화소설」, 『어문논집』48, 민족어문학회, 2003.
강현구, 「영화소설의 시대별 고찰」, 『어문논집』49, 민족어문학회, 2004.
강호정, 「석송 김형원의 시 연구」, 『한국학연구』47, 고려대 한국학연구소, 2013.
권영민, 『한국문학50년』, 문학사상사, 1995.
권유, 『민촌 이기영의 작가세계』, 국학자료원, 2002.
김경연, 「주변부 여성 서사에 관한 고찰-이해조의 「강명화전」과 조선작의 「영자의 전성시대」를 중심으로」, 『여성학연구』13, 부산대 여성연구소, 2003.
김기태, 「일본 근대 저작권 사상이 한국 저작권 법제에 미친 영향-출판권을 중심으로」, 『한국출판학연구』60, 한국출판학회, 2011.
김다혜, 「여학생 수다와 전쟁: 잡담의 기능-『행복에의 흰손들』을 중심으로」, 『상허학보』41, 2014.
김동석, 『한국 현대소설의 비판적 언술 양상』, 소명출판, 2008.
김동인 외, 『한국문단이면사』, 깊은샘, 1983.
김려실, 「영화소설연구」, 연세대 석사논문, 2002.
김병오, 「1960-1980년대 해적판 레코드 대중화 과정 연구」, 『공연문화연구』24, 한국공연문화학회, 2012.
김병익, 『한국문단사: 1908-1970』, 문학과지성사, 2001.
김병철, 『한국 근대 번역문학사 연구』, 을유문화사, 1975.

김상선, 『민촌 이기영 문학 연구』, 국학자료원, 1999.
김상욱, 「현진건의 『赤道』 연구: 계몽의 수사학」, 『선청어문』24, 서울대국교과, 1996.
김승환, 「『천하태평춘』의 윤두섭 연구」, 『개신어문연구』제3집, 개신어문학회, 1984.
김영애, 「강명화 이야기의 소설적 변용」,『한국문학이론과 비평』50, 한국문학이론과 비평학회, 2011.
김영애, 「이기영 소설의 개제 양상과 그 의미」, 『한국문학이론과 비평』58, 한국문학이론과 비평학회, 2013.
김영애, 「박루월 소설 연구」, 『한국문학이론과 비평』61, 한국문학이론과 비평학회, 2013.
김영애, 「『태평천하』의 개제 양상 및 해적판 연구」, 『어문논집』69, 민족어문학회, 2013.
김영애, 「해적판의 계보와 『태평천하』의 계통」, 『현대소설연구』57, 한국현대소설학회, 2014.
김영애, 「근현대소설의 판본과 해적판 연구를 위한 시론」, 『근대서지』9, 근대서지학회, 2014.
김영애, 「『최후의 승리』 판본 연구」, 『현대문학의 연구』54, 한국문학연구학회, 2014.
김영애, 「『전도양양』의 개작 연구」, 『우리어문연구』49, 우리어문학회, 2014.
김영애, 「김기진과 『중외일보』」, 『근대서지』10, 근대서지학회, 2014.
김영애, 「김기진 번역번안소설 연구」, 『반교어문연구』39, 반교어문학회, 2015.
김영애, 「『꽃과 뱀』의 대중소설적 위상」, 『한국어문교육』19, 한국어문교육연구소, 2016.
김영애, 「『행복에의 흰손들』의 판본 분화 양상과 의미」, 『국어문학』62, 국어문학회, 2016.
김영애, 「김동인 장편소설의 판본과 계보-표제 수정을 중심으로」, 『돈암어문학』31, 돈암어문학회, 2017.
김영애, 「해방기 해적판 소설의 유형과 위상」, 『우리어문연구』59, 우리어문학회, 2017.
김윤식 편, 『채만식』, 문학과지성사, 1984.

김윤식, 『해방공간의 문학사론』, 서울대출판부, 1991.
김은정, 「이태준 장편소설 연구-욕망의 서사적 구성화를 중심으로」, 서강대박사논문, 2001.
김인호, 『한국 저작권 50년사: since1957』, 문화관광부 저작권위원회, 2007.
김종수, 「멜로드라마적 인물과 자본주의 가치의 내면화-『찔레꽃』을 중심으로」, 『대중서사장르의 모든 것』, 이론과 실천, 2007.
김종수, 「일제강점기 경성의 출판문화 동향과 문학서적의 근대적 위상-한성도서주식회사의 활동을 중심으로」, 『서울학연구』35, 서울시립대학교 서울학연구소, 2009.
김종수, 「일제 식민지 탐정소설 서적의 현황과 특징」, 『우리어문연구』37, 우리어문학회, 2010.
김종수, 「해방기 탐정소설 연구」, 『동양학』48, 단국대학교 동양학연구소, 2010.
김종수, 「일제 식민지 출판시장에서 이광수의 위상」, 『한국문화』50, 서울대학교 규장각한국학연구원, 2010.
김종수, 「해방기 출판시장에서 이광수의 위상」, 『민족문화연구』52, 고려대학교 민족문화연구원, 2010.
김종수, 「일제 식민지 문학서적의 근대적 위상-박문서관의 활동을 중심으로」, 『우리어문연구』41, 우리어문학회, 2011.
김준현, 「'번역 계보' 조사의 난점과 의의: 벽초 홍명희의 경우」, 『프랑스어문교육』39, 한국프랑스어문교육학회, 2012.
김철 외, 「『무정』의 계보-『무정』의 정본 확정을 위한 판본의 비교 연구」, 『민족문학사연구』20, 민족문학사연구소, 2002.
김화영, 「모파상의 『여자의 일생Une vie』에 나타난 실패의 양상 분석」, 『불어불문학연구』97, 한국불어불문학회, 2014.
김홍기, 『채만식 연구』, 국학자료원, 2001.
나혜석, 「康明花의 自殺에 對하야」, <동아일보> 1923.7.8.
남상권, 「현진건 장편소설 『赤道』의 등장인물과 모델들」, 『어문학』108, 한국어문학회, 2010.
남석순, 『근대소설의 형성과 출판의 수용미학』, 박이정, 2008.
남석순, 「1910년대 신소설의 저작권 연구: 저작권의 혼란과 매매 관행의 원인을 중심으로」, 『동양학』43, 단국대학교 동양학연구소, 2008.

노수인, 「한국 순정만화와 일본 소녀만화의 관계 연구: 순정만화가들과의 심층 인터뷰를 중심으로」, 이화여대 석사논문, 2000.
류덕제, 「카프의 대중소설론과 대중소설」, 『국어교육연구』23권1호, 국어교육학회, 1991.
류동규, 「채만식의 『어머니』 개작과 식민지 전사(前史)의 재구성」, 『어문학』120, 한국어문학회, 2013.
문학과사상연구회, 『채만식 문학의 재인식』, 소명출판, 1999.
문한별, 「1910년대 활자본 고소설과 『무정』에 수용된 기녀담 서사 유형 비교 연구」, 『한국 근대소설 양식론』, 태학사, 2010.
문한별, 「『조선출판경찰월보』를 통해서 고찰한 일제강점기 단행본 소설 출판 검열의 양상」, 『한국문학이론과비평』58, 한국문학이론과비평학회, 2013.
문한별, 「『조선총독부금지단행본목록』과 『조선출판경찰월보』의 대비적 고찰」, 『국제어문』57, 국제어문학회, 2013.
민충환, 「이태준 소설의 선본 문제」, 『상허학보』1, 상허학회, 1999.
박귀련, 「출판산업과 저작권(1)」, 『지적재산권』33, 한국지적재산권법제연구원, 2009.
박선희, 「김말봉의 『佳人의 市場』 개작과 여성 운동」, 『우리말글』54, 우리말글학회, 2012.
박성호, 『저작권법의 이론과 현실』, 현암사, 2006.
박용찬, 「한국전쟁기 팔봉 김기진의 문학활동연구」, 『어문학』108, 한국어문학회, 2010.
박자영, 「영화 불법복제와 문화: 중국과 한국의 사례를 중심으로」, 『중국현대문학』, 한국중국현대문학학회, 2009.
박종찬, 「윤동주 시 판본 비교 연구-「자필시고전집」 및 재판본을 중심으로」, 연세대 석사논문, 2003.
박진영, 『번역과 번안의 시대』, 소명출판, 2011.
박진영, 『책의 탄생과 이야기의 운명』, 소명출판, 2013.
박진영, 「근대 번역문학사 연구와 번역 주체」, 『현대문학의 연구』50, 한국문학연구학회, 2013.
박현수, 「「묘지」에서 「만세전」으로의 개작과 그 의미」, 『상허학보』19, 상허학회, 2007.

박혜영, 「모파상의 Une vie에 나타난 여성과 여성성」, 『불어불문학연구』40, 한국불어불문학회, 1999.
방효순, 「일제시대 저작권제도의 정착과정에 관한 연구: 저작관련 사항을 중심으로」, 『서지학연구』21, 한국서지학회, 2001.
방효순, 「일제시대 민간 서적발행활동의 구조적 특성에 관한 연구」, 이화여대 박사논문, 2001.
배개화, 「이태준의 여성교양소설과 가부장제 비판」, 『국어국문학』166, 국어국문학회, 2014.
백철 외, 『김동인 연구』, 새문사, 1982.
상허학회 편, 『이태준과 현대소설사』, 깊은샘, 2004.
서광제, 「김팔봉 작 영화소설 『전도양양』 독후감」, <중외일보> 1930.5.24.
서영채, 「1930년대 통속소설의 존재방식-김말봉의 『찔레꽃』 읽기」, 『소설의 운명』, 문학동네, 1996.
서정자, 「축출, 배제의 고리와 대항서사: 디아스포라 관점에서 본 김명순의 문학」, 『세계한국어문학』4, 세계한국어문학회, 2010.
손종업, 「『찔레꽃』에 나타난 식민도시 경성의 공간 표상 체계, 『한국근대문학연구』16, 한국근대문학회, 2007.
송경빈, 「팔봉 김기진 소설 연구-1920-30년대 작품을 중심으로」, 충남대 석사논문, 1990.
송기섭, 『해방기 소설의 반영의식 연구』, 국학자료원, 1998.
송명희, 「이태준 소설의 여성 이미지 연구-『신혼일기』를 중심으로」, 『한국문학이론과 비평』22, 한국문학이론과 비평학회, 2004.
송하춘, 『채만식-역사적 성찰과 현실 풍자』, 건국대학교출판부, 1994.
송하춘 편, 『한국현대장편소설사전1917-1950』, 고려대출판부, 2013.
송하춘, 『한국근대소설사전: 신소설/ 번역번안소설』, 고려대출판부, 2015.
신동욱 편, 『玄鎭健의 소설과 그 시대인식』, 새문사, 1981.
신순철, 「『태평천하』 연구」, 『논문집』4, 서라벌대학교, 1989.
신승희, 「채만식의 『여인전기』론: 『어머니』, 『여자의 일생』과의 상관관계」, 『새국어교육』81, 한국국어교육학회, 2010.
신철하, 『한국근대문학의 이상과 현실』, 한양대출판부, 2000.
신형기, 『해방기 소설 연구』, 태학사, 1992.

안남연, 『이태준 장편소설 연구』, 대영현대문화사, 1993.
안미영, 「김말봉의 전후 소설에서 선악의 구현 양상과 구원 모티프: 『새를 보라』, 『푸른 날개』, 『생명』, 『장미의 고향』에 등장하는 '고학생'을 중심으로」, 『현대소설연구』23, 한국현대소설학회, 2004.
야마다 쇼지, 『해적판 스캔들-저작권과 해적판의 문화사』, 송태욱 옮김, 사계절, 2011.
양동숙, 「해방 후 우익 여성단체의 조직과 활동 연구:1945-1950」, 한양대 박사논문, 2010.
양애경, 「김기진의 해조음 분석」, 『문예시학』2, 문예시학회, 1989.
엄상희, 「현진건의 『赤道』 연구」, 『우리어문연구』 38, 우리어문학회, 2010.
엄상희, 「1930년대 장편소설의 멜로드라마적 구성에 관한 연구」, 고려대 박사논문, 2010.
오영식, 『해방기 간행도서 총목록1945-1950』, 소명출판, 2009.
오혜진, 「1930년대 한국 추리소설 연구」, 중앙대 박사논문, 2008.
유임하, 「월북 이후의 이태준 문학의 장소 감각」, 『돈암어문학』28, 돈암어문학회, 2015.
이경재, 「한설야 소설의 개작 양상 연구」, 『민족문학사연구』3, 민족문학사연구소, 2006.
이경재, 「한설야 단편소설의 개작 양상 연구-외국인 표상의 변화를 중심으로」, 『한중인문학연구』28, 한중인문학회, 2009.
이경재, 「일제 말기 이기영 소설에 나타난 생산력주의」, 『민족문학사연구』40, 민족문학사학회, 2009.
이경하, 「여성문학사 서술의 필요성에 관하여」, 『한국 여성문학 연구의 현황과 전망』, 한국여성문학학회, 소명출판, 2008.
이금선, 「식민지 검열이 텍스트 변화양상에 끼친 영향-이광수의 영창서관판 『삼봉이네 집』의 개작을 중심으로」, 『사이間SAI』7, 국제한국문학문화학회, 2009.
이기인 편, 『이태준』, 새미, 1996.
이미순, 「팔봉 김기진의 여성론에 대한 일 고찰」, 『개신어문연구』18, 개신어문학회, 2001.
이민주, 「일제시기 조선어 민간신문의 검열에 대한 연구」, 서울대 박사논문,

2010.
이민혜, 「해방기 직후 염상섭 소설 연구」, 원광대 석사논문, 2008.
이병렬, 「이태준 소설의 텍스트 문제」, 『국어국문학』111, 국어국문학회, 1994.
이병순, 『해방기 소설 연구』, 국학자료원, 1997.
이병순, 「김말봉의 장편소설 연구-1945-1953년까지 발표된 소설을 중심으로」, 『한국사상과 문화』61, 한국사상문화학회, 2012.
이봉범, 「8・15해방~1950년대 문화기구와 문학-문화관련 법제를 중심으로」, 『현대문학의 연구』44, 한국문학연구학회, 2011.
이상경, 『이기영-시대와 문학』, 풀빛, 1994.
이상경, 「『조선출판경찰월보』에 나타난 문학작품 검열 양상 연구」, 『한국근대문학연구』17, 한국근대문학회, 2008.
이성렬, 『민촌 이기영 평전』, 심지, 2006.
이영미, 「딱지본 대중소설과 신파성」, 『대중서사연구』15, 대중서사학회, 2006.
이영미, 「화류비련담과 며느리 수난담의 조합-『사랑에 속고 돈에 울고』의 서사구조」, 『한국극예술연구』27, 한국극예술학회, 2008.
이영미, 『딱지본 대중소설의 발견』, 민속원, 2009.
이영일, 『한국영화사를 위한 증언록』, 소도, 2003.
이영일, 『한국영화전사』, 소도, 2004.
이재용, 「이광수와 김동인의 역사소설 연구」, 인하대 박사논문, 2013.
이정숙, 「김말봉의 통속소설과 휴머니즘」, 『한국언어문화』13, 한국언어문화학회, 1995.
이정옥, 「『찔레꽃』, 전망 없는 현실에 대한 초월적 대응 방식」, 『여성문학연구』2, 한국여성문학학회, 1999.
이정임, 「염상섭 소설의 판본 비교 연구-「만세전」, 「해바라기」, 「삼대」의 해방 후 개작 양상을 중심으로」, 연세대 석사논문, 1998.
이종호, 「출판 신체제의 성립과 조선 문단의 사정」, 『사이間SAI』6, 국제한국문학문화학회, 2009.
이주형, 「김기진의 통속소설론」, 『국어교육연구』15-1, 국어교육학회, 1983.
이중연, 「해방기 출판의 지향」, 『책, 사슬에서 풀리다-해방기 책의 문화사』, 혜안, 2005.
이중한 외, 『우리출판 100년』, 현암사, 2001.

이창경, 「세창서관과 신태삼」, 『문화예술』113, 한국문화예술진흥원, 1987.
이태영, 「채만식 소설 『천하태평춘』에 나타난 방언의 특징」, 『국어문학』32, 국어문학회, 1997.
이현경, 「한국 근대 영화잡지 형성 연구」, 고려대 박사논문, 2013.
이혜령, 「식민지 검열과 "식민지-제국" 표상-『조선출판경찰월보』의 다섯 가지 통계표가 말해주는 것」, 『대동문화연구』72, 성균관대 대동문화연구원, 2010.
이효인, 「연작소설 『황원행』의 집필 배경과 서사 특징 연구」, 『한민족문화연구』38, 한민족문화학회, 2011.
이희환, 「식민지시대 대중문예작가와 아동극집의 출판-박누월, 고장환의 아동극집을 중심으로」, 『아동청소년문학연구』3, 한국아동청소년문학학회, 2008.
임종국, 『친일문학론』, 평화출판사, 1963.
전봉관, 「황금광시대, 지식인의 초상: 채만식의 금광행을 중심으로」, 『한국근대문학연구』 3권2호. 한국근대문학회, 2002.
전승주, 「『천변풍경』의 개작 과정 연구」, 『민족문학사연구』45, 민족문학사연구소, 2011.
전양숙, 「채만식 소설의 개작에 대한 연구」, 한국학중앙연구원 석사논문, 1993.
전용호, 「백철 문학사의 판본 연구」, 『민족문화연구』41, 고려대학교 민족문화연구원, 2004.
전우형, 「1920-1930년대 영화소설 연구: 영화소설에 나타난 영상-미디어 미학의 소설적 발현 양상」, 서울대 박사논문, 2006.
전우형, 「훼손과 분리의 영화 신체에 담긴 실험적 의미」, 『한국현대문학연구』37, 한국현대문학회, 2012.
전흥남, 「한국근대소설과 영화의 교섭 양상 연구」, 『현대문학이론연구』18, 현대문학이론학회, 2002.
정낙식, 「김기진 소설 연구: 1920-30년대 작품을 중심으로」, 서울대 석사논문, 1986.
정래동, 『정래동전집』1, 금강출판사, 1971.
정은경, 「한국 근대소설에 나타난 악의 표상 연구: 김동인과 이상을 중심으로」, 고려대 박사논문, 2005.
정종현, 「1940년대 전반기 이기영 소설의 제국적 주체성 연구」, 『한국근대문학

연구』7권1호, 한국근대문학회, 2006.
정종현, 「딱지본 대중소설에 나타난 '만주' 표상」, 『한국문학연구』33, 한국문학연구소, 2007.
정진석 외, 『한국의 문화 70년』, 한국학중앙연구원출판부, 2015.
정현기, 『이태준』, 건국대출판부, 1994.
정현아, 「한국영화소설의 시나리오화에 대한 고찰」, 청주대 석사논문, 1999.
정혜경, 「한국 현대소설에 나타난 여성 정체성의 변모과정 연구」, 부산대 박사논문, 2007.
정혜영, 『식민지기 문학과 근대성』, 소명출판, 2008.
정호웅 편, 『이기영』, 새미, 1995.
정홍섭, 『채만식 문학과 풍자의 정신』, 역락, 2004.
정홍섭, 「원본비평을 통해 본 『탁류』의 텍스트 문제」, 『우리어문연구』36, 우리어문학회, 2010.
조남현, 『이기영』, 한길사, 2008.
조대형, 「미군정기의 출판 연구」, 중앙대 석사논문, 1988.
조동일 편, 『신소설류1-견우직녀 외』, 박이정출판사, 1999.
조선출판문화협회 편, 『출판대감-해방 후 사년 간』, 조선출판문화협회, 1948.
조성면, 「1930년대 대중소설론의 전개양상」, 『한국학연구』6,7합집, 인하대한국학연구소, 1996.
조재룡, 『번역의 유령들』, 문학과지성사, 2011.
조창환, 『해방 전후 채만식 소설 연구』, 태학사, 1997.
최덕교 편, 『한국잡지백년』2, 현암사, 2004.
최동호, 「백석의 1940년 『테스』 번역본에 대한 비교 검토」, 『한국학연구』47, 고려대한국학연구소, 2013.
최미진・김정자, 「한국 대중소설의 상호텍스트성 연구: 김말봉과 최인호의 『별들의 故鄕』을 중심으로」, 『어문학』89, 한국어문학회, 2005.
최미진, 「광복 후 공창 폐지 운동과 김말봉 소설의 대중성」, 『현대소설연구』32, 한국현대소설학회, 2006.
최소원, 「한국영화박물관 전시품 기증 릴레이60-고 김학성 촬영감독의 유품 ≪영화시대≫」, ≪씨네21≫, 2008.11.
최유찬, 「채만식 장편소설의 신문 잡지 연재본과 단행본 비교」, 『한국학연구』

47, 고려대 한국학연구소, 2013.
최애순, 「식민지시기부터 1950년대까지 모리스 르블랑 번역의 역사」, 『조선의 탐정을 탐정하다』, 소명출판, 2011.
최원식, 「현진건 연구」, 서울대 석사논문, 1974.
최준, 「한국의 출판연구: 1910~1923년까지」, 『한국연구소학보』, 서울대학교신문연구소, 1964.
최지현, 「해방기 공창 폐지 운동과 여성 연대(Solidarity) 연구: 김말봉의 『화려한 지옥』을 중심으로」, 『여성문학연구』19, 여성문학연구학회, 2008.
최현섭, 「미군정기 검인정교과서 소설제재 연구」, 『논문집』24, 인천교대, 1990.
최호석, 「영창서관의 고전소설 출판에 대한 연구」, 『우리어문연구』37, 우리어문학회, 2010.
하동호, 「박문서관의 출판서지고」, 『출판학연구』, 한국출판학회, 1971.
하동호, 『한국근대문학의 서지연구』, 깊은샘, 1981.
한국영화사학회, 『한국영화사연구』, 새미, 2003.
한기형, 『한국 현대소설사의 시각』, 소명출판, 1999.
한만수, 「1930년대 검열기준의 구성원리와 작동기제」, 『한국어문학연구』47, 한국어문학연구학회, 2006.
한명환・김일영・남금희・안미영, 「해방 이후 대구・경북 지역 신문연재소설에 대한 발굴 조사 연구 : 격동기(1948-1962) 대구경북지역 신문연재소설을 중심으로」, 『현대문학이론연구』21, 현대문학이론학회, 2004.
한민주, 「일제 말기 소설 연구-파시즘의 소설적 형상화를 중심으로」, 서강대 박사논문, 2005.
한상무, 「저항의 정신과 위장의 방법-빙허의 후기 장편 <적도> 연구」, 『연구논문집』8, 강원대학교, 1974.
한지현, 「여성의 시각에서 본 이태준의 장편소설 연구-『딸삼형제』와 『행복에의 흰손들』을 중심으로」, 『인문과학』80, 연세대학교 인문과학연구소, 1999.
허혜선, 「해방공간의 출판계와 위인전」, 전남대 석사논문, 2010.
홍은희, 「김말봉 소설 연구」, 대구가톨릭대 석사논문, 2002.
황영숙, 「김말봉 장편소설 연구: 『푸른 날개』와 『생명』을 중심으로」, 『한국문예비평연구』15, 한국현대문예비평학회, 2004.